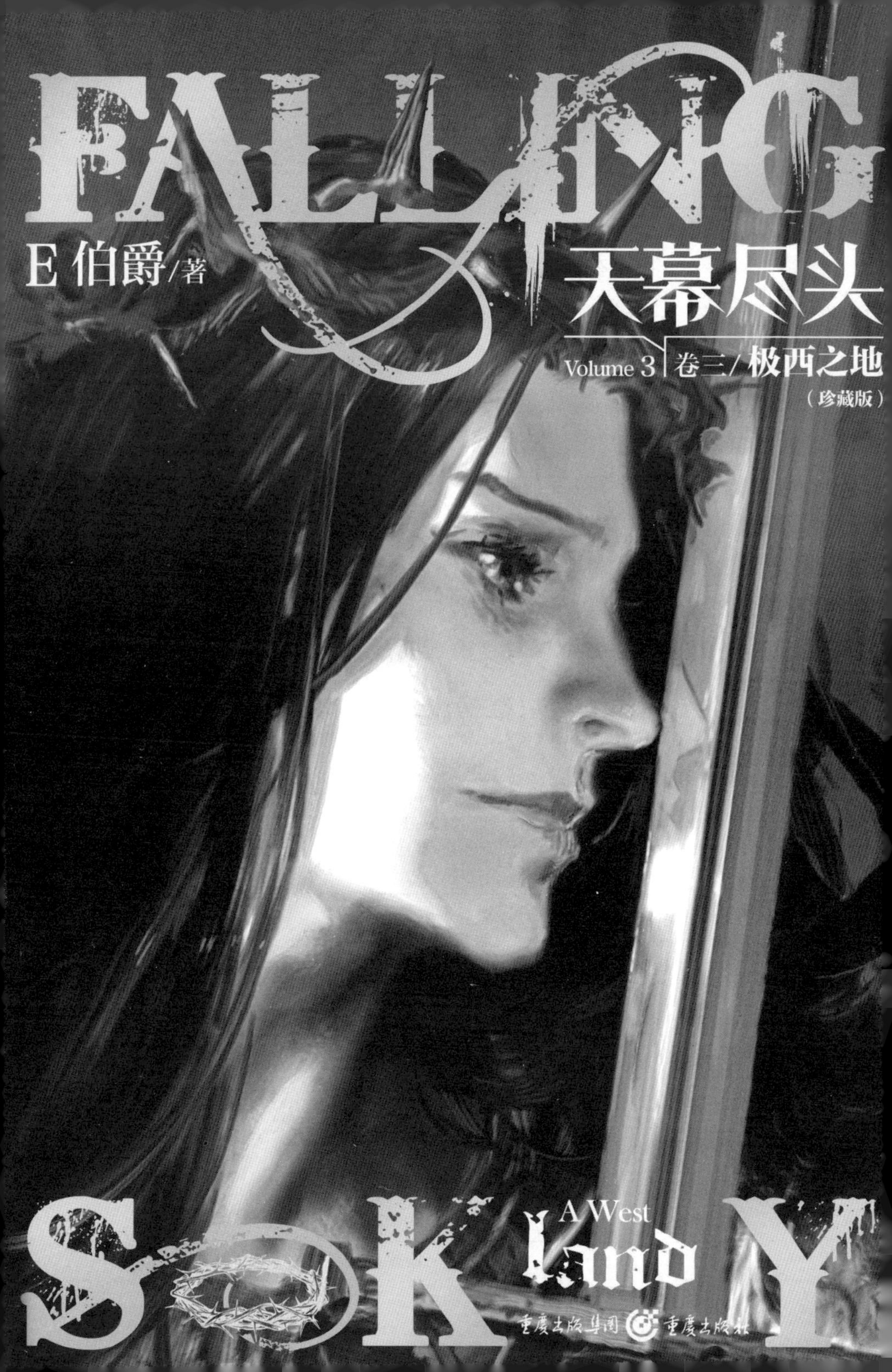
FALLING SKY
E伯爵/著
天幕尽头
Volume 3 卷三/极西之地
（珍藏版）
A West
land
重庆出版集团
重庆出版社

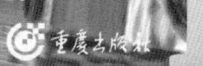

图书在版编目(CIP)数据

天幕尽头.卷三,极西之地:珍藏版/E伯爵著.—重庆:重庆出版社,2023.1
ISBN 978-7-229-16653-3

Ⅰ.①天… Ⅱ.①E… Ⅲ.①长篇小说—中国—当代 Ⅳ.①I247.5

中国版本图书馆CIP数据核字(2022)第038427号

天幕尽头(卷三):极西之地(珍藏版)
TIANMU JINTOU(JUANSAN):JI XI ZHI DI(ZHENCANG BAN)

E伯爵 著

责任编辑:唐弋淄 陈 垦 崔明睿
封面/插图:deoR
装帧设计:谢颖设计工作室
责任校对:朱彦谚

重庆出版集团 出版
重庆出版社

重庆市南岸区南滨路162号1幢 邮政编码:400061 http://www.cqph.com
重庆出版社艺术设计有限公司 制版
重庆市鹏程印务有限公司 印刷
重庆出版集团图书发行有限公司 发行
E-MAIL:fxchu@cqph.com 邮购电话:023-61520646
全国新华书店经销

开本:890mm×1230mm 1/32 印张:14.125 字数:290千
2023年1月第1版 2023年1月第1次印刷
ISBN 978-7-229-16653-3
定价:84.00元

如有印装质量问题,请向本集团图书发行公司调换:023-61520678

版权所有 侵权必究

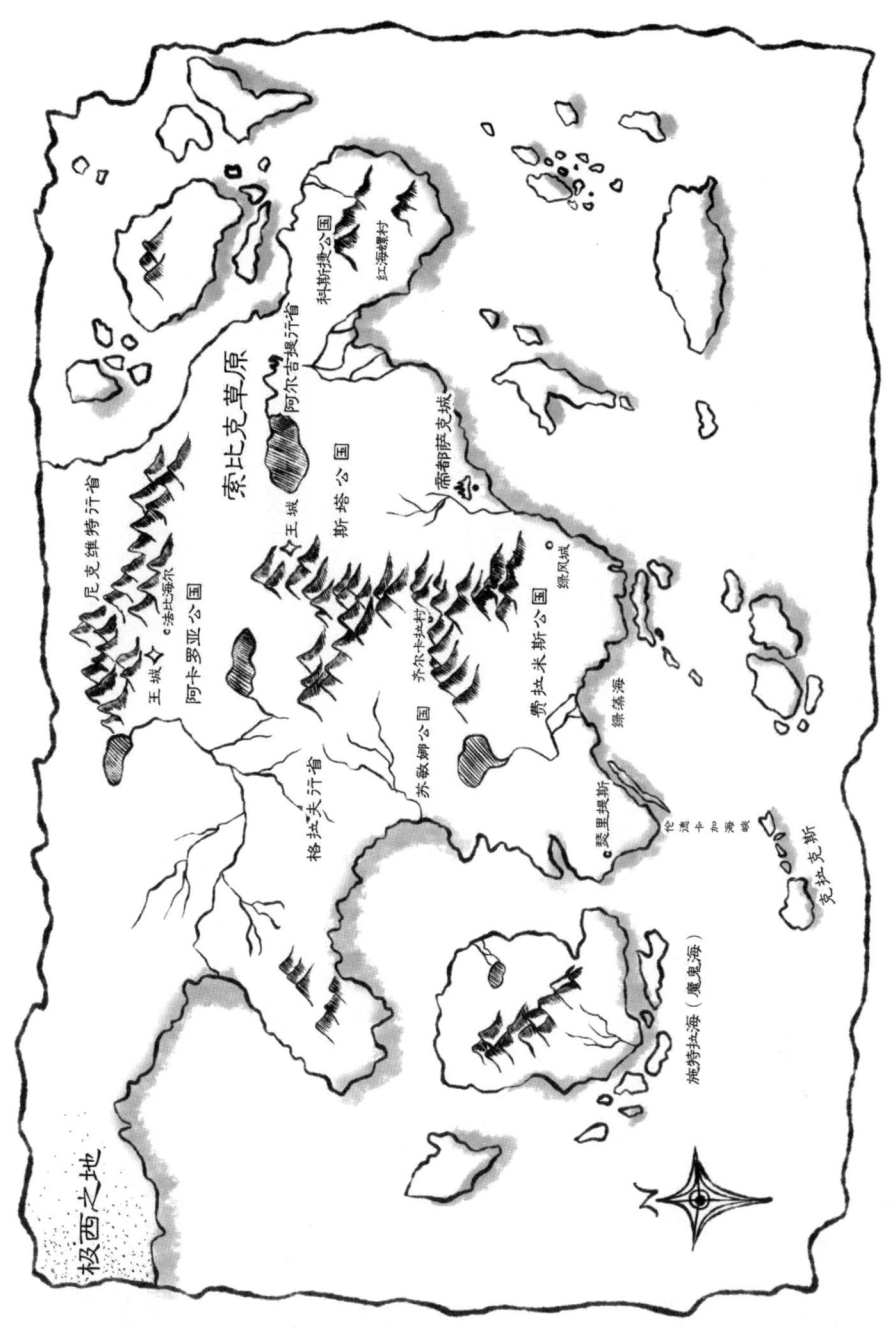

目录 Contents

又见阳光	001
十 年	012
重新出发	024
弥帝玛尔贵族	035
义 军	046
潜行的暗流	058
迎 战	069
战场之上	082
重 逢	094
幸存者的秘密	106
王城的阴影	117
敲钟人	128
遥远往事	139
帝都的危机	150
破 局	161
大战将至	172
分别和重聚	182

再见故人	194
死　地	205
隐藏的魔鬼	216
黑暗中的线头	227
全面侵袭	238
极西之地	249
魔　焰	261
帝都毁灭	275
末日之战	304
归　来	337
骸卵现世	357
最后一日	367
终点与起点	381
番外:点灯人	389
番外:混沌书	431

又见阳光

"嘿！快看！黑烟升起来了！"

说话的人是一个十几岁的少女，此刻她正站在高高的木制瞭望台上，一边用手指着东方远处的天空，一边冲着下面的人大叫。

在瞭望塔下方聚集着三百多个健壮的男人，因为厚重的石块层层叠叠地砌出了两丈多的高墙，他们看不见外面，只能仰着头听那少女传递消息。现在得知黑烟出现后，他们发出焦急的喊叫，有些人还挥舞着手里的武器，比如巨斧和重剑什么的，把盾牌和铠甲拍得砰砰直响。

"我们应该立刻出发！"一个留着大胡子的男人大吼道，"赶紧开门，再不去就来不及了！"

他的提议得到了更多人的附和，"快开门！"有人叫道；"皮斯卡他们一定已经撤退了！"又有人猜测；"必须增援！"

天幕尽头

"增援！增援！"……

这样一群狂躁的男人叫起来，仿佛喷出的呼吸都带着硫黄，丢进一颗火星都有可能燃起大火。

然而当一个清亮的声音突然响起，他们却像被泼了桶水，不约而同地安静下来。

"都给我闭嘴！"那个好听的声音用极不相配的粗鲁语气说道，大汉们立刻纷纷退让，留出了一条路。一个身材高瘦的男人从后面走出来，他的年纪很轻，大概还不到三十岁，头发是暗红色的，长得很端正，但是下颌上有一道狰狞的伤口，一直爬过脖子，延伸到胸膛。他的身上没有像别人那样穿着厚重的铠甲，只在肘部和膝盖上绑着金属护具，但是他的肩膀上扛了一把硕大无比的长剑，足有平常剑身的四五倍，长度也多了一半，而厚度更是惊人。这个男人轻轻松松地扛着巨剑走进了人群，在中间站定，然后抬头对瞭望台上的少女说："米拉尼小宝贝儿，再看一看，告诉我那些黑烟有多浓？"

少女又盯着远方看了一阵，回头叫道："大概刚烧了一会儿，烟柱不是很粗。"

"还来得及！"这个男人对一个大汉说，"去，把马牵出来，只要二十一匹。"

人群里有人叫起来："沃夫，你难道只带二十个人去增援皮斯卡吗？"

那个被叫做"沃夫"的青年瞪了他一眼："你嫌多了吗？"

"那可是那加达兽！"提出异议的人大声说，"至少有十只,据说还有两只变种,这太危险了,把我们都带上吧!"

沃夫脸上显露出更多的不耐烦,他朝着那个男人破口大骂:"你这个猪头!说话之前动动脑子!"他指着身后被围墙包围的十几顶帐篷,"那里还有你的老婆和两百多个女人、孩子,把你们这帮抡得动斧头的都调走,万一有那加达兽偷袭怎么办?"

他又用巨剑戳了戳脚下,地面上发出了金属的当当声:"即使我们坐在钢板上也不要掉以轻心!我是去把皮斯卡那笨蛋救回来,又不是要把那加达兽拽来给你当饭吃!"他又凑近了那个人的面前,用食指点点自己的鼻子。"我是谁?"他得意地笑着说,"我是沃夫·阿尔特,没有任何妖魔能取走我的性命!"

那人愣愣地看着这个青年,不知道说什么好。

"走吧!"沃夫只用单手便把巨剑在头顶上挥舞起来,"上马,去把弟兄们救回来!"

一扇厚重的铁门被锁链吊起,沃夫和二十个男人骑着马奔出,向着黑烟燃起的方向疾驰而去。

在离这个营地大约两个山头远的地方,是一片光秃秃的丘陵,上面的树木有很多已经被砍倒了,灌木也被火焚烧过,留下了焦黑的土地。就在这样的土地上,几十个人正在和巨大的妖魔搏斗。

那些妖魔长得如同蜥蜴,鳞片遍布全身,前爪上露出了

天幕尽头

锋利的倒钩，在阳光下闪着亮光，它们的尾巴又细又长，却在尾端变化成一个触角，灵活地舞动着。这些妖魔轻易地用爪子划开人的皮肤，或者用尾端的触角将他们的脖子扼住、折断。还有两只妖魔长得跟它们很像，却更为高大，而且在下颌的位置足有七条触手，凶狠地伸缩着。

它们在几十个人中横冲直撞，就好像闯入了羊群的狼。有人不断地在它们的进攻中被划开了肚皮，扼断了脖子，发出凄厉的惨叫。

但是这些妖魔也并非不可战胜，人类逮着机会就会将武器刺向它们的眼睛，奋力劈开它们的鳞片。当妖魔绿色的血液流出来时，它们会发出凄厉的惨叫。有些会一下子扎进土里，逃之夭夭，有些受了重伤倒在地上，血液在阳光下腐蚀它们的身体，不一会儿就把它们变成黑糊糊的一堆焦炭。

可惜的是，尽管这些人能杀死几个那加达兽，但是己方的死伤也在增加，而那两只特别高大的变种妖魔几乎让人不能近身，它们隔着老远就会用触角扭断人的手，把他们高高地抛起来，或者拖到胸前咬死！

"见鬼！"一个矮个子的男人咬牙切齿地骂着，他短短的黑发已经被血糊住了，脸上又是汗水又是灰尘和血，弄得一塌糊涂，但是大而明亮的眼睛却仍旧充满了神采。他抽空看了一眼山头——那里有他们拼命放出的求援黑烟，为此他们的一个兄弟被那加达兽咬穿了喉咙。"沃夫该来了！"他抵挡着一只那加达兽的爪子，焦急地想，"那个浑球，他要是再拖拖拉拉，就等着给我们收尸吧——哦，不，连尸体都不会找到。这些丑蜥蜴会把我们都拖到地下去当它们的美餐！"

就在他不断咒骂的时候，马蹄声渐渐地近了，一个暗红色的头颅从旁边的树林里冲了出来。

沃夫一下从马鞍上站起身，挥舞着巨剑斩向那加达兽。一个离他最近的那加达兽来不及反应，就一下被削掉了脑袋。它倒下去，伤口腾起一股烟，嗞嗞地响着，开始腐烂。

"嘿，嘿，皮斯卡！没有我你可怎么办？"沃夫在马背上大叫，又冲向了别的那加达兽。他身后涌出了更多的骑兵，冲着张牙舞爪的妖魔奋力杀去。

"去你的吧！"皮斯卡——也就是那个矮个子男人——恨恨地骂道，手上却一下子多了股劲儿，泄愤似的连砍了几只小那加达兽。有些妖魔感觉到了危险，转身撤退，飞快地钻入了泥土，有些还在撕咬着，但立刻被更多的人类围攻了。只有那两只变种那加达兽，仗着高大的身子和灵巧的触角，仍不断地扑向人群。不一会儿，又有两个人死在了它们的爪子下。

沃夫的重剑上沾满了绿色的血液，他看着那两头嚣张的变种妖魔，调转了马头，对着它们冲过去。

"滚回地下去吧！"沃夫高声骂道，双手握住了重剑直直地砍向一只背对着他的变种那加达兽，然而重剑还没有碰到妖魔的头，它尾部的触角一下子从下面探出，仿佛长了眼睛一样缠住了沃夫的脚，把他从马上拉下来了。

皮斯卡正在抵挡着妖魔的利爪，看到沃夫坠下马，也顾不上其他，就地打个滚儿来到他身边，一下子削掉了妖魔尾

天幕尽头

巴上的触角。

那加达兽发出怒吼，发疯似的朝着身下的两个人扑来。这个时候沃夫已经翻身站起，抬起巨剑刺入了妖魔的下腹部。

妖魔的血顺着巨剑流出来，不一会儿就被阳光照射着飘出了烟，巨兽立刻倒下来，痛苦地翻滚着，慢慢融化。

这时，最后剩下的那只变种妖魔终于发现自己已经陷入了包围，它恨恨地用尾巴卷住一具尸体，钻入了松软的泥土地里，消失不见了。

战斗结束了，人们看着焦黑的土地上留下的十几个洞，还有二十来具同伴的尸体，突然间感到无比乏力。皮斯卡一屁股坐下，把长剑插入土里，脑袋埋在了手中。

沃夫也感觉到手臂有些酸痛，他拖着剑走到皮斯卡面前，踢了踢他的腿，说："喂，回去吧，把兄弟们都带回去……"

皮斯卡没有抬头，沮丧地揉着自己乱糟糟的短发，闷声说："还是不行，沃夫，还是不行……我们走不出特贡卡拉山脉，无法到达阿卡罗亚，更不能参加米亚尔亲王殿下的义军……"

啪的一声响，沃夫伸出左手重重地拍在了皮斯卡的后脑勺上。"你傻了？"暗红头发的男人骂道，"我们今天打赢了，这可是头一次啊！我们杀了那么多的臭蜥蜴，剩下的都屁滚尿流地跑了！而且我们的营地已经推进了整整十五卡[①]呢！"

皮斯卡抬头望着他，沃夫咧开嘴笑起来，一把抓住他，

[①] 注：设定中的一种度量单位，1卡相当于12里。

像提小鸡一样提起来。"相信我吧,皮斯卡!"他用手搂住矮个男人的肩膀,"我们会走出这里的,我们会跟亲王殿下的义军汇合,然后我们就可以让米拉尼、菲菲、噶尔奶奶都过上安定的日子。我们会杀很多很多的妖魔,很多很多……它们不是喜欢钻出地面吗?那就让它们在地面上统统死掉!"

沃夫一边说,一边用手比画着,渐渐下沉的太阳被圈在他的手心里。

皮斯卡望着那血一般的残阳,它预示着黑夜即将到来:"愿凯亚神保佑我们,保佑法玛西斯……"

所有的人都随着他的低声念诵不约而同地开始祈祷,甚至连吊儿郎当的沃夫都有些动容。

但是他最终只是抿着嘴唇,拍拍皮斯卡的肩膀,提醒道:"走吧,我们还要带兄弟们回去,要是天黑了,这地方可就成了地狱了。"

幸存的人们开始收尸,把他们的同伴牢牢地捆在马背上,准备出发。就在这个时候,有一个人发出了惊恐的叫声。

"怎么了?抽什么风?"沃夫烦躁地训斥着那个人,"你被那加达兽咬了命根子吗?"

惊叫的人指着不远处的一个地洞,颤抖着说不出话来。只见那个地洞的泥土不断地被抛出来,似乎有什么东西正在洞里拱动,就要出来了。

沃夫咬了咬牙:"又来了吗?来得很好哇!"他扬起重剑,慢慢地接近那个地洞,就等着那加达兽探出头的一瞬间斩下去。

天幕尽头

就在他盯着起伏的泥土准备着动手的时候，一只手突然冲破了浮土伸出来。

"哇啊！"沃夫吓得退了一步，在他迟疑的这一空当，那土里陡然冒出了个人来。

沃夫回过神，举起重剑就向那个冒出来的人砍下去。

但是他无与伦比的力道却在这个人面前毫无作用，那人只伸出了一只手，立刻接住了厚重的剑身，接着随意一推，竟将沃夫整个人都推得仰面摔倒。

那人趁着这个机会拔出了身子，还从土里拽出了一个人来。

"啊，妖魔，妖魔！"

周围的人惊惶地吼叫起来，把武器纷纷扔向那个土里冒出来的人，但是任何钢制的武器就仿佛撞上了一堵无形的墙，统统碎成了一块一块的，掉落在地。

那个人甩了甩头，把泥土抖落，同时用厌倦的口气说道："我说，你们能不能看清楚再动手啊，打错了可怎么办？"

这是一个男人的声音，低沉厚重，用的是大陆通用语。

这让沃夫愣住了，于是抬起头来，仔细地打量着这说话的"人"——还真的是个人，身材高大，留着长长的黑发，但是衣服破破烂烂的，好像磨损得很厉害，大概是在土里钻得太久了，到处都脏兮兮的。然而，当他的脸转向沃夫的时候，却让沃夫又吓了一跳，开始怀疑自己的判断：

这个人的脸只有一半还算是人，另一半，就是右边那一半，从额头到脸颊，全是焦黑的瘢痕，甚至还有些鳞片，形成了密密麻麻的纹路，而眼睛的位置虽然没有什么破坏，但那瞳孔却是一条绿色的竖线，如同蛇的眼睛。

皮斯卡拦住了又要发起进攻的同伴，来到沃夫身边，用防备的姿态对着那个从土里冒出来的人叫道："你是谁？"

"哦，"那个人笑了笑，"真不错，至少没有问我是什么'东西'。"他彻底走出了洞口，手里抱着那个自己拖出来的人。

他看了看周围，开口问道："这是哪里？"

沃夫从地上一下子跳起来："喂，先发问的可是我们啊！"但是皮斯卡却回答道："这是尼克维特行省的边界，特贡卡拉山脉。"

那人笑了笑："原来越过这座山脉就进入了阿卡罗亚公国了啊，早知道就再往前走一点儿。"

皮斯卡警惕地看着他："现在您可以告诉我们您的身份了吗？"

那人看了看怀里的人，摇摇头："暂时不行，不过如果他醒了，会把一切都告诉你们的。我可是费了好大的劲才重新回到地面上的，现在能告诉我哪儿可以安静地睡一觉吗？"

沃夫笑起来："希望你能习惯树梢，入夜以后这片山林可是妖魔的世界啊，有很多的那加达兽出来聚会，没准儿会来邀请你跳舞。"

那人毫不介意，反而专注地看着他，然后转向皮斯卡，问道："你们的营地在哪里？"

男人们紧张地看着他，都没有答话，倒是沃夫大声说

天幕尽头

道："干吗，你难道还希望我们给你提供干净的洗澡水和床吗？"

"最好还有新鲜的肉。"

沃夫哈哈大笑起来："你真是在地下埋了太久了！连你是什么人都不知道，我们怎么会告诉你营地的位置？！我们不会说的，就是你把我们都杀了也没有用，真的，杀了我们也没有用哦！"

那人打量着地上已经烧成了残渣的那加达兽的尸体，还有些已经完全成了黑糊糊的东西，忽然伸出手，一道蓝色的弧光从他的手上飞出去，对直削断了远处的一株灌木。

人们惊叫起来，"巫师""巫师"！口气中竟然带着一点点惊喜。

沃夫和皮斯卡也瞪大了眼睛，最后还是皮斯卡先恢复了神志，转头对沃夫低声说："得让他回咱们营地去，他很厉害。"

沃夫撇撇嘴，但还是不情不愿地点了点头。

现在巫师就跟主神殿祭司一样拥有超越平常人的力量，可以轻松地对付一些妖魔，比起普通战士的战斗力，强了不止两三倍，于是有不少苦于被妖魔侵害的普通百姓会殷勤地对待他们——尽管有时候他们比妖魔还可怕。

对于现在的沃夫和皮斯卡来说，眼前这个男人是巫师反而好办了，满足他的要求，可以暂时增加一点对抗妖魔的力量。说不定还能加快大家的行进速度，早点到达阿卡罗亚。

"走吧，"沃夫扛起自己的重剑，对这个男人说，"算你运气好,昨天我打的那头鹿还剩下一半,米拉尼给我烤得香极了。"

那个男人一边跟着沃夫走向马匹,一边笑着说:"我其实不介意厨师的手艺,或许生的更好。"

沃夫古里古怪地看了他一眼,嘴里嘟嘟囔囔地说着"不识货"一类的话,跨上了马。

那个男人也骑上了一匹,在跟随着这些人离开时忍不住回头望了一眼正在缓缓下沉的太阳。巨大的光轮放射出血红的光芒,却抵挡不住那些从云层中渐渐压下来的黑暗,用不了多久,它们就会笼罩整个世界。

十 年

沃夫·阿尔特带着幸存的人和马回到他们出发的地方时,天色已经完全暗了下来,许多人聚集在高高的围墙上张望着,当站在最高的瞭望塔上的姑娘欣喜地叫他们的名字时,大铁门徐徐地吊起,于是经历了恶战的男人们终于卸下了防御,长长地吐了一口气。

女人焦急地寻找着自己的丈夫、儿子、父亲,有些看到活着的就扑上去死死地抱住,而另外有一些则在看到马背上的尸体以后便号啕大哭起来。

沃夫跳下马,把缰绳扔给其他人,他看了一眼那些哭泣的女人,动了动嘴唇,似乎想说什么,但是最终还是扛起自己的重剑转身走向后面。而皮斯卡则回到她们的身边,默默地帮助她们把亲人的尸体卸下来,然后搬到一个帐篷里去。

当这些战士被各自的亲人接走以后,更多的人注意到了一个陌生的面孔，那个浑身都是泥土，从头到脚黑漆漆的男人，怀里还抱着一个不知道是死是活的躯体。当他抬起头来，即便是最迟钝的人也发现了他的怪异之处——他那一半畸形的脸就好像妖魔一样可怕。

"那是谁？"

"看他的脸，真吓人……"

"陌生人……怎么会有陌生人……"

……

各种各样的议论从人群中传了出来，沃夫当然也听到了，他毫不在意地挥挥手，大声对人们说道："别害怕，别害怕，他是个巫师！虽然长得丑了点儿，可是本领还不错！他只是来暂时借住的，咱们就当有了个新客人……我说，都给我礼貌些。"

听到"巫师"这个词，大家的恐惧和警惕稍微减轻了一些，但是表情上仍有些猜疑和防备，沃夫的解释让他们不再议论。有几个年纪大一点儿的老人上来跟沃夫耳语了几句，暗红色头发的年轻人皱着眉头答应了几声，于是大家都纷纷散去，收拾马匹和行装，开始准备晚饭。最后只有一个少女还跟在沃夫的身边。

"米拉尼小宝贝儿！"沃夫对那个负责瞭望的少女亲切地说，"你今天晚上给我准备了什么好吃的，刚才我可是运动了很久，饿得要死！"

"一些烤土豆，"少女用仰慕的眼光看着他，"还有你喜欢的鹿肉，沃夫哥哥。"

天幕尽头

"嗯，还缺点儿什么……"

"啊，大麦酒！"

沃夫笑起来，用脏兮兮的手捏了捏少女粉嫩的脸颊："没错，就是那个，小宝贝儿。你真是我的心肝儿。对了，再烧一桶热水好吗？瞧瞧我们的客人，他们需要洗个澡。"

米拉尼脸红红地点点头，转身走了。

沃夫领着这个高大的男人去自己的帐篷，帮他找出一条毯子。"晚上暂时可以睡在我这里，"沃夫大方地说，"瞧，我是个单身汉，没有乱七八糟的娘们的东西，而且帐篷外面还搭着皮子，保证暖和。我说——哎，对了，我叫做沃夫·阿尔特，你叫什么名字？"

被认为是巫师的男人打量着周围，看了看这除了几个布包和重剑、长矛之外一无所有的住处，最后把目光放在这个男人身上。他单膝跪下来，铺开毯子，小心翼翼地把怀里的人放在上面，同时对沃夫笑了笑："你可以叫我菲弥洛斯。"

沃夫咧咧嘴，似乎要表示些善意："这个人是谁？他还活着吗？"

"差不多吧……"菲弥洛斯漫不经心地回答，"大概有一半还算活着。"

沃夫有些听不懂他的话，但是仍然好奇地追问着："你们为什么会从地下冒出来，啊？你那个手上发出的光……我能学会吗？还有你的眼睛看起来真是威风，这个是因为学巫术的原因吗？"

菲弥洛斯没有看他，对这个喜欢刨根问底的年轻人也没有要回答的意思。

沃夫很难得地没有生气，反而耐心地注视着菲弥洛斯清理那个半死不活的人身上的泥土，露出一张很年轻的面孔来。

沃夫盯着菲弥洛斯左边完好的脸："他是你的朋友吗？"

男人黑色的眼珠稍微向他移动了一下，随即又回到原来的位置。"不，我们可不是朋友。"菲弥洛斯似乎笑了一下，"他是我的主人。"

沃夫有些吃惊："哇，难道他是更厉害的巫师？"

菲弥洛斯笑出了声："没错，他可是能把妖魔王都唤醒的人呢……"

沃夫瞪大了眼睛，有些迷惑："妖魔王？妖魔竟然还有王？就跟咱们的罗捷克斯陛下一样吗？"

菲弥洛斯顿了一下，问道："你既然知道今天出现的那些妖魔的名字，就该对妖魔有些了解吧？你们是甘特迪罗人吗？"

"不！"沃夫摇摇头，"我们可不会做小买卖，也不会杂耍。"

甘特迪罗人是卡亚特大陆上的流浪民族之一，善于制作一些廉价却华丽的小首饰和生活用品来赚钱，也善于表演杂耍。他们往往上百人聚集成一个部落，然后在一个地方定居，又不断地从上个定居点流动到别的地方。

沃夫告诉菲弥洛斯，他们是尼克维特行省北边桦树村的村民，正要越过特贡卡拉山脉到阿卡罗亚去。原来的村子被妖魔毁了，他们必须逃亡。

天幕尽头

菲弥洛斯皱起眉头:"毁掉一个村子?是什么妖魔,有多少?"

"就是今天的地魔那加达兽,大概有六十只以上。"沃夫恨恨地捏着拳头,详细地告诉了他——

桦树村是一个以狩猎和林木产品加工为主的大村落,但是三个月前的一天夜里,无数的那加达兽从泥土中钻出来,向村子里发起了进攻。很多妇女儿童被咬死,而幸亏男人们都是优秀的猎手,奋力将一部分人救出来,骑上快马逃命。天亮以后妖魔退走,才发现原本人数接近一千的村落,最后只剩下了不到五百,而老人、妇女和儿童死伤得最多。

惊魂未定的村民把武器和粮食、钱物这些清点以后,商量决定越过特贡卡拉山脉到阿卡罗亚公国去。

"为什么要去那里?"菲弥洛斯问道,"如果你们是尼克维特行省的人,应该可以向行省的神殿祭司求救。"

"没用!"沃夫恨恨地啐了口唾沫,"那些怪物把嘎斯山口占领了,不光有那加达兽,还有魔狼和肉虫,几乎没有办法从那里过去,所以我们只有北上。"

"山脉里也还有许多妖魔啊……"

"没办法,只能一路打过去呗!好歹比进出嘎斯山口的少些,而且杀妖魔那玩意儿,也就像打猎,只要找到弱点就好办了!"沃夫得意地摸着下巴,"再说了,就算是把求救的信号传到了神殿祭司那里,他们大概也抽不出身。我们在路上还救了几个从山外逃进来的人,据说现在外面的妖魔不比山里少,公国里、大城市里、乡村里,甚至连帝都都有,各种各样稀奇古怪的妖魔,这十年里它们出现得越来越频繁,杀掉的人越来越多,据说有些地方已经形成了妖魔聚居的魔都和堡垒,没人能活着接近。"

菲弥洛斯停下了手里的动作:"十年?你说的是从哪一年开始的十年?"

沃夫眨了眨眼睛,然后扳着指头告诉他:"呐,罗捷克斯二世十五年开始算吧,据说那一年的王宫大火就是妖魔引起的,然后陛下派遣了很多了不起的人去寻找妖魔的踪迹,有些人回来了,有些过了一年多才去帝都复命,还有些死在路上。不过有一位主神殿的祭司大人带回了一些法术。这十年来他训练了很多僧兵,然后派遣到全国各地,僧兵们又继续培养当地的普通祭司成为僧兵。当妖魔越来越多地出现以后,这些有法术的僧兵起了很大作用,要不然大概卡亚特大陆上有一半的人都填了妖魔的肚子了。可惜不管怎么说,他们的数量仍然不够,法术毕竟很难学嘛,而且还要要具备有蕴含强大魔法的体质。"

"那个祭司叫什么?"

"十年前活着回来的吗?"沃夫挠挠头,"我哪记得住那些大人物的名字啊,反正听说年纪也不大。"

"没有僧兵的地方怎么办?妖魔很猖獗吗?"

"自己想办法吧?"沃夫耸耸肩,"比如当地的老爷们会组织一些人组成护卫队,或者花钱请巫师,以前他们可是恨不得抓到一个就烧死一个的,现在可不同了,好巫师就跟祭司一样重要。"

天幕尽头

菲弥洛斯又问道："你们去阿卡罗亚也是要加入护卫队吗？"

"也许有的人会，也许有的人只是待在那里重新过日子。"沃夫眼睛闪闪亮亮的，对菲弥洛斯说，"我倒是想加入米亚尔亲王殿下组织的义军，我会劝说皮斯卡也去！那才是男人该干的事儿呢！义军不光护卫人类，还主动寻找妖魔的巢穴摧毁，厉害极了！所以阿卡罗亚现在可算得上是最安全的一个公国！"

菲弥洛斯意义不明地哼了一声，不再说话。

这个时候，米拉尼撩开帐篷的门，提进来一桶开水，后面有两个小孩儿跟着推进来个大木盆。

"沃夫哥哥，水烧好了！"女孩儿擦了把汗，"走吧，到我家吃饭！"

"谢谢你，宝贝儿！"沃夫高兴地蹦起来，又对菲弥洛斯说，"我帐篷右边有一口临时打的井，水有点儿浑，不过洗澡没问题。现在一切都不怎么方便，你可得将就点儿。等下我会给你和你的'主人'带吃的回来。"

菲弥洛斯看着他和那个少女一路走向别处的帐篷，起身把开水倒进木盆里，又打来一些泛黄的井水调好温度，他脱下自己和那个男人的衣服，用粗布仔细地擦洗着身体。

水渐渐地变成了恶心的黑色，而菲弥洛斯淡金色的头发和古铜色的皮肤重新露出来，除了那一张被妖魔王寄生过后毁坏的脸，他似乎又回复到了弥帝玛尔贵族原本的模样；而在他的手中，另外一个人漆黑的长发和苍白的躯体也慢慢地变得很干净，除了微微下陷的脸颊让人感觉很憔悴以外，就好像是睡着了一般平静。

菲弥洛斯从沃夫的布包里找出衣服给那个人穿上，然后拍了拍他的脸，低声笑道："快醒来吧，主人，你已经睡了十年了哦！"

那个男人的眼皮似乎因为他的动作而稍微动了一下，但是仍然没有睁开。

但是菲弥洛斯知道，他的"主人"，克里欧·伊士拉即将醒过来。

沃夫高高兴兴地喝饱了大麦酒，手里还拿着几块烤得焦脆的鹿肉和荞麦饼。他对米拉尼的手艺赞不绝口，真心实意地认为将来等这个女孩成年，自己得赶快把她娶过来，否则会有很多的敌手。

等走到自己的帐篷前时，他叫了声"吃饭了"，就看到一个高个子男人撩开了帐篷门。那个人有一头淡金色的长发，穿着略微有些不合身的衣服，但隐约带着一种难以言喻的压迫力。如果不是那被毁掉的半张脸，沃夫几乎认不出这个就是那浑身黑幽幽的男人。

"菲弥洛斯？"他犹豫地叫道。

"是我。"那个男人点点头，伸手把他怀里的食物拿过来闻了闻，"鹿肉？不错！"

"能吃到米拉尼的东西可得感谢我，我的心肝很少给别人

天幕尽头

做晚饭呢！"沃夫得意地笑了笑。他们走进帐篷，菲弥洛斯坐下来就开始吃那块鹿肉，对荞麦饼则看也不看。

沃夫则盯着躺在地上的人，吃惊地瞪大了眼睛，然后蹲下来。"妈呀……"他喃喃地说，"原来是个男的啊！还挺好看的，他怎么了？受伤了吗？什么时候能醒啊？"

"也许是明天……"菲弥洛斯笑了笑，"我看他也睡得够久了。"

沃夫觉得这个男人说得很平常，但是语气中仍然有些高兴的成分，于是也不免多了些期待。他仔细地打量着那张漂亮的面孔，发现这个男人的轮廓似乎和法玛西斯帝国的民族都有些差异。

"他是哪儿的人？是克尔伦人吗？"沃夫说的是一头黑发的南方民族，但很快他又否定了自己的猜测，"不对，听说克尔伦人的皮肤很黑。"

菲弥洛斯吃完了鹿肉，笑着说："他是个流浪者，跟我一样。我们没有故乡，也不属于任何一个民族，你的追问没有意义。"

沃夫心里有些不快，但是他认为大概巫师都有这样的怪脾气，所以默默地允许了他对自己的"无礼"。

这个时候帐篷外传来了皮斯卡的声音："沃夫，长老们要开会了！"

沃夫应了一声，对菲弥洛斯说："走吧，老爷爷们主要是想见见你。如果你要继续留在这儿，就得跟他们和和气气地说话。"

打理干净的男人站起来，跟着沃夫走出帐篷，皮斯卡在外面看到他，也有些惊异，但是他很有礼貌地打了招呼，重新介绍了一下自己，便领着他们来到这个营地最大的帐篷里。

桦树村的幸存者们选出了几个年纪比较大、又富有智慧的老人来做长老，在越过特贡卡拉山脉的过程中，虽然能作战的年轻人是很重要的，但是有经验和判断力的老人们同样不可或缺。当菲弥洛斯走进去的时候，他焕然一新的外表和那半边被凸显得更加恐怖的脸让老人们都忍不住有些紧张。

皮斯卡得体地为双方介绍了一下，然后最年长的一位慢慢地说："欢迎您来到我们的营地，菲弥洛斯先生，既然沃夫已经告诉了您我们要去的地方是阿卡罗亚公国，不知道您有什么打算？"

"啊，目前没有什么特别的，大概会等我的'主人'苏醒以后再考虑。"

"听说您是一位巫师？"

"差不多吧。"

"实话说，菲弥洛斯先生，如果您能帮助我们，我们将感激不尽。食物什么的，您完全不用担心……"

菲弥洛斯点点头："嗯，我喜欢安静的地方，你们这里还不错。不过我想知道你们打算什么时候走到阿卡罗亚？这个营地虽然坚固，但是搭建和移动都很费时。"

长老叹了口气："从逃亡开始，我们就尽量选择安全的路，但是现在山脉中有太多的那加达兽，白天它们的活动比较迟缓，可以捕杀，晚上就很危险了。我们必须得一点点地

天幕尽头

开辟道路才能让尽可能多的人活着走出去。现在我们已经损失了几十个青壮年战士，但是行进的速度也只能这样了。我们不能为了走得快而牺牲安全。"

菲弥洛斯笑了笑："这就是我为什么不喜欢跟太多人住在一块儿的原因。"他的话让其他人都皱起了眉头，但是他若无其事地继续说道，"不过没有关系，我的主人喜欢，所以我也就习惯了。我可以待在这里直到他决定离开为止。现在我希望知道卡亚特大陆的情况，妖魔多到了什么程度？"

"哦，大概已经没有什么地方没有遇到过妖魔了。"回答他的是皮斯卡，"出现得最多的是中部和东南部，据说大城市里还好，因为僧兵驻扎很多，而且结界也做得好，但是中小城市和偏远的地方出现得就不少了。僧兵们已经尽量地传授低级的除魔术了，也教了一些消灭妖魔的方法，不过实在是力量单薄，只能靠人们自己了。"

"罗捷克斯二世没有做什么重要的部署安排吗？"

"当妖魔开始聚集起来袭击一些人口稠密地区的时候，陛下宣布全国戒备，然后允许各地自组力量抗击妖魔。"

"巫师就是这个时候出现的吗？"

"大概是吧……他们以前就隐藏在暗处，自从妖魔越来越多以后，他们慢慢地就出来。"皮斯卡又看了他一眼，"你不也是吗？"

菲弥洛斯笑了笑，转开话题："阿卡罗亚的义军现在有多大规模了？"

"可多了！"沃夫抢在皮斯卡开口前回答道，"大概快超过八万人了！亲王殿下真是了不起，听说还是个美女！我一定要亲眼看看她！"

菲弥洛斯想了想那个模糊的少女的轮廓，低声笑起来："十年了，她当然已经是一个美女了。"

皮斯卡诧异地看着这个男人，觉得有些古怪："怎么，你见过她？"

菲弥洛斯还没有回答，就看见那个叫做米拉尼的女孩儿慌慌张张地跑进来，她对着长老们鞠了一躬，指着外边："对、对不起，但是……那个男人……就是今天来的另外一个，他醒过来了。"

重新出发

  沃夫·阿尔特第一个跳起来往外跑，接下来是皮斯卡，连长老们都颤颤巍巍地站起身向外走，唯独菲弥洛斯仿佛不怎么在意似的落在了后面。

  他走回沃夫的帐篷，远远地就看见一个人被两个半大孩子扶着站在门口，许多人正在旁边打量，却没有靠近。橙红色的火光把那个人的脸照得很清楚，虽然瘦削却仍然很俊秀，甚至连那双银灰色的眼睛也变得更明亮了。不过菲弥洛斯猜测这兴许是因为自己已经十年没有看到过而产生了一些错觉。

  沃夫首先走上去，对那个刚苏醒的人露出了一个大大的微笑，还亲热地拍着他的手臂："哇，美人儿，真高兴你醒过来了！听说你是个了不起的巫——"他的话还没有说完，就被后面的皮斯卡一把拽开了。

皮斯卡的招呼方式就让人容易接受了，可是仍然没得到回应。

克里欧·伊士拉看着眼前陌生的面孔，头脑中还有些回不过神，他的目光飞快地扫过了他们，然后从中间辨认出最熟悉的一个。他张了张嘴，用嘶哑的声音叫着菲弥洛斯的名字。

妖魔贵族笑起来，推开挡在身前的人，朝他走过去。"欢迎回到人间，"他拉住克里欧的胳膊，低声说道，"主人，你睡了一个长长的觉啊。希望你有耐心应付这个地方的老头子们，现在我们可是寄人篱下呢。"

克里欧盯着他的脸，就好像从来没有见过他似的。菲弥洛斯对于游吟诗人这样的反应似乎很愉快，他扶着他的胳膊，领他走进帐篷。

皮斯卡和沃夫跟着进来，还有那些长老们。皮斯卡大概地介绍了自己和这个营地，然后问道："该怎么称呼您呢，先生？"

游吟诗人想要清楚地回答，但是只能发出一些嘶哑的声音，让别人勉强听清楚。

"大概是喉咙有些损伤，"沃夫信心满满地插嘴道，"我能找到一些草药水儿，喝几天保准你没事儿。"

克里欧点头表示感谢。

一个长老问道："伊士拉先生，冒昧地问一句，您……也是巫师吗？"

克里欧有些意外，但他随即便看到菲弥洛斯狡黠地冲他

天幕尽头

笑了笑。他费力地对长老说:"很……抱歉……我……我是游吟诗人……"

周围的人脸上露出意外的表情,接着多少都有些失望,沃夫大声嚷嚷起来:"原来你是个卖唱的啊!"

皮斯卡偷偷地狠拍了沃夫的脑袋一下,对克里欧道歉,但又不死心地追问道:"这么说,您不会魔法?"

克里欧摇摇头:"抱歉……我没有……法力……"

皮斯卡愣住了,随即干笑了两声:"原来如此……"

沃夫在他身后嘀嘀咕咕地说:"怎么可能啊?那个厉害的家伙都叫他主人呢……"皮斯卡瞪了他一眼,沃夫没趣儿地闭上嘴,把头转开。

长老们也很失望,但仍礼貌地表示愿意让游吟诗人在营地里安心养伤,只是希望"打猎"的时候他的仆人能够出力帮忙。克里欧理所当然地表示同意,于是长老们又客套了几句,陆续离开了这个帐篷。皮斯卡留在后面,客客气气地说:"如果您同意,我明天还想向您请教一些事情,不知道可以吗?"

克里欧已经说不出话来了,只能点点头。

于是沃夫大方地摆摆手:"行了,现在咱们也算是朋友了,我的帐篷就借给你们俩住吧,我和皮斯卡挤一挤。明天一早我把草药水儿给你找来,过两天你一定能再开口的,到时候可一定要给我唱几首歌啊。"

克里欧看着这个虽然高大、有着狰狞伤疤,却开朗得像个男孩儿的青年,忍不住向他笑了笑,把他和他的朋友送出了帐篷。

在所有的人都走了以后，菲弥洛斯放下帐篷门，回到克里欧身边坐下。

游吟诗人看着妖魔贵族完整的半张脸，又把目光慢慢地移动到他布满黑色瘢痕的右脸，忍不住皱起眉头。

菲弥洛斯笑起来："怎么，是不是有些不习惯？图鲁斯坎米亚给的礼物可不一般。"

游吟诗人苦笑着放下了手："我们……为什么会……在……这里？"

菲弥洛斯却拉住他的手，专注地看着他的眼睛："怎么？你一点也想不起来了？"

克里欧从陶罐里喝了一口水，沉默了片刻，才断断续续地说："土……很臭……很黑……我喘不过气……你拉着我……"

"是的，我拉着你，第十层圣殿就倒塌了，我们被埋在里面，还有昆基拉……你还记得昆基拉吗？"

"妖魔……王……"

"没错。就是那家伙，我把她的——"菲弥洛斯用手在脑门儿上画了一下，"——眼睛挖出来了。不过她可没死，当圣殿倒塌的时候，我看到她还在动。"

克里欧迷惑地看着妖魔贵族。

菲弥洛斯耐心地继续说道："啊，我忘记了，那个时候你已经被呛得昏过去了。后面的事情你都不知道了吧？第十层圣殿崩塌以后，那些小喽啰都想进来尝尝我们的肉……当然

天幕尽头

了,还有昆基拉。于是我做了一个最小范围的结界,暂时让我们俩待在里面。那些丑八怪嗷嗷地叫,不过没有办法破坏我的结界,它们只要碰一下就会被削掉爪子。这让我们坚持了一段时间,我当时能感觉到我们陷落到了更深处的地下,倒是让很多低级的妖魔没有办法跟上来。"

克里欧忍不住插嘴道:"昆……基拉……"

"你还惦记那个妖魔王啊?"菲弥洛斯笑了笑,"大概我们在陷入地下前她就被那些丑八怪给分吃了个干净,连骨头都没有剩下!反正我后来没有看见她。"

游吟诗人拼命回想着那个光头的、仿佛平常女人一样的妖魔王,她所代表的是"遗忘",那时候围绕在自己周围的妖魔王中,她算得上是最安静、最没有攻击性的一个,就这样被别的妖魔吃光了?

"那是……妖魔王……"

菲弥洛斯哼了一声:"你是想说,那些丑八怪怎么会吃掉自己的头儿?不要用人类对待地位和等级的态度来衡量妖魔。它们所崇尚的是力量,有很多妖魔都能够借助吞噬和寄生的手段使自己变得更强大,妖魔王的力量它们都可是垂涎三尺呢!如果妖魔王能够压得下它们,当然就平安无事,但是如果妖魔王处于一个危险中,就会被它们趁机吞噬。"

克里欧的心底生出一股冷气,但是他仍有些迷惑:"可妖魔王是黑暗之神的分身,它们是不会消逝的。"

"的确不会,它们的力量会分散到吃掉它们的妖魔体内。"

克里欧忍不住打了个冷战:"你的意思是……当时……吃

掉昆基拉的……那些妖魔全部都获得了……"

"妖魔王的力量？"菲弥洛斯点点头，"的确如此。我当时没有在意到底是哪些丑八怪吃掉了昆基拉，不过要消化她的话妖魔数量绝对不少，如今在哪儿我也不知道——当然了，很可能已经蹿到了地面上。"

克里欧的手有些发抖，他忍不住又主动喝了两口水，追问道："那……现在……到底……"

"现在的情况不怎么好，或许比我们想象的还要糟糕。"菲弥洛斯接上他还没有说完的话，"不过我现在只接触了这些猎人，也搞不太清楚。还是接着帮你回忆吧，我有很重要的事情要告诉你呢，主人。"

最后那句话的语气让克里欧抬起头，感觉到一阵紧张。

"你完全不知道我们陷落以后发生的事情，对吗？"

克里欧摇摇头："一片……空白……"

菲弥洛斯难得地沉默了片刻，突然噗地笑了："真好！我得说，您还是很幸运的，不记得是最好的。如果你没有被妖魔王寄生之前我们就被埋在地下，你和我，就在那个结界里，用最昏暗的光照着，什么都不管，那样也很好……你要做什么都没有关系。可是很遗憾，我不得不带你回到地面上……"

克里欧没有作声，看上去面无表情。

"我发现了以前一直不知道的秘密，原来越是在黑暗的地方，越是在泥土之下，妖魔王的力量就越强大。特别是当成为寄生体的你失去意识的时候，它们就能冒出来……"

天幕尽头

菲弥洛斯解开衣服的前襟，露出一个黑色的伤疤，那疤痕正烙在他的心脏部位，虽然小，却触目惊心。

克里欧双手紧紧地攥在一起。

"你——不对，应该说是妖魔王——试图吃掉我，好在它们在你的身体里，力量受到了很大的限制。对我来说要让它们暂时乖乖听话倒是可以的，不过我得积蓄很多力气才能封印它们一次。我尝试着移动我们的位置，每次上升我都能感觉到妖魔王的力量有所减弱。所以我想还是把你先弄出去比较好。那真费力，主人，在到处都是妖魔的十层圣殿里往外走，要小心无数嘴巴发痒的丑八怪，得开辟安全的新路，我花了不少时间。对了，还得算上封印你身体里蠢蠢欲动的怪物花的工夫。"

"十……年……"

"没错，就是十年，这已经比我想的快多了！"

克里欧嘶哑着声音问道："那……照你的说法……我回到地面，妖魔……王……就……应该完全被压制……这是凯亚神眷顾……的地方。"

"这么说吧，主人，我有十年的时间好好琢磨你这具被妖魔王寄生的身体。你知道自己为什么会袭击我吗？"

克里欧摇摇头。

"黑暗之神想要复生，但它们的寄生不完全，只有三个在你体内，而昆基拉被分尸，图鲁斯坎米亚不知道跑哪儿去了，所以复活仪式并没有完成，在你体内的那三个妖魔王就像张着嘴的婴儿，拼命地吸吮着另外空缺的力量，就好像一个漩涡，渴望着把一切都纳入自己的体内。我是弥帝玛尔贵族，力量强过了地下圣殿中所有的妖魔，而我又在你的身边，就好像是在饥饿的人身边放了一块美味的肉。懂吗？"

克里欧不敢相信，但是他知道面前这个男人绝对没有说谎。

"现在来做个试验，你就知道了。"菲弥洛斯伸出手臂，用手指尖的蓝光轻轻地在上面割破了一点，血液涌出来，一滴滴落在地上。

克里欧看着那些血液，开始还没有什么感觉，很快地，一股阴冷的感觉像冰柱一样从心底慢慢地冒出来，那些血液的热量就仿佛是燃烧的火，让克里欧恨不得吞到肚子里。他缓缓地伸出手，摸到了菲弥洛斯的伤口，血液的湿滑让他更加肆无忌惮，嘴巴里干渴得厉害，胃部也变得非常饥饿，甚至开始卷着舌头。当他把嘴凑近菲弥洛斯的伤口时，一阵尖锐的刺痛从腿上传来，他回过神，发现一道金色的火焰炙烤在他露出的皮肤上。

"瞧，主人，"菲弥洛斯收回了他的法术火焰，按住了自己的伤口，"这就是你现在的本性——渴望吞噬所有黑暗的力量，任何蕴藏着这种力量的肉体、血液，都是你的美食。你回到地面，或许比在地下时更好控制——比如你恢复了意志。但是妖魔王的作用是没有消失的，只要有了合适的条件，你就会被它们的欲望所驱使。"

克里欧呆呆地盯着地上掉落的那几滴血，摸着自己的嘴唇。

天幕尽头

妖魔贵族看着他苍白而清瘦的面孔，把已经吐到了嘴边的"刀子"又都吞了下去。

两个人在小小的帐篷里不约而同地沉默了，过了一会儿，克里欧突然抱着自己的膝盖，拼命地缩起身子，想要把自己变成一个球，隐藏到连自己都看不见的地方。但是他无论怎么努力，两只手却仍然无法掩盖全身。

菲弥洛斯面无表情地看着他，还是忍不住放软了口气："别表现得太绝望，主人，千万不要！我们到阿卡罗亚去吧……我们应该找到净化的办法……"

克里欧安静下来，没有回答，他埋下头，呼吸的声音沉重而缓慢。

大概是清除了一些地魔那加达兽的威胁，又有"巫师"作为临时的同伴加入，桦树村的幸存者们对继续前进多了一些信心。第二天一早，他们就开始收拾行装，拆除围墙，同时用马装好了地上的几块大钢板，继续向北进发。

男人们分成几个纵队前后左右地警戒着，一些经验丰富的猎人在前方开道。而老人和妇孺都乘车，只有身体特别好的几个年轻妇女在步行。

菲弥洛斯和克里欧被安排在了前面的车辆上，紧跟着长老们的车。那个叫做米拉尼的姑娘忙前忙后地照顾着他们，她甚至还体贴地给菲弥洛斯找来了一小块遮挡伤疤的长头巾。虽然妖魔贵族对这个东西嗤之以鼻，但是克里欧觉得如果想解决一路上更多的好奇和追问，戴上也没什么不好的。

"这就跟用缠头遮住我的十字伤一样，对吗？"菲弥洛斯说，"听起来总是为了我好。"

克里欧其实注意过他的额头，因为图鲁斯坎米亚造成的瘢痕，那道十字伤也只剩下了一半。克里欧想过，那个曾经寄生在菲弥洛斯体内的妖魔王会不会也给他留下了什么"后遗症"，但是听到那个男人用他熟悉的讥讽的口气说话时，克里欧又感到说不出的安心。

克里欧用右手轻轻地抚摸自己的左手和双腿，昏昏沉沉地倚靠在车门上。

大约用了半天时间，他们已经翻越了一座矮小的丘陵，走上了比较平坦的峡谷地带，前面慢慢地展现出了平原的面目。

沃夫和在前面领路的皮斯卡商量了几句，便调转马头，来到了菲弥洛斯和克里欧身边。

"嘿，我们已经来到特贡卡拉山脉的边缘地带了，"沃夫兴奋地对他们说，"原来这里有个山头，不过现在好像因为滑坡不见了，刚好把一个干河床的凹陷给填平了，我们从这边走的话，只需要一个星期就能进入阿卡罗亚公国。"

菲弥洛斯抬头看了看前面的路，不为所动地笑了笑，倒是克里欧有些关心。他的嗓子有一些恢复，但也只是说话连续一些，声音依然沙哑得有些刺耳。

"那个地方……为什么会有滑坡？"

"谁知道呢？也许春天雪化的时候弄的，岩石给弄裂了，

天幕尽头

土又变得湿乎乎的,就崩了呗。不过这倒帮了我们的忙。"

克里欧摇摇头:"不管怎么说……如果要扎营,还是离那个滑坡的地方远一点儿……比较好。"

沃夫咧嘴笑笑:"行了,卖唱的!你可真是爱操心!皮斯卡和我都会在扎营之前仔细地考察!我先过去了,等会儿就回来!"

话还没有说完,这个年轻人已经一夹马腹,冲到了最前面。

菲弥洛斯拨弄着遮挡着脸的头巾,笑嘻嘻地对克里欧说:"干吗特意叮嘱他那些,主人?你这个时候还有空担心他们?"

克里欧摇摇头,"我觉得饿……"他转过脸,眼睛里竟然有些不可思议的恐惧,"很饿,很渴……菲弥洛斯,就像昨天晚上那样……不,比昨天晚上更饿、更渴了……"

弥帝玛尔贵族

从特贡卡拉山脉往北走,地势会逐渐降低,然后是一大片平原,这就是阿卡罗亚公国的属地,并一直延伸到另外一片群山,那是公国王城的所在地。

现在桦树村的幸存者们到了山脉的尽头,看到河床渐渐铺开,他们为终于走出黑暗危险的森林而兴奋雀跃,但是这样的情绪并没有传染到他们的客人身上。

菲弥洛斯注视着克里欧的脸色,而游吟诗人闭着眼睛倚靠在车门上,除了额角有些冷汗之外,就好像在小憩。

菲弥洛斯并不是很清楚克里欧所感受到的饥渴到底有多么强烈,因为这直接关系到他们将面临哪种程度的大战。不过他还不想太快地给皮斯卡和沃夫警告,或许等克里欧觉得喉咙里都要伸出手来的时候,就可以拔剑了。

菲弥洛斯抬头看了看天空,太阳已经开始偏斜,在日落

天幕尽头

前他们得找到一个可靠的宿营地。

　　走在最前面的年轻猎人们找到了一块平整的干燥地，而且离滑坡也有一段距离。于是皮斯卡发出了命令，队伍浩浩荡荡地朝着那边行进。

　　年轻人把钢板卸下来，铺了一片狭窄的平地，然后让马车围成一个圈，把剩下的几块补在空隙中间。女人们架起灶开始做饭，香气慢慢地飘出来，一股温暖的味道弥漫在这个拥挤的营区。

　　沃夫安排了几个年轻人值夜，然后笑嘻嘻地来到菲弥洛斯和克里欧围坐着的篝火堆旁。米拉尼正架起汤锅烹煮昨天分到的半边野兔，看到他过来以后，又慷慨地撒了一撮香料进去。

　　"宝贝儿，你真了解我的口味！"沃夫讨好地看着少女，"等下我想吃后腿，行吗？"

　　米拉尼点点头，用木勺搅动着黏稠的汤汁："再加点儿干菜怎么样？"

　　"我做好了撑破肚子的准备。"沃夫乐呵呵地转向克里欧，"我说，卖唱的，今天晚上可能会比较冷，你一定得多喝几口热汤，就在这火堆旁边睡。明天一早我们就出发，如果生病的话，在赶到城镇之前都很难找到药哦。"

　　仿佛为了让他的话更有说服力，年轻人亲手舀起一碗汤，递给了游吟诗人。

　　克里欧的脸色有些发青，胃部因为饥饿而扭曲，但是面前香浓的汤汁没有引起他丝毫的食欲，他清楚自己要的不是这个。沃夫把碗硬塞进他手里，严肃地说："喝吧，听我的没错，而且米拉尼的手艺好极了。"

克里欧勉强咽下了一口汤，他不得不承认那个可爱的少女的确做得好吃极了，但这一点也没有缓解他心中焦灼的欲望。克里欧把碗放下，看了看周围："晚上是不是应该再多派一些人守夜呢？我有种不好的感觉。"

沃夫接过米拉尼递给他的一大碗汤——里面除了一大只野兔的后腿之外，还有用盐和香料腌过的野菜。他难得地没有立刻大快朵颐，歪了歪头："你是什么意思？这里有妖魔？"

"也许有。"克里欧含含糊糊地回答，"我的感觉是这样……"

沃夫耸耸肩："其实也无所谓，现在卡亚特大陆上完全没妖魔的地方恐怕剩不了几个了。我今天守夜，放心吧，我对付那些东西已经有段时间了，稍微有些风吹草动我都会注意到的。"

他开始专心地享用起自己的兔肉晚餐，而菲弥洛斯朝着克里欧移动了几步，贴到了他身边。

"把汤喝了吧，主人，你的肉体现在比一个孩子还要脆弱。"他说道，"今晚我会查看一下周围，找找有没有什么捣乱的家伙。"

夜晚的温度降低了很多，即使还没有进入冬季，从北边呼呼刮来的风还是让人受不了。可因为只休息一晚，除了体

天幕尽头

弱的长老，很多人都没有搭帐篷，只是简单地依靠火堆抵御寒冷。另外也是因为在陌生的地方扎营，如果遇到危险可以逃得更快一些。

克里欧蜷缩在篝火旁边，用一条粗糙的毛毯把自己包裹起来。除了守在外围的年轻猎人们，桦树村的人都睡着了，他们粗糙的面孔在火光下被照得发红，微微的鼾声伴着木柴噼啪作响。

菲弥洛斯无声地变化出鹰的形状，接着伸展开黑色的双翅，猛地冲上天空。

在星光点点的墨蓝色夜空中，黑鹰低低地盘旋着。克里欧紧紧盯着那个模糊的影子，感觉到自己的心也随着它的动作而高高地吊起来。他的喉咙干渴，胃部在不断地蠕动，即便是吃下了兔肉，但总感觉远远不够。在夜深人静的时候，这样的感觉更加强烈，而黑鹰的动作既像是一种安慰，又像是一种诱惑……

克里欧抓着胸口的毛毯，终于等到菲弥洛斯回到他身边。

"发现了什么？"克里欧有些急切地问道。

菲弥洛斯古怪地看了他一眼："你饿了？"

克里欧脸色发白，没有说话。

菲弥洛斯朝着北方抬了抬下巴："从这个河床往北走就是平原了，不过从滑坡的地方延伸出去的，除了河道以外还有一条隆起的线——它弯弯曲曲的，而且离这个地方一段距离以后才渐渐出现，一般很难被这边的人看到。"

"那是什么？"克里欧皱起眉头，"地魔吗？"

"也许。"菲弥洛斯耸耸肩,"它们在往地下钻的时候,的确很容易把松软的丘陵搞得像滑坡——不过这个挺奇怪的,那个线条的形状弯曲得很奇怪,我想……"

妖魔贵族突然停住了,黑色的瞳孔猛地缩紧,警觉地抬头望着空中。

克里欧刚要追问,菲弥洛斯就一下站起来:"快,告诉那个红毛小子,立刻把大家叫醒,我们得连夜出发,不要从这里进入平原。"

"怎么了?"克里欧问道,"真的有妖魔吗?数量很多,还是力量很强大……"

"来不及细说了,快去吧,主人,如果你不想这些人都死掉的话,赶紧照我说的做!"

克里欧咬了咬牙,爬起来,推醒不远处的米拉尼,少女揉着惺忪的睡眼不知所措。克里欧说:"快去叫醒沃夫,有麻烦了!"

菲弥洛斯找到了皮斯卡,粗暴地叫醒他,要他立刻带领村民们离开这片营地,回到丘陵上,不要留在河床的平坦地带。

"怎么了?"皮斯卡急促地问道,"发生了什么事?看到妖魔了吗?"

"如果再不走就会看到的!"菲弥洛斯把他拖起来,"这个滑坡是有原因的,是一个陷阱,往回走,退到之前的丘陵上去。"

"可是——"

天幕尽头

菲弥洛斯不耐烦地摆摆手:"我在救你们的命,先生,你要是希望跟我站在一起辩论,那我可没时间。"

皮斯卡从他严肃的表情中明白了情况的严重性,"反正半夜逃命也不是第一次了!"他将拔营的命令传达给了守夜的猎人。

整个营地在极短的时间内苏醒过来,人人都被突如其来的命令给吓蒙了。但是长期以来他们在躲避妖魔的生活中形成了一种习惯,只要听到消息,能很快带上重要的东西就走,并且不会啰唆地问为什么。

负责警戒的猎人们分头带领着人们往不远处的丘陵上跑,扔下了一地来不及收拾的东西,勉强拖走了几辆马车。

就在人们离开宿营地不久,有隆隆的声音从远处传来。那声音很闷、很沉,就好像雷落到地上。已经走上了丘陵的人们回过头来看着宿营地,黑漆漆的夜色中什么都不清楚,只能看到那些残留的篝火一堆一堆地燃烧着,照出一簇簇红通通的圆形。突然,一个红色的圆消失了,接着又是一个……

有些女人发出了惊叫,人们惊骇地看着那些篝火伴随着隆隆的声音接连不断地从眼前消失。有人又说了什么,人们回过神,更加慌乱地朝着丘陵顶上跑去。

就在他们不顾一切向着上坡奔跑的时候,有人却突然转过身向着宿营地的方向俯冲下去。

"菲弥洛斯!"克里欧大叫着妖魔贵族的名字,"你干什么?"

但是妖魔贵族没有回答,在所有人目瞪口呆的表情中,一下子变成了鹰的形状,猛地扑向消失的篝火!

一种不祥的预感袭击了克里欧的全身——他只感觉到白天的饥饿感强烈地难以抑制,几乎要连生人的肉也吃得下去了!

"啊啊!"沃夫在他身后又叫又跳,指着菲弥洛斯的方向大声地说,"是变形术!是吗?就是变形术!我第一次看到……居然真的有这样的魔法!你们一定要教我……一定啊!"

"好了!"皮斯卡怒气冲冲地制止了朋友不合时宜的举动,"赶紧跟上队伍!一个人都不准掉队!"

他威严的声音让沃夫稍稍收敛,重新恢复一个猎人应有的自律。他拉住克里欧的左手臂,咕哝着:"好吧,咱们还是先离开!你的朋友一定没事的,对吗,卖唱的?"

克里欧无法回答,即使他知道菲弥洛斯现在的力量除了妖魔王以外是无人能敌,但是这无法看清的情况还是让他忐忑不安。

沃夫拉着他往前走,还不断地招呼着有些发愣的村民:"走!走!不要管后面的事了!那位是神通广大的巫师,他是去帮咱们处理麻烦的……赶紧走!不要给他拖后腿!"

克里欧的内脏似乎都开始痉挛,特别是胃部,他的脸色已经变得惨白,冷汗一滴一滴地从额角渗出来。一股从来没有过的热度从他的左手升起,他一下子挣脱了沃夫,向着下坡跑去。

天幕尽头

"该死！真他妈的是俩疯子！"

沃夫气急败坏地骂道，看了看身边逃命的村民，又看看克里欧的背影，对皮斯卡大叫道："喂，我去帮个忙！"

皮斯卡想要阻止，但是更多人已经越走越远，他气恼地冲着沃夫喊了一句"小心点"，便将注意力放到眼前跌跌撞撞的村民们身上了。

克里欧向着宿营地的方向奔跑。

菲弥洛斯的身影已经成了半空中的一个黑点儿，他低低地盘旋，发出尖锐的鸣叫。不一会儿，黑鹰的飞翔轨迹变得有些诡异，似乎在躲避什么。

克里欧看不清楚空中的情形，但是越接近宿营地，便越能借助篝火的余光看到地面的情况——

一条深深的沟从远处蔓延过来，然后变成了扇形的塌陷，那些篝火很快就被沙土掩盖，而塌陷还在继续。不一会儿，仅剩的两三个也被吞噬了。四周重新陷入了黑暗，模糊的星光只能成为这黑暗中惨白的点缀。

就在这个时候，克里欧看到半空中突然亮起了五个硕大的金色火球——那是菲弥洛斯的杰作。

这一片土地顿时亮堂起来，甚至让克里欧忍不住遮挡了一下眼睛。

他慢慢地放下手，终于看清了周围：

原来在宿营地铺钢板的地方已经完全陷落了，一条粗大得接近两人合抱的绿藤从土里冒出来，它的枝条不断地将土地撑裂，从枝条上还飞出了许多亮晶晶的丝线。丝线仿佛有意识地盯紧了半空中的菲弥洛斯，想要缠住他。

沃夫很快赶到了克里欧身边，他睁大了眼睛看着那不断蠕动的绿藤，骂了句脏话。

"这是什么鬼玩意儿？是妖魔吗？"

克里欧没有回答他——确切地说，他也不知道。

看上去很像是植物妖魔，但是又好像跟他记忆中的任何一种都合不上。

那些丝线有数百条，它们急速地延伸着，分别编织成了密集的网，很快就将黑鹰拦截了下来。就在接触到菲弥洛斯的那一瞬间，原本透明的丝网一下子变成了红色，骤然收紧，竟将黑鹰整个包裹在里面，拽落到黑糊糊的大坑里。

"菲弥洛斯！"

克里欧叫着妖魔贵族的名字，向塌陷的大坑跑过去。沃夫只愣了一下，也紧随其后。

绿藤的枝条从土里向着他们两个人延伸过来，很快便缠上了他们的脚踝。沃夫骂骂咧咧地用长剑将枝条斩断，一股黏稠的汁液溅出来，空气中顿时弥漫着一股腐败的恶臭。但是更多的枝条凶猛地蔓延过来，即便是沃夫的长剑也不能抵挡了，它们开始缠上了两个人的腿，还有躯干，并且把他们向着大坑里拖。

克里欧跌倒在地上，感觉到一股凉气从粗糙的植物表皮传过来，竟让他的食欲盖过了恐惧。他看向枝条来的方向，

天幕尽头

努力寻找着菲弥洛斯。

沃夫奋力挣扎,用他的长剑割开密密麻麻的藤条:"妈的,这到底是什么?滚开!给我滚!"

渐渐地,枝条已经缠住了两人的脖子,虽然沃夫还能动,但是也渐渐地被束缚住了,而克里欧感觉到它们在不断地收紧,就像蛇一样。

"我说……"沃夫困难地吼道,"卖唱的,这东西……要杀掉我们还是……要埋了……我们……啊……"

克里欧没有回答他,他用牙齿咬住了一根枝条,腥臭的液体喷进他嘴里,却没有缓解丝毫饥饿——这藤条本身并没有魔力。难道它们竟然是自然生长的植物吗?克里欧惊疑不定地想到,能这样做的只有……

"啊啊!要死了!"沃夫高声叫起来,他的长剑已经被枝条裹住拖走了,此刻他什么也不能做了。

就在这个时候,土坑中发出了一股蓝色的光,接着蓝光一下子穿透了密集的绿藤射出来,接着一个发光的人慢慢站起身,碎成一段一段的藤条掉落在他身边。

"菲弥洛斯……"克里欧虽然知道他不会轻易被这样的妖魔打败,但是真的看见他摆脱困境,仍然感到说不出的欣慰。

妖魔贵族的脸色却没有任何轻松的迹象。

他浑身溅满了绿色的汁液,看也没有看克里欧一眼,只是直直地瞪着前方——就是那条深沟的来处。

"萨西斯,出来吧!"菲弥洛斯向空中喊道,"我知道是你,用不着躲躲藏藏。"

蔓藤拖拽克里欧和沃夫的动作停止了，并且松开他们，窸窸窣窣地退去。

半空中出现了一个绿色的光点儿，渐渐扩大，拉伸，变换着形状，接着一个苗条的女人出现了。她浑身近乎赤裸，只有淡淡的薄纱包裹着，整个人发出如同萤火虫一般柔和的绿光。她仿佛一个十几岁的少女，脸上挂着甜甜的微笑，头发在没有风的空气中飘动着，好像有生命的水草。

沃夫爬起来，脸上的戒备和慌乱还没有消失，但眼中透出惊讶。

克里欧感觉到一阵眩晕，他顿时明白了为什么自己的饥饿感会如此强烈。

萨西斯，那是最接近妖魔王的一种存在，也是和菲弥洛斯最为亲密的同胞，一个不折不扣的弥帝玛尔贵族。

她竟然在这个地方出现了，那么妖魔们也应该全部都苏醒了……

义　军

　　弥帝玛尔贵族，他们是妖魔中一支奇怪的种族。对于妖魔王来说，世界上一切光明的反面都是他们的力量范围，相应的，他们对黑暗力量的渴求也最强烈；而对于普通妖魔来说，他们所需要的是和人、野兽、飞鸟、爬虫一样活下去，能让他们活下去的食物或者能量都是他们追逐的对象。

　　但是，几乎没有人能搞懂弥帝玛尔贵族想要什么。弥帝玛尔贵族的血统其实很杂乱，因为诞生于普通妖魔中，融合了很多地魔、火魔之类的旁系，但他们就是能够与普通的妖魔区别开。他们会随着力量的觉醒而远离自己的同伴，独自漂泊，或者隐居，谁也不知道他们想要什么。他们明确自己所憧憬的东西那一刻，就会正式成为弥帝玛尔贵族，无论是否达到目的，他们都不会再回到自己的族群中。没有人能改变他们的想法，即便是妖魔王。而一旦有人窥探了他们所想要的东西，甚至只是一点点相关的线索，都可以俘获他们。

菲弥洛斯就是这样成为了克里欧·伊士拉的奴仆……

而萨西斯，她是一个自由弥帝玛尔贵族，从食人花中诞生，在所有的妖魔被封印之前，她就已经成为了一个传说中的强大妖魔，无论如何，她都不应该出现在这里，也不会袭击人。

克里欧看着她轻盈地飘浮在空气中，美丽而又无邪地微笑着，浑身的皮肤泛出一点点鲜亮的绿色。克里欧听说过关于她的传说，远古时期她那唯一一次的狩猎，曾经让一个村庄陷落在地下，而杜纳西尔姆族人派出了十几个战士都未能复仇。

在三百多年后的今天，她竟然像幽灵一样无声无息地出现了。

"萨西斯，"菲弥洛斯叫着她的名字，"你饿了多久？我记得你应该不喜欢人肉。"

女妖仍然在微笑，却没有说话。

游吟诗人感觉到缠绕在身上的蔓藤渐渐地松开退了回去，最后隐没在女妖的脚下。

"说吧，你要干什么？"菲弥洛斯有点不耐烦，"我们只想去北边儿，这和你好像没有什么矛盾吧？"

女妖看了看游吟诗人，她的瞳孔是一种祖母绿般的颜色，让克里欧忍不住感觉到一阵凉意。但是女妖并没有把注意力放在他身上，只是随意地一瞥，又重新看向了菲弥洛斯。

"回来……"她的声音有些沙哑，就好像树叶被风吹拂。

天幕尽头

菲弥洛斯挑高了眉毛。

萨西斯顿了一下："别再跟人类在一起，他们的时间不多了……"

克里欧的心中猛地一沉，女妖却没有在意他，继续对妖魔贵族说道："我们的时代就快要到了，你应该回来。"

菲弥洛斯发出一声嘲笑："你竟然用那个词儿，萨西斯，'我们'？多滑稽！"

"别去北边。"女妖冷冷地说，"那里很快也会是我们的，你应该去南边……'敲钟人'在等着你……他在等着我们大家……"

"好了好了！"菲弥洛斯皱起眉头摆手，"我没空跟你打哑谜，现在我希望你让开，萨西斯，离我远远的。那些人要去阿卡罗亚，我也得跟着。你知道我的本事，我可以把你的头发都烧光。"

女妖没有生气，她又转头看着克里欧，那对迷人的祖母绿瞳孔突然变成了白色，让她原本秀美的面孔顿时骇人万分。克里欧感觉到体内的饥渴突然变成了一股无法遏制的力量，身子还不能动，但是这股力量却从胸口暴涨，一路冲出了咽喉、口腔，射向空中。

旁边的沃夫万分震惊地看着游吟诗人的嘴巴里喷出一团黑雾，很快地聚集成网，向着女妖扑过去。

然而萨西斯发出尖锐的笑声，一下子缩成一粒绿色的光点，嗖的一下便钻入了土里，那些紧跟着她的藤条也隐没在其中。

从游吟诗人口中喷出的黑雾失去了目标，仿佛凝滞了一下，接着就转过方向，向着菲弥洛斯扑过来。

妖魔手上立刻发出了蓝光，但是他又立刻转换成火球，朝着黑雾扔了过去。

金色的火球碰到黑雾立刻像石子儿落进水面一样，被整个包裹了起来，消失得无影无踪，就好像是被黑雾"消化"掉了。

"现在你该明白我的意思了吧？"绿色的光点儿又从土中飞出来，女人的声音游荡在空气中，"菲弥洛斯，黑暗之神终将复活，你跟着的这个人，他无法抗拒命运！"

"滚！"

妖魔贵族怒吼道，突然扔出了光刃，绿色的光点儿霎时间被削成了两半，又闭合起来，再次钻进土里。

黑雾在"吞"下了火球之后变得更加浓重，锲而不舍地向着菲弥洛斯移动，而克里欧却蜷缩在地上，仿佛失去了意识，他的四肢抽搐着，口中牵出一条细细的黑雾组成的线。

菲弥洛斯心中一动，弹出一个光刃，直切向克里欧的脖子。

只听见哧的一声，游吟诗人的喉咙被切开了一条小口子，血喷涌而出。黑雾仿佛受到了重创，剧烈地变换着形状，最后组成了一张号叫的人脸虚像，飞快地缩回了游吟诗人体内。

菲弥洛斯喘着粗气，跑上前按住了克里欧的伤口——

渐渐地，流出的血又重新回到血管，而游吟诗人也睁开

天幕尽头

了眼睛。

"真是糟糕,倒霉透了!"菲弥洛斯恶狠狠地盯着他,"主人,看来寄生的妖魔王会积极地找食物,而只有伤害你的身体才能暂时阻止他们。"

克里欧摸了摸隐隐有些疼的脖子,他记得那可怕的饥饿感,还有突然增加了十倍的渴望。"萨西斯……她催动了妖力……"

"是的,为了证明你现在是个贪吃的家伙,而最对胃口的就是我……我就是你的储备粮食。"

克里欧撑起身体,感到嗓子眼里的饥渴似乎消减了一些,这大概也是因为萨西斯已经离开,但是他没有一点轻松,只觉得不祥的阴云沉重地压在心头,而疑问更如同针一样扎在他的脑子里。

"萨西斯是个弥帝玛尔贵族……她为什么会突然袭击我们……她说的那些话是什么意思?"

菲弥洛斯皱着眉头没有说话,但是克里欧却仿佛并不期待他的回答,自顾自地说下去。

"她说'敲钟人'……那是谁……她为什么要你去南边……菲弥洛斯……"

"别问我!"妖魔贵族耸耸肩,一脸的不耐烦,"我可不知道这些哑谜!我只觉得那婊子很可能是在这里等着我们的。主人,你要是有脑子就应该明白我们没有必要按她说的去做。"

克里欧苦笑了一下,"的确,我也希望这样……如果我们继续前进，而我有可能再次——"他困难地咽了口唾沫，"——再次失去意识，你可以让我受点伤……你明白我的意思。"

"谢谢，"妖魔贵族怪模怪样地笑起来，"我不会客气的，主人。"

"走吧……"游吟诗人扶着菲弥洛斯的手臂，转身看了看已经从蔓藤中挣脱出来的沃夫，暗红色头发的年轻人表情诡异，似乎还有些不明白，但是他野兽般的直觉感受到自己经历了不得了的事，而这件事的严重程度超乎他的想象。

阿卡罗亚和克里欧十年前来时看到的已经完全不一样了。

他记得自己那个时候背着七弦琴走过村镇和集市，人们围在他的身边，为他的歌声鼓掌，扔下一些铜币。晚上他住在客栈中能享受热乎乎的食物，偶尔借宿在猎户或者矿工的家里，床上的被褥下是带着香气的干草。阿卡罗亚虽然不算富裕，但却是个可爱的地方。

但是今天，当他和桦树村的村民们进入这个最北边的公国以后，看到了一座座耸立的碉堡，那些铁门关得紧紧的，叫了很久也没有人开门。一些被遗弃的村庄裸露着塌陷的屋顶，除了乌鸦和野狗，看不到一个人。

虽然还没有到冬天，但是地面已经没有什么绿色了，薄薄的霜附着在水坑周围，混着污泥。道路上也坑坑洼洼的，勉强铺了些稻草，可是又被马蹄踩得乱七八糟。

天幕尽头

克里欧和菲弥洛斯坐在桦树村村民的马车上，看着周围荒凉的景色，都没有说话。而沃夫则若有所思地看着他们，偶尔低下头似乎在想什么。

离那个惊恐混乱的晚上已经过去了五天，他们没有一个人伤亡，顺利地进入了阿卡罗亚公国的境内。对于桦树村的人来说，遭遇妖魔算不上什么新鲜事，而只有亲眼看到了整个过程的沃夫才明白那个妖魔比他们之前所遇到的都要厉害。他简略地告诉皮斯卡那个晚上遇到了不得了的妖魔，并没有说出细节，因为他知道如果不是游吟诗人和他的"仆人"，漂亮的女妖魔会追上村民，把他们都消灭掉，但是他反常的寡言少语已经让他的朋友感觉到了不对劲。

"快要找到义军了。"沃夫私下里对皮斯卡说，"等咱们能稍微不那么奔波，我们得考虑考虑这两个人怎么办。"

皮斯卡同意了，因为菲弥洛斯和克里欧早晚都得离开桦树村的人，如果不危及村民们，实在没有必要跟他们有太紧密的联系。

于是他们在暂时的平静和不安中又朝着公国腹地前进了一阵，终于在一个傍晚来到人烟稠密的地区。

这是一个叫做米斯洛的城镇，大概有三四千人居住，周围有许多防御的碉堡，但是并没有筑起高墙，还有不少的人来来往往，商铺和饭馆都开着，看起来很有活力。

当桦树村的车队来到这个城镇以后，一些人戒备地看着他们，还有一些人则充满了好奇。皮斯卡向一个旅店的老板打听能宿营的空地，他朝东边抬了抬下巴。"靠近神殿的地方就有，"他说，"大概你们都能住下，不过明天有祭奠，所以你们只能留一个晚上。"

"这里有神殿？"皮斯卡有些惊讶。

"当然有！"老板咧咧嘴，"不然的话咱们哪儿敢开门做生意啊！这里僧兵驻扎得不少，另外义军也有。"

皮斯卡的眼睛亮了："义军？"

老板看着他："你知道？你从哪儿来的？听你的口音应该是外地人。"

皮斯卡简单地说了一下桦树村的遭遇："我们的年轻人希望能加入义军，然后把妇孺老幼安顿一下……也许亲王殿下会同意……"

老板顿时笑起来，一边拍着他的肩膀，一边叫伙计拿出了好几口袋大麦酒："我喜欢你，小伙子！来参加义军的都是好样的，阿卡罗亚欢迎你们！拿去喝吧，暖暖身子。明天你可以去找义军，他们的十三队就驻扎在神殿后面，过两天要到北边儿去了，你可得赶快。"

皮斯卡兴高采烈地回到了车队，把他听到的好消息告诉了长老和几个负责人，村民们这么多天来第一次露出了舒心的笑容。

米斯洛的神殿在城里最东边，按照规矩，虽然有大门却没有围墙，留出了一大片空地，神殿的正门朝向太阳升起的方向。有些光头僧侣穿着黑色的厚外套在巡逻，还有一些带

天幕尽头

武器的士兵在几个方位上站岗。当桦树村的车队走近以后，他们警觉地过来盘问，皮斯卡详细地告诉他们来历，士兵们仔细检查了他们的队伍，又请出一位僧侣，盘查完毕以后才允许他们在神殿前宿营。

村民们开始搭建帐篷，皮斯卡则忙着向士兵们询问义军的驻地。

克里欧下了车，抬头看向天空——今晚飘荡着灰蒙蒙的云，月亮的周围影影幢幢。大概要下雨了，他这样想，随即看到一只鹰掠过半空，然后盘旋了一圈，便扑棱棱地落下来，站到了他肩上。

"这里很安全。"菲弥洛斯直接在克里欧脑子里说，"我没有看到任何有妖魔的迹象——除了我。"

"是因为有僧兵和军队吗？"

"显然是的……这片土地好像被他们净化过了。十年来僧侣们的法术能力可真是提高了不少，不知道您的那位高徒是不是起了大作用。"

"但愿如此，我希望他能做得再多一些。"

"您就不担心他那半通不通的水平会留下隐患吗？"

克里欧微微地沉默了一会："也许这个时候，这些都来不及考虑了。"

他们的对话被一阵杂乱的跑步声打断，克里欧抬头望去，看到一队士兵突然从神殿后面冲了出来，他们穿着黑色的服装，头上戴着铜盔，腰间扎着皮带，迅速地向正在搭帐篷的村民们围拢，拔出长剑，架起铁弓，紧张地戒备着。

"干什么？干什么？"沃夫嚷嚷起来，"我们在这里宿营可是得到了同意的，刚才那个祭司，就是小眼睛那个，他说了行的！"

皮斯卡也从士兵的身边跑回来，他高举起双手，大声说道："我们是难民，是来参加义军的！亲王殿下不是欢迎参加义军的人吗？"

士兵们没有回应他们的话，也没有撤回武器，村民们被吓得僵立在原地，有些妇女把孩子搂在怀里。长老们颤巍巍地走上去，想要跟士兵们说话。

这个时候，有一个响亮的女声从后面响起来："我们欢迎参加义军的人，但是可不欢迎妖魔！"

话音刚落，士兵们就分开一个缺口，让一个金发女郎走了进来——她和士兵们一样穿着黑色的衣服，扎着皮带，腰上挂着一把长剑，但是却没有戴头盔，一头金发盘在脑后，看着很精神。她长得非常漂亮，蓝色的眼睛像宝石一样闪闪发亮，嘴唇红润得如同玫瑰花瓣，但是下巴上却有一道明显的伤疤，让她的美貌有了点瑕疵。

克里欧心中猛地一震，立刻认出了她——米亚尔亲王弗拉·梅特维斯。

十年的时光让她的美由天真变得凌厉，她的身材更高更挺拔了，似乎浑身上下都充满了力量。她的嘴角微微地向下，和从前带着笑的模样完全不同，显露出上位者的威严。

天幕尽头

亲王的话让皮斯卡和其他的村民都感到诧异，沃夫想要开口，立刻被皮斯卡拦住了。"妖魔？"桦树村的领头人严肃地说，"小姐，您说的什么我不懂，我们都是从南边逃难过来的，一路上不少同伴还被妖魔害死了。我们到阿卡罗亚是为了参加义军，绝对没有什么妖魔。"

米亚尔亲王笑起来："您说的我相信，先生，但是你们过来的这一路上可不敢保证没有发生意外吧？很多妖魔都有附身的能力，您知道吗？"

"这个……"皮斯卡稍微迟疑了一下，"我们中没有人被妖魔附身，我们一直都守卫得很严密。"

米亚尔亲王缓缓地打量着消瘦、疲惫的村民，尖锐地问道："这里所有的人都是你的熟人吗？你认识每个人？没有陌生人？"

皮斯卡很想点头给一个肯定的答复，但是他最终还是承认了："只有两个巫师……我们在路上碰到的……他们都是杀妖魔的好手！"

"巫师？"米亚尔亲王眯起了眼睛，"很好，只要能杀妖魔我们都欢迎。让他们出来，我想认识他们。"

皮斯卡和沃夫相互看了一眼，沃夫咬了咬牙，对朋友点点头。

皮斯卡垂下眼睛，稍微侧身，寻找着克里欧的身影。

游吟诗人叹了一口气，慢慢地从人群中走出来，走过皮斯卡身边，微微地颔首。矮个子的青年有些尴尬，紧紧地抿着嘴。

极西之地

克里欧来到米亚尔亲王面前,摘下了兜帽,向着她深深地鞠躬。"殿下,"他直起身子,略带笑意地说,"好久不见,您还记得我吗?"

潜行的暗流

金发女郎盯着克里欧,眼中只有片刻的迷惑,当她看到克里欧肩膀上的黑鹰时,随即露出了惊讶和欣喜。

"克里欧·伊士拉先生?"她欢快地叫起来,"是您吗?天呐,真让人不敢相信!"

克里欧低头说道:"真是非常荣幸,您竟然能记住十年前我这个微不足道的人。"

米亚尔亲王快步走到游吟诗人的面前,一把拉住他的手:"不,不!伊士拉先生,您救了阿斯那,也救了我,您拯救了我的整个公国。"

"殿下……真不敢当。"

他们的对话让周围的人惊讶地瞪大了眼睛,沃夫偷偷地凑到皮斯卡身边,悄声说:"喂,他叫那个女人什么?殿下?"

"她就是米亚尔亲王!"皮斯卡咬了咬牙,大步上去,单膝跪在金发女郎面前。"亲王殿下!"桦树村的年轻首领恳切地说,"我们祈求您的宽容——这里的人都经过了重重的磨难来到您的领地,因为相信您能庇护我们,同时也能带领我们杀死那些怪物!请不要怀疑我们的诚意,我们中间的确没有妖魔。"

米亚尔亲王转头看了看他,又看了看克里欧肩膀上的黑鹰,爆发出一阵大笑:"哦,我相信你的诚意,先生,看起来这是一个误会。我向您道歉,同时也欢迎你们来到阿卡罗亚,起来吧,回到你的人民中去。今晚你们可以好好休息,明天我会派人来叫你,谈一谈具体的事情。"

皮斯卡的眼睛里流露出惊喜,他深深地低下头去,用他能想到的最好的话赞美亲王,又让那位年轻女郎发出一阵快乐的笑声。

米亚尔亲王命令士兵和僧侣们都撤退,然后领着克里欧朝神殿后面走去。在神殿后面,有几个大帐篷,其中一个挂着光轮和白鹿毛的装饰,就是米亚尔亲王的王帐。士兵们的简易帐篷围绕着王帐,全副武装的卫兵一队队地在营地里穿行着。

"真没有想到还能见到您。"米亚尔亲王对克里欧说,"我至今仍然记得您最后表演时唱的那首歌,《紫星花史诗》,对吗?"

"是的,殿下,那是杜纳西尔姆语。"

天幕尽头

"美极了,您真的是那个消失部族的人啊!"米亚尔亲王感叹道,"那时候我可真是年轻,都不知道您是个了不起的人。我应该更相信您,伊士拉先生,如果把您留在我身边,也许会帮我更多的忙。"

克里欧没有说话,他想到了亲王的未婚夫——布鲁哈林大公,他也希望自己能帮得上忙。

他们已经来到了王帐外面,卫兵向亲王行礼,为她撩起了厚重的帐门。

"我想让您见一个人,伊士拉先生。"米亚尔亲王向游吟诗人挤挤眼,"您也认识他,而且他还欠着您一声'谢谢'。"

克里欧朝里面望去——王帐里面很宽敞,地上铺着厚实的稻草,稻草上铺着地毯,实木的桌子上堆满了卷轴,而桌子后面是一张卧榻,上面有白狐皮拼成的毯子,卧榻旁的地上堆着弓箭和一些武器。

不过让克里欧惊讶的是桌子旁坐着的一个人,他的头发是棕色的,里面夹杂着很多白发,轮廓俊朗,但是消瘦得厉害,显得脸色灰暗,嘴唇周围有许多伤口,当他抬起头来的时候,蓝色的眼睛却非常明亮,仿佛海水映射着太阳,发出炽热的光芒。

"大公殿下!"克里欧惊异地叫起来。

"是他,是我的阿斯那。"米亚尔亲王笑嘻嘻地走上前去,毫不避讳地在大公的脸上吻了一下,"我们已经结婚五年了,现在他是我的丈夫!"

克里欧大声地说:"恭喜你们,殿下,我……我很高兴……"是的，他真心诚意地感到欢喜。他怎么也没有想到当年被魔兽库露附身的布鲁哈林大公竟然还能够活到现在。

米亚尔亲王亲热地搂着丈夫的脖子，坐在他的膝盖上："亲爱的阿斯那，你还记得这是谁吗？看看他，就好像没有变过，还是那么漂亮呀！"

布鲁哈林大公的眼珠在克里欧脸上转了一转，随即透露出同样的惊讶，他笑起来："您……好……伊士拉……先生……"

他的声音很含糊，很沙哑，远没有从前动听。

"抱歉……"他努力说清楚，"我的舌头……短了……一截。"

米亚尔亲王摸摸他的嘴唇，对克里欧说："没办法，当年按照您和费莫拉德祭司所说的办法，我要消灭附在他身上的库露，就剪掉了他一截舌头。"

大公瞪了妻子一眼："把我……关起来！"

米亚尔亲王大笑："没错，关在我的卧室底下，还把嘴巴给缝起来，只插着一截小管子，最开始喂熬的汤，然后是喂清水，我的阿斯那可真吃了不少苦头。"

大公哼了一声，米亚尔亲王抚摸着他的头发，把额头抵在他眉心上，压低了声音："不过……这一切都是值得的，对吗？那该死的脏东西最后变得虚弱，从你身体里爬出来了，我亲手把它烧成了灰。而你也回到我怀里，阿斯那……这一切都是值得的。"

克里欧心中发颤，说不清是因为高兴还是别的什么，他

天幕尽头

回想着当年那个少女抹去眼泪时的表情,突然对眼前这个女性充满了敬佩。

米亚尔亲王站起来,拉着克里欧来到木桌旁坐下,吩咐卫兵端上热好的大麦酒。

"来,伊士拉先生。"她笑眯眯地说,"喝点儿酒暖暖身子,我们得好好聊聊。告诉我,这十年来您到哪儿去了?我听帝都里的人说,您曾经在皇帝陛下的宫廷里出现过,但是后来就消失了?发生了什么事?"

"我可以告诉您,殿下,"克里欧转过头,对肩膀上歇着的黑鹰说,"来吧,菲弥洛斯,在两位殿下面前可以说一说我们知道的。"

米亚尔亲王和布鲁哈林大公看着黑鹰飞起来,落到地上,变成了他们曾经见过的男人,但是他毁坏的半张脸让他们吃惊。

"好久不见,"菲弥洛斯打了个招呼,"我可是很难见到你们这样的人类第二次,而且居然有一个还没死!"

他的无礼并没有让亲王夫妇动怒,他们盯着他的脸:"这是怎么了?"

"殿下,我们遇到了很可怕的妖魔。"克里欧大概地讲述了他们从帝都港口出发以后的经历,虽然略去了很多惊心动魄的事,包括成员们的死亡和妖魔王的寄生,但是却说明了妖魔苏醒的严重性,以及后面逃出地宫的人。

"现在,殿下,"游吟诗人问道,"我们费尽了力气才回到地面,却不知道现在卡亚特大陆到底是怎样一个情况,桦树村的人只说了一些糟糕的事，我们需要您再详细地告诉我们。"

米亚尔亲王和丈夫相互看了一眼，最终布鲁哈林大公点点头，于是亲王对克里欧说："这也是一两句说不清楚的，伊士拉先生，但是我能体会您的心情，而且我相信您回来对我们的帮助很大。现在法玛西斯帝国，不，应该是整个卡亚特大陆上到处都是妖魔了。大概是十年前，就是你们离开帝都不久，各地相继出现了一些袭击。其实之前虽然有，但都是零星的，但是十年前突然就发生了很多妖魔入侵人类聚居地的事，各地的祭司们开始败得很惨，因为白魔法失传了太久，消灭妖魔又不得要领。不过主神殿很快就派出了大量的祭司奔赴各地，皇帝陛下也扩大了祭司们的权限——对了，主神殿有新的祭司开始训练僧兵，据说是您的徒弟，叫做甘伯特！"

克里欧点点头："我教过他一些魔法，在旅途上也把消灭妖魔的一些常识教给了他，还有我的……一些书的残本。"

"那就对了，您还不知道吧，费莫拉德祭司已经在六年前去世了，甘伯特被提升为一等祭司，他可是有史以来最年轻一等祭司，仅次于长老祭司了。"

"是这样啊……"

"他的确做得不错嘛！他用阶梯式的培训让一批年轻祭司成为僧兵，然后又把一些僧兵派去培训士兵。这样至少很快就让各个公国的士兵知道了消灭一般妖魔的方法，作战能力比以前提高了很多，伤亡也减少了。最重要的是他得到了部

天幕尽头

分杜纳西尔姆族的白魔法,学到了很多攻击力强的法术。"

"大概是我给他的残本发生了作用,不过他竟然能破译吗?"

"这也得感谢皇帝陛下。自从妖魔出现以后,陛下下令全国的藏书都开放,特别是魔法书,甚至包括皇家图书馆,于是很多老祭司和学士根据您交给甘伯特的杜纳西尔姆咒语读音以及他的回忆,还有残本,把一些古老的魔法恢复了。哦,对了,我这里也有一个经过主神殿培训的祭司,我可以让他告诉您他们都学到了哪些东西。"

"这么说起来现在能对抗妖魔的人数目应该不少了。"

亲王的脸色却沉了一下:"很遗憾,即便是这样,总数仍然不够。我们始终在明处,而妖魔在暗处,他们能干的事比我们多得多。拿阿卡罗亚来说吧,十年前出现了很多地魔,包括您曾经在我面前杀掉的那加达兽。我因为知道了它们的弱点,吩咐士兵用箭和矛攻击它们的眼睛,所以我们这边的战斗是很有效率的。可那一年死在它们嘴里的人还是有将近八千,于是我吩咐各个乡镇建立了碉堡防御。接着就是各种各样的妖魔层出不穷,在帝都的僧兵为我们送来法术和战术之前,我的臣民中已经死亡了将近两万人,有十个城镇都无人生还。阿卡罗亚的人数本来就很少,总数也不过四十七万。我们这些年一面杀妖魔,一边训练士兵和祭司,好不容易才大体地控制了局面。但是阿卡罗亚的人数到现在为止只有三十万了,万一再出现大的妖魔进攻,还会不断地锐减。"

"所以您吸收流民?"

"是的,"米亚尔亲王点点头,"现在大城市中的防御要坚固一些,而那些公国和行省之间交界的山区、沼泽等等,有很多散居的人,一旦遭受妖魔进攻,能逃命就不错了,他们来到阿卡罗亚就是我们的战斗力。"

"但是妖魔都是能附身的,您是怎么打探到妖魔的动向呢?"

布鲁哈林大公摆摆手:"我……伊士拉先生……"

米亚尔亲王抓住丈夫的手,把他右手的袖子拉起来,露出胳膊上的一只眼睛——那真是一只眼睛,很小,就只有拇指盖那么大,浑黄色的,镶嵌在大公的皮肤上,不断地转动。

"这是巫术!"克里欧叫起来。

"是的,窥探术。"米亚尔亲王解释道,"我们也有巫师,凡是被妖魔附身过又解救的人,能够在身上植入精灵之眼,能看到妖魔的气息,这太重要了。因为这个我们提前预知了很多次妖魔的进攻。"

克里欧的确听桦树村的人说起过现在巫师的地位:"很多巫师也出现了?"

"很多,而且有些是新加入的巫师。比起在体内蕴含白魔法,黑魔法的植入要容易得多。有些人觉得现在需要自保,所以主动学习了巫术。重要的是现在巫术也能有效地杀死妖魔,陛下就宣布了一些豁免状。"

"杀死妖魔就免罪吗?"

"差不多吧,凡是协助军队、祭司猎杀妖魔的巫师,只要有一个证明人或者是带来妖魔的尸体,都可以免罪。不过用

天幕尽头

巫术伤害人类的巫师仍然会被烧死。"

"现在全国有多少巫师?"

"说不准,我估计起码有五万人,登记在册的是三千三百四十六人。"

"那么精灵之眼的植入者有多少呢?"

"阿卡罗亚有五百九十八个吧,我给每个主要城镇配备了两到三个。现在这样的巫术在全国都有很多,我想大约有八千多个植入者——有些植入失败得很惨,必须把手砍掉,否则会魔化。"

克里欧看着布鲁哈林大公,有些佩服他的勇气。

大公笑了笑:"又过了……一次……鬼门关,不过……我的妻子身边……必须有……一只眼睛……"

"多亏了阿斯那,他救了我很多次。"米亚尔亲王把丈夫的袖子拉下来,"也是他'看到'了妖魔的气息,所以才又见到了您。"

克里欧笑起来:"那么现在其他的行省和公国,也和阿卡罗亚的情况类似吗?"

这句话却让带着笑的米亚尔亲王沉默下来,她皱起了眉头,狠狠地捶了一下桌子:"糟糕的就是这个!妖魔的进攻是整个大陆上最紧要的事情,原本应该是把保卫帝都、围剿妖魔作为最重要的事,但是有些公国的人却不这么想。他们……他们想篡位!"

"篡位?"克里欧奇怪地问,"难道是要罢黜罗捷克斯陛下?但是这个时候有这样的心思不是很奇怪吗?"

"是很奇怪！这个时候陛下很重要，因为他对白魔法和黑魔法都有了解，对于祭司的动向和妖魔的进攻很清楚，让他退位是非常不明智的。"

"是哪位亲王这样做？"

"敏特丽斯公国的切诺肯亲王是第一个提出要求的亲王，第二个则是斯塔公国的杜克苏阿亲王！"

"杜克苏阿亲王？"克里欧叫起来，"那位先生只是喜欢藏书和写作啊！"

"哦，您不知道？老亲王已经去世了，现在继位的是他的儿子——从前的科纳特大公！"

游吟诗人震惊得说不出话，菲弥洛斯哼了一声："那个臭小子啊，又胆小又麻烦。"

米亚尔亲王摇摇头："不，先生，也许这跟您十年前的印象有点出入，他现在是一个非常强硬的统治者，在罢黜派中他的主张最露骨，而且他的实力也最强。"

"真不可思议。"克里欧喃喃地说，"不过……斯塔公国就没有妖魔袭击的困扰吗？"

"也有，但那里的确算得上卡亚特大陆最安全的地方……那里的巫师聚集得最多，杜克苏阿亲王甚至有两支巫师兵团，把整个公国的安全护卫得很好，于是很多富人都会搬家到那里去。斯塔公国本来就在大陆的交通要道上，比很多地方都有钱。"

"他们让陛下退位的理由是什么呢？"

"其实主要原因也很简单，大概就是陛下的统治让凯亚神

天幕尽头

圣光黯淡,所以妖魔出现。不过杜克苏阿亲王的理由更直接,他说是陛下解开了妖魔的封印。当然这样的指责是无稽之谈,可惜有些人对于陛下研习魔法有意见,反而相信这些胡说。"

克里欧低下头,想了想:"现在帝都的情形还好吧?"

"甘伯特把僧兵的布防重点放在帝都,所以还好,但是妖魔们的渗透一直没停过……法玛西斯帝国现在算是好些的吧,听说海外有些小岛国甚至有整个国家毁灭的。"

菲弥洛斯在旁边突然插嘴问道:"你说毁灭的岛国,是在南海上的吗?"

"这个……好像是……只是从南边逃过来的人这样说!"

克里欧被妖魔贵族的问话提醒了,他试探地向亲王问道:"殿下,这些年,您有没有听说过'敲钟人'?"

迎 战

"敲钟人?"金发的女亲王有些迷惑地摇摇头,"不,从来没有听说过。是巫师吗?"

"哦,不是……"克里欧心里有些失望,但没有表现出来,"只是偶然听来的,还需要些印证。啊,还有,殿下,您这里有地图吧,法玛西斯帝国或者是卡亚特大陆的地图。"

"有的。"

米亚尔亲王从桌上的卷轴中抽出了一捆,然后展开。

克里欧俯下身子,看到一整幅卡亚特大陆的地图,比起从前在罗捷克斯二世书房里看到的要小一些,也显得不那么精确,但是对于主要的地势、城镇、河流都标注得清楚详细。

"能在地图上为我说明一下大概的情况吗,殿下?"游吟诗人向女亲王请求道,"我的意思是,您所知道的这片大陆上妖魔入侵的大致状况,损失大的地方,妖魔出现多的地方,

天幕尽头

安全的或者极度危险的地方。"

"没有问题。"

米亚尔亲王接过布鲁哈林大公递给她的一个针盒，那里面是行军打仗时用的图标。米亚尔亲王将红色的针旗扎进四个位置——

"在卡亚特大陆上咱们法玛西斯帝国是面积最大的，占了百分之九十。西边的沙漠无人地带谁也不知道情况，不过从边区的回报来看暂时没有发现妖魔的痕迹，大概连它们也不愿意走入极西之地。目前在国内的十个公国和行省中有四个出现了'禁区'，就是完全没有人类痕迹而被妖魔盘桓的地方，它们是阿尔拉吉提行省的米拉堡、费拉米斯公国的绿风城、苏敏那公国的齐尔卡拉村，还有就是科斯捷公国的红海螺村。"

"那里一个人都没有了吗？"

"嗯，这四个地方是被妖魔集中攻击的，几乎没有人活下来。妖魔们在那里大量聚集，甘伯特祭司命令僧兵们画出了巨大的结界，把这四个地方都封闭了起来，防止妖魔们以此为据点扩散。"

"现在也是这样？"

"僧兵们一直在严守。"

"别的地方呢？"

"就是各不相同的妖魔出现，有时候多，有时候少，我可以把出现频率比较高的地方给您标记出来。"米亚尔亲王用蓝色的针旗扎了大概十来个地方，图上顿时变得杂乱起来，"本来应该把低等妖魔出现的用绿旗子标记一下，可没法子，我的针旗不够，要说完全干净的没有妖魔出现的地方，大概就是极西之地了。"

克里欧盯着这张布满了针旗的地图，眼睛在红色的点和蓝色的点上来回睃巡，突然，他向米亚尔亲王伸出手："可以给我一枚针旗吗，殿下，鲜艳点的颜色，跟这些都不同的。"

亲王选了一枚黄色的针旗给他。

游吟诗人又沉思了一会，将黄色的针旗扎进了帝都萨克城所在的位置。

"您这是什么意思？"米亚尔亲王不解地问道，"帝都有危险吗？"

"您知道妖魔王吗，殿下？"

"知道，知道。"米亚尔亲王说，"甘伯特祭司从地宫回来以后，和其他人一起写了详细的报告，每个公国和行省都传阅过，他提到了妖魔王的事情。"

"五个妖魔王。"

"没错。"

克里欧伸出手来，指着红色的针旗："阿尔拉吉提行省的米拉堡在东边，费拉米斯公国的绿风城在西边，苏敏那公国的齐尔卡拉村在西北，还有就是科斯捷公国的红海螺村在东北。看看最南边，被它们围住的南边，是什么地方？"

米亚尔亲王眯起眼睛，惊叫起来："哦！"

四个红色针旗形成了一个弧形，整齐地朝向南边的大海，而在大海边缘的黄旗，就似乎是帝都萨克城的所在地。

天幕尽头

"等等！"亲王脸色惨白地抓住克里欧的手腕，"你刚才说五个，五个妖魔王，跟这四个禁区有什么关系。"

克里欧垂下眼睛，点了点黄色的针旗："南面的大海没有陆地，萨克城前面没有路，而南方以外的四个方位都有了禁区，您看到正北方有吗？"

的确，除了东、西、西北、东北以外，正北方却缺少了一个该有的红旗，留出了一大片空地。

米亚尔亲王看着地图，喃喃地说："正北方，跟帝都接壤的……那是斯塔公国啊！"

的确是斯塔公国，那个位于南北通商要道的斯塔公国，科纳特大公在那里，有强大的巫师兵团，并且在要求罗捷克斯二世退位。

米亚尔亲王咬着手指甲，眉头皱得快要打结了，布鲁哈林大公轻轻地拉住她的手，阻止了她这个坏习惯。"伊士拉……先生……"大公用含糊的声音问道，"您在……猜测什么……难道……有更坏……的事情吗……您在说，第五个禁区……"

克里欧用手点了点斯塔公国："我是在担心这个！殿下，请你们想想——这四个禁区刚好包围住了帝都，而本该是最重要的北方却没有禁区，这不是很奇怪吗？"

米亚尔亲王惊叫了一声："等等！难道之所以没有出现第五个禁区正是因为杜克苏阿亲王有强大的兵力在镇守？"

"也许是，也许不是。"游吟诗人谨慎地说。

菲弥洛斯却冷冷地看着这张图："也可能是禁区已经出现

了,只不过你们都不知道!"

他的话让一股冷气陡然间包围了所有的人,米亚尔亲王的脸色更白了,忍不住握住了丈夫的手。每个人都知道,如果禁区存在而斯塔公国却依旧平稳安全,这意味着什么……

"不,不,先别这么想。"米亚尔亲王摇摇头,"伊士拉先生,现在我们都是在猜测,想到的都是最糟糕的结果。请先等一等,我派人秘密进入斯塔公国仔细打探打探。"

"要快,殿下,"伊士拉叮嘱道,"早一些搞清楚真相是非常重要的。"

"我同意您的看法,克里欧先生。"米亚尔亲王真诚地说,"伊士拉先生,您能出现对我们非常重要,我们现在需要您,您愿意留在阿卡罗亚吗?希望您能帮助我,就像十年前那样,再帮我一次……"

游吟诗人低下头:"殿下,我们从地宫中出来以后没有想到局势会这么严峻,其实我们需要赶回帝都,还要找到先出来的人。不过在此之前,我会——"

他的话还没有说完,突然看到布鲁哈林大公的身子一颤,握住了自己的右手。米亚尔亲王立刻拉开他的袖子,那只浑黄色的眼睛变成了血红色,并且急速地上下左右转动,显得很狂乱。

"有妖魔!而且是有杀意的妖魔!"

米亚尔亲王猛地站起来,一把抓起长剑扔给克里欧:"您和阿斯那都留在这里,我会派一个小队过来保护你们!我得出去了!"

天幕尽头

说完她立刻冲出了王帐,大叫着卫队长的名字。

"这个眼睛能看出是什么妖魔吗?"菲弥洛斯仿佛没有被外面紧张的气氛所感染,反而饶有兴趣地凑近布鲁哈林大公的精灵之眼。

那个眼球在他靠近后立刻变回原来的黄色,但是仍旧在不安地转动着。布鲁哈林大公似乎忍受着剧痛,额头上渗出了汗水,但是他仍然告诉菲弥洛斯,如果没有妖魔,这个眼球将和自己的眼睛颜色一致,有妖魔靠近的时候才变成黄色,而如果数量很多并且是带着攻击性和杀气的妖魔来到,这个眼球就会变成红色。

"也就是说,如果妖魔对人类的敌意越重,这个眼球的活动就会越剧烈,同样的,你的感觉也会越强烈?"

"是……是这样……先生……"布鲁哈林大公紧紧地握着右手,指关节都变得煞白。

菲弥洛斯若有所思地看着他强忍痛苦的模样,回到克里欧身边,耸耸肩:"他爱那个女人都爱到骨子里去了。"

克里欧回想着十年前这个年轻人俊朗高贵的面目,再把目光移到他的右手:那只眼球又变成了红色。

游吟诗人站起来,握紧了那把长剑。"走吧,菲弥洛斯。"他对妖魔贵族说,"我们也出去看一看。"

布鲁哈林大公着急地想要留住他们,但是他虚弱的身体和正在经受的痛苦让他想走出这个帐篷都很难。

克里欧和菲弥洛斯跑出米亚尔亲王的王帐,看到士兵们正奔跑集合,从神殿中传出了洪亮的警钟声。米亚尔亲王和几个祭司站在一起。克里欧从来没有见过这样打扮的祭司，他们仍然是光头、刺青、长袍、挂链，但头上戴着坚硬的圆盔，手肘、膝盖和小腿有硬皮甲作为保护，长袍腰间被皮革腰带扎起来，上面除了短小轻便的弯刀，还有很多分门别类的小口袋。

"那就该是僧兵吧？"菲弥洛斯对克里欧说，"他们的样子真怪，比乌龟好看不了多少。"

克里欧没有说话，打量着甘伯特一手培养的具有攻击能力的新一代祭司，心中有些说不出的感觉。

这个时候，一个僧兵突然抬起头来，猛地看向菲弥洛斯。他的右手探入腰间皮带，抓出一把白色的粉末向着菲弥洛斯撒过来，口中极快地唱出一段咒语。那粉末立刻变成一条细线，向着菲弥洛斯缠绕而来。

"等等！"米亚尔亲王连忙叫道，"他是——"

僧兵还来不及反应，菲弥洛斯的手上已经出现了一团金色的火焰，那火一接触到白色粉末，立刻像碰到了油一般，一路燃烧。僧兵连忙住嘴，撤回了手，粉末立刻失去了力量，掉落在地上。

"这里有妖魔！"其他的僧兵都叫嚷起来。

"一个被驯养的妖魔……"菲弥洛斯摊开双手，"我没有恶意，光头先生们，不信可以问我的主人。"

他做出一个让人讨厌的恭敬的姿势。

"好了，好了，这是个误会！"米亚尔亲王连忙赶上来，"他是伊士拉先生的奴仆，难道你们没听说过吗？"

天幕尽头

由甘伯特一手建立的僧兵团都知道杜纳西尔姆族唯一的幸存者，自然也知道那传奇般的妖魔贵族。但是当他们亲眼看见，还是流露出震惊和不知所措。与此同时，他们看向克里欧的眼神中也多一丝敬畏和好奇。

克里欧走上前去，拉住了有心戏弄的菲弥洛斯："现在不是开玩笑的时候……殿下，布防了吗？"

米亚尔亲王点点头："我的军队和义军都已经安排好了，僧兵们现在正在寻找妖魔的具体踪迹。"

"跟踪术？"

"还有显形术，先生。"一个年纪大一点的祭司对他说，口气中带着恭敬，"这是甘伯特阁下发明的一种简易方法。"

"很好，非常好。"克里欧点点头，"那么，有结果吗？"

另外一个祭司回答："不是地魔，空气中有黑暗的流动，应该是飞翔妖兽，从东边而来。"

米亚尔亲王严肃地看着游吟诗人："你必须回去，伊士拉先生，我需要你和阿斯那待在一起。"

"我应该和您，以及这些战士待在一起。"克里欧拒绝她的提议，"十年前我可以直面任何妖魔，十年后仍然如此。我必须了解它们是否变得更强大，而且我得知道你们怎么对付它们。"

米亚尔亲王的蓝眼睛里闪动着冰一般的光，最终她转过头。"好吧。"她说，"无论如何请跟在我身后，即便是您，也可能无意间破坏僧兵的布阵，有些新的东西您一定还不知道。"

克里欧的手握着那把长剑，冰冷的剑柄让他悄悄地问自己：他是否还可以像以前一样挥动武器，毫不留情地刺入妖魔们的身体？

他回头看了看菲弥洛斯，妖魔贵族却站在原地不动，仰着头看着黑色的夜空。

"也许我认识它们……"菲弥洛斯对克里欧说，"飞翔的妖魔种族，我也是来自那里的。"

克里欧没有回应他，米亚尔亲王已经大踏步地走出了好远，他必须跟上。

所有的居民都在警钟鸣响起来以后躲入了家中，而露宿的人则被集中到神殿。僧兵在这个城镇的中心喷泉处设立了一个巨大的结界徽标，当遇到妖魔进犯的时候，他们就立刻催动咒语，将结界扩大到整个城镇。

一层若有若无的金色气浪缓缓地在空中延展，而远处的夜空中，也出现了很多隐隐约约的红点儿。

"来了！"米亚尔亲王咬了咬牙，"弓箭手准备！"

士兵们齐声回应，很快将弓箭仰起，对准了天空。

"所有的士兵都在这里吗？"克里欧看着周围，有些是义军的服饰，有些是穿着蓝色和白色军服的正规军，"城镇里面有没有布置？"

"妖魔每次大规模出现，都会先以神殿为攻击重点。"米亚尔亲王盯着那些红点儿对游吟诗人说，"这个地方被它们攻

天幕尽头

击许多次了,大概是发现这里的神殿力量对它们的阻碍很大。"

不一会儿,那些红点儿越来越接近了,人们能听到它们发出刺耳的尖叫,一股带着腥味儿的风吹了过来。终于,飞在最前面的妖魔在月光下露出了它们的形状——

有一种长着人的脑袋和身体的怪物,但是双手的位置变成了巨大的翅膀,而双腿也是粗短、锋利的鹰爪;另外一种则是蝙蝠大小的魔兽,肉翅急速扇动着,长着苍蝇一般的脑袋,伸出了细长的尖嘴。

"赛克希尔和食脑兽。"克里欧低声说,"要小心,前者的爪子和后者的嘴都会以人的脑袋为目标。"

米亚尔亲王点点头:"嗯,我亲眼看见赛克希尔把人的脑袋拧下来,而旁边小东西则晚上跑来吸干人的脑髓。"

妖魔们已经完全接近了神殿上空,它们密密麻麻的足有一百只,如同一大片乌云。月光刹那间就黯淡了,篝火上不断地有阴影掠过,而怪物们的叫声让人心惊胆战。

米亚尔亲王抽出箭搭上了弓,直指不远处扑过来的妖魔。

"预备——放箭!"

她射出了第一支箭,只听得嗖的一声,一个食脑兽叫都来不及叫一声,就从半空中摔了下来。紧接着,无数支箭从地面上射出,赛克希尔和食脑兽有不少被射中掉下来,但是更多的妖魔灵活地调整方向,狡猾地避过了箭雨。

祭司们构筑的结界让妖魔们不敢硬冲,偶尔有些不小心碰到,爪子或者翅膀立刻像被太阳灼烧过一般,变成了一小片焦炭。与此同时，结界也发出一个闪光，就好像点燃了焰火。

克里欧看着不时出现的金色闪光，问道："这结界能支撑多久？"

"一般来说五个僧兵可以保持半天，但是得看范围的大小。今天的范围算是他们制造的极限了，恐怕……"米亚尔亲王没有说完，她紧紧地皱着眉头，继续用手中的弓箭射下一些俯冲的妖魔。

妖魔们的尸体在落下的时候，会在结界上被烧为灰烬，但是这可怕的危险并没有让其他的妖魔退缩。它们不断地上下翻飞，突然都拔高了一两丈。

"小心！"米亚尔亲王突然紧张起来，大声地命令，"盾牌！拿起盾牌！"

原本蹲在弓箭手旁的步兵都放下了长矛，将圆盾举到头顶，有些辅助弓箭手的士兵也两手拿着盾牌把他们遮挡好。几个近卫队士兵跑到米亚尔亲王身边，为她举起盾牌。

"快，快蹲下！"亲王拉克里欧来到自己身边。

果然，赛克希尔飞到高处，突然都停在了那里，接着它们发出嘶哑的叫声，纷纷张开了嘴，一枚枚白色的尖刺从它们口中直射下来，冲进结界，密集地打在了盾牌上。有些遮挡不到位的士兵被那些尖刺击中，发出了惨叫。

菲弥洛斯是唯一没有用盾牌遮挡的人，他站在原地，所有的尖刺在离他的身体不远处被一阵蓝色的微光吞噬。在密集的尖刺落下时，他伸出手抓住了一枚，仔细地看了看。

天幕尽头

赛克希尔们完成了这波攻击,又解散了队伍,在半空中胡乱飞舞。

米亚尔亲王从盾牌下出来,命令新兵把负伤的人转移到神殿里去,同时补充更多的箭头。

克里欧站起来,对菲弥洛斯说:"你刚才在看什么?"

妖魔贵族抬了抬眉毛,把截到的那枚尖刺递到游吟诗人面前:"人的骨头……被消化以后重新组合成这样的东西,所以能够进入结界。"

克里欧拿过白色的骨刺:"从来没有听说过有这样的事。"

菲弥洛斯抬起头,看着那些暂时停止了进攻的赛克希尔和食脑兽:"它们原本是相互厌恶的,我从来没有看到这两个种族能一起合作。"

"是的……"克里欧点点头,"你……应该更了解赛克希尔吧?"

"你想问我是不是从赛克希尔中诞生的?"菲弥洛斯讥讽地笑了笑,"不,主人,我和它们没亲戚关系,您不用担心我帮着它们。不过,在飞翔的种族中,它们算得上是我母族的奴仆……最忠诚的奴仆。"

这个时候,像是得到了召唤一般,凌乱飞舞的赛克希尔们忽然分成了两个半圆,它们中间隔开了一片空隙,甚至驱赶着食脑兽不准接近。

克里欧突然有种不祥的预感,盯着那个空隙,正上方是月亮的影子。

"它们在等什么?"克里欧问道,"它们为什么突然停止了攻击?"

　　菲弥洛斯也看着那个空隙,露出了微笑:"我说,它们是忠诚的奴仆,正在等着主人出场呢。"

战场之上

菲弥洛斯的话就好像一个恶兆,余音还残留在空气中,远处便慢慢地传来了丝线一般的声音,这声音又尖又细,渐渐地越来越大。

"什么?"米亚尔亲王有些不安地向克里欧问道,"那是什么东西?"

克里欧皱着眉头,双手努力地做出"安静"的手势,女亲王严肃地命令所有的人闭嘴,顷刻间,周围立刻安静了下来。那尖细的声音也显得更加清楚,它们仿佛是从四面八方涌过来的,如同无形的网,慢慢笼罩在半空中。

克里欧感受到了一股从脑袋里冒出来的胀痛,就好像一颗邪恶的种子正从那里发芽,并且努力地想冲出来。与此同时,这些日子以来他不止一次经历过的干渴又重新出现在喉咙里,甚至胃部都开始抽搐。克里欧很明白这意味着什么——

"看!"

一个在高处守卫的士兵大叫起来,指着半空中那块明亮的地方,月亮露出来的地方。

几个黑影正从最高处飞快地降落,它们不是从远处现身的,也没有人看清它们什么时候到这个地方的。它们笔直地从高空中落下,几乎一眨眼的工夫,就到了人们眼前。

赛克希尔和食脑兽退得更远了,恭恭敬敬地给它们腾出了空间。那是三只老鹰,或者说,也不完全是老鹰的样子——它们足有普通老鹰的四五倍大,长着鹰的头颅和翅膀,还有钢铁一般锋利的爪子,但是它们后半身拖着一条有尖锐利钩的蛇一般的尾巴,这尾巴在月光下发出银色的光芒,让人忍不住打冷战。

它们扇动着翅膀,停留在结界外面。

"这是什么鬼东西?我从未见过!"米亚尔亲王骂道,她举着弓,对准了三只新来的妖魔。

克里欧却没有回答,反而看着菲弥洛斯。

妖魔贵族笑了笑:"很高兴向您介绍我的母族,主人,它们在被封印前数量就已经很少了,所以极少有人见过它们。不过我想杜纳西尔姆人应该听说过,它们被你们称作'闪电掠食者'。"

克里欧困难地咽了口唾沫:"费德格斯……"

"没错。"菲弥洛斯点点头,"这就是我名字的来历,你所窃取的真名,来自我的母族。"

天幕尽头

克里欧开始懊悔自己从来没有去追究过妖魔贵族的来历，这让他此刻陷入了一种被动。但是他却没有办法在这关头来思考是否忽略了些事情，他必须告诉米亚尔亲王他们面临着多大的危险。

"别向它们射击。"游吟诗人向米亚尔亲王叫喊道。

亲王脸上有些错愕："为什么——"

克里欧还没有来得及回答，最开始示警的士兵用弩向半鹰半蛇的妖魔射出一支箭，那箭头冲出了结界，准确地奔向目标。然而费德格斯只张了张嘴，并没有出声，下面却听到一声尖利的惨叫，那名士兵突然从高处摔了下来，捂着脸不断哀号。

米亚尔亲王冲过去，几个士兵已经将他扶了起来，他们拉开他的双手，脸上顿时变色——

受伤者的眼睛已经熔化了，流下了一种蓝色的液体。因为痛苦，他的手在脸上抓出了一条条血痕。很快，这个不幸的士兵就停止挣扎，咽下了最后一口气。

"这是什么？"米亚尔亲王的声音中透露了焦急和惊恐，"伊士拉先生，那些怪鹰突破了我们的结界？"

克里欧摇摇头："不能攻击费德格斯……它们有反噬的能力！"

"但是我们在结界里！"抱着尸体的年轻人怒吼道，"它们怎么能攻击我们？"

克里欧无话可说，这是他也不能回答的问题，即使在杜纳西姆人的典籍中，也没有关于破解费德格斯反噬能力的记载，但是……他抬起头来看着远处的菲弥洛斯，妖魔贵族抱着双臂，冷冷地望向半空，他毫不关心这边的动静。

菲弥洛斯知道费德格斯的秘密，这毫无疑问，但是克里欧也明白他绝对不会说出来的。

"不能攻击它们！"克里欧回头对米亚尔亲王叮嘱道，"听我说，殿下，现在您和您的士兵别轻举妄动，千万不要看那怪物的眼睛，万不得已的话，就多多注意赛克希尔和食脑兽。"

亲王恨恨地看着天空中半鹰半蛇的妖魔，吩咐传令官将警戒的命令传达下去了。

士兵们都举着弓箭和弩，半蹲在地上，警惕地看着头顶的妖魔。整个战场突然安静了下来，但却让人喘不过气来。

仿佛是发现下面的人进入防御姿态，费德格斯突然发出一声短促的鸣叫，原本退开的赛克希尔和食脑兽开始自动排列起来，在上空飞成了一个圆圈的形状。而费德格斯也分散开，在它的奴仆中穿梭。

米亚尔亲王蹲在克里欧的身边，盯着那些妖魔诡异的动作，问道："它们在干什么？要重新进攻吗？不过看上去像在等什么该死的机会。"

"费德格斯很聪明。"游吟诗人说，"它们知道结界不可能一直持续下去，我们的力量支撑不到天亮了。"

"可是又不能攻击它们！"

——难道要等死吗？

亲王并没有说出这句话，但克里欧却明白那是最可能发

天幕尽头

生的情况。

  费德格斯飞得很低，几乎是擦着结界的边缘掠过，每当它们长长的蛇尾甩过人们的头顶，远处就会传来一两声惨叫，还有一阵军官的怒骂。游吟诗人知道是有些违反军令忍不住攻击的士兵遭到了反噬。

  不久之后，食脑兽们开始行动了，它们聚集起来扑向结界，在脆弱的一角烧出了大洞——它们想用自己的生命为费德格斯打开结界，或者尽可能多地耗尽结界的力量。

  又有士兵射击了食脑兽，但是费德格斯飞快地扑向那一处，更多的士兵双眼被熔化了。

  "这样不行！"克里欧捏着拳头，身体中的饥渴快要把他撕裂了，但更折磨他的是无计可施的焦躁。

  他又一次看向了菲弥洛斯，妖魔贵族抱着双臂站立在远处，看着费德格斯上下翻飞。

  克里欧很清楚自己没有选择，他猛地站起来，在米亚尔亲王错愕的眼神中走到了菲弥洛斯的身边。

❦

  妖魔贵族显然听到了他的动静，但是没有回头，仍然盯着头顶的妖魔。"它们很矫健，对不对，主人？"他这样对游吟诗人说，"我可很少看到它们集体出现，一般来说，一个费德格斯就能率领一大批的赛克希尔，更不用说食脑兽这样的小东西。"

  克里欧并没有兴趣听他说这些："你得帮助我们，菲弥洛斯！这样下去，结界很快就会被打开，这里的人都得死。"

菲弥洛斯冷笑了一声："你在要求我帮你杀死我的母族成员？"

克里欧很想求他，但却只能说："这是我唯一的选择！"

"真奇怪，你怎么会认为我将答应这个荒唐的要求？杀死别的妖魔也就罢了，我来自费德格斯，主人。"

"得了！"克里欧突然烦躁地吼道，"别装得好像你多在乎它们！你是弥帝玛尔贵族，菲弥洛斯！你什么也不关心！"

这尖锐的话一出口，不仅菲弥洛斯的脸色沉了下来，连游吟诗人也为自己的歇斯底里吃惊。他按住胃部，那一阵强过一阵的饥饿感让他整个人发昏，他忽然意识到，这样的感觉不仅仅是身体上的变化，甚至开始侵蚀到了他的精神！

他想要道歉，可说什么都晚了。

菲弥洛斯突然伸出手，抓住了他的后颈，猛地把他拉过去。妖魔贵族凑近他，盯着他的眼睛，那一小半被毁掉的面孔猝不及防地放大，显出可怕的压迫力。"你错得离谱，主人。"菲弥洛斯阴森森地对克里欧说，"我还是有在乎的东西——那就是你的心脏！总有一天，我要吃了它！"

克里欧知道自己毁掉了他们这段时间好不容易缓和下来的关系，后颈处的力气几乎要把自己的脖子折断，但他不能做出退让。"告诉我怎么对付费德格斯……我命令你……"他断断续续地说，看着面前那只变异的眼睛，"不用杀死它们，只需要驱赶，告诉我！我要救这些人……"

菲弥洛斯放开了他，渐渐站直了身体："为什么不死一

天幕尽头

次，主人？你自己可以体验，反正你就像蜥蜴的尾巴一样，还会活过来的。"

这是妖魔贵族最大的让步了，克里欧很清楚这一点，他转过身，从一个士兵手里拿过了一把弓箭，向着费德格斯飞舞的地方跑去。

"你干什么去？"米亚尔亲王又惊又怒追上克里欧，"你说过不能轻举妄动，伊士拉先生！"

"你们不能！"游吟诗人来不及对她解释，"我是死不了的！"

他已经来到了一大群食脑兽飞舞的地方，它们不断地冲击着结界，炸出一片金色，有好几只赛克希尔盘旋在这里，发出刺耳的叫声，而一只费德格斯扇动着翅膀，悬浮在最上方。它沉默地看着下面奴仆的举动，蛇一般的尾巴在夜空下卷曲扭转——它似乎感到兴奋。

克里欧抬起了弓箭，笔直地瞄准了费德格斯，他手心出汗，但是仍旧稳稳地射出了一支箭。

箭头穿过结界，射中了一只食脑兽，但是劲头并没有消减多少，它仍然在向前冲，冲向最重要的目标。

可就在箭头接近了费德格斯的时候，那只妖魔的鹰喙张开了，箭头仿佛被一阵无形的风刮散，变成蓝色的粉末。与此同时，克里欧惨叫一声，感觉到双耳剧痛，仿佛有两把锥子刺了进来，直向大脑中钻去。弓箭从他手中掉下来，他打了个踉跄，几乎摔倒。

"神啊！"米亚尔亲王扶他，让他靠在自己的身上。

克里欧抬起头，眼睛已经看不到东西了，脑中的剧痛仍然在持续，并且越来越剧烈。他感到双目中流下了滚烫的液体——很明显那是他的眼珠。

克里欧明白了：为什么没有人知道费德格斯的"反噬"秘密，他们都没有听到这声音，以为双目熔化就是费德格斯"看到"攻击者以后用目视反噬的，但其实它们是用声音——超过人类听觉的、无声的攻击！沿着武器射出的轨道直接反弹到人的身上。

声音，是的，菲弥洛斯对于声音也有执着，他喜欢美丽而澄澈的声音。他来自费德格斯，这是他的天性。

克里欧的意识已经开始模糊了，他抓住米亚尔亲王的手腕，用尽力气告诉她："塞住……耳朵，紧紧塞住耳朵……还有……用尖锐的声音抵挡……抵挡费德格斯……噪音……越大越好……"

米亚尔亲王也许听到了他在说什么，也许没有。克里欧已经无法去管这些了。头脑中的剧痛彻底征服了他。他倒下来，咽下了最后一口气。银灰色的眼珠变成了银色的液体，就仿佛是两行泪水，流淌在苍白的面颊上……

杜纳西尔姆人对于凯亚神有一种特别的祭祀仪式，那是利用他们的声音所做的独一无二的奉献。

他们会选择三个人在新年初始的那一天，来到索比克草原中心，在原石所搭建的舞台上，进行没有伴奏的演唱。一

天幕尽头

般来说是一个男孩儿,一个女孩儿和一个年轻人。年轻人是主唱,而女孩儿和男孩儿是伴唱。如果是单数日,主唱就会选择男子,如果是双数日,则会选择一个姑娘。他们从日出那一刻开始演唱,一直用歌声陪伴太阳之神走过天穹,最后送他落下。

这是一场很艰苦的祭祀,被选中的人头一个晚上甚至不能进食,在祭祀过程中只允许饮水十次。许多男孩儿和女孩儿甚至会因此伤害到嗓子,需要休养许多天才能恢复,但是这也是一项荣誉,因为只有声音最好的人才能得到在新年第一天陪伴凯亚神的权利,在一年中享受着神的庇护。

而且更重要的是,最好的声音也意味着对于驱魔法力的认同。因为所有的咒语,都需要优美的声音来吟诵。这是白魔法的特质。

克里欧在很小的时候便被选为了祭祀的男童,而当他满了十八岁以后,又再次成为了主唱者。

他记得自己在演唱之后看着完全消失的太阳,满心欢喜,尽管嗓子又干涩又疼痛,但是他知道声音是一种奇妙的东西,能带来荣耀和幸福。

在两百年以后,他也知道了,声音同样可以带来灾难和死亡。

菲弥洛斯为了他的声音而失去自由,他因为费德格斯的声音而失去生命——这就好像一个残酷的轮回。

克里欧的心跳又恢复了,他从黑漆漆的死亡之国回来,渐渐清醒。但是他还没有睁开眼睛,双目的刺痛仍然残留着，耳道内也嗡嗡作响。

他转了一下头颅，感觉到四周很安静，即便是有耳鸣，他也知道旁边什么声音也没有。他闻到了泥土的气息，明白自己躺在地上，刚想要爬起来，立刻感觉到有人在他的肩部托了一把，脸上也有什么东西。他伸手去抓，被人拦住了。

"我要是你就不会把布取下来。"菲弥洛斯的声音在旁边响起，"现在是白天，光线对你刚刚缩回眼眶的眼珠子伤害挺大的，也许会灼伤。"

克里欧接纳了他的建议，规规矩矩地坐起身，头上罩着布。

"怎么样……"他用嘶哑的声音说，"为什么这么安静？"

菲弥洛斯没有说话。

"费德格斯呢？"游吟诗人不安地追问，"它们走了吗？米亚尔亲王在哪里？"

"那女人没死。"菲弥洛斯有些粗鲁地说，"至少现在没死……"

克里欧着急起来："到底怎么样了？"

菲弥洛斯突然不耐烦地扯掉了他头上的布："行了，你自己看吧！"

突如其来的光照在游吟诗人尚未睁开的眼皮外，已经让他感觉到了刺痛，他用手捂着，慢慢地适应，然后睁开了眼睛——

战斗已经结束了，黎明的光从东方的天空洒下来，给战场上的一切都染上了金色。不管是士兵们凌乱、悲惨的尸体,还是妖魔残缺、狰狞的碎块,都被一视同仁地盖上了无形的裹尸布。克里欧望着满眼的疮痍,突然想起了索比克草原在被黑色触角妖魔沙尔萨那毁掉后的情形——到处都是残片和尸体,日出为焦黑的废墟增添了一层恍惚的薄纱,这似乎是一种微弱的慰藉,为的就是不让观者再受到一次心灵上的折磨。

克里欧的眼睛发酸,流出了眼泪,他知道这并非因为自己无法承受这场景,只是光的刺激让他的瞳孔再次受到了伤害。

克里欧擦去眼泪,尽量用手遮挡着光:"现在究竟是怎么回事?妖魔们走了吗?亲王殿下在哪里?"

"走吧。"菲弥洛斯把他拉起来,"她的一只胳膊断了,看样子以后不会太灵活,不过好歹保住了性命。"

克里欧眯着眼睛,四处打量了一下,一些带着伤的士兵和义军正在收拾同伴的尸体,并把妖魔的残骸堆在一起烧掉,但是他并没有发现其中有费德格斯,也许它们没有被杀死,只是被驱赶了。那么在他复活的时间里,发生了怎样惨烈的战斗呢?

"我醒过来的速度太慢了。"克里欧一边跟着菲弥洛斯向女亲王的帐篷走去,一边说,"很少有这样的情况,我应该在你们作战的时候就醒了。"

"你以为你被熔化的只有眼睛吗?"菲弥洛斯嘲笑道,"你的脑子那时候根本就是一碗酸臭的牛奶。"

克里欧感觉到一阵难受——原来费德格斯的声音可以毁

掉大脑!

菲弥洛斯停下脚步,突然转头,沉下声音:"我们得离开这里,主人。我可不管你和这个女亲王有多少同病相怜的情义,这里不是我们该待着的地方。"

游吟诗人望着他:"那我们该去哪里,菲弥洛斯?"

妖魔贵族没有回答。他转过身,接着向前走去。

重逢

　　米亚尔亲王正斜靠在她的丈夫身边，脸色苍白，右手缠满了绷带，小心地用木板吊在胸前。布鲁哈林大公紧紧地握着她的左手，不时地用杯子喂她喝水。
　　"我们损失了九十多个士兵，还有五十人负伤。"米亚尔亲王看着克里欧走进帐篷，对他说，"如果我们的义军能像您那样复活就好了，这样我至少不用去反复征兵。"
　　"时间的魔法是诅咒。"游吟诗人平静地说，"您真正了解以后就不会羡慕我拥有它了。"
　　女亲王虚弱地笑了笑："您真严肃，伊士拉先生，那只是个玩笑。"
　　"您的手，殿下……"
　　女亲王看了看："哦，刚才医生已经检查过了，祭司也为我施展了治疗魔法，据说以后有点不灵便。不过好歹是断成两截的东西，能接回去就不错了，将来我需要多多练习左手用剑。"

克里欧低下头，心中仍然有些难过。

"您说的方法有效，伊士拉先生。"米亚尔亲王继续说道，"费德格斯被我们赶跑了，带着它们的喽啰，但是我觉得也许它们还会再来的。"

游吟诗人赞同这个说法："妖魔们其实和人一样，会想要属于自己的领地，现在费德格斯的力量不足以建立自己的王国——或许它们也想，可的确做不到，所以它们会尽可能地驱逐人类，然后扩大占领区。阿卡罗亚是极北之地，除了费德格斯一类的飞翔妖魔，肯定还会有喜欢这里温度的别的妖魔陆续赶来。殿下，您将来还会面临更大的麻烦。"

米亚尔亲王苍白的脸突然抽动了一下，布鲁哈林大公敏锐地感觉到她身体的颤动，连忙捏了捏她的掌心，转头看着克里欧："您觉得……现在阿卡罗亚难以守住了吗，伊士拉先生？"

克里欧垂下视线："实际上我担心法玛西斯帝国，乃至整个卡亚特大陆……自从两位殿下告诉了我实情，我还没有来得及说出我的忧虑……"

"我们正听着呢，伊士拉先生。"

克里欧停顿了一下："这是一场战争，殿下……还记得我们第一次见面，就遇到了那加达兽的变种，经过十年，它们已经到处都是了。在传说中的远古时代，妖魔们虽然和人类争夺地盘，互相伤害，但是它们始终处于族群聚集形式，散

天幕尽头

乱而不成章法。但是看看现在，它们已经能够有意识地集结在一起，各自分工，而且它们夺取了四个关键的'禁区'，对萨克城形成了合围……它们已经是一支大军了，殿下。"

米亚尔亲王沉下脸："你是什么意思？你能猜得出妖魔的目的？"

游吟诗人摇摇头："不，殿下，妖魔们想要白日下的世界，这个毋庸置疑，我们不清楚的是它们会怎么做？我只是想说，现在妖魔们已经是一个整体了，人类个体本身就比它们弱，现在却还没有觉悟到这一点，甚至依然各自为政，这非常危险。"

米亚尔亲王着急地想要撑起身子，却被丈夫按住，"小心！"他严厉地对她说，"坐着说话就够了！"

米亚尔亲王朝他撇嘴，转头又是严肃的模样。"那么现在你认为该怎么去跟别的公国和行省取得联系呢？"她烦恼地说，"要是我能腾出手来告诉临近的行省组成联军就好了……但那一系列的整编需要很长的时间，不停地开会、碰头，在妖魔的密集进攻下这根本不可能。而且现在各个公国和行省之间的交界部位都有很多妖魔盘踞，安全地通过也非常困难。"

"所以各个地区之间的联系就变得非常少了……"克里欧接着说，"之前殿下给我说的都是现在法玛西斯帝国的情况，我现在能推论的结果就只有这个：妖魔们就是需要现在的状况，整个法玛西斯帝国，或者说人类世界，都无法成为一个整体。每个地方的人类都在消耗各自的力量，而妖魔则在壮大，它们也许在等待机会。"

最后这个词让在场的人不寒而栗。

米亚尔亲王感觉到断臂处的疼痛似乎蔓延到了全身，她坐直了身体，让自己可以对抗疼痛和恐惧。

"我想您愿意做点什么。"她对克里欧说，"您说出这些，应该也想到了解决的办法。"

游吟诗人谨慎地说："或许会有。但是我必须首先确定它们的禁区中有什么秘密，是否真的已经包围了萨克城，还有最关键的那个方位是不是坚如磐石。"

米亚尔亲王盯着他："你想去斯塔公国？"

"米拉堡、绿风城、齐尔卡拉村和红海螺村，都是我该去看看的地方。"

"如果要我说实话，我不希望您离开阿卡罗亚。您该知道现在您和菲弥洛斯先生对我们有多么重要。"她又顿了一下，"我知道您会说，这种想法太自私了，甚至我自己也这么认为。"

"这是目前最危险的事——只看到自己。"

米亚尔亲王自嘲地笑了笑："好在我的理智总能战胜自私。如果能保住人类世界，阿卡罗亚付出一切也没有关系……走吧，伊士拉先生，希望您能最终发现您担心的事情并没有成真。"

克里欧向她深深地鞠躬。

米亚尔亲王笑着摇摇头："还好，昨天晚上的妖魔们没有把我的战马都杀掉，所以我还能给你们提供一些代步的工具,包括粮食和银币。你们打算什么时候启程?"

"越快越好。但我想应该是明天。我会留在这里,把一些最实用的白魔法咒语写下来,交给僧兵们。如果您能招募更多的僧兵和义军,我可以写一些防御性的魔法阵,这对阿卡罗亚会非常有用。"

米亚尔亲王大笑道:"真是不错的临别礼物。谢谢,伊士拉先生,我会毫不客气地督促您尽可能多地给我们留下好东西。"

克里欧又深深地鞠躬:"愿意效劳,殿下,如果我能再次见到您……而我又有时间的话,我会毫不吝惜我所知道的一切。"

亲王蓝色的眼睛深深地凝视着他:"会有那个机会的,伊士拉先生,十年前您救过我;昨天晚上您救了我的军队,而您也会救我们的王国,甚至这片大陆。我相信会的。"

克里欧写完最后一笔,揉了揉眼睛,感觉到泪水涌了出来,他连忙倒了点凉水弄湿双手,敷在眼皮上。为了不让水弄花羊皮纸上的字迹,他必须把身子往后仰。

米亚尔亲王把能找到的干净羊皮纸都送来了,还有最牢固的"铁匠墨水",它难以褪色。这样珍贵的白魔法密卷能够保存很长时间。

克里欧尽可能多地把知道的写下来,他已经很久没有这样搜肠刮肚地回忆了,也很久没有用手写这么多的字了。尽管他的手指头僵硬，眼睛也酸痛难受，但是却像不知道疲倦一般地写下去。

他没有注意到谁为他点燃了牛油蜡烛，也没有注意到谁来熄灭了蜡烛。他只是用尽全力地写下去。

当他再次揉眼的时候，看到有人推开了门，背后是白晃晃的日光。

"差不多了。"菲弥洛斯靠着门冲克里欧抬了抬下巴，"快到中午了，这个时候出发最好。而且你已经写了一天一夜，阿卡罗亚的羊皮纸都快用光了吧？"

克里欧朝左边望去，的确，那里一张也没有了，只有他面前的最后一张还留着小半块空白。

"也许给他们一点点时间，他们会在将来填上更多的内容。"菲弥洛斯看着克里欧的表情这样说，"你不可能告诉他们所有的东西，你没那个时间了。"

克里欧沉默了一会儿，放下笔，将所有的羊皮纸堆放在一起："亲王殿下在哪里？她可以吩咐祭司把这些都拿走了。"

"她给咱们选好了马，"妖魔贵族朝外头看了一眼，"我们必须在下午动身，才有可能在天黑前找到安全的哨卡，否则就会被乱七八糟的臭东西拿来填肚子。"

游吟诗人最后看了看那一叠羊皮纸，把衣服拉好："走吧……"

他们从神殿的屋子走到广场，看到米亚尔亲王夫妇正站在那里，还有一小队士兵，他们牵着两匹骏马，一黑一红，上面驮着几个装好的行囊。

天幕尽头

　　克里欧向女亲王行礼："我所挑选的最有用的咒语都写下来了，殿下，请您妥善地保存好。我想它们学起来也不费劲，如果您能扩大僧兵的数量，它们的效果会更好。"

　　"非常感谢！"女亲王笑眯眯地说，"伊士拉先生，你可帮了我大忙。"

　　"请原谅我不能做得更多。"

　　布鲁哈林大公拄着拐杖站在一旁，用模糊不清的声音说道："您会的……伊士拉先生，其实您要去做的，也是……为我们做的……"

　　"这是我的回礼！"亲王得意地拍拍马儿的头，"我选了最好的战马，它们很机灵很勇敢，并且我让祭司对它们实施了一些保护咒，一般的妖魔应该不能把它们怎样。不过，你们首先打算去哪儿？"

　　"东边，"克里欧回答，"走大路，也许是去米拉堡，也可能直接去斯塔公国。"

　　"不管走哪边都需要一个多月——如果你们不遇上妖魔的话。"

　　克里欧和菲弥洛斯上了马，握紧缰绳。"其实我从来没有害怕过妖魔，殿下，"游吟诗人这样说，"我只是害怕我对灾难的无能为力。"

　　米亚尔亲王看着阳光照在他的面孔上，仿佛有金属般的光，她盯着他好一会儿，仿佛要把他的模样牢牢地记住，最终她移开视线，侧身让路。克里欧戴上了兜帽，向女亲王夫妇告别，向着东边走去。克里欧挺直了背部，一次也没有回头，他只是看着前面泥泞的土地，让自己别再留恋或者怀念。

"看，还有你的新朋友来送你，主人。"当他们快要走出米斯洛镇的时候，妖魔贵族在他的耳边轻轻地提醒道。

克里欧抬头就看到了大道旁的三个人，桦树村的皮斯卡和沃夫，他们换上了义军的服饰，不过沃夫还是穿得七歪八扭的，肩膀上扛着那把巨大无比的重剑；在他们身旁的则是一个身材苗条的女人，用头巾包裹着头和脸，背上背着弩和箭袋，腰上插了一排匕首和一把长剑，还牵了一匹棕色的马。

"嘿！伊士拉先生，菲弥洛斯！听说你们要走了？"沃夫挥手大叫，"怎么也不告个别啊，真不够意思！"

皮斯卡咳嗽了一声，仿佛不认识那个红头发的小子，径直走上前去，看着克里欧："伊士拉先生，我们偶然听说了您要走。桦树村应该谢谢您，这一路上没有您我们到不了阿卡罗亚，村民们也不会安定下来。"

克里欧露出微笑："不，皮斯卡先生，应该是我谢谢你们的收留。不过我想提醒您的是，也许阿卡罗亚也并不是最安定的地方。"

"啊，这一点倒是从昨晚能看出来。"皮斯卡点点头。

沃夫大大咧咧地走上来，笑着说："昨晚我们还没有被允许加入战斗，不过以后会的！安不安定还是得用剑来决定啊。"

皮斯卡也没有反驳："我们既然在阿卡罗亚住下，就把这里当做第二个故乡，为它战斗是义不容辞的。"

"您这样想令人钦佩，先生，有准备比什么都好。"

天幕尽头

"哦，对了。"皮斯卡挠了挠后脑，"还有一件事。有个人想见您，她以前帮过我们，所以我就带她来了。"

那个蒙面女人牵着马走过来，揭开了头巾，露出一张漂亮但饱经风霜的面孔，克里欧觉得她有些面熟，回忆了一下，忽然吃惊地叫道："希尔小姐！"

这个全副武装的女人原来是十年前一起进入地宫的幸存者莉娅·希尔，罗捷克斯二世亲自挑选给克里欧的护卫之一。在与妖魔王的战斗之后，她和其他几个人一起被送回了地面。

莉娅·希尔向克里欧微微地颔首，她的眼睛周围已经有了皱纹，但是棕色眸子却仍然清澈。"能再次见到您很高兴。"她用发颤的声音说道，"我一直以为您已经死了，伊士拉先生，整整十年……我今天早上来到这里，看见了皮斯卡，当他告诉我您还活着，我简直不敢相信我的耳朵。"

"我活着，希尔小姐。"克里欧握住她的手，"您也活着，这真是太好了。"

"我现在叫做莉娅·巴奇顿。"她告诉游吟诗人，"我和米克回到地面以后就结婚了。"

"我祝贺您，巴奇顿夫人。"克里欧笑着说，"不过，巴奇顿先生在哪儿？他还好吗？"

莉娅脸上的笑容立刻僵硬了，她的表情有些古怪，隔了好一会儿，才低声地回答："我正要去找他……伊士拉先生，我可以和你们同路吗？也许我们可以好好地谈一谈。"

"我们要离开阿卡罗亚了，去东边。"

"没有关系，先生。"莉娅恳切地说，"现在我在法玛西斯帝国到处奔走，到哪儿去都可以。我得跟您谈谈，先生。"

克里欧从她的眼睛里看到了焦灼，于是点点头："好的，巴奇顿夫人，很高兴再次和您同行。"

莉娅露出欣喜的表情，连忙上马。

克里欧跟皮斯卡和沃夫再次道别，终于继续往前走。

出了米斯洛镇的地界，阿卡罗亚的荒凉和寒冷再次扑面而来。虽然他们走的是客商来往的官道，但是往日的繁荣已经不见了。两旁随处可见荒废的酒馆和旅店，还有一些枯死的树木。道路因为缺乏修缮而坑坑洼洼，混合着泥水，马儿走上去也显得不怎么开心，偶尔会不耐烦地甩甩头。

菲弥洛斯骑着黑马走在前面，克里欧和莉娅走在后面，聊着这十年的事情。

"当时从地下回来，我落在斯塔公国的一个小镇上，没有受伤。"莉娅告诉克里欧，"我和科纳特殿下在一起，所以他很快回到了王城，休息了几天后，我们启程去萨克城向陛下当面汇报地宫中的一切。"

"见到其他人了吗？"

"见到了。我们住了大约三个月，当时所有被送回地面的人都聚集在王宫。陛下反复地听我们描述，把所有的细节都记了下来。他甚至命令赫拉塞姆队长在全国派出了秘探，想要找到你们的踪迹，但是因为没有消息，所以我们都

天幕尽头

以为……"

克里欧点点头："我完全理解。"

"之后我和巴奇顿离开了王宫，我们请甘伯特大人主持了婚礼，想要回阿卡罗亚定居。我们担心妖魔会侵扰故乡，所以希望能为她出点儿力。但是后来发生的事情，却让我觉得很古怪。"

"您指的是什么，巴奇顿夫人。"

莉娅紧紧地抿着嘴，好一会儿才开口说："还记得我刚刚被送出地宫的时候吗？我和科纳特大公殿下是一起的，我在光柱之中时，看到他的耳朵——就是朝向我的左耳处——有一大块黑色的污迹，当时那东西正朝他的耳心流动，我叫了一声。但是当我们出现在地面以后，我发现那黑的东西没有了。"

克里欧皱起眉头，努力回忆着当时第十层圣殿中的情形，因为被面对着妖魔王的一连串混乱干扰了记忆，他已经完全想不起那片刻中莉娅是否叫出了声。

"我怀疑是我看错了，"她接着说下去，"但是后来我发现科纳特殿下跟从前有点不一样了。大概是从他继任了杜克苏阿亲王之位开始的……他比我小几岁，在我们相处的日子里，我认为他是一个聪明、朴实、温和的少年，甚至有点软弱。但是当他离开萨克城回到斯塔公国继位的时候，我发现也许我错了……他做的很多事……很多事情，大概老亲王甚至陛下都很难做出来。"

"您指什么，夫人？"

·104· 重逢

莉娅想了想:"科纳特殿下继任之初,就开始了彻查巫师的行动……他在斯塔公国的王城周围修建坚固的城墙,欢迎巫师来投奔……陛下认为过于邪恶的黑魔法实行者应该被处决,但是科纳特大公却拒绝执行陛下的命令。他甚至将公开反对他决定的大臣钉死在了城墙上。"

克里欧吃惊地握紧缰绳,胯下的红马有些不满地哼哼起来。

莉娅点点头:"他的确那样做了,先生。后来斯塔公国的妖魔比别的行省少很多……于是大家认为这可能是对的。"

"但是你不这么认为,对吗?"

莉娅脸色苍白:"如果不是米克的事,我大概会觉得是在地下的那段经历对他的性情造成了影响,但是我知道没那么简单。"

"巴奇顿先生到底怎么了?"

坚强的女猎人双唇开始颤抖,眼睛里涌出了泪水:"我希望他活着,神啊,我希望他还活着。伊士拉先生,他失踪了……就在斯塔公国境内……我想他一定发现了什么。"

幸存者的秘密

十年前，莉娅在危机时刻和科纳特大公一起被送进了妖魔王昆基拉的血所打开的通道，在第十层圣殿倾塌前回到了地面。

他们俩出现的地方是斯塔公国一个极为偏僻的角落，是一个只有几百人聚居的小镇。他们几乎是费尽了口舌才说服一个农夫赶车送他们去了最近的驿站。在那里，科纳特大公分别向父亲和帝都的罗捷克斯陛下发出了两封信，然后赶了一周的路，终于回到王城。

几乎就在他们刚刚喘过气的时候，罗捷克斯二世的信鸽也到了斯塔公国的王城——他下令莉娅和科纳特大公立刻前往帝都觐见。

于是老亲王将自己的卫队派出，护送儿子和莉娅去萨克城。

罗捷克斯二世那个时候已经和出海的队伍失去联系将近一个月了，非常焦躁，所以他一见到回来的科纳特大公和莉娅便放下了所有的政事，跟他们谈了整整一天。

两人告诉了国王所有的事，无论是伦德卡加的风暴，还是在瑟里提斯和魔鬼海中遇到的黑色腕足妖魔沙尔萨那，包括那个从海里救出来的肉傀儡夏弥尔……当然更重要的是那个可怕的地下迷宫。

罗捷克斯二世用少见的认真态度听他们讲述，甚至询问了每个细节。

接着，米克·巴奇顿和甘伯特的消息传了回来，他们出现在索比克草原的边缘，因为巴奇顿手中有皇族的徽章鎏金玫瑰，所以地方官立刻派专人加紧赶路，送他们回到了帝都；赫拉塞姆队长则是出现在离帝都最近的东岸，可是他的腿在途中受了伤，所以是最后回到帝都的人。

整整一个船的人出去，最后回来的只有五个，这令罗捷克斯二世的感觉非常复杂。他秘密地召开了一个内阁会议，让赫拉塞姆队长将地下迷宫中的一切毫无保留地告诉了帝国中的重臣，包括了主神殿的几位高等祭司。

于是内阁和祭司们决定破格提升甘伯特，让他开始专门负责白魔法的研究，并负责组建有战斗力的僧兵队伍。当然，这一切并没有公开，为了避免引起太多的恐慌，罗捷克斯二世只是暗中命令主神殿祭司们派出人前往各地的神殿通知大祭司，同时让特使跟各个行省和公国的执政官以及亲王会面，开始防备。

天幕尽头

"尽管陛下的决定很正确,而且我们也尽了全力,但是现在的情况仍然很糟糕。"巴奇顿夫人说,"伊士拉先生,请原谅,但是我们都很怀念您,我们都以为您和菲弥洛斯回不来了……如果您也在的话,可能会好很多。"

游吟诗人笑了笑:"谢谢您,巴奇顿夫人。可说实话,您和甘伯特他们已经做得超乎我的想象了,十年间白魔法的力量能够达到这种程度,已经比过去几百年都要好了。而且我也不会有更多的帮助,我并没有您想象的那么强大。接着说吧,巴奇顿夫人,说说您自己,这些年您和巴奇顿先生是在做什么?"

这位女士的脸上浮现出有些疲惫又带着些微甜蜜的表情来。"我们开始是协助甘伯特大人训练僧兵们的基础实战,大概有一两年。"她回忆道,"后来妖魔出现得越来越多,我们就加入了赫拉塞姆队长组织的分队,开始到处消灭妖魔。那队伍里往往是几个祭司和我们配合,也算得上是僧兵队伍的雏形吧。后来正式的僧兵队伍建立了,我和巴奇顿就决定单干,就是被称为'自由猎手'的那种人……我们学习了一点白魔法,而且还有一些搏斗的底子,可以对付一般的妖魔,而且这样更加容易帮助到被忽略的地方……"

"这样的想法非常好,夫人,而且我相信您和巴奇顿先生一定做得很成功。"

"不敢这么说,伊士拉先生,但是我们的确尽力了。"她顿了一下,"事实上,我们经历过第十层圣殿中的一切,对妖魔的力量都很敏感,也知道怎么自保。所以我们比别的自由猎手活得更长一些。虽然情况一直在恶化，但是我们并没有放弃，而且想到我们是被您送出来的，也相当于活第二次了。"

"后来碰上了什么事？"伊士拉谨慎地问，"巴奇顿先生为什么不在您身边。"

女猎手的眼睛有些潮湿，她深深地吸了一口气："这就是我得请您帮助的事情。"

她接着说了下去——

在成为自由猎手以后，夫妻两人奔波在法玛西斯帝国，特别是在僧兵和祭司们最初数量很少的时候，他们为很多偏远地方的人扫除了低等妖魔的侵扰。后来不断地有更多的僧兵和祭司，以及培训过的士兵加入了对抗妖魔的行列，罗捷克斯二世甚至颁布了《巫师有条件赦免法案》，所以他们就专注地深入到没人注意的地方。也有些地方的人会特意去请自由猎手来帮忙，所以有些猎人就慢慢地变成了佣兵。但是巴奇顿夫妇并不在意报酬，他们接受的往往只是能满足生活需要和购买、修理武器的费用。

"去年的时候，有一个叫做科申娜的人给我口信，说是斯塔公国西边的马斯特尔镇上出现了一种毒藤妖魔，于是我和米克便启程赶去。在经过斯塔公国王城的时候停留了一晚，才知道原来还有三位自由猎手也被邀请了。我们聊了一会儿，分析了下情况，觉得情况还在控制之内，于是各自分工，期望能尽快帮马斯特尔镇上的人解决麻烦。但是第二天早上，米克告诉我他必须在王城逗留一天，我得跟着其他人

天幕尽头

先去。但是当我从马斯特尔镇回来以后,却没有在约定的旅店里见到米克。我足足等了他十天,到处打听他的消息,可是他却从来没有出现过……一直到现在,我都没有见过他……"

克里欧疑惑地问道:"巴奇顿先生没有告诉您他为什么要单独逗留吗?"

"没有,伊士拉先生。他什么都没告诉我,但是那时他只是坚持这样做,并且保证等我回来会说原因。您知道他那个人,先生,他虽然话不多,但是只要该说的都会告诉我。"

"那么他在做这个决定前,您有没有发现他有什么异常吗?"

"米克的习惯很好,很有规律,那天他只是照常吃了晚饭,然后去散步。平时我和他一起去,但是那天我和几个同行在聊天,所以他是一个人去的。他回来以后也没有什么不对劲的地方,所以我实在不明白为什么。"

"任何异常都没有吗?"

莉娅认真地想了想:"没有。如果勉强算的话,他半夜的时候醒来过一次,因为我很警觉,所以立刻就知道了。但是他看起来只是做了个噩梦,就跟我们刚刚回到地面上时经常发生的情况一样。"

"他没有说什么?"

"没有,他很快就重新睡着了。"

游吟诗人皱起眉头:"这么说起来,是很蹊跷……您一年多都在调查这个事情?"

"是的，先生，我相信……相信米克还活着，我得找到他，知道他发生了什么事儿。"

"请原谅，夫人，让您这么笃定的理由是什么呢？"

莉娅绷紧了面孔："如果说这个是我的感觉，您相信吗？"

"当然，夫人。"他点点头，"这理由对于学习过魔法的人来说，已经够了。我还想问问，您的调查重点是一直在斯塔公国吗？为什么您会来阿卡罗亚？还有，您如果有什么发现，能告诉我吗？"

"我当然愿意全部告诉您，先生，毫无保留的。"女猎手急切地说，"如果能找到米克，确认他平安无恙，我什么都愿意。我在斯塔公国逗留了三个月，因为米克是在王城中失踪的，所以我将他认识的人都找遍了。我们的武器商、熟悉的祭司、朋友和同行……什么人都问过了，甚至……"

莉娅的脸色忽然有些异常。

克里欧低声说："甚至找过从前的科纳特大公、现在的杜克苏阿亲王，对吗？"

女猎手点头："是的，原本不想这么做，因为大公殿下在继位后的一些作为，让我觉得他好像变了一个人，冷酷又威严，我想与他保持距离。但是后来我实在找不到人能帮忙了，所以还是请求他接见我……殿下也同意了。我请求他协助我找到米克，但是他认为这没什么大不了的，说……说米克也许只想躲开我……我发誓他的口气并不是开玩笑。他变了，伊士拉先生，我所认识的科纳特大公是不会这样对人说话的。"

天幕尽头

"后来呢，夫人？"

"我离开王宫的时候，有一位曾经合作过的猎手找到了我，说是有一封信给我。那居然是米克给我的亲笔信！"

克里欧有些惊讶地看着她："也许您可以把信给我看看。"

"当然，先生。"女猎手从怀中取出一个羊皮口袋，然后小心翼翼地从里面取出了一封信递给他。

那是一张折叠得皱巴巴的粗纹纸，封皮上有火漆的痕迹，里面用凌乱的字迹写了一行字：

"莉莉：离开，要快！我去找敲钟人！"

克里欧盯着最后的一个词，心头掠过一阵不祥的阴影。"您能肯定这是巴奇顿先生的字迹吗？"他问道，"'敲钟人'是什么意思？"

"字迹没错，先生。而且只有他才会称呼我莉莉，这确定是他留给我的字条无疑！但我不明白他说的敲钟人是谁，而且为什么要在三个月以后才给我信……我甚至不知道这是不是他失踪的时候就已经写好了，只是被延迟了交给我。我别无选择，只能根据这封信继续追查。我问过这封信的来历，他们说是南边的猎手一个一个传递过来的，于是我南下去寻找那些人。最开始传这封信的那位猎手来到了阿卡罗亚，于是我转到这里！凯亚神保佑，居然听说了您的消息……"她禁不住有些哽咽，"我必须得请求您的帮助，伊士拉先生，我真的不知道怎么办……"

"我完全理解您的心情，夫人。"克里欧把信还给她，"我会帮助您的，我和菲弥洛斯原本就打算去斯塔公国，现在看起来，真的很有必要。"

莉娅·巴奇顿吸了吸鼻子，把泪水忍了回去，勉强露出了微笑。

巴奇顿夫人在经历过自由猎手的生活之后，对法玛西斯帝国更加熟悉了，确切地说，对这个王国中妖魔出没的危险区域了如指掌。在她加入了克里欧和菲弥洛斯的队伍中后，已经数次领着他们绕过了魔狼、娜科和肉虫聚集的地方。

安全的代价就是路程稍微长了一点，所以虽然仍旧是南下，可是他们这次没有经过法比海尔村。

"那里在十年前因为库露的大规模袭击，很多人成了寄生体，您和您的奴仆清理了一部分，但后来还是有许多活下来的库露出现，而且蔓延到周边村子。"围着篝火休息的巴奇顿夫人告诉游吟诗人，"为了保住阿卡罗亚，亲王殿下不得不下令对他们进行了绞杀。"

当时正在喝着热汤的克里欧愣了一下："米亚尔亲王殿下？"

女猎手点点头。

菲弥洛斯慢条斯理地用光刃清理一只野兔："真没想到对不对？其实改变的不只是科纳特大公那种呆子嘛。"

克里欧没有回应他，尽管菲弥洛斯的嘲弄尖刻，他却承认那是事实——十年前的天真少女经历了变故，在残酷的战斗里锻造出一副铁石心肠。她不会也不能如同拯救布鲁哈林

天幕尽头

大公一样地去拯救一个村子的人。

不过,即便如此,在巴奇顿夫人的叙述里,年轻的杜克苏阿亲王似乎更加难以理解。

天气一天比一天冷了,当三个人越过了山脉开始进入斯塔公国的领地时,已经是冬季了。这里的温度与阿卡罗亚没有了区别,每一阵风都能把寒气送到人的骨头里去。

往日里熙熙攘攘的通商之路上少了很多马车,但是不少空地都修了房子,并且十分坚固。当他们经过的时候,总有人在碉楼里警惕地看着他们。

克里欧隐约记得,他十年前来到这个地方的时候还是初春,有不少绿色,而现在却看到更多灰色或者黑色的砖头。那些屋子里住着的,就是躲避到斯塔公国境内的富商们吧……

克里欧似乎已经预见了到达王城之后,会见到更加壮观的景象。

当斯塔公国的第一场雪飘飘扬扬地降落下来时,他们终于到达了目的地。

十年的时间让这个从前富裕而且热情的通衢之地变得冷漠了,高楼建得比以往任何时候都多,但是行人却很少。克里欧还记得他们在春天爱在腰带上别迎春花,热情地给他这样的旅行者送上水果。不过这次当他进入城门以后,只得到了很多繁琐的检查与警告。

必须领取临时身份证明,否则不能住旅店;晚上禁止随意走动,如果被巡夜的僧兵队看到会被立刻关起来;不可从事危险的法事活动……

"这里是挺安全的。"菲弥洛斯对克里欧说,"就是活像个大监狱。"

游吟诗人难得地对他的嘲讽表示了赞同。

巴奇顿夫人领着他们住进了城市东边的旅店,也是一年多前米克失踪时所住的地方。那里叫做"红靴旅店",大概是公国里唯一让人感到还算可爱的地方。大厅里煮着热气腾腾的食物,还温着酒,有些商人和背着武器的自由猎手们在吃饭,还有一些僧兵打扮的人喝酒闲聊。他们的声音都不大,偶尔发出大笑,比外面热闹多了。

克里欧他们在靠窗的位置坐了下来,点了一些烤肉、面饼和麦酒。

从窗户里能看到王宫,因为它是整个王城中唯一建在山坡上的建筑,以前它是由洁白的大理石筑成,四角的高塔上耸立着金色的光轮。而现在它则穿上了一层深灰色的外衣,好像是被很多钢铁和石块包围起来了,连光轮都因此而显得暗淡了。

"那个小朋友想给自己套上铁箍?"菲弥洛斯笑嘻嘻地说,"我看见王宫外墙上还装着很巨大的弓箭架和投石器。"

"我们得想办法见到他。"克里欧说,"之前巴奇顿夫人您说过的事情,我们只有见面才能验证。"

女猎手点点头——她明白自己说出十年前离开第十层圣殿那一刻所见到的,是怎样一种可怕的指控。

"在此之前,我想还是得把巴奇顿先生的失踪弄清楚。"

天幕尽头

克里欧看了看周围,"其实这里要探听消息很简单,但是得确定有多少消息是有用的。"

"我可以看看当时和米克接触过的人,也许有新的线索。"莉娅对他说,"您想从哪里开始呢?"

克里欧朝另一边抬了抬下巴:"老板没有换,他应该最清楚。"

"其实我问过他很多遍了,"莉娅苦笑着说,"也许他对重复的话都厌倦了。"

克里欧笑了笑:"有一点您得注意,夫人,也许我们没有必要直接去问他米克失踪前做了什么,而应该问问在您和猎手们离开之前,这附近发生了什么。"

王城的阴影

"红靴旅店"在王城中算得上小有名气，因为这里的老板会酿造非常爽口的果酒，还有就是他有个漂亮而且善于招呼客人的老婆。当他一桌一桌端着盘子送上美酒美食的时候，那位穿着红色长裙的老板娘就会拿着餐牌在各个桌子间周旋，同时迎接刚进来的客人。

克里欧注意到老板转向这边的时候眼神稍微顿了一下，然后就朝着别处看去了。"我说了他不大愿意再跟我唠叨了。"莉娅·巴奇顿夫人苦笑。

克里欧并没有说话，菲弥洛斯却盯着那个长发飘飘的老板娘，轻轻地笑道："好在这店里看到东西最多的不是她。"

当老板娘走近他们的时候，游吟诗人举起了手。

"要吃点儿什么？"那个黑头发的女人立刻笑嘻嘻地走过来，"先生们，我就知道你们会再点一次的，咱们这里的苹果

天幕尽头

酒和梅酒那可是最好的,帝都也没有这个味儿呢!你们还应该再来点儿香料炖鸡,那可是我丈夫的绝活儿。"

"我相信您说的每一句话,夫人。"克里欧说道,"请给我们来一罐苹果酒,还有三份炖鸡,如果有肥肉汤的话就更好了。"

老板娘看着他抿着嘴笑了:"夫人?多动听,可很少有人这样称呼我呢!他们都喜欢叫我'细腰莎莉'。"

"其实挺妙的。"菲弥洛斯冲她笑了笑——"细腰"这个词儿在斯塔公国的方言中也有"风情万种"一类的轻佻含义。

"我们听过您的名字,是这位夫人谈起的,"克里欧指向旁边的女猎手,"事实上我相信您记得她,还有她的丈夫。"

老板娘冲着莉娅笑了笑:"是的,您让我记忆深刻,太太。如果可以,我愿意尽我所能地帮助您,可我发誓我真的不知道您丈夫的消息。如果您仍然要重复那些问题,我还有很多事儿要忙。"

女猎手尽量保持着微笑,却掩盖不住尴尬。

"如果您愿意回答一些别的问题我将感激不尽。"克里欧接过话头,"我发誓那与巴奇顿先生失踪的事情没有什么关系。"

老板娘把手叉在腰上,"好吧,我愿意陪您多待会儿。像您和您朋友这样好看的男人可真不多见呢。不过——"她又看了看菲弥洛斯,"如果您别用头巾遮住另外半张脸就更好了。"

"另一半脸受了伤,"妖魔贵族一本正经地补充道,"我怕吓着你，美人儿，而且要说清楚的是：我只是个仆人。"

他旁若无人地喝酒的样子一点儿也没有说服力，于是老板娘爽朗地笑着，把菜单交给一个路过的小伙计，在他们这一桌坐下来。

克里欧为老板娘倒了杯麦酒，开始谈到一路上来遇到的事情，比如往北迁徙的桦树村，各种妖魔，在阿卡罗亚遇到的袭击等等。

"是啊，是啊，哪儿都不如斯塔公国安全。"老板娘用同情的口吻说，"比起外边儿来，咱们这里可真是好多了。"

"斯塔公国一直没有妖魔出现吗？"

"哪儿会没有呢！"老板娘耸耸肩，"前两年边界那一块倒真的出现过，好像是地魔一类的，还有些魔狼，奇怪的女妖什么的，不过幸亏咱们的亲王殿下很有远见。"

"您说的是现在这位亲王？"

"还能有谁，先生？"女人拨弄着卷发，"老亲王——啊，我指的是先王——他是一位可爱的老先生，他写的那些故事书和诗歌我小时候就喜欢，现在我的孩子们也喜欢，可那是在从前，在没有妖魔的时候。现在的世道不一样，请原谅我的嘴巴坏，老殿下的确对对付妖魔不怎么在行。开始出现一些地魔攻击人的时候，卫队几乎都不够用的，僧侣们的魔法也不大起作用。还好有大公殿下——当然了，那时候他是大公。"

"我听说过他是个书呆子。"

老板娘哈哈大笑："那也是个能干的书呆子！他可真不含

天幕尽头

糊，先生。据说他有一段时间在帝都经历了些不寻常的事儿，还跟随了不起的白魔法大师去妖魔的巢穴战斗，所以他知道该怎么对付那些脏东西。他还没有继位的时候就已经开始注意征招巫师了，所以现在斯塔公国里能抵抗妖魔的人是最多的。"

克里欧朝窗外看了看："我相信这一点，夫人，这里有很多新房子，我想肯定有不少人愿意来这个地方住下。"

"所以我们的生意才能做下去啊。您也走过不少地方了，哪儿还能像咱们的王城一样热闹？"

"是这样，夫人。"游吟诗人指着王宫，"不过看起来，亲王殿下也并不是完全放心的。他一直在加固防御工事。斯塔公国真的完全没有妖魔的痕迹，那就没什么担忧。"

老板娘的表情显得不自然起来，她扭着腰眨眨眼睛："亲王殿下当然能随意修整他的宫殿咯，这没什么稀奇的，您要说是因为他担心妖魔，也说得通，毕竟整个法玛西斯帝国都不太平。我想其实殿下也尽了全力，这一年多来他的禁令一条比一条严厉。哦，说到这个，我可得提醒您，先生——现在晚上午夜以后可不能在街上闲逛了，会有王宫护卫队的人巡逻。"

原本埋着头吃肉喝酒的菲弥洛斯抬起头："宵禁？"

"可以这么说，反正别在街上瞎逛就是了，否则会被抓起来，如果遇上'黑乌鸦'，那可就更糟糕了，就算丢了性命也没办法。"

"'黑乌鸦'是什么？"

"是咱们的巡夜队，"她告诉克里欧，"他们每天晚上都出来。"

"就是一些巫师和志愿者，他们比王宫护卫队的人数还要多。"巴奇顿夫人补充道。

"明白了。"克里欧又问道，"不过我还想请问，您之前说这一年殿下颁布过很多的严厉的禁令，我很愿意知道具体的例子。"

老板娘夸张地举起手："啊，这个啊，真的太让人心烦了！我们只想做生意，可这也不行那也不行，连卖酒都得上报，真是麻烦。另外还有很多古怪的规定，比如在东边儿的斯特莱尼森林划出禁区，采集鲜蘑菇将违法；还有铁矿石炼制都必须有僧兵看守之类的。"

"的确很古怪啊，夫人，殿下给出的理由呢？"

"法令上有些会说是为了训练僧兵，有些则什么也不说。想想也对，有些事儿老百姓也不必知道，知道了也改变不了什么，只要不影响咱们做生意，管他的呢，对吧？"

"您说的有道理，夫人。"

老板娘陪着他们又多聊了一会儿，直到她的丈夫不满地冲着她嚷嚷，这个健谈的女人才离开去招呼别的客人。

菲弥洛斯喝光了最后一杯酒："她说了那么多，至少有一点没撒谎，这里的果酒的确很棒！"

克里欧皱着眉头："你听出来了，菲弥洛斯。"

妖魔贵族摸了摸右脸颊——那里用头巾掩盖着，不然一定会把老板娘吓得尖叫——懒洋洋地说："那大块头也是一年

天幕尽头

前左右失踪的。说不定他是碰上了巡夜的'黑乌鸦'。"

"不,伊士拉先生。"巴奇顿夫人立刻急着告诉克里欧,"去年我们来的时候,王城并没有实施宵禁。这条法令是在米克失踪后一个月才开始的,我当时留在王城里,有几次也曾经在午夜后溜出去,王宫护卫队和巫师们巡逻的确很严密,可他们没有理由抓走米克啊。"

游吟诗人按住她的手,压低了声音:"夫人,让巫师堂而皇之地进入王族的军队,这本身就是很蹊跷的事,所以即便巴奇顿先生不是在宵禁令的作用下失踪的,我们也得把殿下颁布奇怪法令的事儿当做参考之一。"

"我不明白您的意思。"

菲弥洛斯笑起来:"说话拐弯抹角不是个好习惯,主人,您就直接告诉这位忧心如焚的太太您怀疑她丈夫的失踪和住在铁桶里的新领主有关不就得了。"

莉娅睁大了眼睛看着克里欧。

"我们得弄明白一些事情,因为太凑巧了。"游吟诗人解释道,"巴奇顿夫人,您所说的亲王殿下的冷漠让我觉得奇怪,即便是性格大变,随口吩咐一句也能帮您不少忙。这样轻描淡写的反应,不应该有的。还有颁布的禁令在一年内比较多,我得仔细地了解有哪些,然后我才能知道斯塔公国到底在做什么。"

莉娅打了个寒战:"您说的话我有些害怕,您心里有打算?"

克里欧垂下头:"无论如何,我们得想办法再见一见殿下。得想想办法……"

而菲弥洛斯盯着他,冷冷地笑了笑。

午夜之后,宵禁果然开始了。

各种酒馆和商铺开始关门,人们各自回家,消失在一条条小路上。每幢房子都关紧了门,只剩下个别玻璃窗后头的黄色烛火在黑幽幽的屋子里摇晃着。有些人干脆拉上窗帘,把自己彻底地隔绝在屋中。

不一会儿,穿着铠甲的王宫护卫队提着马灯从街道上整齐地走过,金属撞击的声音清晰地传到每个人的耳朵里。

克里欧靠在窗户边,向楼下望去。

他们现在投宿的地方是一个三层的小旅店,特地要了临街的房间,可以清楚地看到外面的情形。

巡夜的王宫护卫队大概有五个人,手里拿着兵器,但是却没有看到僧兵。"现在军队和僧兵混编才是正常的。"他对身旁的另外两个人说,"难道斯塔公国安全到这个地步了吗?"

"耐心点儿。"菲弥洛斯朝护卫队来的方向抬了抬下巴,"看他们的后面跟着谁?"

游吟诗人顺着他指的方向望去,只有黑糊糊的街道,但是妖魔贵族的视线一向优于人类许多,所以克里欧仍然专注地看着。过了好一会儿,有两个人影沿着街道慢慢地过来了,那是两个全身都穿黑色衣服的人,只露出脸来,显得皮肤有些惨白,仿佛两个幽灵。

天幕尽头

"'黑乌鸦'……"莉娅·巴奇顿压低了声音说道。

游吟诗人眯起眼睛，努力辨认他们的服色——在昏暗的灯光和月亮的照耀下，只能勉强看清楚他们的衣服是一模一样的黑色，不同于祭司们宽大的袍子，反而是更加贴身，在他们背上还有一些尖锐的突起，似乎携带着武器。

"整齐的衣服，"克里欧喃喃地说，"他们果然是被亲王殿下收编过了。"

"一年前我就见过他们，"女猎人说，"但那时候他们还没有被授权和王宫护卫队一起巡逻。"

随着那两个巫师慢慢地靠近，克里欧感觉到喉咙有些发痒，他走回桌旁坐下，握着拳头。

"怎么了？"菲弥洛斯很快发现他的脸色不对。

克里欧没有回答他，只是摸了摸喉咙，咳嗽了两声。

"您着凉了吗，伊士拉先生。"莉娅担心地看着他。

"恐怕比那更糟糕。"菲弥洛斯沉下脸，突然抓住克里欧的下颌，仔细看着他的眼睛。妖魔贵族立刻就明白了，脸上露出古怪的笑容。

"我就说吧，"他放开游吟诗人，"也许你已经有了最坏的打算。"

克里欧按着胸口，给自己倒了一大杯水灌下去。

莉娅·巴奇顿迷惑不解地看着他们："怎么了，伊士拉先生，您如果需要，我的医术还是值得相信的。"

"不，夫人。"游吟诗人勉强笑了笑，"我没事，等一下就好了。只是……也许接下来我们得做些疯狂的事儿。"

"只要是您的吩咐，先生。"

克里欧重新回到窗户边，王宫护卫队已经看不见了，那两个巫师也渐渐地走远。乌云渐渐散开，银白色的月亮一下子让他的视线看得更远。克里欧指着远处的山坡，王城的轮廓清晰可见，转头对女猎人说："我们今晚要去那里，见一个人。"

莉娅震惊地瞪大了眼睛："这个时候亲王殿下不会再接见任何人，除非——"

"我们不经过大门，只是老朋友们见个面。"克里欧接着说，"不能动静太大，我想菲弥洛斯应该能帮忙。"

妖魔贵族哼了一声："当然了，主人，你所依赖的只有我。"

他拉开窗户，在烟雾中化为鹰的形态，展翅飞向王城。

克里欧在十年前就失去了他的七弦琴，尽管回到地面以后他曾经想过要找一件替代的乐器，同时也找一把兵器，可两样都不能如愿。在离开阿卡罗亚前米亚尔亲王送给他一把小巧而锋利的短剑防身用，原本他希望再得到一支短笛可没能如愿，但他现在对于女亲王的安排非常感激：短剑紧紧地贴在他的侧腰上，没有像长剑那样阻碍到他的动作，即使要通过狭窄的巷道也完全没有问题。

他跟着莉娅·巴奇顿从各种小巷子里穿过，避开巡夜的护卫队和面目阴沉的武士们。克里欧能听到自己喘着粗气，

天幕尽头

双腿的肌肉发紧——他的身体还不能适应这样的激烈运动，但是他必须让自己跟上。

他不想让莉娅知道自己还受着另外的折磨——越是接近王宫，一种熟悉的饥渴便更加明显地出现了。菲弥洛斯已经知道了，而他自己更加地肯定：看上去很安全的斯塔公国，很平静的王城，甚至是杜克苏阿亲王的宫殿中，有着一些秘密的东西。

女猎人停下了步子，拉着他进入了一个矮墙的阴影中。

"我们到了。看，那些守卫，得特别小心。"莉娅指着前面说。

这是王宫的外围，克里欧十年前来过，但那是白天，由王宫护卫队队长西尔迪·恰克队长带领着从大门进去。现在这个被灰色石板和钢条加固过的高大围墙他从来没有见过，而且还有好几个灯火通明的岗哨。

"现在我们得等着菲弥洛斯。"游吟诗人低声说，"他有办法让我们进去。"

莉娅点点头，又把视线放在最近的一个岗哨上，那下面开了一扇侧门，两个卫兵和一个巫师站在那儿。

两个人并没有等太久，就在他们的呼吸渐渐平静下来的时候，岗哨上的火把突然爆出几簇金色的火花。接着仿佛是有什么雾气散佚在几个守卫的脚下，他们的动作很快就变得迟钝，慢慢地僵立在了原地。

一只黑色的鹰从半空中落下，站立在旗杆上冲着克里欧鸣叫。

· 126 · 王城的阴影

"快，就是现在！"游吟诗人拍了拍莉娅的手臂，憋着一股劲冲进了侧门。

黑鹰立刻跟上，在穿过门廊之后它落到地上，变成了人的模样。"您真该为有我这样的仆人而庆幸。"菲弥洛斯走到克里欧面前，"在你们来之前，我已经找到了咱们那位小朋友睡觉的地方，不过可真让我意外啊。现在我来带路，千万别跟丢了，这王宫里有好些地方改造过，看上去有白魔法阵，也有黑魔法的玩意儿。"

克里欧点点头，他现在觉得嘴里渴得厉害，喉咙里快要伸出手来了，但这并不是因为之前他剧烈的跑动——至少不全是因为这个。

菲弥洛斯在转身前又看了他一眼，朝着通道的另外一头走去。

"好了，脚步放轻。"他说，"现在是人们睡觉的时候，别惊扰了他们的好梦。"

敲钟人

克里欧记得在十年前来到杜克苏阿亲王的宫殿时,这里并没有太多奢华的东西,但是采光很好,因而显得宽敞。老亲王喜欢写作,也喜欢阅读,所以他居住在一个能让人感觉到宁静的环境中。

但是现在克里欧所看到的王宫,找不出一点记忆中的模样:

这里的一切都被改变了,窗户上镶着铁条加固,挂着厚厚的窗帘。每一扇门都紧闭着,说不清是不是上了锁。在出入口偶尔会有一些穿着黑袍的巫师走过,花园里巡逻的卫队会发出整齐的铠甲碰撞声。

克里欧和莉娅·巴奇顿跟着菲弥洛斯行走在阴影之中,像幽灵似的不发出任何声音。妖魔贵族如同在白昼一样没有阻碍,警觉地避开了警卫。但是他所带领的路线让女猎人非常奇怪——沿着回廊和小径走，避开了一些敞开的房间和花园。

"这里有巫术阵。"菲弥洛斯用两根手指比画了一下，压低声音说，"相信我，你们不会乐意碰到那玩意儿。"

克里欧用手扶着墙，咽下一口唾沫，他的喉咙痒得更厉害了，简直想伸手进去抓挠——他悲哀地发现自己似乎已经越来越熟悉这种感觉了。但为什么号称最安全的斯塔公国的王宫里会让他有这种感觉？科纳特大公，不，杜克苏阿亲王殿下，到底在这里藏了什么？

妖魔贵族突然停下了脚步，凝视着正前方。"奇怪。"他皱着眉头，"我从那个护卫队员的脑子里看到的线路的确是这条，但是他值夜时这里只有一条路，通往亲王的卧室。"

"这也许是一个陷阱。"巴奇顿夫人猜测道，"说不定用了幻术。"

"说不定我们走错了就会被巫术阵给吃掉。"菲弥洛斯冷冰冰地说。

游吟诗人走到最前面，站在门前。这是两道橡木门，上面镶嵌着铜浮雕，图案都一模一样，连一颗钉子都没有差别。克里欧慢慢地移动着，在两道门之间踱步。

"您最好快点儿，"菲弥洛斯叮嘱道，"巡逻队马上就要来了。"

克里欧终于在左边的一扇门前停了下来："应该是这里。"
菲弥洛斯抱着胸口没说话。

"我的感觉没错，靠这边的时候，我更饥饿……这是黑魔

· 129 ·

天幕尽头

法诱发的感觉。"

女猎人有些意外:"那这扇门后就是巫术阵,不应该走这里了。"

"夫人,如果是我,就愿意睡在这后面,巫术阵是有保护的。"

"好了。"菲弥洛斯上前推开了克里欧,"要弄清谁比较高明可以换个时间,现在先拜访这里的主人。"

他把手放在了门上,掌心里发出了一阵浅蓝色的光,橡木门顿时变成了黑色的粉末,落在了地上。一条红色的通道露出来,在地毯上隐隐约约有些绿色的荧光。菲弥洛斯不断地从手上洒落小小的蓝色光球,这些光球迅速地找到绿色荧光,把它们熄灭掉了。

在通道的尽头是一间并不宽敞的卧室,窗帘被紧紧地合拢在一起,只有屋角一盏油灯还亮着。当进入这个房间之后,原本静谧的夜晚更加听不见声音了,之前夜虫的鸣叫、护卫队的铠甲撞击声、巫师们的脚步声,甚至是他们自己的呼吸声,统统都消失了。

唯一的声音是沉重的鼻息——那是在房间另外一头,挂着猩红色布幔床上有个男人背对着他们睡得很熟。

克里欧看到了那人蜂蜜色的头发和瘦削的身体。他有些惊奇地发现,踏进这间屋子以后,胸口的饥渴感瞬间强烈了许多,仿佛体内多了一张嘴,迫切地要吞噬什么。这感觉比他之前遇到女妖萨西斯和费德格斯时更加凶猛。

克里欧紧紧地盯住前方那个人。

就在他僵立在原地的时候，杜克苏阿亲王动了一下，接着慢慢地起身，向他们转过脸来。

"我当是谁呢……"他笑了笑，"伊士拉先生，为什么不挑个好一点的时间来访？"

亲王殿下，不，应该说还是科纳特大公，他依然年轻、稚气，蜂蜜色的头发蓬松而凌乱，皮肤因为火光而显得异常光滑，眼睛闪闪发亮。

"万能的凯亚神啊……"巴奇顿夫人低声惊呼，"他跟一年前比起来年轻了好多。去年我见到他不是这样的！"

在场的人简直毛骨悚然——十年的时光几乎没有在这个年轻人的身上留下任何痕迹，甚至是地下迷宫中的九死一生。

克里欧忍不住打了个寒战：就在科纳特大公醒来的那一刻，他体内的饥渴忽然消失了。

蜂蜜色头发的年轻人下了床，向他们走过来："为什么不坐下来，伊士拉先生，您看上去有很重要的事情。"

克里欧激烈跳动的心脏渐渐地平静了一些，他想到了巴奇顿夫人之前说过的一个可怕的回忆细节，一阵阴影顿时掠过他的眼前。

"殿下，"他朝这个年轻人深深地鞠躬，"我应该称呼您亲王殿下了。"

"名称是个无意义的代号，我仍然和以前一样。"

"看起来的确如此，"克里欧盯着他，"可这才是最奇怪的地方。"

亲王笑起来："我以为您会为此感到高兴，伊士拉先生。

天幕尽头

您以前对我充满了爱护和怜悯，我非常感激。"

"那是在你还是科纳特大公殿下的时候，现在您并不需要这个。"克里欧顿了一下，"我们来到这里，需要您给我们一些问题的答案。"

亲王和气地摊开手："任何问题。"

莉娅几乎就要尖锐地叫着丈夫的名字要他说出王城中发生了什么事，但是她知道现在能够洞察杜克苏阿亲王秘密的人只有克里欧。游吟诗人单薄的背影此刻变得异常厚重。

克里欧凝视着亲王的眼睛，却没有说出关于米克·巴奇顿的问题。"你在这里豢养了什么，殿下？"他问道，"现在在我看来堡垒修筑起来并不是防御，而是保护。"

杜克苏阿亲王的脸色在一瞬间发青，但是也只是一瞬间。他仍然是那个可亲的、带着几分腼腆的青年，似乎变脸是种错觉。

"听起来好像是指控，但您的根据在哪里？"杜克苏阿亲王慢慢地露出一个笑容，就是这样的笑容，让在一旁的莉娅毫无怀疑地断定，面前这个人已经是一个恶魔了。

她忍不住发抖，克里欧却丝毫不动。游吟诗人慢慢打量着这间屋子，最后把目光放在了亲王的身上。他突然低声吟唱出一段美妙的调子——

"飞越冰冻之海的风精灵，带着河流之神伊萨克的祝福，用雾气做成的翅膀在绿原上降落。"

歌声在空荡荡的屋子里显得异常突兀，打破了原有的寂静，静止的空气似乎有些波动，莉娅用手按了一下耳朵，似乎感觉到有东西从里面被抽离出来。而亲王的脸上更多了一些厌恶。克里欧并没有继续下去，他停下来，说道："您的父亲是一位优秀的作家，我想您一定知道这来自于他的作品，可您看起来好像完全没听过。"

杜克苏阿亲王没有回答。

"他有一整座图书馆，里面记载了各种各样的大陆传说，很多关于妖魔的，他没有告诉过您吗？他没有在您睡前说一些故事吗？"

杜克苏阿亲王的眉头皱了起来。

"殿下，您即使学习的是机械，但是您的父亲一定告诉过您许多不能做的事，比如接近妖魔，比如利用巫术。"

亲王咧开嘴，露出白森森的牙齿："他错了，先生，妖魔和巫术本身都没有什么错，只要用得好，它们就是很棒的工具。一个齿轮，一个滑轮，组合得够好，机械都能做许多你想不到的事，而万物都是一个道理。"

游吟诗人点点头："好吧，殿下，如果它们都是工具，您到底组合出了什么？还有……您要用这些工具做什么呢？"

杜克苏阿亲王叹口气："早知道就不让您提问了，伊士拉先生，您老是容易切中要点，所以我喜欢的还是闭上嘴的人。"

他抬起手来，动了动手指，克里欧顿时感觉到嘴角流出了鲜血，仿佛有无形的线正在被牵引着，一点一点缝合他的双唇。

这时，一直旁观的菲弥洛斯突然扔出蓝色的光刃，直飞

天幕尽头

向亲王。光刃没入蜂蜜色的头颅，溅出一小簇血花。

"见面礼啊，图鲁斯坎米亚。"妖魔贵族大笑道，"我就说感觉那么熟悉但却认不出来，原来你找了身新衣服。可我的脸一直提醒我别忘了你。"

巴奇顿夫人立刻扶住克里欧，他嘴角的伤口没有扩大，并且立刻开始愈合了。

"小心。"游吟诗人拔出腰间的短剑，"他的伪装已经被打破了！"

原本倒下的杜克苏阿亲王又慢慢地坐了起来，他的半个头颅被光刃削掉了，但是并没有喷涌出大量的血和脑浆，只有一些黑糊糊的东西从创口中流下来。

"天哪……"巴奇顿夫人紧紧地握住了长剑，"那是什么？"

游吟诗人拉着她往后面退："就像你看到的，科纳特大公和你一起回到地面的时候，就被妖魔王寄生了。"

妖魔王不会死亡、不会被消灭，他们是光的另一面，是这个世界的一部分。克里欧的身体里有他们，只是像沉睡了一样——或者说，在等待。

杜克苏阿亲王摇摇晃晃地站了起来，用仅剩的那只眼睛看着对面，脸上的表情仿佛并不生气。"我很抱歉，菲弥洛斯。"他笑着对妖魔贵族说，"因为在地下的时候，你他妈的太像人类了，而我很不喜欢凯亚神创造的这些小虫子，现在谢谢你把我弄得漂亮些。为了表达我的心意，我决定告诉你们答案，看看我在这个地方的劳动成果吧。"

他用手蘸着创口中的黑色黏液，在墙上随意地画了个圈，接着用手敲了三下。

随着他的动作，安静的房间里突然响起了三次钟声，沉闷又悠远，似乎并不是真实存在的，只是在每个人脑子里回响。接着有人影从房间最黑暗的地方走出来，他们全身都笼罩在黑色之中，露出惨白的脸，但是脸上只剩下了眼睛和鼻子，头发和眉毛都没有了，连嘴部也只有一片光滑的皮肤。他们的手上握着黑色的长剑，那武器仿佛是长在他们的身上，当他们移动的时候，连一点儿声音也没有。

克里欧低声叹息："'永恒的沉默'……"

这正是图鲁斯坎米亚的名字，他所能掌握的范围——永恒的沉默，就是死亡。

"其实我不是要挽留你们所有人。"被附身的亲王笑着说道，"我想要的只有一个。"

他指着克里欧·伊士拉。

"我就知道！"菲弥洛斯冷笑着说，"陷阱挖了很久了，我们还傻乎乎地往里跳。主人，你现在就像一块鲜肉，流着口水的野兽都想吃。"

"只需要打破他的陷阱！我已经撕开了一条口子，"游吟诗人顿了一下，"用声音。"

"原来之前的吟唱是这个作用。"妖魔贵族耸耸肩，"好吧，看在您还是有点聪明的分儿上，重活还是我来干。巴奇顿夫人，往门边退！"

女猎人回头看了一下："门不见了！"

天幕尽头

那里只剩下一片浓重的黑色。

从阴影中出来的人越来越多,足足有十个,而这个房间却好像也在扩大,他们渐渐地围拢过来。

菲弥洛斯的手上又飞出两道光刃,冲进了最前面的两个人的身体中,但只让他们打了个趔趄。"好吧!"妖魔贵族又扔出了金色的光球,在光球接触到黑衣人的瞬间,发出了炸裂的火花,然而却没有任何声响地被淹没了。

"声音!"克里欧提醒道,"只有攻击是不够的,需要尖锐的声音。"

菲弥洛斯看了他一眼:"行啊,那你们最好捂住耳朵。"

妖魔贵族在雾气中化为一只黑鹰,猛地腾空而起,发出高声鸣叫。与此同时,正在缓慢移动的黑衣人突然像影子一样,全部猛地扑向克里欧。

莉娅如同母狮般挥舞着她的长剑,挡开了两个,克里欧大叫着"当心",同时按住她的耳朵。

黑鹰发出的叫声变得越来越大、越来越尖锐,它困难地在房间里盘旋,翅膀每扇动一下,便有蓝色的光刺激射出去。鹰的鸣叫让黑衣人苍白的面孔上产生了一丝裂痕,渗出了黑色液体,他们的动作也开始变慢了,蓝色的光刺虽然仍旧被吸收了一部分,但更多的在他们的身体上造成了伤害——黑色部分出现的空洞透露出白光。

克里欧感觉到双耳中的刺痛,等到菲弥洛斯终于停下来的时候,他的耳朵里流出了鲜血。巴奇顿夫人同样惊魂未定,但是她除了被黑衣人的武器刮出几条血痕之外,没有受到太大的伤害。

克里欧看着不远处的杜克苏阿亲王，他的手仍然扶着墙上的圆圈，但是黑色的液体似乎涌出得更多了。

"看来我制造的工具还不怎么好用，"杜克苏阿亲王微微偏了一下头，更多的黑色液体落到地上，"也许还应该有更多的敲钟人。"

最后那个词儿让克里欧心中一颤，但是他来不及追问，因为妖魔王身体中的黑色液体仿佛有意志一般地在地面上汇集成了一个个圆圈，有一些黑衣人从战局中抽身，如同之前杜克苏阿亲王所做的那样，在圆圈中敲击。但是他们拍打的不止三下，而是连绵不断。

女猎人敏捷地感应到了危险，她又掏出一把短剑挡在胸前，和游吟诗人背靠背地站在屋中间。

黑鹰从空中落下，变回了人形。

"该死！是魔狼！"菲弥洛斯骂道，"我就知道这王城里脏得胜过地下的垃圾堆！"

果然，这一次从阴影中走出来的并不是异化的人类，而是高大野兽——它们长着狼的头，手和脚都伸出利爪，浑身的长毛好像铁甲。

克里欧盯着那些从阴影中走出的魔狼，忽然明白了敲钟人的模糊含义：他们敲的是末日之钟！妖魔王能够召唤他们，而他们能召唤妖魔！

可怕的是，不知道这十年之中，寄生于科纳特大公体内的图鲁斯坎米亚到底制造了多少个敲钟人，也不知道他把这

天幕尽头

些人藏在什么地方。萨西斯说敲钟人等待的是菲弥洛斯，指的是否就是这里。他们从菲弥洛斯身上又想得到什么呢……

"圈套！"游吟诗人拉住身边的男人，他的手好像冰块，"菲弥洛斯，这个圈套不光是针对我，还有你！"

妖魔贵族警惕地看着越来越多的魔狼——它们有六头，但抵得过十八个彪形大汉。"靠后点，主人。"菲弥洛斯警告道，"我可不管什么圈套，现在最应该做的是干掉这些臭家伙，然后从这个地方出去。"

他又抬头看着寄生的妖魔王："哦，还有，我要把那堆恶心的东西撕成碎片。"

遥远往事

房间里渐渐弥漫开一股恶臭的味道，仿佛是野兽的腥臊夹杂着鲜血，那是魔狼的呼吸。

克里欧知道这是它们吃过人以后的味道。

"魔狼的弱点在腹部，那里的毛最少最柔软。"克里欧对菲弥洛斯和莉娅·巴奇顿夫人说，"它们的速度很快，千万别缠斗！"

话音刚落，那些魔狼已经号叫着猛冲过来，它们的动作果真快如闪电，而菲弥洛斯更快。他并拢手指，指尖发出一束笔直的蓝光，仿佛利剑一般刺入最前面那只的身体中。

巴奇顿夫人用长剑格挡着魔狼的利爪，短剑突刺它们的腹部，她想要护住克里欧，但是那很困难。魔狼们不停地变换着位置，稍不注意就会被它们的爪子拉出一条长长的血痕。

克里欧有些着急，"别管我，"他对巴奇顿夫人说，"它们

天幕尽头

现在不会伤害我，它们只想抓住我。"

的确，魔狼们遵循着图鲁斯坎米亚的指令——它们的目的是突破菲弥洛斯和巴奇顿夫人的防线，捉住夹在两人中间的游吟诗人。

但如果仅仅是魔狼，还稍微轻松一点，克里欧发现，那些敲钟人也正在渐渐地朝着他们围拢过来。他们四肢着地，仿佛是在爬行，但是手在地板上画着圆圈，缓慢地敲击。一些蔓藤从地板下长了出来，像蛇一样延伸，而一些肉虫巴斯杰特也冒出地面，开始蠕动。

敲钟人也能够召唤妖魔，但是是低等妖魔！

克里欧不寒而栗，如果敲钟人走出王城，从斯塔公国向整个卡亚特大陆扩散，那将是多么可怕的事情。他忽然意识到——今天晚上，就在这里，如果不能制服图鲁斯坎米亚，他将再也找不到机会！

游吟诗人看着不远处的妖魔王——他抱着双臂，面露微笑，黑色的液体将他残缺的脸变得异常恐怖。他明白克里欧意识到了什么，但这让他更加兴奋，他咧开嘴，伸出舌头舔了舔上唇。

"菲弥洛斯，别管我了！"游吟诗人对妖魔贵族说——他刚刚杀掉一头魔狼，"必须让图鲁斯坎米亚接近我！"

菲弥洛斯愣了一下，差点被一只魔狼抓住。"你疯了！"他怒骂道，"他巴不得在你体内和他的朋友们拉手跳圆圈舞呢！"

"他的目标是我！如果不把他引过来，他就会召集源源不断的妖魔!"

菲弥洛斯哼了一声,朝着图鲁斯坎米亚的方向移动半步,又刺穿了一只魔狼的腹部。"走吧,"他低声说,"当心点儿……"

克里欧躲避着魔狼的利爪,还有敲钟人召唤出的低等妖魔,但是他并不能完全躲开,他在等待一个可以被抓住的机会。他并没有等太久,在菲弥洛斯转过头的时候,游吟诗人的身体已经超过了两个守卫者的范围。一只魔狼很快抓住了他的胳膊,把他拖着朝图鲁斯坎米亚跑过去。

"伊士拉先生!"巴奇顿夫人尖叫道,她正抵挡着魔狼,甚至连缠上脚踝的蔓藤都顾不上。

魔狼很快就来到了妖魔王跟前,他残缺的面孔上露出了得意的笑容,那是克里欧从来没有见过的可怕的景象。就在这时,菲弥洛斯手上的蓝色光线突然从笔直的剑形变成了柔软的细丝,一下子飞出去绕住了克里欧的左手。

游吟诗人只感觉到火一般的疼痛从手腕一直传到全身。但他咬紧牙关没有出声。妖魔王很快意识到这是圈套,但克里欧更快地伸出右手,抓住了妖魔王的脖子。

一瞬间,金色的流光沿着细丝传到克里欧的身上,从他的左手开始炸裂,最后削掉了图鲁斯坎米亚的头!那个残缺的头颅落在地上,发出骇人的叫声,而身躯摇晃了几下,也摔倒在地,但颈子里流出的血却变成了鲜红的。

而与此同时,游吟诗人的整个左半边身体也被炸成了碎片,左眼已经看不见了,只剩下右眼和右手。他费力地去抓

天幕尽头

图鲁斯坎米亚的头颅,却怎么也够不到。克里欧的身体开始愈合,而头颅中的黑色液体也在不断地溢出,向着阴暗处爬去。

"菲弥洛斯!菲弥洛斯!"克里欧大声叫着,"快,需要结界!"

妖魔贵族被几头魔狼纠缠着,"别烦我!"他甩开一头扑到腿上的魔狼,从掌心中发出了一道蓝光,射向那个头颅。只见光芒在中途化作一个半圆形的罩子,一下将正在溜走的图鲁斯坎米亚扣在里面。紧接着,光罩变成了一个光球,把头颅和黑色的液体整个包裹在里面。

图鲁斯坎米亚的叫声变得更加可怕,但敲钟人和妖魔都颤抖起来,它们一个接一个地退回阴影中,想要隐匿,但是妖魔贵族已经连续发出了十几个金色光球,它们不断地爆炸,连成一片火海。蔓藤被烧焦了,肉虫被烧得发出焦煳的味道。

重要的是,敌人们已经丧失了战斗的意志,它们只想逃。离开了图鲁斯坎米亚的操纵,它们变得孱弱无力。

菲弥洛斯很快地解决了剩下的魔狼和敲钟人,然后伸出手,那个将图鲁斯坎米亚囚禁的结界球便浮到了他身旁。

周围的空间似乎变得明亮起来,并不是有光射入,而是人眼能更清楚地看到周围了。当金色的火焰熄灭以后,地上没有了任何妖魔的痕迹,只剩下亲王的无头尸体,大门也清晰地出现在他们身后。

克里欧的眼睛开始复原,但是肩膀、胸膛和左手仍然是血肉模糊的。

菲弥洛斯回头看了看巴奇顿夫人,她倒在地上,双手握着武器,全身是血,有些是妖魔的,有些是她自己的,一只脚以诡异的方式弯着,很明显是骨头被蔓藤给绞断了,但她还活着。

菲弥洛斯皱起眉头,看着手上的光球,又看了看正在自我修复的游吟诗人。

"好吧,虽然这次费了点儿力,但总的来说也算赢了。"他对克里欧说,"我不可能背着两个伤兵离开,手里还得带着这个恶心的东西。"

"……我……需要一些……时间。"克里欧躺在地上,一开口,血就从嘴里涌出来,"等到天亮,只需要……"

菲弥洛斯看着他,过了一会儿,回答道:"是的,看起来你的确需要。但我得说这个光球结界的时间不会太长,最多半天,所以你最好能快一点儿。"

克里欧闭上了眼睛,节省体力。

巴奇顿夫人吃力地支撑起自己的身体,咬着牙接上被绞断的腿。克里欧帮助她找到替代夹棍的椅子腿,还撕下了一些帘幕作为布条。

巴奇顿夫人看着克里欧狰狞的伤口慢慢地愈合,苦笑道:"要是我有那样的本事可就好了。"

"那是诅咒,傻女人。"菲弥洛斯嘲弄道,"你会发现你活

天幕尽头

得越久,你感兴趣的事儿就越少,能让你挂在心里的人也越少,你整天活着就会整天无聊……喏,这样的日子你想过吗?"

女猎人愣住了,苦笑道:"没有找到米克,我每活一天都是痛苦。"

"别轻易羡慕你所看到的一切。"

室内短暂地安静了一会儿,菲弥洛斯忽然对巴奇顿夫人说:"我想你可能得做好最坏的准备。"

女猎人原本惨白的脸变得有些发青:"我……不明白您的意思。"

菲弥洛斯指着地板上一块焦痕:"这些家伙,就是那些敲钟人,我没有从他们身上感觉到妖魔的气息。他们是从人类改造过来的。"

巴奇顿夫人很快就意识到他指的是什么,她紧紧按着受伤的腿,摇摇头:"不……不会的……他不会……"

这话似乎连女猎人自己都不相信,她把头埋进臂弯里,身体缩成一团。

菲弥洛斯离开她,蹲在克里欧身边,专注地看着他——

肌肉的愈合总是一个让人感觉恶心的过程,血液一丝丝地重新回到身体中,粉红色的肉渐渐地连接起来,就好像很多红色的小虫子在蠕动。菲弥洛斯发现其实自己虽然已经习惯了这个人能从各种伤势中复活的事,但还真的很少认真地看着他活过来。

妖魔贵族推了推克里欧:"喂,赶紧好起来,咱们时间紧迫。"

　　游吟诗人之前的身体并没有断气，所以恢复起来其实还算快，菲弥洛斯粗鲁的动作让他感觉到了疼痛，他张开剩下的右眼，看了看他。

　　"再等等……马上……就好……"克里欧的脖子上殷红的肌肉渐渐地变得完整，并且重新将气管和食道包裹起来，皮肤正一点点地遮盖住它们。他转过头，看着结界里的图鲁斯坎米亚，用右手指了指。

　　菲弥洛斯明白他的想法，指尖流出一缕蓝色的丝，牵引着那个光球来到两个人跟前。

　　"妖魔王的目的是在你的身上合体，重生为黑暗之神。"菲弥洛斯看着被封印住的妖魔王，那一团黑色的黏稠液体裹住了半个残破的头颅，就仿佛是被煮沸了一般剧烈地翻腾着。

　　"但是……为什么要制造敲钟人……"克里欧盯着图鲁斯坎米亚，问道，"你……想要选择一些人类……当走狗……"

　　结界中的人头露出可怕的笑容，口齿不清地说话，黑色的液体喷溅在光球壁上。"别用那么难听的字眼儿。"妖魔王抱怨道，"他们将会是很棒的军曹，每个人都是……"

　　克里欧闭上眼睛，忍耐着伤口愈合的痒痛，还有心底泛出的一阵阵寒意——之前的不祥预感果然成真了，图鲁斯坎米亚寄生在科纳特亲王的身体上，利用斯塔公国召集着巫师，还有别的一些人，然后选择其中的一些灌注魔力，让他们变成了可以召唤低等妖魔的"敲钟人"。一旦这些人混入了人群中，僧兵短期内是无法分辨出来，他们只需要召唤妖

天幕尽头

魔，便能对人类发动大举进攻。

克里欧听见了胸骨长合的声音，仿佛是一架陈旧的机器在咔咔作响。他睁开眼，盯着妖魔王："有多少个……敲钟人……"

"你不需要知道，知道了又有什么用呢？"图鲁斯坎米亚笑起来。

"现在问这些的确没有用。"菲弥洛斯插话道，"该想想怎么对付这家伙！他不能被消灭，结界不会长久有效，更得小心的是不能让他钻进你的身体里，否则咱们十年前在地下玩命干的那一场可就全是白费力气了。"

克里欧向着四周看了看："需要给他……一个新的……寄生体……然后……再封印……这样就不用……担心结界……"

"只有凯亚神才有力量封印妖魔王！无论我花多大的力气都只能让他暂时睡一会儿罢了，最多也就几个月的时间。"菲弥洛斯提醒道，"别忘了，这里哪儿还找得到寄生体？"

克里欧费力朝窗户外头抬了抬下巴："蝙蝠……鸟……"

妖魔贵族微微皱了一下眉头："啧，真麻烦。那你好好待着，我很快就回来。"

他把窗户打开一条缝隙，变成鹰的模样飞了出去。

室内只剩下了忍耐着伤痛和焦虑的巴奇顿夫人，还有不能动弹的克里欧，以及包在光球中的妖魔王。

游吟诗人看着图鲁斯坎米亚："你利用王城……建立了据点……这里……其实也……也是一个禁区……对吗？"

黑色的液体翻滚着，却没有回答他的话。

克里欧继续说道："米拉堡……绿风城……齐……齐尔卡拉村……红海螺村……这些禁区又藏着什么？你们包围萨克城……目的究竟是……"

妖魔王嗝嗝发笑："你想不到，你要明白真相，就自己去看……去吧，去吧……"

克里欧看了看窗边，菲弥洛斯还没有回来，他的手臂已经愈合了，现在是身体的肋骨在重新生长。他想到了另外一件事——

"……弥帝玛尔贵族……菲弥洛斯……能够引出骸卵……这是什么意思……"

那是在地下迷宫时，妖魔将军斯卡拉和斯卡提拉所泄露的信息，克里欧一直没有时间弄清楚真相。

图鲁斯坎米亚剩下的眼珠子转动着，血丝伴随着黑色的液体密布在上面，就好像被敲破的玻璃球。"终于……你还是问到这个了。"他心满意足地说，"你为什么不想一想骸卵的传说？"

骸卵，克里欧从两百年前就希望找到的东西，在走遍了整个大陆以后，得到的仍旧是它的传说——

凯亚神的圣骑士卡西斯的尸体化成的卵，蕴含着圣洁的力量。在四百年前，一个弥帝玛尔贵族妄动至高天的封印，杜纳西尔姆的高等祭司便召唤了骸卵，杀死了他，同时也付出了生命作为代价。随后骸卵便消失在了"极西之地"……

"难道……这……和妄动至高天的……那个弥帝玛尔贵族有关系？"游吟诗人喘着气问，"但是，他怎么可能召唤杀死

天幕尽头

自己的武器?"

"有欲念才会引出相反的东西……你为什么就不去查查真相?"妖魔王吐着黑色液体,在光球中讥笑道,"你们无条件相信你们的神,为什么不自己变聪明一点?"

游吟诗人明白妖魔王的话不能全信,但也不能不信,他们善于动摇人心,而且是用最具诱惑力的饵。

"你……的意思,是说……骸卵的出现……需要跟它相对的欲念?"

"足够强大的欲念,而且需要更强大的力量支撑。所以只有我们,还有爆发出所有力量的弥帝玛尔贵族才行。"

游吟诗人看着黑浆中的图鲁斯坎米亚,明白了他说的潜台词——跟圣洁而虔诚的力量相对的欲念,那么必须是极其强烈的念头。

当年的那个妖魔贵族胆大到去动至高天的封印,打搅凯亚神的安眠,这是创世以来从未有过的事情。是什么事情给了他那样恐怖的勇气呢?

克里欧不再说话,他肋骨下伤口已经愈合了,血液正在倒流回血管中。他闭上眼睛,猜测着图鲁斯坎米亚的意图。为什么这个"永恒的沉默"会给他这样的提示。图鲁斯坎米亚难道会希望他得到骸卵吗?像四百年前一样让那神圣的武器再次降临人间?然后成为黑暗之神重生的阻碍?

不管怎么想,这和妖魔王们的目的都是背道而驰的。

窗户外传来了翅膀扇动的声音。菲弥洛斯回来了,落到地上化为人形,手里捏着一只挣扎的蝙蝠。

"让我们的陛下先寄生在这小东西身上吧。"他说,一边用光刃划伤了蝙蝠的翅膀,"我觉得他大概不喜欢飞翔。"

帝都的危机

划伤了翅膀的蝙蝠被放进了光球之中,发出吱吱的尖叫。从科纳特大公残存的半个头颅中渗出的黑色液体慢慢地朝着这个活生生的小动物爬过去,仿佛细小的蛇一般,缠绕上了蝙蝠的身体,接着灌进它的嘴巴里。

蝙蝠抽搐起来,声嘶力竭地尖叫,但随着黑色液体完全流入体内,它平静下来,细小的眼睛里流露出熟悉的神色。

菲弥洛斯朝这个小东西冷笑了一声,然后划破手指,轻轻地念了几句,血滴落到蝙蝠身上,很快融化进去。

他将光球结界收回来,蝙蝠和科纳特大公的半个脑袋都掉在地上。

蝙蝠挣扎了几下,没有飞起来,只爬了几步,立刻像被绳子拖住了一样无法再前进,身子还被拽回来了一些。

"不要小看弥帝玛尔贵族的法力啊,陛下。"菲弥洛斯嘲笑道,"至少有三个月你无法逃走,也做不成什么事儿。"

蝙蝠直勾勾地看着他,过了一会儿,闭上眼睛。

克里欧的身体已经大致恢复了,只剩下肩部和胸腹的一些伤口需要愈合。他咳嗽了两声,对菲弥洛斯说:"趁着那些巫师没有发现……我们得离开王城。"

"是啊,我不想一手抱着你,一手拎着个女人,还得跟人打架。"妖魔贵族低头看了看,从床头找到一个放薰衣草的布囊,将蝙蝠塞进去,然后挂在腰带上。他扫了一眼窗外的天色,又打量着游吟诗人的身体:"能走了吧,主人?"

克里欧靠着墙一点一点地站起来,看着地上的半个头颅,已经完全没有生命的迹象,暴露的伤口显出鲜艳的红色,唯一剩下的眼睛已经闭上了,如果忽略那些溅出的鲜血,这张面孔仿佛仍旧是当年那个有些腼腆而又老实的青年。

"不能让科纳特亲王的尸体这样放着……"游吟诗人低声说,"他是杜克苏阿亲王,是老亲王唯一的孩子……"

菲弥洛斯从双手中扔出两个火球,分别落在科纳特大公的头和尸身上,不一会儿,它们就变成了焦黑的粉末。

菲弥洛斯将克里欧背上,又搀扶起巴奇顿夫人,终于离开了这间黑乎乎的屋子。

外面依然很安静,但是东方的天空已经开始变浅。图鲁斯坎米亚的死亡似乎影响了这座王宫隐秘的部分,一些设立的结界正在崩塌,那些暗处的黑影向内塌陷,光仿佛被释放一样重新出现。于是原本昏暗的地方露出来了,有些是窗户,有些是转角……这些结界的塌陷让王宫在晨光中变得通

天幕尽头

透,但与此同时也让三个人很快暴露在了巡逻队的视线中。

那是一队刚好从花园巡视过来的十人小队,他们看到浑身是血的三个人,眼珠子都差点掉出来,队长立刻解下腰上的铜铃疯狂摇晃,尖锐的警铃声在王宫中回荡,更多的王宫护卫队队员们大叫着"有刺客",向菲弥洛斯他们赶来。

妖魔贵族很不耐烦地变出十几个金色的火球,拦截那些射来的利箭——箭头被游动的火球包裹住立刻就变成了灰烬。"不能伤害他们。"克里欧握住菲弥洛斯发出了蓝光的右手,"他们不是敲钟人……"

妖魔贵族烦躁地皱了皱眉头:"行了,我就知道你只会让我杀我的同类。"

他现在没有办法幻化成鹰,而王宫护卫队员却越来越多。

于是菲弥洛斯变出更多的火球,弹射到周围的建筑上,金色的火焰仿佛是有自我意识一般飞快地攀爬上廊柱和屋顶,几乎要形成火墙。随着菲弥洛斯快速地向着王宫外移动,这两道火墙也跟着他向外延伸。王宫护卫队被滚烫的气浪逼得无法靠近,只能远远地看着,徒劳地将短矛往火墙里投掷,却几乎没真的伤害到入侵者。

不一会儿,菲弥洛斯就跑到了宫门。火球的数量立刻暴增了两倍,在他们踏出宫门以后忽然爆炸成一堵墙,死死地拦住了后面的人。

"估计他们得大修了……"菲弥洛斯刻薄地说,"当然那必须是国王陛下分封了新的亲王以后。"

克里欧回头望着火海中的王宫,紧紧地抓着菲弥洛斯的衣服。

"往哪儿走，主人？"菲弥洛斯穿入狭窄的巷子，让气喘吁吁的巴奇顿夫人靠着墙休息。

游吟诗人听着喧闹的声音从周围传来，王宫附近的人已经发现异常，正纷纷赶去救火。女猎手惨白的脸上全是汗珠，虽然充满疲惫但是眼睛还是明亮的，她的心底仍然抱有着一丝希望……

但克里欧这个时候并不能只考虑她的想法。

"我们得去帝都。"克里欧说，"图鲁斯坎米亚虽然已经被暂时地封印了，但是五个禁区包围着帝都，究竟有什么目的，我们得弄清楚。帝都肯定有妖魔们想要的东西。而且……我们得去觐见陛下，提醒他注意……甘伯特也在帝都……我们需要他的帮助……他也需要我们……"

菲弥洛斯表示没有异议，巴奇顿夫人沉默了。

"您如果有别的计划，可以留下来。"游吟诗人对她说，"而且您的伤也需要休养。"

女猎人却摇摇头："我跟您走，伊士拉先生，我也去帝都。"

克里欧有些意外。

"也许米克也成了……敲钟人，"她艰难地吐出那个词，"不过，也许他没有，他还活着，和我们做着同样的事情……伊士拉先生，他一定赞成我帮助您。"

"谢谢。"游吟诗人郑重地说，"我衷心地感谢您。"

菲弥洛斯在一旁不耐烦地说："好了，决定了就赶紧走，

天幕尽头

没时间客套了。"

的确是这样,王宫那头的火光渐渐减小,而天已经大亮了。

通往帝都的道路已经远不如十年前那样平整,大概是缺少维护的缘故,有很多凹陷。路上的行人很少,而且几乎没有步行者。所有的人都是快马加鞭地前进,或者是乘坐关得严严实实的马车。沿途的驿站很多已经关闭,只留下几个大的聚居点——那里驻守着一些僧兵,还能够保证基本的安全。

克里欧租了一辆大车,让巴奇顿夫人能够养伤,然后日夜兼程地朝着帝都赶去。一路上的变化让他能够猜测到帝都的状况不会比十年前好,然而真的进入萨克城城门的时候,那种萧条仍然让克里欧意外。

棕红色的大门褪色了,露出里面的实木,还有生了绿锈的铜钉。城墙上建立了许多新的瞭望塔,守城的卫队中有许多是光头文身的僧兵。

当守卫们仔细检查大车的时候,菲弥洛斯脸上的伤口让他们起了疑心,好在他使用了一点点幻术让他们相信自己看到的烧伤。

克里欧和巴奇顿夫人从车窗向外张望,几乎不敢相信自己的眼睛:

原本开满了商铺的街道已经看不见五彩缤纷的珐琅、琉璃,也没有了鲜花店和绸缎店,剧院早已经关门,只留下了几张破破烂烂的海报。那些穿着迷人长裙跳舞的女子也不见了踪影，只有些包裹严实的居民小心翼翼地行走在街道上，对外来者露出警觉和戒备的目光。

现在已经是初春了，但帝都没有带着香味的风，没有花儿，没有流浪艺人的俚歌和舞蹈，只有一片阴沉的云朵和冬天留下的寒冷。

"这地方真的是萨克城吗？"莉娅·巴奇顿喃喃地说，"我刚回到地面的时候，它还和咱们离开的时候一样……"

"这十年间改变的东西太多了……"克里欧放下了窗帘，对菲弥洛斯说，"先去主神殿，找到甘伯特。"

在重新回到地面的这段时间里，克里欧看到了太多熟悉的地方从繁华变为衰败，从热闹变为冷清，但是主神殿却是个例外。在妖魔威胁日渐扩大的情况下，这个地方变成了人们祈求平安和获得力量的支柱。在危难的时刻，对凯亚神的信仰让人们不至于绝望，同时这里还源源不断地培养僧兵到各处抵御妖魔，成为了整个大陆的希望所在。

当克里欧来到主神殿外的时候，原本就有很多信徒的广场上如今可以说更是人山人海，他们匍匐在地上对着正殿祈祷，或是站在门外眺望，向守卫的祭司苦苦哀求，申请加入僧兵队伍，还有的只是蜷缩在远处的角落里，似乎希望能在主神殿不远处找到安全之所，另外还有些人则是焦急地恳求僧侣们能到他们的故乡去，拯救被妖魔围攻的亲友……

克里欧皱了皱鼻子，焦虑、恐惧、敬畏、期盼……各种各样的味道都涌入他的鼻腔。

天幕尽头

"想象一下，主人，"菲弥洛斯在克里欧耳边悄悄地说，"如果往这群人里投进一条小小的导火线，会引起怎样的动荡？如果这地方被点燃了，整个萨克城又会怎么样？"

游吟诗人明白妖魔贵族并没有危言耸听，这实在是很糟糕。

他们把马车拴在一个石柱上，然后打算去门口向祭司询问拜见甘伯特的办法。

但这时候，有几个僧兵很紧张地从神殿里跑出来，他们的手中拿着长剑，其中一个还高举着带光轮的法杖。不同寻常的举动立刻让人们不安起来，他们议论纷纷，畏惧地给僧兵们让开了道路。

僧兵们在神殿大门外站住了，手执法杖的那个闭上眼睛慢慢地念起了咒语，法杖的光轮立刻变成了红色，微微颤动，接着那法杖慢慢地移动，转着圈子。最后，它定住了，指向克里欧他们这边。

僧兵们立刻冲了过来，"闪开！"他们对周围的人吼道，"躲开一点！"

人群分开一条路，人人都争先恐后躲避，克里欧很快就暴露在僧兵们面前。一把长剑向着他对直投了过来，剑上发出白色的光芒，那是对付普通妖魔所使用的白魔法。

克里欧还没有来得及动，菲弥洛斯已经上前挥动手臂，将那把长剑斩成两段。

僧兵们在离他十几步远的地方停下来了，执法杖的那一个指着菲弥洛斯："就是他，妖魔！"

他的话立刻引起一片惊呼，人群更如潮水一般地退开，留出一大片空地。

克里欧猜到了，主神殿祭司们的法力在这十年间增强了许多，已经能够探测出妖魔的踪迹了，但比起植入精灵之眼的巫术，大概还不能更加敏感地知道妖魔的能力大小。

菲弥洛斯笑起来，对克里欧说，"怎么办，主人？您是打算让他们把咱们扎成刺猬，还是让我削断他们的手？"

克里欧没有理会他的嘲弄，大声地对那几个祭司叫道："别误会！我们是来找甘伯特阁下，他认识我们——"

"瞄准那个金色头发的！"执法杖的祭司压根没听克里欧的话，他口中念念有词，祭司们的剑立刻变成了红色。

"哇哦……"菲弥洛斯轻轻地笑了笑，"您该觉得欣慰，主人，您的学生将他们训练得很好。"

他的话还没有说完，祭司们的剑就像蛇一样扭动起来，射出一支支红箭。菲弥洛斯随意挥动右手，衣衫带动起一阵蓝光，红色的箭头立刻消融在了空气里。

僧兵们的脸色变黑了，他们停下攻击，戒备地看着前面的妖魔。

"嘿，小朋友们，"菲弥洛斯摊开手，"听我说，我们真的是来找人的，别这么不友好……"

僧兵们完全不理会他，盯着他的手，一步也不前进，但也没有后退的意思。

双方的僵持没有持续太久，很快就有人从神殿里跑出来，大声地命令他们住手。

天幕尽头

僧兵们停下了动作转过身去,看着那个中等个头的祭司跑过来,手执法杖的僧兵微微低头,叫了声"比特尼尔大人"。

克里欧觉得这个名字有些熟悉,但是一时间却想不起来。

那个祭司气喘吁吁地在僧兵们身旁停下来,他的年纪不算大,大概二十六七岁的模样,穿着绣金的长袍,脖子上戴着显示身份的串珠。他的等级不算太高,现在应该是五等祭司,但相对于他的年龄来说,却显得很了不起了。

这个祭司穿过僧兵们,看着克里欧,露出惊喜万分的神色来。"伊士拉先生,是您!"他激动地说,"您竟然还活着,万能的凯亚神啊,您和十年前几乎没有什么变化。"

克里欧看着这个年轻祭司,有些奇怪。

祭司笑起来,摸了摸光头,腼腆地说:"您不记得我了吗,伊士拉先生,我是比特尼尔,您十年前来主神殿住过一个晚上,我服侍过您。啊,对了,还有,我的哥哥是您的学生,叫做甘伯特!"

克里欧终于想起来了,当年他的确接触过这个孩子,那时他还是一个见习祭司,天真懵懂,甘伯特也只是一个六等祭司,非常照顾这个弟弟。

克里欧露出一丝微笑:"原来是你,比特尼尔,真不错啊,现在已经比当年你哥哥的等级都要高了。"

年轻祭司又摸摸头:"啊,真惭愧,我是后来学习了一些特殊的魔法,大概会比较有用,所以……所以老师们提升我的等级稍微快了点儿。"

"哦？"游吟诗人问道，"什么魔法？是从我留给甘伯特那里面找到的吗？"

"这个我也不太清楚，不过的确是有杜纳西尔姆人的东西，不过我哥哥改动了一些，所以我能够预测妖魔的动向，还有些别的东西。"他一边说着，一边偷偷地看了菲弥洛斯一眼。

克里欧还想问清楚，但是周围的人太多了，僧兵们又虎视眈眈，实在不能好好地说话。克里欧低声对比特尼尔说："我想见甘伯特，你能帮我通报吗？"

"当然可以，他一直怀念您啊，如果没有您，他十年前就死在妖魔王的宫殿里了。"比特尼尔又看了看菲弥洛斯，"我可以带您和那位女士进去，不过，不过……您的仆人，希望他能戴上我的念珠。现在这些年，妖魔出没太多，主神殿布置了很多防卫咒，所以……"

妖魔贵族没等他说完，立刻伸出了手："给我吧，小子，啰啰嗦嗦的像个女人。"

比特尼尔赶紧取下脖子上的珠串交给他，菲弥洛斯把念珠在手上绕了几圈，牢牢捆住。

年轻的祭司朝着周围的人挥了挥手，大声说："好了好了，搞错了，别担心。这里是凯亚神的圣界，没有什么妖魔能够进入，别看了。祈祷吧，凯亚神在至高天上也会布施他的慈悲。"他念了一串咒语，从掌中造出一个小小的光球，那是很初级的白魔法"凯亚明灯"——十年前甘伯特就做出过更加灿烂的，让克里欧看到了他非凡的潜质。

天幕尽头

人群中惊恐的情绪渐渐地被这个小小的人造太阳驱散了,他们回过神来,对着凯亚明灯和僧兵们匍匐在地上,有些人也朝着主神殿跪拜,手中结着光轮的形状,口中喃喃低语。

克里欧、菲弥洛斯和巴奇顿夫人跟着比特尼尔,身后是一队武装的僧兵,缓缓走进了神殿的正门。

破　局

主神殿内的建筑和装饰并没有增减，古老的神殿依旧矗立在原位，甚至连石灯都未曾挪动过位置，跟克里欧·伊士拉十年前离开时一模一样。

十年前无论是身着深红袍的祭司还是穿白袍的见习祭司，都会走得缓慢而沉稳，他们的脸上会带着一种平常人没有的满足和优越，似乎不会因为任何事而慌乱。然而现在身着宽大长袍的祭司们几乎已经不在神殿外走动，站在正殿与偏殿路口的是很多披挂整齐的僧兵，他们的打扮和阿卡罗亚的僧兵很相似，但是装备更加精良。他们目光炯炯，时刻带着一种戒备的神情，当克里欧跟着比特尼尔走向正殿的时候，他们的眼睛一直没有离开他。

来到正殿门口，比特尼尔停下来，有些抱歉地对克里欧说："甘伯特大人就在里面，但是您知道，现在跟以前比规矩

天幕尽头

更多了,您的……您的同伴不能进去。"

克里欧点点头:"请让他们先休息一下吧,如果能让人检查一下巴奇顿夫人的伤势恢复情况,我将更加感激。"

比特尼尔连连点头:"当然,当然,请您放心……"

克里欧回头看了看身后的人,菲弥洛斯解下腰上的一个布口袋递过去:"我想您应该把这个给甘伯特看看,这礼物他会喜欢的。"

布袋里的蝙蝠扑腾得厉害,引来比特尼尔好奇的目光,但菲弥洛斯的结界让任何祭司都无法看穿妖魔王的真身。

克里欧提着那个布袋走进了凯亚神正殿。

日光陡然暗下来,地板中心的光轮依旧被日光照得浑圆,现在正是下午,有一些祭司擦拭着镜子,调整它们的位置,让大厅的光线更充足一些,另外一些则向着大光轮匍匐行礼,口中喃喃地祈祷。

克里欧跟着比特尼尔走进左边的偏门。

"甘伯特大人,"比特尼尔恭敬地称呼自己的哥哥,"刚才大门外的异状我已经调查了,并不是敌人出现。"

"哦?"熟悉的声音在房间里响起来,"比特尼尔,你的定向感知也会出现差错吗?"

"不,不,"年轻的祭司欢快地说,"的确是有一个高等妖魔在门外,但他不是我们的敌人,他是有主人驯养的,您也认识……"

比特尼尔还没有说完,克里欧就看到一个瘦高个子的祭司脸色大变地从长石桌前站起来。

克里欧从暗处走上前几步，笑了笑："你好啊，甘伯特，好久不见……"

原本表情严肃的祭司露出震惊的神色："伊士拉先生……是您吗？"

"是我，甘伯特，真了不起，你现在是一等祭司了。"

的确，十年前尚且有些青涩的六等祭司，现在已经是主神殿数一数二的人物了，他的面孔因为年龄增长而瘦了一些，轮廓的线条更坚硬，眼角和额头出现了一些浅浅的纹路，但是眼睛的颜色却仿佛加深了，沉淀出以前没有的凝重。他穿着深红色的长袍，挂着念珠，那金色的念珠一直垂到腰间，与当年费莫拉德祭司一样。大概现在除了几位长老级的主神祭司外，他是唯一能戴上这个长度的人了。

甘伯特丢下手中正读着的卷轴，快步走过来，拉住克里欧的手臂打量他，声音微微有些颤抖："凯亚神保佑，伊士拉先生，您真的还活着！我前几天接到米亚尔亲王的隼传信，说是您去了阿卡罗亚……我简直不敢相信……"

"是的，我和菲弥洛斯的确去了那里，我们才回到地面，对于现在的情况一无所知，所以从米亚尔亲王那里打听了许多事。甘伯特，为什么不坐下来聊一聊？"

一等祭司连忙点头："是的，我们需要好好地聊聊。比特尼尔，快煮一些花茶来，再拿一些麦饼和烤鹿肉。"

比特尼尔答应着去忙了，甘伯特请克里欧来到桌前坐下，把面前的地图和烛台挪开，空出一大片位置。

游吟诗人把从地宫中出来的过程和后来在阿卡罗亚的事

天幕尽头

情大致向甘伯特说了一下,他发现甘伯特的左眼至额角处,有一道明显的伤疤。

"怎么,你也跟妖魔交过手吗?"

甘伯特顺着他的视线摸了摸伤口:"是的,我刚开始训练僧兵的时候,人手很少,蒙您的教诲,我算是对白魔法了解得比较多的,所以对付了几个中等妖魔,其中有一条魔狼的爪子给我留下了这个纪念。不过后来我就更加小心了……"

克里欧明白甘伯特轻松的口气后面大概有许多惊险的故事,至少创建一支僧兵队伍并将它发展到全国并不那么容易。

克里欧又问道:"现在妖魔出现的势头比我想的还要可怕,从回到地面开始,我一路走到萨克城,到处都看得到它们的踪迹。"

"是的,伊士拉先生,在这十年间,无论是低等妖魔,还是中等和高等妖魔,都出现了很多。我想这和咱们当年在那个第十层圣殿中遇到的事有关系,对吗?"

"嗯,妖魔王苏醒了,地下迷宫的封印松动了……"克里欧又问道,"那么现在僧兵的力量有多大呢?我的意思是,如果能集中他们的力量和妖魔抗衡,能发动多少人?"

甘伯特想了片刻:"如果调集萨克城的僧兵,大概有三千八百人,如果聚集全国的僧兵,应该会有一万以上。现在普通的僧兵和低等妖魔打个平手是没问题的,一个小队的话能消灭两只以上的中等妖魔,如果经过训练或者有几年经验的僧兵,甚至能抵挡高等妖魔。"

"制造凯亚明灯或者防御结界怎么样?"

"五百人僧兵制造的明灯或者结界能够守护萨克城一昼夜。"

克里欧有些惊喜:"想不到你能够训练到这种程度,真是出乎我的预料。"

他的称赞让甘伯特十分高兴,原本严肃坚毅的面孔上露出有些孩子气的笑容,又多了几分腼腆:"伊士拉先生,这都得感谢您。"他热切地看着游吟诗人,"您教了我白魔法,还有杜纳西尔姆语的入门,所以我才能够完全将杜纳西尔姆的读音传授给僧兵们,已经有很多法术他们都应用自如了……哦,对了!"

甘伯特从腰间的鹿皮包里摸出一个铁盒子,递给克里欧:"当年您送给我的这一卷文书,我一直随身携带,推导出杜纳西尔姆的全部读音,它功不可没。今天您来了,我总算可以物归原主了。"

克里欧万万没有想到当年从老杜克苏阿亲王那里得到的残片能够发挥如此重要的作用,连他也分不清这究竟是不是万能的凯亚神在安排了。他接过那个铁盒,打开,里面的零散、灰黄的书页保存得非常完好,就跟他第一次见到时一样。

克里欧将书页重新放回铁盒,收好:"谢谢你将它们还给我,老实说,我自己也没有想到还有再见到它们的一天。还好,我也带了回礼……"

他把那个装着蝙蝠的布袋放在甘伯特面前。

祭司有些奇怪地打开,看到里面被划破了翅膀的蝙蝠,这蝙蝠一点也没挣扎,只是用眼睛盯着克里欧,又看了看甘

天幕尽头

伯特。甘伯特有些奇怪伸手去捉，但还没有碰到它就感觉到一股火烧般的疼痛。

"是结界？"

"是菲弥洛斯的妖魔结界。"克里欧低声说，"你看到的，是妖魔王图鲁斯坎米亚的寄生体。"

甘伯特悚然一惊，脑子里立刻想到十年前在地宫中经历的噩梦。那些以人类面孔出现的妖魔王让他一生也难以忘记，但是图鲁斯坎米亚是唯一没有变形的，他当时附身在菲弥洛斯的体内，毁了菲弥洛斯的脸。在第十层圣殿中濒死的经历在十年间本已经渐渐地沉到了心底，然而克里欧的突然出现，又带来了这样的"礼物"，让甘伯特忍不住再次感到了恐惧。

他仔细打量着那只蝙蝠，不一会儿就觉得那小小的眼睛里藏着针，他几乎不能直视。但对于强大的妖魔王竟然寄生在小小的蝙蝠中，他仍然有些不敢相信。

"图鲁斯坎米亚的确在这里。"克里欧似乎看出了他的疑惑，"本来被妖魔王附身的对象肉体和灵魂都会被腐蚀，但图鲁斯坎米亚在地宫时就被割裂开了，来到地面的只是一小部分。后来在被我们抓获的时候受了伤，而且菲弥洛斯的结界又控制了他的力量，所以才能支撑到现在。"

"抓？"甘伯特更加吃惊，"伊士拉先生，您在哪里抓到它的？难道是地下迷宫？"

游吟诗人黯然摇头："不，是在杜克苏阿亲王的身上。"

甘伯特神色一变，突然没说话。

克里欧追问道："怎么，斯塔公国已经有消息传过来了？"

"不，我们也不知道具体怎么回事。只是听陛下宫廷里有些大臣过来的时候说，斯塔公国的奏报停了好些天了，陛下派去的信使也没回音。这几年来，科纳特大公，哦，应该说是杜克苏阿亲王，对于陛下一直有些不大恭敬的言论，所以斯塔公国和王廷的关系很微妙。亲王陛下已经很多年没有来觐见过陛下了，只是按时传来奏报，所以现在即使停了，也没有贸然去问罪。"

克里欧点点头："原来如此……"

"伊士拉先生，斯塔公国到底发生了什么事？为什么妖魔王会寄生在亲王殿下的身上？您之前问我那些僧兵的力量，是有什么打算吗？"

克里欧叹了口气："你问到了关键，甘伯特，很高兴你比以前更加敏锐，但是我带来的消息很糟糕。有问题的不光是斯塔公国……你这里有地图吗？"

年轻的大祭司有种不祥的预感，他很快从卷轴中找到卡亚特大陆的地图，铺在桌上。

克里欧仔仔细细地将他所知道的事情都告诉了甘伯特，那些危险的"禁区"，那些有目的和区别的攻击，还有藏在暗处的敲钟人……这些所有的线索连接起来，都指向了一个地方——帝都萨克城。

甘伯特的指尖有些发凉，尽管他早已经习惯了这么多年来接收各种各样紧急的消息，也习惯了去判断所接收到的消息的真假，但是克里欧说的话，他能够毫无犹豫地明白其中的真实性，同时明白这话背后所传递的巨大危机。

"其实我一直在担心这个……"甘伯特交握着双手，对游吟诗人说，"之前和您在第十层圣殿中的遭遇，我回来以后想了很久……妖魔王苏醒其实最可怕的就在于他们能够统领所有的部下。这十年间其他妖魔的出现一直都是分散的，一些中等或者高等妖魔组织进攻人类，也只能算一场场的战斗，还真没有能连接起来的证据……"

"但是现在你可以知道它们一直在按计划行事，而且是更加遥远的一个计划。"克里欧接着说道，"从杜纳西尔姆人被灭绝，到现在设立包围萨克城的禁区，它们的步骤很清楚，但是我们却不清楚它们下一步计划。"

"它们的最终目的是什么呢？是重新占领地面，消灭人类吗？"

"更可怕，甘伯特，妖魔王所要的是重新复活黑暗之神。"克里欧按住胸口，"还记得吗？在地宫的时候我告诉过你们，有三个妖魔王在我的体内。普利斯多、格拉克佩，还有瑟尔。当时急着送你们离开，我没有来得及告诉你，而且我以为我和菲弥洛斯能将他们留在地宫。"

甘伯特手捏紧拳头。

"妖魔王是黑暗之神的分解体，远古时凯亚神为了保护人类，将无法消灭的黑暗之神分为五个，削弱了他们的力量，而现在他们是想要借助我的身体重新复活。昆基拉被留在了地宫，也许还在那里，也许不在……图鲁斯坎米亚借助科纳特大公的身体回到地面，制造了五个禁区和敲钟人。他的目的在于萨克城，但是我们却不知道他想从萨克城得到什么？"

甘伯特对克里欧的话有些理解困难，或者说他有些下意识想要逃避的感觉。但是他强硬地命令自己仔仔细细将每一个词都记住，跟上克里欧的思路。

"现在您的意思是关键要明白妖魔的意图，是吗？您这次想要在它们发动攻势以前做好准备。"

"我想这样，甘伯特，而且也必须这样。我现在的身体……很危险……我不能让剩下的妖魔王找到机会附身，还要压制体内的妖魔王吸收能量的欲望。我的身体不会消亡，所以即便是我的灵魂被腐蚀了，妖魔王依然可以重生。现在能阻止他们的首要办法是将图鲁斯坎米亚封印，甘伯特，你要将他封印在主神殿里。"

祭司看着面前的蝙蝠，那动物没有发出一点声音，只是黑色的眼珠越发让人不寒而栗。

"菲弥洛斯的妖魔封印只能维持一段时间，只有白魔法可以持续封印他，但是你们没有神的力量，只能用人力。好在主神殿本身就是凯亚神的领域，全大陆也不会有这么好的地方，把图鲁斯坎米亚用光轮压在神殿的地下，我再把最强的封印咒教给你们，你安排三十个祭司每天在地下唱封印咒，轮班不停地唱……只要咒语不停，他就没有办法挣脱。"

"可是……伊士拉先生，这样一直下去不是办法，万一出现意外。"

"不能出现意外，也不允许！"游吟诗人抓住他的手。

甘伯特深深吸了一口气："我明白了！"

天幕尽头

克里欧放开他,把蝙蝠重新包进布袋:"只有安置了这个东西,我们才能腾出手来对付五个禁区。"

甘伯特在他的卷轴中翻找:"我这里倒是有些资料,但是斯塔公国那边却疏漏了。"

"因为那里从来没有暴露过。"

"伊士拉先生,您认为必须破除五个禁区对萨克城的包围吗?"甘伯特问道,"可是即便是进攻一个禁区,比如红海螺村,僧兵们也会遇到很大的损失,而且按照您说的要保卫萨克城,更不能大规模地调动人手。"

克里欧笑了笑:"有一件事我从回到地面就想做,但是一路上还没有机会,现在可以动手了……甘伯特,其实我们应该还要寻找一个强大的力量。"

"我不明白,伊士拉先生。"

"你还记得夏弥尔·菲斯特吗?"

一等祭司愣了一下:"那个肉傀儡?"

"是的,肉傀儡。我们在海上救起来的一个仿佛活人一样的少年,如果不是他,或许十年前在地宫中妖魔王已经顺利得手了。"克里欧顿了一下,"能够制造肉傀儡是一种非常高超的巫术,而且肉傀儡直接反映出制造者的法力……那个能跟妖魔王交手的肉傀儡,究竟是从哪个强大的巫师手中制造出来的,为什么又会出现在我们中间,并且帮了我们的大忙,这件事我一直想弄清楚。"

甘伯特点点头:"是的,先生,这个谜我在十年间也没有解开。虽然现在陛下宣布了巫术有条件开禁,但是我们从来没有遇到过法力超出僧兵的强大巫师。"

克里欧摩挲着手指,他还有一个疑惑没有告诉甘伯特——制造出强大肉傀儡的巫师,和两百年前唤醒妖魔王的巫师有没有关系呢?而且他帮助他们,是不是真的是一片好意?

克里欧向甘伯特要了纸笔,一边写封印咒,一边嘱咐他:"如果可以的话,请帮我向陛下致意,我今天晚上想要觐见他。他应该知道我回来了吧?"

祭司笑起来:"米亚尔亲王殿下的消息是我呈给陛下的。"

克里欧也笑了,看起来在如今的法玛西斯帝国,教廷和王权之间的间隙已经被淡化了,就是不知道罗捷克斯二世是否感到满意。

大战将至

克里欧终于舒服地洗了个澡,换上了白色的长袍。他的黑发重新变得顺滑而有光泽,银灰色的眸子也更加明亮,脸上没有了疲惫。十年的时光和几个月的颠沛流离没有在他身上留下任何痕迹。

"真是神奇。"比特尼尔在旁边为他捧着衣服,用惊叹的目光打量着他的脸庞,"伊士拉先生,您和我第一次见到时一模一样,就好像昨天咱们才分开,今天又见面了。"

克里欧笑了笑,拿起他手上的灰色外套穿好:"其实能自然衰老是一件幸福的事情,要知道凯亚神为我们安排的必然是最好的。"

比特尼尔点点头,带着一点天真的似懂非懂的神情。

他拿出一支黑色的长笛,递给克里欧:"对了,伊士拉先生,昨晚甘伯特阁下要我将这个转送给您。他说您的七弦琴没有了,暂时先用着这个吧。这是维尔纳公国的一个商人来朝觐的时候奉献给僧兵们的,不过阁下说您大概更适合。"

游吟诗人说了声谢谢,接过那支长笛,它摸上去像是竹制的,但是质地却非常坚硬,在尽头有一小段是可以旋转活动的。克里欧轻轻地转了一下,从里面抽出了一把短剑,剑锋雪亮,看上去非常锋利。

"很棒吧?"比特尼尔有些兴奋地说,"听说这把剑能削断其他任何武器,长剑啊,矛啊,铁棍啊,都能对付,很厉害的。"

克里欧把剑插回长笛中,挂到了腰带上:"替我谢谢甘伯特阁下,他真是太周到了。"

"也许您可以自己向他致意,"比特尼尔朝外面看了一眼,"他正在伊萨克偏殿等您,如果您准备好了,就可以一起去觐见陛下。"

昨晚甘伯特连夜写了密报送往皇宫,将克里欧所说的一切简略地告知了罗捷克斯二世,并请求国王能尽快地面见他。

罗捷克斯二世当夜便派人送来了回函,将时间定在今天早上。"也许你们可以跟我一起用早餐。"他明确无误地发出了这样的邀请,于是甘伯特便安排克里欧今天就进宫去。现在甘伯特的地位已经足以让他调动绝大部分的主神殿的力量,因此在大门外早就准备好了快马,两个实习祭司和一个僧兵正在等候着。

克里欧和甘伯特出发前往皇宫的时候,一只黑鹰发出锐利的叫声,飞过他们的头顶,然后跟着他们的队伍慢慢地盘

天幕尽头

旋着,飞向同一个地方。

即便是过了十年的时光,罗捷克斯二世的宫殿依然是法玛西斯帝国里最美的建筑。白色的大理石在日光下仿佛一尘不染,那些玫瑰、玉兰和绿色的蔓藤依然鲜艳无比,因为萨克城所处的地方永远四季如春,所以它们随时都张扬地展示着自己,丝毫不去担心严冬的来临。地下泉水被巧妙地引出来,在喷泉和水道里淙淙地淌着,那声音美妙得如同一首歌。残酷的时光没有在这个地方留下一点伤害,它的每个角落仍然保持着青春。

克里欧跟着甘伯特穿过了长廊,走进内廷,最后在一个小花园外面停下来。三个穿着白色长裙的侍女在外面捧着彩陶水罐和汗巾等东西。看到甘伯特走近,一个男仆赶紧从花园门里头跑过来,向他深深地鞠躬。"陛下正在等您,大人。"男仆请他们进去,"陛下说安特里尔行省进贡的蜜酒刚刚送到,那酒一点儿也不烈,即使是被戒律严格约束的祭司大人也可以喝一点的。"

他们跟随着男仆走进大理石铺成的小道,来到了一个小巧的池塘边,荷花正开得灿烂,粉红色的花瓣儿在晨光中仿佛半透明一样。罗捷克斯二世像个好奇的男孩儿蹲在池塘边,手里还端着一个玻璃杯,伸直了脖子看这些漂亮的花儿,身边的木桌上放着丰盛的早餐——填进了猪肉的细烤肠、精致的白面饼、刚刚洗干净的新鲜瓜果,还有金黄色的蜜酒。

即使过了十年,罗捷克斯二世的容貌仍然很俊美,他的金发依然闪闪发亮，双眼依然湛蓝清澈，他似乎变老了一些，又似乎没怎么改变。他仿佛就跟这座宫殿一样，被时间给予了厚待。

男仆弓着腰向他禀报道："陛下，甘伯特大人等待您的召见。"

罗捷克斯二世直起了身子，从荷塘边向他们招招手："哦，已经到了吗……过来，过来，甘伯特，瞧——这是我亲手种的荷花，我会剪下来送给王后。"

甘伯特向国王行了个礼："它们美极了，陛下，我相信王后陛下一定会非常高兴的。但在这之前您或许会愿意先和克里欧·伊士拉先生聊一聊。"他稍稍侧过身，让游吟诗人走上来。

"早上好，陛下。"克里欧对他说，"虽然这么多年不见，但您送我们出海的那件事，就仿佛发生在昨天。"

罗捷克斯二世的眼神停留在克里欧身上，好一会儿才挪开，他笑起来："的确，看着您，这十年的一切都好像在做梦。来，请坐在我身边，您会喜欢这些烤肠的，我们还有很多时间来享用早餐。"

但是克里欧却苦笑着摇摇头："陛下，其实我们的时间已经不多了……"

太阳渐渐地升高，光线也由早晨的温和变得刺目起来，但是临近荷塘的藤架上缠绕着不少阿格丝蔓藤，它们细密的

天幕尽头

叶片过滤了阳光,让坐在露天里的三个人不会感觉到炎热。

克里欧喝了一口蜜酒,干燥的喉咙舒服了些。刚才他一直在向罗捷克斯二世讲述在地底的遭遇,以及回到地面上以后碰到的事情。罗捷克斯二世没有打断他,只是交叉着双手,认真地听着。

直到克里欧不得不用蜜酒来润喉,国王才仿佛是从梦中醒来一样,长长地吸了一口气。

"科纳特给我的报告很简单。"国王说,"还有甘伯特阁下也不全面……您所说的我从来没有听说过,真是让人胆战心惊……没有人能像您一样经历那么多了。"

他的表情似乎刚刚听完一个故事,这并不是克里欧想要的效果。

游吟诗人放下了酒杯,对罗捷克斯二世说:"陛下,如果我不是因为身负诅咒,或许在最开始进入地下迷宫的时候就已经死了。而我能够再次回到这里向您禀告一切,则全仰仗于凯亚神的仁慈。您一定可以意识到,这或许是对法玛西斯帝国非常关键的警示。"

国王仍然交叉着双手:"说下去,伊士拉先生,说下去。"

克里欧微微点头:"是,陛下……现在斯塔公国发生了重大的变故,就像我向您禀告的那样,那里有很多妖魔和巫师,而杜克苏阿亲王殿下,实际上已经身亡……"

"我至今也没有收到那里的线报,但是我愿意相信您说的,伊士拉先生。"国王严肃地说,"其实之前科纳特突然明确反对我执政的时候,我就很意外,他和我的关系就跟弗拉一样,我们从小就在一起。我以为是在地下的妖魔圣殿里受的苦让他性情大变,没想到……"

"陛下,科纳特大公之前就被妖魔王图鲁斯坎米亚附身了,现在妖魔王虽然被关押在主神殿的地牢中,但是在斯塔公国所形成的禁区仍然存在。现在我们已经知道了四个禁区,东边阿尔拉吉提行省的米拉堡,西边费拉米斯公国的绿风城,西北苏敏那公国的齐尔卡拉村,东北科斯捷公国的红海螺村,现在加上斯塔公国的王城,刚好能连成一条弧线,将萨克城围在里面。"

罗捷克斯二世眼神暗淡了一下,交叉的双手用力地弯起来。

克里欧继续说道:"我现在不知道四个禁区里究竟是什么情况,但是斯塔公国那边应该暂时缺少了主要的支撑力量。陛下,现在您需要开始准备防御了,一旦我的猜想变成现实,那么萨克城就会面临毁灭,而如果萨克城消失,法玛西斯帝国就会陷入混乱,这对整个卡亚特大陆而言都是件可怕的事。"

国王不自然地用指节敲打牙齿:"您的意思是什么,伊士拉先生?是要告诉我妖魔们打算围攻萨克城吗?"

"我也希望我是错的,陛下。"

罗捷克斯二世想了又想,白皙的额头上冒出了细密的汗珠。

"陛下,"这时甘伯特说道,"伊士拉先生的猜想的确值得注意,我昨晚统计了目前能调动的防御力量,也许军队可以

天幕尽头

抵抗一些低等的妖魔,但是真正对付中等妖魔则必须是强大的僧兵。我们所有的僧兵和会白魔法的祭司加起来一共不超过四万人,而且分散在各个行省和公国,真正驻守在这里并能立刻启用的只有八千多人,而整个萨克城的人数超过了二十五万。陛下,如果妖魔真的大举进攻,比如几十只变种那加达兽,加上一些魔狼、肉虫巴斯杰特,我们都会抵抗得非常辛苦。"

"那你的意思呢?"罗捷克斯二世问道,"现在开始抽调僧兵们回来守卫帝都吗?"

"这样会导致全国各地的妖魔更凶猛地泛滥开来。"

罗捷克斯二世懊恼地放下了手:"无论怎么看,萨克城的防守都处于劣势。伊士拉先生,或许您有更好的建议。我相信您要求甘伯特向我提出觐见请求的时候,一定有些想要实施的计划了,对吧?"

克里欧向他致歉:"我并没有耍心眼的意思,陛下,我所说的都是实情。其实对于解除帝都目前可能出现的危机,我也找不到万全之策,然而有一点我想您和甘伯特大人都应该赞同:我们需要了解禁区里的情况!斯塔公国的禁区是我们去了以后才发现了,即便无法完全控制情况,但是也算摸了底。如果要保护萨克城和陛下您,其他几个禁区的底细我们都得知道。"

"可是那里没有人能进去,"甘伯特忧虑地皱着眉头,"伊士拉先生,这几个地方是从几年前开始不对劲的,早期是出现了很多大型的中等妖魔,那时候僧兵的数量还有限,所以无法消灭它们。妖魔将这些地方的居民杀害了大半，活着的人则纷纷逃离。于是它们就盘踞在那里，形成了禁区。后来我们发现妖魔们并没有继续向外扩张，就调动僧兵去围剿。可是……我们在红海螺村和绿风城一共损失了三百多个僧兵，连禁区的边缘地带都没有突破。而之后也没有妖魔乘胜追击的情况。因此，我们只好在禁区外围布置了很多魔法阵，预防妖魔出现，也阻止人类进入。"

游吟诗人点点头："我明白了……但是请想一想，如果妖魔们阻挡僧兵和祭司，那说不定他们不会阻挡同类。"

甘伯特惊讶地动了一下身子："伊士拉先生，您难道是想——"

"陛下，"克里欧对罗捷克斯二世说，"也许您还记得我有一名契约者……那个高等妖魔菲弥洛斯，如果让他进入禁区，一定比派出军队更容易，所得到的情报也更多。"

藤架下安静了一会儿，过了好半天罗捷克斯二世才用试探的口吻说："伊士拉先生，您说的是当年跟着您的那个淡金色头发的男人吗？"

"您的记性真好，陛下。"

甘伯特紧紧皱着眉头："菲弥洛斯进入禁区是不成问题的，但是他毕竟是您的……您的奴仆，如果被发现他有跟人类接触的痕迹，说不定会很危险。"

"您说的情况也许会发生，但是我认为这概率并不会太大。"游吟诗人解释道，"菲弥洛斯是弥帝玛尔贵族，普通的妖魔几乎不会去冒犯他，而能压制住他的只有妖魔王。现在

天幕尽头

妖魔王基本上都被封印着,所以菲弥洛斯即便是进入禁区,也不会有太大的问题。"

甘伯特的神色稍微舒缓了一些,而国王已经明显兴奋起来。"太好了!"他兴高采烈地说,"那么就请您的仆人潜入禁区,帮我们好好地打听打听!我会重重地奖赏他的,还有您,伊士拉先生,如果能成功地保护萨克城,给您什么样的奖赏都不为过。"

"感谢您的慷慨,陛下。然而您知道我所期望的不是这个……"

罗捷克斯二世摊开双手:"请原谅我,这是做君主的毛病,伊士拉先生,我总会先以自己的意志为主。说说看,您需要我为您做什么?"

克里欧忽然冒出了长久以来无法遏制的冲动,这冲动来得太快而使他不得不深深吸了口气:"陛下,如果能将妖魔们抵御在萨克城之外,希望您能允许我借助甘伯特大人的力量进入极西之地。"

桌旁的另外两个人又一次为他的话震惊,罗捷克斯二世首先醒悟过来,惊呼道:"难道您要去寻找骸卵?"

克里欧点点头:"是的,陛下。这么多年我一直在找它,然而最近这十多年来才陆陆续续地知道了确切消息。我想这是因为妖魔的重新出现使得关于它的线索也越来越多。坦白说,之前我寻找它是为了替杜纳西尔姆人报仇,但是现在不同了,它还可以保护整个人类世界。妖魔的力量越来越强大,光靠僧兵、祭司是不够的。没有杜纳西尔姆人的卡亚特大陆，在大规模的妖魔复苏的攻势下，根本就没有抵抗能力，找到骸卵就成了唯一的方法。而极西之地如果贸然进入，有可能十年、二十年甚至更久的时间也找不到骸卵，回不来。我知道能远距离传送的魔法，但必须集结许多祭司的力量。"

国王沉吟了片刻，对甘伯特说道："也许您能考虑一下伊士拉先生说的话，我的祭司大人，我相信您的衡量能帮助我做出正确的决定。"

一等祭司谨慎地想了一会儿："我需要全面地统计一下现在所有祭司和僧兵的战斗力，然后请伊士拉先生告诉我最终需要多少人来打开通往极西之地的通道。也许今天晚上就可以上报给您，陛下。"

罗捷克斯二世点了点头："那么伊士拉先生也应该尽快告诉您的仆人需要他做的重要工作。"

"这一点请不用担心，陛下。"克里欧抬起头来，黑鹰正在天上盘旋，偶尔发出一声长长的鸣叫。

罗捷克斯二世站起身来，低头看着他的小池塘与荷花，低声说道："法玛西斯帝国上一次的战争发生在二百六十年前，那是萨克雷恩大帝平定五个公国叛乱的大战，席卷了半个帝国。我虽然明白国王是必须佩剑的，但并不希望它真正派上用场。"

"我很高兴您这样说，"克里欧却笑起来，"您能将这次的情况视为战争，那么我们至少有赢的可能。"

分别和重聚

走出皇宫以后还没有到中午，萨克城仿佛刚刚才睁开惺忪睡眼。街上的人渐渐地多了，商铺也开张了，虽然远没有十年前那样热闹，但这里仍然是法玛西斯帝国最繁华的地方，当金色的阳光洒满城市的时候，还没有意识到危险逼近的人总是会以全副热情投入生活的。

克里欧和甘伯特骑着马慢慢地往回走，但是方向并不是主神殿，而是港口。十年前他们从这里上船，离开萨克城，进入地下迷宫，然后发生的一切成为了所有人终身的噩梦。

现在的港口似乎和十年前没有什么区别，但是停泊的船看起来还是少了很多，大型商船专用的船坞已经废弃了一些，连带着在港口周围做生意的旅馆、酒店也关闭了好多。条石堆成的防波堤后头长着稀疏的灌木和野草，还有修了一半就废弃的一个小小的观景台。

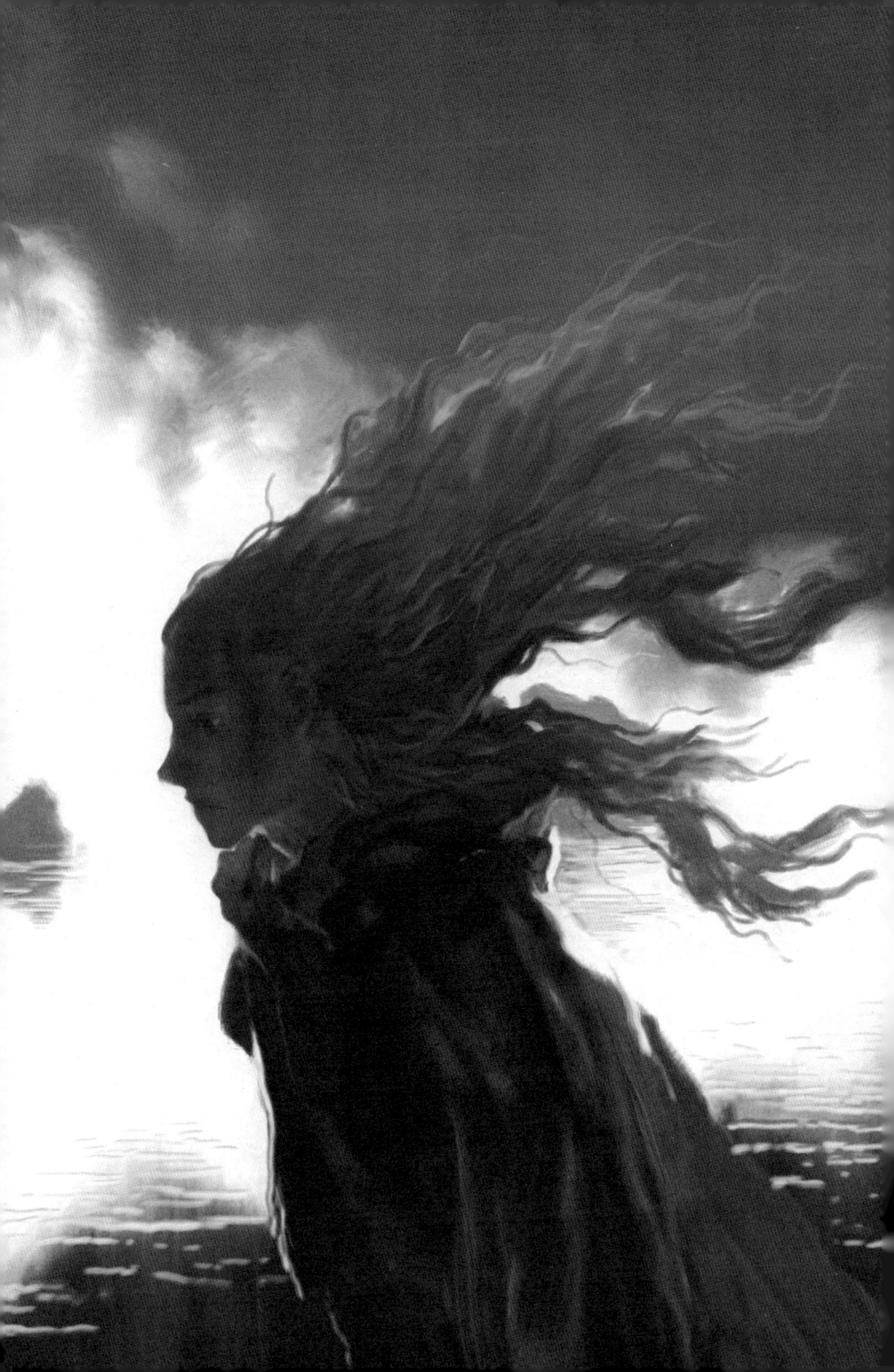

天幕尽头

卷三 FALLING SKY
极西之地
（珍藏版）

克里欧和甘伯特把马拴好,一起走上那个平台,大海立刻在他们眼前舒展开。深沉的蓝色仿佛是十年来唯一没有改变的东西。它从眼前延伸到天边,从过去延伸到现在。

"还记得吗?"甘伯特指着平台的对面某处,"我就是在那里跟您一起上的船,那个时候和我们一同启程的还有很多人。"

"是的,芬那船长。"克里欧想起那个有着铁灰色头发的女船长,还有许多面孔模糊的水手,"他们都很坚强,都是勇敢的人。"

"我并不是因为自己活着才说这样的话,伊士拉先生,但我的确从来没有后悔跟您一起出海。"甘伯特顿了一下,"现在我同样不害怕跟您面对接下来的事情……我比以前更有力量,而且您能够回来,让我也更加相信万能的凯亚神是庇佑着人类的。"

克里欧抬起头来——海鸥正鸣叫着盘旋在天空中,接着一道黑色的身影突然划过,海鸥们便惊叫着散开。黑鹰正在打破这一片海空上的宁静,昭示着一种强大力量的降临。

"谢谢你,甘伯特。"游吟诗人对高等祭司说,"现在我们所处的情况,也并不比当年好,甚至更加糟糕……即便目前我们能看到太阳。"

甘伯特笑了笑:"我带您来到这里,是想让您看一看帝都的变化:您或许已经感觉到了,萨克城虽然还没有像别处一样出现大量的高等妖魔,但是这片大陆上可怕的变化已经腐蚀到这里了。祭司们都明白,如果照这样发展下去,萨克城

天幕尽头

也不会再保持平静,萨克城的危机就是整个帝国乃至整个大陆的危机。您能说服陛下做好战争的准备,我们很感激。"

"你比我想的还要坚强,甘伯特,你的斗志很重要。"

祭司微微颔首:"我一直愿意再与您共同战斗。伊士拉先生,您所说的远距离传送魔法究竟该怎么做,什么时候可以开始传授给我们?"

"很快,也许……"克里欧突然顿住了,抬头看着天空,接着转头问道:"对不起,可以请你先离开一会儿吗,有些事我得单独跟菲弥洛斯谈。"

甘伯特抬起头,看到黑鹰有些不耐烦地降低了高度,并且发出鸣叫。他笑了笑,转身走开。

克里欧向着天空中盘旋的黑影打了一个唿哨。黑鹰降落下来,在地面上幻化成了人形。

"我真不喜欢你叫我的方式,而且你和那个小祭司聊得可真久。"菲弥洛斯走近克里欧,抱怨道,"怎么,跟那个国王谈得怎么样?你一定把他吓坏了。"

游吟诗人微微一笑:"陛下是一个聪明的人,我用不着吓唬他。他喜欢看一些传说,也看魔法书,他知道我在说什么。"

"我应该祝贺你。可我想你单独和我待在这里不仅仅为了通报一下之前的结果吧?"

克里欧并没因为妖魔贵族的尖刻而难堪,或者说他已经习惯了他时不时用敏锐的语言刺破自己准备好的伪装。游吟诗人凝视着妖魔贵族的眼睛:"你了解我的想法,就如同我了解你的能力。菲弥洛斯，我需要你做一件事，或许这很艰难，但是除了你，没有别人可以做到。"

妖魔贵族笑起来："我有种不祥的预感，这比以往任何一次命令都让我感到不妙。让我猜一猜，主人，你给国王打了包票，要帮他保住这座城，对吗？"

"这不仅仅是为了一个国家，你知道萨克城和法玛西斯帝国对于卡亚特大陆意味着什么？"

"其实这和我无关。你觉得我会关心这些家伙的死活那就错了！"

"可是我会在乎的，我在乎每一条人命。"游吟诗人厉声说道，但是他的口气很快又软了下来，"帮帮我，菲弥洛斯，你一直在那么做。"

菲弥洛斯的脸上露出又像讥讽，又像高兴的神情，他耸耸肩："我别无选择……说吧，需要我干什么，说得详细点儿。"

克里欧压低声音："还记得我们在地图上标注出的那些'禁区'吗？阿尔拉吉提行省的米拉堡、费拉米斯公国的绿风城、苏敏那公国的齐尔卡拉村、科斯捷公国的红海螺村……我想妖魔们正在那里集结，有着自己的打算，而人类是无法进入那里的。"

菲弥洛斯神色复杂地看着他："你是说，要我到禁区里去？"

克里欧点点头："我找不到第二个人能做这样的事。那里是妖魔的地盘，只有你才能进入。现在我们需要知道它们到

天幕尽头

底打算做什么。我们在斯塔公国王城中已经看到了图鲁斯坎米亚所做的事情,而其他禁区的情况却无法了解,现在禁区将萨克城包围在中央,一旦同时爆发攻势,人类是无法抵抗的。"

"你想过没有,主人,"妖魔贵族提醒道,"我的确能进入,但你是不行的。"

"是的,所以我留在这里。"

菲弥洛斯突然安静下来,过了好一会儿才轻声问道:"你的意思是,你留在萨克城,我独自去四个禁区?"

游吟诗人点点头。

菲弥洛斯笑起来:"你想过没有,主人,你在这里比十头那加达兽还危险,别忘了你的身体里还有三个妖魔王,而且……他们让你饥饿,你会克制不住对黑魔法能量的饥渴。说不定我回来的时候你已经把这城市毁掉了。"

"我会待在主神殿里,甘伯特的白魔法能够压制妖魔王……"

"你对那些光头这么有信心吗?"

"祭司们的力量比以前要强大了许多,况且主神殿是凯亚神的领域,妖魔的力量会被压制到最低。"

"还有图鲁斯坎米亚,他也在那里,他正等着找机会爬到你身上,主人。"

"所以它一直被束缚在白魔法阵里,而我不会接近地牢一步。"

菲弥洛斯安静地打量着游吟诗人:"我明白了,主人,你已经下定了决心。我应该受宠若惊吧，主人，两百年来您第一次主动放我离开您的身边。我真该为此高兴。"

克里欧看着他的眼睛："我并不害怕让你走多远，因为你最终还是会回来的。"

妖魔贵族笑了笑："拭目以待吧，主人，但愿一切如你所愿。"

在这一天傍晚的时候，一只黑鹰从主神殿的门口展翅，直冲上云霄，很快就消失在黑红色的晚霞之中。

克里欧站在主神殿大门内，望着天空。太阳正在沉入黑暗，金色的光线褪去了原本的辉煌，变成了血红色，而夜晚又染指了这样的颜色，使得整个天幕都变成了一块由浅入深的红色绒布，仿佛就要垮下来，盖住地面的一切。

克里欧感觉到胸口产生了一种从未有过的憋闷，又好像自己的一部分肢体不再听使唤。但同时他也理智地明白，自己只是在适应一件两百年来头一次发生改变的习惯。

甘伯特陪同在克里欧的身边，看到黑鹰飞远了以后，从口袋里掏出一个很小的羊皮卷："伊士拉先生，今天晚上我们可以先烧一个符文，看看菲弥洛斯的情况。您不用过分担心，他毕竟是一个弥帝玛尔贵族，他的力量很强大。"

克里欧明白甘伯特的好意。他转头向主神殿内走去，问了一下莉娅·巴奇顿夫人的伤势。"我为她安排了主神殿外的一处别馆养伤，"甘伯特说，"她的恢复状况比我们预想的要

天幕尽头

好,这是战士的体格。"

"等她完全康复以后,我希望巴奇顿夫人能作为我的贴身护卫。"克里欧又顿了一下,"至少在菲弥洛斯回来以前能有人待在我的身边。"

甘伯特同意了,但是也宽慰道:"您在主神殿很安全,伊士拉先生,图鲁斯坎米亚的封印咒一直按班轮换,没有断过。"

克里欧笑起来:"不,甘伯特,我是需要一个信得过的人来监视我。别忘了我的身体里有三个妖魔王,如果发生意外我是不可能控制他们的。虽然我的身体可以不断地复活,但是砍掉头颅以后复活的时间是最长的,而且如果头颅和身体一直分开,复活也会延迟。巴奇顿夫人能做的就是在妖魔王侵占我的身体时阻断他们的企图,让你们有时间防御——至少是支撑到菲弥洛斯回来。"

祭司的脸色有些发青,他明白克里欧绝对没有一点玩笑的成分。"请相信我,伊士拉先生,我愿意付出我的生命来保护您和这个城市。"

游吟诗人拍拍他的肩膀——这对于克里欧来说,是一种少见的亲密动作,而甘伯特的面孔虽然已经成熟了许多,却仍让克里欧想到了他以前的模样,那双眼睛里的信任和恭敬从来没有改变过。

他们继续向着主神殿深处走去,一个穿白色长袍的实习祭司快步跑上来,向着甘伯特鞠了一躬,递上一个很小的纸卷。那是一封加了火漆的信,甘伯特展开,忽然爆发出一声欢呼："哦，感谢万能的凯亚神！"

能让沉稳的高等祭司这样情绪外露的信肯定是好消息。

"您还记得赫拉塞姆队长吗，伊士拉先生？"甘伯特急切地问道，"当年在地宫里……"

"哦。"克里欧接上他的话，"我当然记得他，有一头棕色的头发和一双棕色的眼睛。陛下最早就是派他在阿卡罗亚找到了我。"

后来这位王宫侍卫队长一路陪同游吟诗人和菲弥洛斯来到帝都，又跟着他登上芬那船长的甲板，在封印妖魔的地下迷宫中殊死战斗。

"你们回到地面以后，他和巴奇顿夫妇都有过联系。"克里欧想了想，"巴奇顿夫人说他好像组织了一个什么小队，在全国对抗妖魔。"

"是的，是的。"甘伯特点点头，"赫拉塞姆队长在返回地面后第一个投入了对抗妖魔的战斗，陛下授予他一些特殊的权限，所以他能够自主招纳成员。巴奇顿夫妇俩是首先加入的，然后我为他们提供了一些粗浅的白魔法援助。当我的白魔法研究取得一些进展的时候，我也会制造一些实用的武器给他们，所以赫拉塞姆队长一旦回到帝都会跟我取得联系。哦，对了，他还不知道您已经回到帝都了，我想您一定愿意见见他。"

"是的，我很期待。他要到主神殿来？"

"今天晚上，昨天到的帝都，信上说必须休息一整天，否则会昏倒在大街上。"甘伯特复述着那张纸条上的话，这的确

天幕尽头

很像赫拉塞姆一贯的口气,连克里欧也忍不住露出了微笑。

"我想也许能在巴奇顿夫人的住处见面。"甘伯特提议道,"反正离主神殿也不远,并不麻烦。巴奇顿夫人的伤还需要静养,这样她可以少走一些路。"

"完全可以的,"游吟诗人笑了笑,"想不到还能碰到赫拉塞姆队长,这是非常意外的惊喜啊,如果他能够当我们的帮手,那么接下来的事儿或许会顺利一些。"

"您是说关于寻找骸卵吗,赫拉塞姆队长恐怕——"

克里欧打断了他的话:"不,甘伯特,你记得十年前我们离开萨克城之前王宫发生的大火吗?"

甘伯特想了想:"记得,还有您之前让我在王宫内实施的拟巫咒。"

"那场大火烧掉的不光是仆人的住处,害死他们,而且还弄断了我们调查吸血蔷薇的线索。"

甘伯特默然,那一次的挫败在他的记忆中算是非常难忘的经历。

"还有夏弥尔·菲斯特,那个在关键时刻保护了我们的肉傀儡,如果不是他或许我们都会留在第十层圣殿中。难道你没有想过这样强大的巫师和施放吸血蔷薇的有可能是同一个吗?"

甘伯特皱着眉头:"我还很难将这样的事情联系在一起。"

"无论怎么样,在十年前,巫术还没复兴,要使用吸血蔷薇和肉傀儡都需要高深的巫术,在我看来,那么厉害的巫师同时出现两个的概率太小了。"克里欧又顿了一下,"而且是在白魔法的主要区域——帝都萨克城。"

"那么您这次会重新开始调查这个巫术的来源。"

"也许会是我们的帮手，也许会是我们的敌人。但无论如何，弄清楚真相，我们可以避免在正面应对妖魔的时候背后出现新的危机。"

甘伯特对此表示同意，但是从什么地方着手却感觉很难，毕竟已经过了十年，线索几乎已经完全消失了，而且巫术在十年间已经被默许存在，半公开地出现在了帝国内部，怎么去分辨当年那个巫师究竟是谁呢？

但克里欧觉得这一切都可以解决，"只要有合适的人，选择合适的方法。"他对甘伯特说，"拟巫咒的使用方法是很多的，而现在你这边能用的祭司也越来越多，我们需要筛出一些法力最强的。"

"这不是问题。"高等祭司又举了举手头的纸卷，"我先给赫拉塞姆队长回信，让他今晚过来。哦，对了，您还记得当年带到帝都来的那两个法比海尔村的村民吗？赫拉塞姆队长把他们照顾得很好，也许今晚您也可以见到他们。我想如果拜托他们看护一下康复中的巴奇顿太太一定没有问题。"

克里欧的脸上闪过一丝惊讶，接着平静的银灰色眸子里有些波动的痕迹，好像突然从遗忘的角落里捡到了丢失的珍宝。他轻声说出了那两个名字："是啊，卡顿先生，索普……真是好久没见了。"

再见故人

十年的时间让少年成长为青年,让中年人步入老年。这对于凡人来说,是太漫长的时间,他们有限的生命根本经不起消耗。

克里欧在时间禁咒的束缚下已经度过了两百年的岁月,自然的成长、衰老是他可望而不可即的幸福。索普和卡顿是他经历过的无尽岁月中很特别的人,虽然是过客,却让他放心不下。不知道是因为这是自己亲手救过的人,还是因为从法比海尔村开始,他就结束了近两百年的流浪,真正地开始触摸到杜纳西尔姆人灭绝真相的一角。

如果从这个角度来考虑,克里欧对那两个人类的印象又变得清晰了很多。不过当他们真的走进他的房间时,他又真切地感受到了时光的力量。

十年过去,当初瘦弱的男孩子索普·赫尔斯已经成长为健壮、结实的青年，他的棕色头发不再那么乱糟糟的，眼睛也变得细长了一些，但脸上仍然挂着笑容，这笑容中还带着一点点天真的残影。

而"大胡子"卡顿还是和原来一样胖，只不过褐色的胡子已经夹杂了灰白，双眼旁也有许多皱纹。

"哦，伟大的凯亚神啊！"卡顿看到克里欧以后发出了惊呼，"伊士拉先生，您就跟十年前走进我店里时一模一样。"

游吟诗人笑起来："我多羡慕您的白胡子和皱纹啊，卡顿先生，那才是凯亚神的恩赐。您这些年还好吗？"

"很好，很好。"卡顿咧开嘴笑起来，"托您和赫拉塞姆队长的福，我在西边儿开了一家小店，专门做阿卡罗亚的传统美食，还有特色酒什么的，现在还过得不错。哦，对了，索普现在是我的义子，他已经叫我爸爸了，那店也是他的！"

"哦，这可真是件好事。"克里欧对几乎和自己一样高的青年笑道，"祝贺你又有了家，索普。"

索普·赫尔斯的眼圈稍微红了一下："这还是得感谢您，伊士拉先生，如果没有您的话，我和爸爸都得死在法比海尔村。这些年我们一直在为您祈祷，可没有您任何消息，我和爸爸一直希望再见到您……"

"这不是见到了吗？"游吟诗人摊开手，"我能回来也得感谢你们的祈祷。"

索普摆摆手："那微不足道，伊士拉先生，我相信您一定受凯亚神的庇佑，还有菲弥洛斯先生也是……"他向周围看了看，没有看见另外一个人。

天幕尽头

"谢谢你记得菲弥洛斯，索普，他听到的话也会高兴的，不过他现在去做一些事了，没有在这里。来吧，我们可以坐下聊一聊。"

游吟诗人把两位老朋友请到他临时的房间里坐下。在主神殿的客房中，因为没有到晚饭时间，没什么可以招待客人的，只有泉水和一些瓜果，不过这对于索普和卡顿来说胜过了美味佳肴。他们对于能再见到克里欧已经感觉是个奇迹了，断断续续地讲了一些十年中的故事。虽然对于克里欧的经历都非常好奇，可他们什么都没有刨根问底。当克里欧表示希望他们能帮忙照顾一下一位受伤的女士时，他们也毫不犹豫地答应了。

这样愉快的氛围一直到谈起了最近这阵子的生意时才开始有了变化。

"帝都的确变了很多……"卡顿忍不住叹气，"伊士拉先生，您这些年没有回来过，不知道情况，真是一年难过一年。妖魔在全国开始出现以后，帝都算是保护得最好的地方，可来往的客商少了，生意也自然就难做了，我们现在每天接待的客人，比起前几年几乎少了一半呢！还好我们是之前自己把店面盘下来的，倒能够应付得走。"

"这些年萨克城的巫术开禁了吗？"

"没错，开始是闹了一些小的妖魔，被祭司大人们收服了，接着就陆陆续续地出现了巫术，有些心术不正的请了巫师来害人，比如莫名其妙地起了几场火，还有些人突然暴毙。陛下和主神殿都派了不少人追查，抓捕了一些巫师。不过就在审问阶段，全国到处都出现妖魔，而祭司们也不够数了，一些巫师就被特赦，加入了对抗妖魔的军队里……哎，这些年是越来越厉害了，现在巫术基本上都正大光明的了，当然表面上还是禁止害人的黑魔法，但是谁能保证巫师们个个都能遵守呢？所以啊，很多事儿不好说……"

克里欧点点头："那么你们在帝都住了十年，有没有听到过哪个巫师特别厉害的？"

"这个嘛，好像是有几个，"卡顿想了想，"有个叫做尤加迪的，还有个叫做克莱德……"

"不，爸爸，"索普忍不住纠正道，"那个人叫做莱德特斯，他还来过咱们店里喝酒。"

"哦，哦，大概是吧。"卡顿不好意思地笑了笑，"我老了，记忆力大不如前了。不过这两个人都是长期待在帝都里的巫师，他们不乐意去全国辛苦地除魔，反而喜欢帮一些达官贵人消灭小型妖魔或者实施恶毒的巫术，赚一些钱。"

"那位叫莱德特斯的还经常去您的酒店吗，卡顿先生？如果我也去坐一坐，能不能碰到他？"

"他偶尔来，伊士拉先生，您不用特地跑一趟，我可以给他带个话……"

"不，卡顿先生，谢谢您，但我需要亲自去。"

卡顿摸了摸胡子："那好，那好，欢迎您来我的小店，这次我可以好好地招待您了。"

这时门外传来了甘伯特的声音，带着一点欣喜："伊士拉先生，赫拉塞姆队长到了！"

天幕尽头

他的话音未落,一个熟悉而响亮的声音已经随着沉重的脚步进了门。"万能的凯亚神啊,您每天都让太阳下发生着奇迹!"格拉杰·赫拉塞姆高声赞颂着主神的名字,一把抓住了游吟诗人的手,用力地抱住他,"伊士拉先生,见到你真是太好了,太好了……"

"赫拉塞姆队长……"克里欧拍了拍他的肩膀,忍不住微笑。

他们分开了重新坐下,克里欧发现这个原本英俊、强健的王宫护卫队队长在十年的岁月中也有了一些无法忽视的变化。他的棕色头发变短了,鬓角有些发白,下颌上留起了胡须,双眼周围也多了不少纹路。但他的眼睛还是很明亮,身体似乎更加强壮了,肌肉结实,皮肤黝黑,露出的双臂上有许多伤痕。这是他十年来征战的勋章。

"您一点也没变。"赫拉塞姆打量着克里欧的面孔,"万能的凯亚神啊,他果真把您完完整整地还给我们了。十年前地下迷宫塌陷以后,您到底去了哪里?"

"这是一个很长的故事,队长,"游吟诗人对他说,"而且我也并不是完整的,我身体里多出来了一些东西。"

赫拉塞姆微微皱起了眉头。

"我们需要好好谈谈,找一个合适的地方。"克里欧朝索普他们笑了笑,"也许卡顿先生的新酒馆是个不错的选择。我很久没有尝过阿卡罗亚风味的大麦酒了。"

"是的,那让我想起咱们第一次见面。"赫拉塞姆也笑起来,"也许我们会再次组成一支队伍,这个世界比十年前更需要我们。"

"是的，的确如此。所以我们要做的也比十年前更加紧急。"

夜晚很快降临了，克里欧抬头看着天空，点灯人之星在正北方亮着。那是属于杜纳西尔姆人的一颗星，象征着忠诚、牺牲、坚定和公正。那是永远不变的一颗星，无论在这片大陆的任何地方，都能看得见，即便是最恶劣的天气里，它也会隐约地在乌云中闪现。克里欧已经很久没有看过点灯人之星这样明亮了，也或许是他在太长的时间里刻意地逃避看它，因为他不知道最后一位杜纳西尔姆的守夜人会怎么样洞察他内心的黑暗，而且它会带给他又一次关于部族记忆的疼痛。①但是在走向卡顿先生的酒馆的途中，他忽然在马上看到了远处的夜空，忍不住抬头盯着那一颗星。

菲弥洛斯以鹰的形态在夜空中飞翔的时候，点灯人之星是他判断方向最重要的标记。

克里欧还没有接到他的信息，那证明妖魔贵族还没有到达第一个禁区——科斯捷公国的红海螺村。这也是最远的一个禁区，如果它由于菲弥洛斯的潜入而发生异动，也会有一些缓冲时间。按理说以菲弥洛斯的速度，在两天之内到达是没有问题的。而至今没有焚烧符文的信号，只能说明他还没有找到进入的办法。

① 注：关于杜纳西尔姆族的点灯人传说请看番外《点灯人》。

天幕尽头

甘伯特曾经建议克里欧这边烧一道符文询问,但克里欧犹豫了:这样做或许会被妖魔贵族理解为一种催促。于是他宁愿这么等待,哪怕很焦虑。

"伊士拉先生?"有人在旁边叫他。

克里欧收回了目光,对身边的赫拉塞姆笑了笑:"快到了吗?"

"是的。"同样骑着一匹黑马的男人指着前方一幢亮着灯的建筑,"就是那儿,看起来生意不错。"

这里不是帝都最繁华的街区,但是有许多外地人,包括阿卡罗亚人。所以卡顿将自己的店面选在这儿临街的地方。店门外挂着很多小灯笼,门上贴着象征阿卡罗亚的野鹿图案,还有许多松树的剪影。

"多好玩的名字,"赫拉塞姆笑着说,"卡顿的风格就是这样。"

克里欧看到那些野鹿和松树的中间镶嵌着"雪山"这个词。"他喜欢雪,我记得他以前的店名叫做'雪花'。"克里欧说,"阿卡罗亚人都喜欢雪。"

他们把马拴在了酒店旁,然后走进去。

"雪山"并不是一家很大的酒店,不过布置得很巧妙,没有多余而突出的装饰,所以摆得下许多张桌子。即便是再艰难的岁月,人们都也离不开好酒,因此店里始终坐着一些客人。当克里欧和赫拉塞姆走进去的时候,正在为客人端上酒壶的索普眼睛一亮,高兴地跑过来了。

"晚上好,伊士拉先生,还有赫拉塞姆队长,欢迎!欢迎……昨天邀请您来坐一坐，还以为您要等很久才会有空呢。"

"事实上我也这么以为。"克里欧笑了笑，环视周围，"这里挺不错的，索普，你和卡顿先生花了不少力气吧？"

"啊，是有许多事得我们来做，可我们都挺乐意的。"

克里欧很想伸手摸摸他的头，可面前已经不是当年矮小的男孩了。于是他笑着对索普说："请给我们找一个安静的位置吧，我已经好久没有品尝过正宗的阿卡罗亚大麦酒了。"

索普将他们带到一个临窗的位置，虽然是在角落，却能看到整个酒馆，同时还能从敞开的窗户看到外面人来人往的街市。

"我去告诉爸爸您来了，他一定会把最好的酒端出来。"索普对克里欧说，然后跑进了厨房。不一会儿，胖乎乎的卡顿先生果然快步走出来，手里抱着一个大陶瓮。他朝柜台那边叫了一声"索丽雅"，便见一个同样胖乎乎的中年女子站起身，帮他拿了几个杯子。

"欢迎啊，伊士拉先生，还有赫拉塞姆队长！"酒店老板兴高采烈地揭开了陶瓮的密封油纸，把淡黄色的美酒倒进几个大杯子里，一股浓郁的香味顿时弥漫在空气中。

"真棒！"赫拉塞姆深深地吸了口气，"我在全国到处跑的时候，最想念的不是那个跳云雀之舞的黑发妞儿，而是你啊，卡顿！你的酒比女人还带劲！"

"能受到这样的赞美可是我最大的荣幸。"大胡子卡顿把酒杯端起来递了他的客人，剩下的则留给了自己、索普和

天幕尽头

那个女人。"我敬你们,两位尊敬的先生,没有你们就没有我的今天;虽然现在是一个艰难的时期,可只要我还活着我就会酿酒,只要这店还在,我就欢迎每个人来畅饮。这才是生活……"

克里欧轻轻地鼓掌,举起了杯子:"说得很正确,卡顿先生。为了这美妙的大麦酒,祝您健康,还有索普,以及这位夫人。"

"索丽雅是我的太太了。"卡顿先生有些得意地搂住妻子。

"那么,卡顿夫人,请接收我同样真诚的致意。"

那位相貌平平的妇女露出了微笑,本来干练的脸上也显得有些羞涩。

他们干了酒,三个主人继续忙着招呼别的来宾。克里欧和赫拉塞姆又点了一些烤肉和馅饼,坐下来慢慢地聊。赫拉塞姆告诉游吟诗人,十年前他返回地面的地点是帝都东海岸附近的海面上,一艘路过的商船救了他。在获得了国王陛下的许可以后,他在暗地里组织了一个志愿兵团,不久巴奇顿夫妇也加入了进来。在罗捷克斯二世还没有正式宣布妖魔入侵的消息时,他们便开始在全国消灭一些低等妖魔,同时收集情报,而当妖魔重新现世的警报在全国敲响以后,志愿兵团正式亮出真容,开始扩大规模,招募了更多的勇士进来,并且向主神殿借来了祭司进行白魔法方面的授课。

虽然志愿兵团的战斗力和正规的僧兵团是无法相比的,但是因为作战方式灵活,倒是在很多偏远的地方起了大作用。而志愿兵团的小队也不断地分化和精简,后来巴奇顿夫妇离开兵团单干也是因为作战方式的改变。现在除了军队、义军和僧兵团，拥有国王秘密授权的志愿兵团是一股不可忽视的力量。

克里欧向赫拉塞姆询问米克·巴奇顿单独行动以后的情况，可他并不清楚。但是对于斯塔公国内古怪的巫师聚集，赫拉塞姆曾经窥探过，并且密报给了帝都。但是罗捷克斯二世并没有给予进一步的指示。

"也许陛下有顾虑。"赫拉塞姆说，"毕竟斯塔公国的位置很敏感，而自从老亲王去世以后，大公殿下变得有点……嗯，古怪。所以没有特别确凿的证据陛下不可能去干涉大公殿下的执政。"

克里欧摇了摇头："也许他应该多一点警惕之心，如果你当时的密报能让陛下采取行动，也许巴奇顿先生就不会失踪，而斯塔公国也不会陷落。"

"陷落？"赫拉塞姆吃惊地看着他，"伊士拉先生，我听着这个词儿会感觉全身发凉，也许您用得不太恰当。"

"不，赫拉塞姆队长，你回来还没有觐见过陛下吧？"

"明天一早就去。"

"那么陛下会告诉你大公殿下其实早已死亡，而斯塔公国的王城中建立了第五个'禁区'！"

赫拉塞姆棕色的眼睛突然睁大，他抓住餐桌的边沿，肌肉鼓起来。"怎么回事？"他压低了声音问道，"什么时候发生的。"

"真要算起来应该很久了——"

天幕尽头

克里欧的回答还没有说完,索普突然端着一份烤羊腿走过来,一边把盘子放在他们两个人面前,一边低声说道:"莱德特斯来了,伊士拉先生,就在进门的第二张桌子旁。"

克里欧顾不上再向赫拉塞姆详细描述在黑暗的王宫卧室中所看到的一切,他转头看向那个巫师——

莱德特斯是一个其貌不扬的秃头,穿着一身黑色的长袍,但是袖子很短,露出了粗短的双手。他的鼻子泛红,双眼浑浊,一看就知道对于美酒有着特别的爱好。这爱好对于一个巫师来说不是一件好事,很难让人相信他居然有"很厉害"这样的评价。

但是当他那双仿佛被酒泡过的眼睛看过来的时候,克里欧感觉到身体内部传来一种可怕又熟悉的饥饿感,这种感觉汹涌地泛出来,让他觉得打了个寒战。

"这不可能……"克里欧捏紧了拳头,这是面对强大妖魔时才会出现的感觉,而对面的那个男人只是一个巫师,这实在太不同寻常了。

他拼命地克制着扑过去的感觉,他不想让自己在大庭广众之下活生生地吸收那种能量,更不能让身体里的几个妖魔王获得他们渴望的力量。

"怎么了,伊士拉先生?"索普看着他苍白的脸色,有些担心,"是东西不太好吃吗?"

不,比这个严重得多,克里欧一边摇头,一边在心里说,如此强大的黑暗的力量,为什么一直没有被发现呢?

死　地

　　菲弥洛斯站在一个突出的海岬尽头，远处的乌云翻卷，灰沉沉地压向海面，而他脚下的浪花扑打着礁石，撞击出雪白的泡沫。这是暴风雨快要来临时的天气，阴郁又寒冷，让人的胸口也仿佛被阻塞了。

　　他丢掉了原本缠住一半脸的头巾，淡金色的长发立刻被海风吹得扬起来，露出毁坏的脸和眼睛。他远离人群，不再需要任何遮掩与伪装。这令他感觉到轻松，有一种想变成鹰飞翔的冲动。

　　但是他没有这么做，因为能看到海岬东边的那片海岸上，有极宽广的绿色区域——那就是科斯捷公国的红海螺村，他来到的第一个禁区。用鹰一般的视线，他能够辨认出那里被绿色的蔓藤所覆盖，这很明显不是自然的杰作。没有任何沙地能长出如此茂盛的植物，它们盘根错节，几乎把整

天幕尽头

个村子都包住了。

菲弥洛斯不能冒险用鹰的形状去接近那里，因为那时候他虽然视野开阔，但防御能力不如保持人形的时候，而蔓藤下究竟藏着多少阴险的家伙，他也不能肯定。这些蔓藤让他想到了一个绝对不愿意碰上的对手。

菲弥洛斯伸手掏出一个小小的牛皮纸片，那是四个符文中的一个。连指头都不用动一下，菲弥洛斯就能燃烧它，让帝都里等待的那个人得到消息，可他只是想了想，还是将符文放回了口袋。

他慢慢地朝红海螺村走过去，光秃秃的岩石渐渐地附着上了一层诡异的绿色，然后又变成了茂密的青草。越往那村子靠近，植物就越发茂盛和繁多了，海风吹得它们发出沙沙的声音，就好像许多人正在窃窃私语。

菲弥洛斯艰难地在这些植物中寻找踏脚之处，地面下隆起的树根已经让红海螺村周围完全没有一块平地，而且更多的蔓藤和灌木也填充了缝隙，落叶在下面腐烂，散发出难闻的气味。正当菲弥洛斯忍不住要咒骂的时候，地面上纠缠的蔓藤忽然像有意识般地慢慢散开，接着便从泥土中冒出了一个绿色的光点儿。

菲弥洛斯站住了，这次真的骂出了声。

"你的脾气越来越不好了。"光点儿渐渐地浮起来，变成了一个美丽纤细的少女，整个身体都呈现出绿色，被薄薄的雾气包裹着，头发在空中有意识般地舞动。

"萨西斯，"菲弥洛斯叫出这妖魔的名字，"我早就该想到这跟你有关系，只有你才能这么自如地操纵植物。"

"我就当作这是恭维收下了。"

菲弥洛斯冷笑了一声："真没想到你会成为妖魔王的仆人。"

"我同样没想到你会当人类的走狗。"女妖笑起来，"怎么，你的主人让你来对付我们？他舍得放开你的项圈了？"

"萨西斯，你比别人更了解我的本性。"

女妖飘浮在半空中，碧绿的瞳孔盯着他："我已经说过一次了，菲弥洛斯，你应该回来……"

"你知道契约的力量，这是血盟，用灵魂所下的咒术。"

萨西斯摇摇头："被捆住了翅膀的鹰，你其实还有选择……你如果想要摆脱他，更应该回来……黑暗之神的苏醒无可避免，他早晚都有既定的命运。那个时候你会怎么样呢？"

菲弥洛斯面无表情："他派我来看一看你们在这些地方干了什么。"

女妖摇晃着身体，仿佛很愉快的样子，并且轻轻地展开了手臂："欢迎，让我带你进去……当然了，也许进去以后你不一定能离开。有这个胆量吗，我的朋友？"

菲弥洛斯打了个响指，一簇蓝色的火星从指间迸发出来："你怎么会问出这么愚蠢的问题。"

萨西斯微微一笑，抬起右手，地面茂盛的植物立刻扭曲着枝条向后退去，露出地面的泥沙。这条仅供一人行走的道路一直延伸到不远处的绿色围墙处，那些粗大的蔓藤纷纷移

天幕尽头

位，形成一个黑洞洞的入口。

萨西斯转过身，变成了绿色的光点，向那个入口飞去。

菲弥洛斯伸手摸出之前的那个符文，看着它慢慢地发黑，最终燃烧起来，变成了灰烬。

帝都的凌晨还弥漫着浓重的黑色，朝阳只透出一点点白光，穿不透夜晚残留的乌云。

克里欧猛地从床上坐起来，紧紧地抓着胸口——一股奇怪的灼烧感让他从睡梦中惊醒，就好像有人突然在他的心脏上烫了一下。

他跳下床，来不及穿鞋就跑出了房间。

"甘伯特！赫拉塞姆队长！"克里欧叫着两个旧友的名字，看着他们从各自的房间里走出来。

"哦，感谢万能的凯亚神，你醒过来了。"赫拉塞姆披着外套说，"休息得怎么样，伊士拉先生，从昨天晚上开始你的精神就不太好。"

"谢谢你的关心，赫拉塞姆队长，我稍后再跟您谈那个问题，现在我接到了消息。"游吟诗人看到光头的祭司也急匆匆地跑过来，于是顿了一下，才告诉他们，"菲弥洛斯已经到了第一个禁区红海螺村。"

赫拉塞姆和甘伯特露出欣喜的表情。"这太好了，算是成功了第一步。"甘伯特接着问道，"那么接下来菲弥洛斯先生什么时候会带回确切的消息？"

"等他尽可能多地走进其余的禁区。"克里欧问答,"当他也不能再深入的时候,他就会回来……但是我们不能干等着,昨天晚上的事情赫拉塞姆队长已经告诉你了对吗?"

高等祭司点头说道:"您昨晚和队长在卡顿先生的酒店里遇到了一个巫师,您的反应让人很担心,所以队长就提前将您送回来了。"

"没错,您当时的脸色真可怕,"赫拉塞姆也补充道,"一下子就变得惨白,好像要昏过去。可怜的卡顿以为是他的酒有问题,差点儿把胡子都揪下来。我担心被人看出来,就说你喝醉了,送回了主神殿,然后——"

"然后我一直从昨晚沉睡到现在。"克里欧补充说道,"这正是我想要说的,甘伯特,还有赫拉塞姆队长。昨天那个莱德特斯就是索普和卡顿先生提到过的巫师,我的身体现在对于一些可怕的东西异常地……异常地敏感。我从那个巫师身上感受到了一种特别强大的黑暗力量。"

"巫师们的确比以前强大了很多……"

"不,甘伯特。"克里欧打断了祭司的话,"这是一种跟黑魔法同源但是完全不同的力量,是属于妖魔的力量。"

"等等……"赫拉塞姆队长皱起眉头,"黑魔法和白魔法虽然的确是两种完全不同的力量,但是据我所知,妖魔天生被赋予的黑魔法力量和巫师这样后天灌注的可完全不同啊。"

"的确,"甘伯特也接着补充道,"我们蒙受恩典被赐予白魔法,但是并不能像杜纳西尔姆人那样天生蕴含着白魔法;巫师同样,他们的魔力和妖魔是完全不同的。"

天幕尽头

克里欧点点头："按理说是这样，你们说的都没有错，可我敢肯定的是那种力量至少是在高等妖魔以上的。甘伯特，我的身体现在被妖魔王寄生，对于这种力量的感应是非常敏感的，所以我相信我的判断没有错。"

祭司的脸色变得有些凝重："我明白您的意思了，伊士拉先生，如果是这样的话，昨晚那个巫师会不会本身就是个妖魔呢？有些妖魔的确有变形的能力吧？"

"高等妖魔中有些的确可以模仿人类的外形，但是要长时间维持是不可能的，那个莱德特斯是卡顿先生店里的常客，应该是人类。"

赫拉塞姆长长地吸了一口气："我有种最坏的猜想，伊士拉先生。"

"请说，队长，也许您和我想的一样。"

"但愿我们都想错了。"赫拉塞姆干笑两声，"如果那个巫师身上真的蕴藏着那么大的黑暗力量，而他又是个有血有肉的人类，只能说明妖魔对他动了一些手脚……"

"而更可怕的，是妖魔和某些人类开始合作了。"

克里欧冷冰冰的话让赫拉塞姆和甘伯特都觉得后背发凉，三个人不约而同地陷入了沉默。过了一会儿，甘伯特才咳嗽了一声："如果莱德特斯有这么强大的妖魔力量，为什么在帝都里却没有听说什么大动静呢？"

"或者说是他已经做了而我们并不知道。"克里欧回想道，"在斯塔公国的王城里，我遇到了很多妖魔王'制造'的人类，他们被称为敲钟人，能够召唤妖魔。那么莱德特斯会不会也是敲钟人呢？"

赫拉塞姆猛地一拍手："现在光是猜测太浪费时间了，我们需要把那个家伙逮住好好地调查一下。"

"是的，队长，我们需要进一步了解那个巫师，我们必须知道莱德特斯到底有多大的力量，帝都还有多少巫师跟他一样。但我们不能用蛮力去抓捕他，那太危险，而且容易打草惊蛇。甘伯特，你还记得拟巫咒吗？"

"记得，先生。"祭司回答，"那是您最早教我的白魔法之一，十年前我们曾经以它为线索去追查过吸血蔷薇的案件。"

"现在或许还用得上，但是得改进一下，让它只对我们设定的比较强大的特殊力量有反应，我想你现在的能力已经完全可以做到了。"

"我将尽力而为，先生。"

"越快越好。"

甘伯特想了想："今天晚上我就完成它，先生。"

菲弥洛斯置身于一个绿色的地狱当中，他去过很多原始的密林，他爱那些未经修剪的枝条，但他从来没有想到绿色太多的时候，也会让他厌恶得想吐。

从萨西斯打开的洞口进入红海螺村内部，他看到一个死城。原本由岩石建成的小村落已经完全被绿色的植物所覆盖，它们从地面冒出来，缠绕着每一幢屋子，很多门窗都被撑破了。有些植物开着硕大的花朵，散发着恶臭，还有些像

天幕尽头

蜘蛛丝一样包裹着许多人的尸体，将它们悬挂起来，用藤条慢慢地吸吮着血肉。一些高大的树拱出地面，树冠层层叠叠地遮住了天空，仿佛一个大罩子，将日光隔绝在外面。

在这些低等的植物妖魔中间，还有一些中等妖魔时不时地出现，比如有女人躯体却长着山羊腿和蛇尾巴的娜科。她们在树干和蔓藤后面看着菲弥洛斯发出吃吃的笑声，有些想要靠近，但是当妖魔贵族手上的金色火球发出爆响时，她们又惊叫着躲进了黑暗中。

前方的绿色光点儿又变成了女人的形状，转身对菲弥洛斯摇摇头："你不该吓唬她们，植物都怕火，你知道的。"

"我不喜欢黑乎乎的地方。"菲弥洛斯耸耸肩，"萨西斯，你把这里变成了你的城堡，还搜罗了一群手下……这可不像你。"

"哦，你是说我喜欢待在没有人的地方，慢慢地看着一棵树的成长？"女妖冷冷地笑了笑，"也许我曾经是这样的……但那是几百年前的事情了，菲弥洛斯，这个世界需要改变。"

妖魔贵族冷冷地看着她："我们从来不关心这个世界。"

"原本如此，那是因为这个世界不值得我们关心，但如果黑暗之神苏醒过来就不一样了。那才是我们应该拥有的世界……"萨西斯飘浮到菲弥洛斯的眼前，"你跟人类待得太久了，我的朋友，你被自己欺骗了。"

"别以为你有资格评判我。"菲弥洛斯走过她身边，"妖魔王许诺了你想要的东西，对吗？"

萨西斯眼睛里的绿色变深了，在金色火球的照耀下，好像多了一对瞳孔。

"我说了,真正应该遵从的是黑暗之神的意志,他也将给你你想要的东西。"

"给我说一点儿实在的,萨西斯。"

女妖轻轻摇动着身体,长发和环绕在身边的雾气都飘荡起来,她抬起手,更多延伸向村落中心的蔓藤让开了路,而娜科和其他妖魔溜到这条路的两旁,畏惧地看着他们。

"我说得再多,也不如你亲眼看一看。"她继续向前飘浮过去。

菲弥洛斯跟在她身后,这些纠缠的蔓藤形成了一个甬道,慢慢地变宽。菲弥洛斯发现,越往里走,这些蔓藤上就越加明显地闪烁着荧光。这光线越来越亮,甚至开始将这条甬道照得如同白昼。

在甬道的尽头,一个硕大的漏斗形土坑出现在他眼前,在被绿色植物覆盖的红海螺村中心,这个坑里却连一株野草也看不到。在坑底,一个黄绿色的庞然大物正在不断地蠕动。很难用语言准确地描绘出它的巨大和那可憎的模样。它就好像是一只巨鲸,但是浑身长满了坚硬的鳞甲,尖锐的爪子上每一根指头都长有人手臂一样长的利刃;它的头部则是扁平的,四只眼睛分列两侧;而尾部有一个弯刀一般的钩子。

一些娜科和人形的妖魔正在它身边忙忙碌碌。

这是菲弥洛斯从未见过的妖魔,但是它身上很多东西又似乎让他觉得熟悉,他目不转睛地盯着它,忽然倒吸了一口气:"那加达兽的皮肤,娜科的爪子,魔狼的尾巴……还有

天幕尽头

什么?"

"斯塔尔科芬的眼睛,"萨西斯回答,"另外它的体形相当于五头那加达兽的变种。"

菲弥洛斯盯着萨西斯:"你在制造新的魔兽?"

"不是第一只,也不是最后一只。"

"每个禁区都在干这个?"

"或许有,或许是别的。"

菲弥洛斯忽然笑了笑:"其实也猜得到,黑暗之神需要一支军队。"

"是的,"萨西斯看着土坑里的巨型魔兽,"所以我说你应该回来。"

"这件事不是由你决定的,萨西斯。应该做什么,不应该做什么,这从来不是弥帝玛尔贵族应该使用的说法。"

女妖轻轻地飘到他的身边,用几乎耳语的口气说道:"我了解你,菲弥洛斯,你迷失了自己。你虽然被契约所束缚,但是你也有执着的东西……现在你已经不自由了,回来的话,黑暗之神能够让你回到从前的状态。"

"你在诱惑我吗?"

"菲弥洛斯,那个人类……他早晚都会是黑暗之神的祭品……他的身体是最好的容器,你的契约仍然有效,但是你却已经自由了。"

"实话说,萨西斯,这提议听起来还不坏,但是我不喜欢这儿。"菲弥洛斯挥挥手,"我喜欢看得见阳光的地方。"

女妖的脸色忽然一黑,无数根蔓藤从两边的"墙壁"里射出来，扑向菲弥洛斯。妖魔贵族飞快地一抬手，两道蓝色光刃立刻削断了这一进攻。与此同时，甬道的那一头传来了刺耳的号叫——似乎无数妖魔正在外面聚集、等待。

"你以为在展示了这个地方以后，我还会允许你去通风报信吗？"萨西斯尖锐地笑起来，"菲弥洛斯，你的身体也许可以用来制造更强大的魔兽。"

但是妖魔贵族并没有在意这样的威胁，他转过头来，讥讽地笑道："谁告诉你我要回去？"

隐藏的魔鬼

克里欧坐在甘伯特的房间里,桌子上堆满了古旧的典籍和草药。

虽然已经是高等祭司,但甘伯特的房间和其他人没什么两样,只有简单的桌椅和床具,大概特殊的就是那靠墙的大书柜了,许多主神殿深处的藏书,甚至是皇室的藏书,他都可以借出来翻阅。他靠着这些找到了破译杜纳西尔姆语的线索,基本上读懂了克里欧留给他的那些文字,而且更重要的是,他能够试着改进和自创一些白魔法。

"拟巫咒是一种模仿咒语,虽然可以制造出黑魔法的效果,但是毕竟是立足于白魔法的,所以表层的伪装最重要,我看到黑牛血做辅助的例子,似乎可以起到很好的效果……"甘伯特向克里欧拿出了一个小瓶子,里面装着黏稠的血浆。在面对着教导过自己的老师时,高等祭司还是会有一点表现的欲望。

但是游吟诗人似乎没有觉察到他的心思，只是笑了笑，眼神有些游移不定。

甘伯特把那小瓶子收回来，试探着问道："您的精神不好，伊士拉先生。是因为莱德特斯的影响休息不好吗？"

克里欧摇摇头："很抱歉，我刚才是有些走神。"

甘伯特看着他手中翻开的卷轴，那上面画着几个字符，是关于远距离传信一类的。

"菲弥洛斯先生那边还没有消息传回来吗？我是说除了那天他告诉您已经进入了第一个禁区。"

"嗯，没有。"克里欧合上了卷轴，"不过不用担心，菲弥洛斯能够应付，他是妖魔贵族，仅次于妖魔王，如果真的有什么发现，他会想办法告诉我们的。"

尽管这么说，甘伯特觉得始终没有什么消息传回来，就会在猜测中产生很多疑虑。这滋味不好受。他换了个话题："对了，伊士拉先生，我在想这次的行动也许您不必亲自到场……"

"请别担心，"克里欧笑了笑，"那天晚上在卡顿先生的酒馆里我是反应太大了，但那是在没有准备的情况下。只需要用一点白魔法的力量压制住我体内的……东西，就不会有太大的问题。"

即便是本身没有魔法，但克里欧仍然是对妖魔和巫术了解得最多的人。

甘伯特也并不是下定主意要拒绝克里欧，因为今天他将

天幕尽头

实施的是平生最危险的一次魔法，构筑一个陷阱来诱捕一名蕴含着强大法力的巫师——而且这巫师体内很可能还藏有妖魔的力量。虽然克里欧不能施法，并且体内的力量也不稳定，但甘伯特仍然觉得他如果真的在现场，或许能给他一些支持。

"说不定我能给您在附近找个安全的地方。"高等祭司想了想，"可以让您观察，但有足够的距离让黑魔法不至于影响到您。"

"谢谢，"游吟诗人不无感激地说，"你可以给我一个不那么强烈的封印咒，只是预防我身体的反应过激。"

这倒是一个不错的提议，甘伯特来到他身边，双手圈出一个光轮的模样，低沉地唱起了咒语，一个小小的光圈从他手中诞生，然后移动到克里欧身上。克里欧感觉到一阵尖锐的刺痛，那光圈便融入了他的胸口，接着就无影无踪。

"好了，先生，对不起，这不太舒服。"

"相信我，这跟我曾经历过的相比简直不值一提。"克里欧宽慰祭司，"如果可以的话，也许你现在能展示一下牛血加入拟巫咒的效果。"

天色很快就暗淡下来了，甘伯特将全部计划又向克里欧叙述了一遍。当他们说完的时候，赫拉塞姆队长正好走进来。

"全安排妥当了！"他用洪亮的声音嚷嚷，"卡顿先生的新麦酒广告已经贴出去了，莱德特斯那个酒鬼晚上就会来，卡顿先生许诺了他最后一罐。十个僧兵全部装成客人的模样，不会再允许其他人进来。"

"干得好,"甘伯特兴奋地说,"今晚必须要一次成功。"

克里欧为他们热烈的模样感到高兴,但只能露出一点微笑——他很难表现得更加积极,如果菲弥洛斯能在他身边,他或许会对这次行动的预期结果更加乐观。

天色逐渐暗淡,不断地有僧兵来到甘伯特的房间,向他报告一些事情。等到比特尼尔走进来向甘伯特说几句以后,高等祭司站起来:"该出发了。"

克里欧和祭司们一起来到了卡顿先生的"雪山"酒馆。甘伯特换上了行脚商的衣服,带着三个乔装的僧兵进去了。而赫拉塞姆则和另外一些人装作流浪汉靠在旁边的墙根下,作为预备队。

克里欧和比特尼尔在酒馆对面的小旅店里订了一个房间,可以从窗户里遥望酒馆,甚至听得见有些醉汉哈哈大笑的声音。

"伊士拉先生……"比特尼尔恭敬地拿出了一块白垩,"甘伯特大人说需要在您周围再布一层隐身的咒语。"

"哦,当然。"游吟诗人没有拒绝,"这样很好,他是个细心的人。"

比特尼尔在克里欧身边画出弯弯曲曲的符号,克里欧能认出那是一个空间禁咒,虽然微弱,但是能将这个屋子暂时隔离在整个大环境之外。无论是外部的魔法力量,还是他体内沉睡的妖魔之力,一段时间内都不会相互影响。

天幕尽头

"你画得很熟练，比特尼尔，这十年来你一定学了不少东西。"游吟诗人称赞道。

青年祭司的脸庞有些微微发红，少年时的青涩在这些岁月里仍然保留了许多："谢谢。甘伯特大人教了我一些，不过还不够，我是说，其实我想当僧兵……"

克里欧明白他的意思，但也知道甘伯特保留着小小的私心——并不愿意弟弟真的走上残酷的战场，至少在主神殿能稍微安全一点儿。

比特尼尔很快完成了他的工作，把白垩收起来，推开窗户。

这时，那穿黑袍的巫师莱德特斯正进入雪山酒馆。他驼着背，秃头锃亮，还是一副可憎的模样，浓郁的酒香味引得他红通通的鼻子使劲抽动，看起来已经馋涎欲滴了。

克里欧看见他三步并作两步闯进酒馆，然后找了张最近的桌子坐下就开始要酒。按照事先安排，卡顿先生在酒里会加入少量的牛血，然后这一罐子麦酒会在甘伯特的拟巫咒下变成一个激发魔力的导火索，令莱德特斯体内所隐藏的黑暗力量有一瞬间完全暴露。这会让甘伯特和克里欧分辨出他那种奇异的黑暗力量是否真的跟妖魔毫无区别。

莱德特斯喝得非常欢快，他叫了许多下酒菜，并且又点了一罐大麦酒。

或许他喝得太舒服，以至于没有注意到周围的食客正一个个地离开，卡顿告诉他们酒已经卖光了，菜也没有了，很快就会打烊。夜越来越深，最终剩下的就只有莱德特斯，还有甘伯特和他的十个僧兵。在外面的街道上，赫拉塞姆队长也吩咐他的人开始阻止行人通过。一切都悄悄地进入了关键的时刻。

克里欧开始感觉到了一种变化，即便是空间禁咒存在，他也能知道，就好像隔着玻璃看得见风吹动树叶一样。那是甘伯特开始在念咒了，僧兵们正起身分布开，手中握着被白魔法祝福过的武器。卡顿先生在上完最后一道菜后，就带着太太躲进了厨房，把大厅留给了巫师和祭司。

莱德特斯有些醉醺醺的，看上去就像一个普通的沉湎在美酒中的闲汉，但渐渐的，他开始有了一点儿变化——

他的身体忽然坐直了，就好像从来没有驼背过，虚弱无力的双手也扔掉了酒杯，用力撑在桌沿上。他在颤抖，似乎有什么东西让他变得很不舒服。

"开始了吗？"比特尼尔紧张地交握着双手，"那个巫师看起来很奇怪。"

是的，即使隔了一段距离，克里欧也能轻易看到莱德特斯那通红的脸。他的表情也像是清醒过来了，开始注意到周围那几个充满了戒备的人。

克里欧听不到莱德特斯对僧兵们吼了什么，但是能确定他已经发现自己中了圈套。他的样子很愤怒，狂乱地挥舞着双手。一股灰色的雾气从他的嘴里冒出来，后来连同他的身体也被这样的雾气所笼罩了。

僧兵们变得更加警惕，而甘伯特走到了最前面。他的双手放在胸前，捧着一团黑雾，嘴巴里不断地念着咒语。

天幕尽头

莱德特斯很快发现了是谁在对付他，他向甘伯特扑过去，但是僧兵们突然交叉扔出了锁链，将他的身体限制在了一个狭窄的范围。

这更加激怒了他，他仍然朝着甘伯特的方向奋力地伸出手去，但锁链的力量让他难以更进一步。灰色的雾气更多地冒出来，开始慢慢变黑。所有人都看见这个巫师伸出去的手发生了变化——他的手指变得更长，皮肤变得更硬，布满了长毛和斑纹，指甲也变得锐利，整个儿就好像是野兽的爪子，这变化一直延续到他的肘部，他的脸也膨胀了一些，依稀能看到兽类一般的纹路。

克里欧呼吸急促，死死盯着莱德特斯，一旁的比特尼尔惊叫道："伟大的凯亚神啊，那个人兽化了……是变形巫师吗？"

"不，"克里欧从喉咙深处发出了呻吟，"这是妖魔之力被催发了，这种斑纹属于魔狼……快告诉甘伯特，他要小心。"

比特尼尔有些无措："可、可是现在我们没法去……"

"赶快……"克里欧大声地催促，"否则就来不及了！"

比特尼尔仍然犹豫地看了看地上的白垩符咒，不知道该怎么做。

"去吧，"克里欧向他保证，"我不会走出这里的。或者你告诉赫拉塞姆队长，这很重要！"

比特尼尔终于点点头，转身跑出了旅馆。径直来到赫拉塞姆隐藏的角落。

克里欧恨不得能立刻冲向酒馆，但是他知道如果迈出这个结界圈子,那么自己一定会伸手抓住那个巫师,不顾一切把他吞下肚子。

此刻甘伯特的拟巫咒效力已经到达了顶峰,莱德特斯的四肢和面部呈现出更多魔狼的特征,他变得更加狂躁,而控制着锁链的僧兵们也开始支撑不住。克里欧能看到锁链绷得越来越紧,似乎很快就会断裂。

"够了,够了……"他紧紧地握着拳头,"现在该松一松,给他一个逃走的机会。"

但是甘伯特并没有停止,莱德特斯像被鼓风机吹胀了似的,一条锁链终于被挣断了,巫师像野兽一样扑倒了甘伯特。

僧兵们一拥而上,用锁链缠在他身上拼命拖开他,但是那已经变成黑色的雾气仿佛有意识一样缠上了他们。僧兵们发出惨叫,锁链也断成了碎片。

莱德特斯似乎也不愿意再缠斗,他恨恨地吼了一声,从窗口跳了出来。

埋伏在街上的僧兵和赫拉塞姆的士兵都冲出来,将这个兽化的巫师团团围住。甘伯特也冲到了外面,着急地大叫:"活捉他,我们需要他!"

僧兵们开始吟诵咒语,这次不再是拟巫咒,而是白魔法。他们开始尝试抑制这个发狂的巫师,但这显然很吃力,那些黑雾似乎有腐蚀的效果,没有人能够接近他。

克里欧终于忍不住将身体探出旅馆的窗户,冲着甘伯特大声地喊道:"凯亚明灯,把凯亚明灯和束缚咒结合起来用!"

只是这一瞬间离开了白垩结界,克里欧就感觉到一股强

天幕尽头

大的力量吸引着他，就好像他之前才吃下去的晚饭都消失了，或者说整整三天都没吃任何东西。他饿得要命，而那丑恶的巫师就是最好的美味佳肴。

克里欧用尽全身力气往后退了一步，重新回到结界里，那种饥饿感立刻烟消云散，就仿佛从未有过，只剩下他背后汗湿的一小块衣服。

他的冒险起到了作用，甘伯特立刻明白该怎么做——聪明的高等祭司命令僧兵们改变了攻势，也立刻变换了手势，制造出一个光芒耀眼的凯亚明灯。这光线很快把周围照得亮如白昼，而莱德特斯身上的黑雾也被驱散了，他发出痛苦的呻吟，倒在了地上。几乎与此同时，所有的僧兵开始吟唱束缚咒，锁链发出白光，蛇行到巫师身旁，很快缠上他，把他捆了个结实。

克里欧绷紧的肌肉终于放松了，他坐下来，开始思考一个问题：妖魔果然灌注了力量到巫师体内，将妖魔和人类进行混种这样的事情，简直是最疯狂的念头，而且必须是巫术和妖力都具备一定水准的人才能够实施。

难道这样做的是妖魔王吗？

克里欧摇摇头，他很快就否定了这个猜想，他不知道这些巫师到底是何时开始存在于大陆上，也无法判断他们到底有多少，最终的目的是什么。

他现在最应该和甘伯特谈一谈的，是关于这样隐藏的混种的魔鬼会造成多大的隐患。这种情况下他也特别希望菲弥洛斯能在身边，他相信如果妖魔贵族知道不同的种族力量竟然能融合，一定也会非常吃惊的。

在红海螺村的绿色禁区中，树根密密麻麻地纠缠在一起。

菲弥洛斯的话让萨西斯稍微愣了一下，随即笑了笑。她的身体飘浮到一丛植物跟前，扬起手，有两条树根缓缓地拱起来，形成了一个门，门中发出混沌一般的绿光。

"这是通往阿尔拉吉提行省的米拉堡的通道，"萨西斯用手点了一下门口，那绿光便泛着涟漪散去，只剩下沉沉的黑色，"那地方我不喜欢，不能给你当向导了。"

菲弥洛斯笑了笑，却没动："你给我打开一扇什么都看不见的门，告诉我那是我想去的地方，然后我就会乖乖地走进去？"

"你可以选择变成鹰，再飞三天的路程，到达你的目的地。"女妖毫不介意，"但我给你提供的不是方便，而是信任。"

"这个词出现在你的嘴巴里真是讽刺。"菲弥洛斯摇摇头，"弥帝玛尔贵族之间永远不需要那种东西，我们原本就不会有握手的机会。"

女妖笑起来："但你有回来的意思，就需要让我们放心。"

菲弥洛斯朝着那扇门走过去，在手指上打燃一簇金色的火苗："没错，不过别忘了，我同样需要。"

他跨进了那扇门，黑暗就像黏稠的胶质一样将他包裹起来，很快，他整个身体就消失在了门里面。

天幕尽头

　　萨西斯祖母绿一般的眼睛看着门里渐渐恢复成绿色，轻轻地抬起手，于是树根驯服地平展下去，恢复了原本的样子。她揉动双手，一团黑雾慢慢地产生，然后变成了乌鸦，接着展开翅膀飞起来，植物们裂开了一条缝隙，让那团影子冲出密不透风的城堡，向着南边飞去……

　　菲弥洛斯在黑暗中并没有待得太久，他仿佛闭着眼睛穿越了一道冰墙，彻骨的寒冷和死寂过后，有一阵风吹到了他的脸上。

　　他睁开眼睛，看到一座干净整洁的小镇——小巷很窄，铺着方形的石板，所有的房屋都是灰白色的岩石建造，长青的攀爬植物围绕在外墙上，褐色的手工桌椅摆在阳台外，颜色鲜艳的窗帘随着微风轻轻摆动。

　　这里没有一只妖魔来过的痕迹……也没有一个人。

黑暗中的线头

菲弥洛斯已经很久没有看到过这样的小镇。自从他们回到地面，到处都是妖魔带来的恐惧和荒凉，人类的领域被妖魔们侵占，开始向大城市集中，很多村落和镇子都不复存在。而现在，这里好像跟从前没两样。

从那些旅馆的招牌上，菲弥洛斯看到了"米拉堡欢迎您"的字样，上面还画着阿尔拉吉提行省特有的紫色桔梗花。

妖魔贵族冷笑了一声，挥动左手，一道蓝色的光刃将那个招牌砍成了两段。

"够了！"他走到镇子的小广场上，提高了声音说道，"别躲躲藏藏，快出来吧，你们应该对客人表示一点尊重。"

仿佛是对他的回应。渐渐地，这安静的城镇里刮起了一些微风，它们发出嗡嗡的声音，从空荡荡的街道和房屋中间穿过，朝着菲弥洛斯所站立的方向聚集。它们不再是无形的，开始在空气中显露出一团灰色，越来越浓，最后变成了黑色。

"梦魇虫……"

菲弥洛斯认出了这由无数微小妖魔汇集起来的实体，梦魇虫是从来没有被封印过的妖魔，因为它们实在太细小了，而且也没有什么能耐，只不过像蚊子一样在夜晚爬进人的耳朵里，以人类的噩梦为食。但菲弥洛斯从来没有见过这么多的梦魇虫，或许有几万只，甚至十几万只。

菲弥洛斯对于这样的景象感到厌恶，他向面前的黑雾扔出了一团火球，听到一阵嗞嗞声，还伴随着焦臭味。

"小心。"一个矮小的人影突然悄悄地出现在地面，向菲弥洛斯喊了一声。他的体形像个孩子，但相貌又异常丑恶，皮肤惨白起皱，没有牙齿的嘴瘪着，五官扁平，而交握在一起的双手没有指头，只是几个吸管。这个妖魔慢吞吞地向菲弥洛斯走来，盯着那个熄灭的火球，似乎有点畏惧。

"尊敬的阁下，请仁慈一点，我们只是无名小卒。"他谄笑着对菲弥洛斯鞠躬，"我们培养这些小东西花了很多精力，请饶过它们吧。"接着他发出了一阵低沉的呼吸声，那些梦魇虫就像听到哨声的狗一样变成一个球形躲到了他的背后。

菲弥洛斯低头看着这个妖魔："你是比达？叫什么名字？"

"杜麦尔，阁下，您顺服的仆人。"

菲弥洛斯明白了为什么萨西斯不喜欢这个禁区，这里有水魔比达，一种吸吮植物体液的妖魔，但它们饿极了的时候也会吃荤。然而他不知道的是水魔居然可以驾驭这些最低等的梦魇虫。

"你要它们做什么，杜麦尔？"

水魔的吸管手在胸前交握，笑着说："只是一点小小的技巧，阁下，现在我们都在做自己能做的事情，为了我们共同的主人。"

"主人？"妖魔贵族冷冷地重复。

水魔连忙低下头："请原谅我的愚蠢，阁下，弥帝玛尔贵族是不需要主人的。呃……不过我听说也有例外。"

他浑黄而突出的眼睛不怀好意地瞄了菲弥洛斯一下，随即又谦恭地低下头。

菲弥洛斯突然伸出手，一把抓住这个比达的脖子，将他提了起来。水魔的软足从袍子下露出来，在半空中乱摆。"别跟我胡扯，你这恶心的卵蛋，老实告诉我你要那些小爬虫做什么？谁让你学会这一招的？"妖魔贵族的手变得越来越烫，吓得比达开始扭动身体，他那惨白的皱皮呈现出焦痕。

"我会……我会告诉您的，请、请放了我……放过我！求求您！"

菲弥洛斯把这只比达重重地扔在地上，那些梦魇虫也被吓得散开了一些，但立刻又缩得更密集了。

比达摸了摸脖子，惊魂未定地趴在地上。

菲弥洛斯又踢了踢他的头，笑起来："杜麦尔，用你灌了水的脑子想想，我是从红海螺村过来的，萨西斯给我打开了通道。你还想自作聪明吗？"

"对不起，对不起。"比达赶紧点头，"阁下，我们只是在

天幕尽头

这里做一点不值一提的小创作,就是关于梦魇虫的,我们让它们的胃口发生了一点小小的改变……"

比达一边说,一边伸长了一只软足,慢慢爬进了最近的一扇窗户,然后拖出了一具尸体。"实际上他没死,"水魔阴险地笑起来,"我们用了一点儿麻醉的手段,这会影响口感,不过小家伙们从不介意这个。"

那具"尸体"的胸口微微起伏,似乎在验证他说的话。

比达干瘪的嘴鼓起来,发出一种含糊的呼噜般的声音,缩成一团的梦魇虫们听到了号令,它们猛地散开,扑向那昏迷的人,像一床黑色的裹尸布严严实实地将他包裹起来。人类发出了一阵呻吟,形体突然开始缩小了。

菲弥洛斯终于看清楚了,那些梦魇虫正在吞噬这个人的肉体,它们吃得很快,一滴血也没有浪费,甚至连骨头都吞下去了。

菲弥洛斯明白了米拉堡为什么会如此"干净"。

"你们躲在这里就养虫子吗?"

"并不值得骄傲,我们很明白,阁下,但这事儿的确卓有成效。"比达谦卑的口气里也掩盖不住得意。

就在他们谈话的时候,那个人已经被彻底地吃光了,而梦魇虫的体积并没有增大,只是分裂出了更多的数量。

菲弥洛斯盯着它们:"让我看看你们的成效,杜麦尔,说不定会吓我一跳。"

"那将是对我们最大的夸奖。"水魔又躬下了身子,发出尖锐的嗯哨。整个小镇中传来了大大小小的应和声,接着一个个同样矮小、丑恶的水魔从地面的阴影中冒出来，而跟随它们的是更多的梦魇虫。它们慢吞吞地向这边走过来，而密密麻麻的梦魇虫就像乌云一样在地面上投射出一片黑影。

"我得说声了不起，"菲弥洛斯向他鼓掌，"不过我知道这可不是你这样的低等爬虫能办到的，告诉我是谁教会了你？还有你们……"

杜麦尔磔磔地笑道："不，阁下，这个答案我们不被允许说出来……但是您既然回到这边，总有人要见您。不在米拉堡，或许是别的地方。"

"只把你们丢在米拉堡？那位老师真是冷酷。"

"我们只是暂时待在这里，我们在等待，阁下，也许您也是。"

菲弥洛斯明白他话里的意思，也知道自己必须去下一个禁区。

克里欧走进了主神殿的地下室。

这其实是八个地下室之一，位于供奉海洋之神努尔多的偏殿下，当初建造的时候就是设计为牢房的——关押那些有别于人类的囚犯。但真正关押妖魔的时间几乎是没有的，它们更像是一种象征。

现在它终于有了客人，尽管这客人不怎么友好。

克里欧从暗门后的阶梯一直往下走，隐约听到了阵阵怒吼，那是莱德特斯的声音，一会儿是人类的脏话，一会儿是

天幕尽头

狼一般的号叫。当这声音变得越来越清晰的时候，克里欧已经走到了牢房的最深处。

"这里比我想象的宽敞。"游吟诗人对坐在牢房外的那几个人打了声招呼。

甘伯特和赫拉塞姆队长站起身来，向他问好。

"他怎么样？"克里欧问甘伯特，朝着牢房门口偏了偏头。

那是用钢铁和石块砌成的一扇大门，门上只有很小的窗口，并且用钢条横竖相间地连成了网格，白色的颜料在门上画出了一个魔法阵，隔绝了他强大的妖魔力量。而莱德特斯的叫声从里头不断地传出来，这让守在门口的两个僧兵脸上露出了厌恶的神情。

"用净化魔法也没有办法压制他。"甘伯特皱着眉头，"现在他的半兽化状态无法消除，我们不能审问。"

"我觉得他在装疯卖傻。"赫拉塞姆毫不客气地说，"这家伙绝对比他表现的要聪明。"

克里欧走过去朝牢房里看了一眼：一盏小小的凯亚明灯悬挂在天花板上，墙壁和地面都有散发着荧光的符文。他认得出那些都是压制巫术的阵法。有些已经被修改过了，看得出还有削弱妖魔力量的作用，这应该是甘伯特或者是其他祭司的创造。

莱德特斯就坐在这些魔法阵的最中间，四肢和脖子上都被铁链锁着，除了身体仍然是原样，头和手脚都已经覆盖了浓密的毛，嘴巴也突出来，能看见獠牙。他很焦躁，不断地摇晃着脑袋，发出号叫。

克里欧转头对甘伯特说:"也许你该试试对付魔狼的咒语,在凯亚明灯下的帮助下,那个咒语可以很快地使魔物退化。"

甘伯特的眼睛亮了一下:"好主意,伊士拉先生!"

他很快让门口的两个僧兵打开了大门,一股黑暗的力量让克里欧感觉到嗓子发痒,他连忙后退了几步。

而莱德特斯注意到门口的动静,他鼓起眼睛,死死地盯着甘伯特,喉咙里发出低沉的威胁声。

但高等祭司并不害怕,他站在莱德特斯不远处,双手做出光轮的形状,开始吟唱另一条咒语。

当他悦耳的声音一响起来,莱德特斯的咆哮突然停止了。这个巫师变得有些畏缩,他很快就开始捂着耳朵往后退,甚至想把身体蜷缩起来,但是凯亚明灯光照耀着整个牢房,没有一丝死角。

莱德特斯痛苦地翻滚、呻吟,甚至想积蓄力量攻击甘伯特,但是他的劲儿越来越小,那些獠牙、利爪和兽毛一起慢慢地褪去,变回了人的模样。

莱德特斯大汗淋漓,仿佛死过一次。

甘伯特命令僧兵们将他从锁链上解开,拖到了一个坚固的木制刑架前绑起来。

"好了,"赫拉塞姆大笑道,"至少我们现在能面对面地说话了。"

莱德特斯抬起头,狠狠地瞪了他一眼,又转向其他人,他准确地找到了甘伯特,冲他冷笑:"干得好啊,祭司大

天幕尽头

人……我猜你不一定有这么聪明，对吗？"

甘伯特板着脸："伊士拉先生知道对付你这种人的方法，如果你还可以说是人的话。你身上的黑魔法和妖魔力量融合了，是怎么办到的？"

莱德特斯又笑起来："这是强大的魔法，你永远不会明白，也永远不会拥有。"

"凯亚神保佑我永远不会变成你这样的怪物，"甘伯特厌恶地看着他，"你怎么会得到妖魔的力量？"

莱德特斯的脸突然变红了，眼睛放出光芒。"我是被选中的！"他仰起脖子大叫，"你们这些蠢货，不是每个人都能与妖魔的强大魔力融合！巫术再强大也没用……我是被选中的！"

克里欧来到他跟前，仔细地打量他："你的确不一样，莱德特斯，我能感觉到你的力量，这在其他巫师身上没有。"

莱德特斯戒备地看着他。

"但是，莱德特斯，你不是天生就有这样的体质，有人帮了你，是吗？"

巫师磔磔地怪笑："那是因为我值得……他选中了我，他是最伟大的巫师……能被选中是至高无上的荣誉……你们永远不懂，这是创造生命。"

"真是冥顽不灵，"赫拉塞姆烦恼地挠了挠头，"不如让我跟他玩一会儿，两位，这些年我倒是学了很多问出真话的技巧。"

但克里欧却没有回答，甘伯特和赫拉塞姆发现他的脸色忽然变了。

甘伯特问:"伊士拉先生,怎么了?"

游吟诗人的目光在他们两个人脸上流连了一会儿,低声说:"还记得夏弥尔·菲斯特吗?"

甘伯特和赫拉塞姆流露出迷惑的神情。克里欧知道他们想起来了。

"十年前,我们在前往魔鬼海的途中救起来的少年,他说他叫夏弥尔,还记得吗?在第十层圣殿中,他起了关键作用。"

"是啊!"赫拉塞姆队长叫起来,"那家伙!但是,伊士拉先生,最后我们都在昏迷中,没有看到他暴露身份的那一段……"

"后来的事情都是您跟我们谈起来才知道的。"甘伯特补充道,"但是这和莱德特斯的异变有关系吗?"

"创造肉傀儡的巫术在本质上是重塑生命,要把妖魔之力与人的肉体结合起来也需要改变生命的定律。"

甘伯特脸色发白:"如果是这样的话……那操纵夏弥尔的巫师和改造莱德特斯的是同一个?"

"夏弥尔那种肉傀儡能够在短时间内对抗妖魔王,而改造莱德特斯是黑暗魔法和妖魔力量。这两者都需要近乎神话的强大巫术,我很难想象在这片大陆上有两个这样的人同时存在。"

克里欧的话让甘伯特和赫拉塞姆都陷入了沉思,而莱德特斯则在一旁发出令人憎恶的笑声。"等着吧……你们这些爬

天幕尽头

虫……"他嘲弄地晃着头,"当黑暗之神苏醒,你们将跪着求我……一切都已经准备好了,该醒来的都醒来了,你们等着吧,等着吧……嘿嘿嘿嘿……"

他嘶哑的声音如同肉虫一样让人背后发麻,甘伯特厌恶地转过身:"伊士拉先生,我们上去谈吧,让他先待在这里冷静一下。"

游吟诗人认为这是个好主意,至少他再次变化的时候,自己受到的影响会小一些。

三个人重新回到了地面,此刻东方的天空正慢慢地亮起来,又一个黎明来到了。但是乌云仍然沉甸甸地压在他们头顶,并且越来越重,似乎随时都会从云层里砸下暴雨。阳光可怜兮兮地在乌云的边缘勾勒出一条金线,脆弱得好像马上就会断掉。

"您应该多休息一会儿。"甘伯特对克里欧说,"接下来会是一个很长的审讯过程,我们需要尽快找到莱德特斯背后的操纵者。"

"没错,听起来那样的杂种还不止一个,这可真不妙。"赫拉塞姆队长咬牙切齿地说。

克里欧抱着双臂,仿佛感觉到了清晨的寒意:"我有个猜测,只是猜测,先生们,我觉得我们要找的应该也是一个巫师,他很强大,并且一直隐藏自己的力量。现在他不会再躲着了,或者说他知道不能再躲下去了,到了应该出现的时候……他可能就在萨克城。"

甘伯特和赫拉塞姆有些吃惊,但也很快明白了他这么说的原因。"

"最开始出现巫术的地方就是萨克城，我跟随伊士拉先生发现过端倪，但是线索很快就断了。"甘伯特回忆道，"我们是从萨克城出发的，我们'救了'夏弥尔是在离开萨克城以后……后来巫师开始大量出现，甚至在萨克城也很多，但是像莱德特斯这样有妖魔力量的，还从来没有发现过……您怀疑背后的操纵者就在这里，的确是很有可能的。"

克里欧打了个寒战，他忽然问道："我是不是还没有给你们详细说过科纳特大公，不，是杜克苏阿亲王的死亡细节，对吗？"

甘伯特和赫拉塞姆队长诧异地看着他，还不明白他的意思，但克里欧知道，敲钟人的秘密和莱德特斯身上的秘密，已经联系起来了。他或许已经握住了一个关键的线头，必须摸索着寻找更黑暗处的怪物。他感受到了从未有过的心悸，他不知道是因为预感这即将揭开的秘密有多可怕，还是因为对莱德特斯的威胁信以为真，可以想到将会有难以想象的暴风雨来临……

全面侵袭

大雨倾盆而下,密密麻麻地织成了一张铺天盖地的网,没有任何东西躲得过它。乌云被风推着不断移动,沉闷的雷声在云层中翻滚着。偶尔有一两道闪电照亮了这漆黑的天空,看得见一只鹰用力扇动双翅,穿过雨幕。

菲弥洛斯正在往西南的方向飞,他刚刚离开了苏敏那公国的齐尔卡拉村,或者说他其实根本没有进入过。

在阿尔拉吉提行省的米拉堡中见到了水魔比达和它们培育的无数食肉梦魇虫之后,菲弥洛斯已经猜测到了这些禁区所存在的目的。杜麦尔在暗示他这一切都是早有计划的,妖魔的改造——无论是杂交出巨大的新怪物还是改变梦魇虫的习性——以前从来没有过,创造新生命一直是凯亚神的工作,而妖魔们所能做的是毁灭,它们没想过这个。但菲弥洛斯在齐尔卡拉村上空掠过的时候,他再次肯定了妖魔们真的在做它们从来没做过的事情。

在那个丘陵环绕的小村中,有许多巨大的巢穴,它们密密麻麻地聚集在中央盆地内,就像无数的蚁巢,白花花的肉虫巴斯杰特在中间爬行,不断吐出红色的丝线包裹着另外一种大型妖魔。它们仿佛是一群保姆,正在呵护着巢穴中的新生命。

当菲弥洛斯掠过它们头顶的时候,巴斯杰特们纷纷仰起头来,触角乱晃,作为口部的肉洞喷出红色的雾气。

菲弥洛斯恶心得不愿意再停留,他不必去探查也知道它们正在制造另外的变种妖魔,或许正是用这村子里的人类做饲料。

让没有智慧的低等妖魔巴斯杰特做出这样有群体目的性的行为,更加验证了水魔杜麦尔向他透露的信息——的确是有谁在教导它们。

于是菲弥洛斯没有耽搁,向着最后一个禁区——费拉米斯公国的绿风城飞去。

他没有向克里欧传回消息,尽管他身上还带着一些符文。他不知道克里欧那边的情况怎么样了,在临行前游吟诗人只期望他能够传送回消息,把僧侣们提供的联络的符文全部给了他。菲弥洛斯不清楚克里欧的想法,只能认为那个人是想知道他在做什么,这说不清是因为克里欧完全不担心他,还是本身就完全不相信他。

可是无论怎样菲弥洛斯也没有想过要燃烧符文,他愚蠢地做了明明最不恰当的决定:不断地朝着秘密的中心前进。

天幕尽头

　　大概这是因为他太久太久没有一个人走这么远的路，即便知道这种自由是一个假象，他仍然愿意享受片刻……

　　黑夜像是永远不会过去，越往西就越深重，虽然雨势减小了，但空气中却有了更多的寒意。菲弥洛斯嗅到了一股熟悉的气味，这味道越来越浓烈，很快就让他明白自己要找的地方到了。

　　绿风城，这个地方的得名是因为整年从西北吹来的大风，它们刮到城外的树林后，变成了和煦的微风，轻柔地灌进城镇中，无论是酷暑还是寒冬，都有着很清新的空气。

　　但是现在这里已经不是人类所喜爱的居住地了，当菲弥洛斯远远地看到那大片枯死的树林，寒风毫无遮蔽地掠过整个城市时，他知道只有一种妖魔喜欢这里。

　　狂风呼啸的半空中，有许多飞翔的妖魔：有些长着人的身体和脑袋，但双手是巨大的翅膀，双腿是鹰爪，有些是蝙蝠一样的体形，伸出刺一般的尖嘴。这些是袭击过阿卡罗亚的赛克希尔和食脑兽。而菲弥洛斯知道，它们的存在就意味着还有更加强大的统治者在这里——

　　费德格斯，他的母族。

　　大风吹散了乌云，圆月渐渐地显露出身形，同时也照亮了天空。菲弥洛斯看到几十只赛克希尔向着自己飞来，它们发现了他。但是它们并没有表现出攻击的意图，只是在距离不远的地方停下来，扇动着翅膀。

　　弥帝玛尔贵族的气息对于低阶的妖魔有着近似于妖魔王一般的威慑力，它们微微地低下头，显露出尊重的意思却又毫不后退。

菲弥洛斯在心底冷笑了一声，忽然降下身体，盘旋了一周，然后向着黑漆漆的绿风城俯冲过去……

帝都萨克城正迎来一个黎明，温暖、美丽，有着一如既往的金色朝阳，但海上却起了少见的大雾。这雾气遮住了一些阳光，让光明来得有些艰难。海风把雾气推向岸边的时候，早起的渔民和船员都忍不住抱怨那冰冷、潮湿的触感。

克里欧还感觉不到这一阵反常的雾气，主神殿在距离岸边很远的内陆，而在凯亚神的圣地很少有雾气的进犯。但他依然睡得不好，很早就起来了，靠在窗边看着太阳一点点升起来。

这是他从囚禁莱德特斯的地牢中走出来的第四天，也是他最近睡得最少的一天。

审问捕获的巫师主要由甘伯特和赫拉塞姆队长负责，他们想要知道如同他那样的"杂种"究竟有多少，藏在哪儿，更重要的是想做什么。而克里欧敏感的身体成为了危险的不稳定因素，这个时候他不出现在地牢反而会好些。于是克里欧突然就成为了主神殿中最"悠闲"的人。

在这样的间隙，他也曾经走到另外一个地牢的外围——寄生在蝙蝠身体里的图鲁斯坎米亚被光轮和凯亚明灯压制在神殿地下，祭司们不分昼夜地轮班咏唱着咒语。但当克里欧远远地隔着人墙远望时，却总感觉那蝙蝠细小的眼睛发出的

天幕尽头

红光穿透了中间的所有障碍，死死地盯着他。

这让他浑身发冷，不想再去了，而且他更加肯定这暂时被封印的妖魔王可能会是帝都里一个很大的威胁。

原本他以为制造夏弥尔的巫师即便藏在暗处，也可能是人类的帮手，但莱德特斯的出现让他开始怀疑自己之前的猜测是不是过于乐观了。

有太多的事情涌进克里欧的脑子里，当他一个人的时候就会从头到尾地整理所能想到的事情，发现有太多的线索纠缠在一起，而能有所帮助的是那五个禁区中所隐藏的秘密……最终他就更加的焦虑，因为菲弥洛斯已经很久没有任何消息传回来。

赫拉塞姆队长曾经在一次午饭的时候提出过不中听的问题：让一个一直想要自由的妖魔贵族回到妖魔聚居地，会不会是一场冒险？

"我和菲弥洛斯之间有血盟。"克里欧强调，"这比任何契约都更加牢不可破。"

而他自己也知道越是如此，菲弥洛斯越是难以完全臣服。

克里欧不愿意去想任何让他担忧的可能，只是等待得越久便让他越来越焦虑。

主神殿的钟声传来，预示着萨克城正式苏醒了，克里欧看到甘伯特正在快步走来。

连续的审问让年轻的祭司显露出疲惫，但又带着这些天来少见的欣喜。克里欧预感到他终于有了一点突破——

"那家伙还是在嘴硬，但是泄露了一些信息，我想我们现在应该有一个大面积的行动。"甘伯特对克里欧说。

游吟诗人为他倒了一杯水,把自己的早餐推到他面前:"边吃边说,昨晚又没睡吧?"

"还好有所收获。"祭司咽下了一口面包,"伊士拉先生,我和赫拉塞姆队长轮流对付莱德特斯,我用了一些咒语,赫拉塞姆队长采取了更加……更加激烈的方法。莱德特斯晕晕乎乎的时候,大概透露了一些事情。他说能比得上他的巫师在萨克城里只有五个,他们散布在各个区域里,他们从来不会互相碰头,也就不会有交集……这似乎也是那个制造者所安排好的。"

"你有什么想法?"

"您以前教给我关于激发巫术的咒语,这些年我们为了清查萨克城,用它创造了一个阵法,普通僧兵们就能施展。这个阵法可以变换成五星阵、六星阵……只要中心不变,就可以一直扩大区域,而且我们可以提取重点的魔法元素,让它只针对特定的对象起作用……"

"你想在整个萨克城制造一个庞大的拟巫阵?"

"是的,类似……"甘伯特放下了手里的杯子,"这很冒险,我知道。但现在这是迫不得已的办法,因为我们不能指望一个个地去排查整个帝都的巫师,那些隐藏的加起来有上千人,而且还会打草惊蛇。我们用五星阵逼那几个像莱德特斯一样的改造巫师现身,再抓住他们……"

克里欧摇摇头:"这需要很多人手,还有周密的部署,而且这非常危险。你知道在抓捕莱德特斯的时候花了多少力

天幕尽头

气,如果剩下的五个中有人力量比他还要强大,很可能造成阵法崩溃,这后果不堪设想。"

"事实上您所说的我也担心过,但是目前的形势严峻到已经超乎我们的预料,而我们还不知道这些改造过的巫师到底是被谁操纵,要做什么。甚至关于那些禁区里的阴谋,我们也没有得到确切的消息,如果不掌握先机,可能就更加被动了。"

"你知道这赌注下得有多大吗?"

甘伯特的脸颊微微地泛红:"是的,先生。我会调配目前所有能布防的祭司和僧兵,并且上报给陛下,请他再派遣一些军队给我。如果五角星阵扩散出去,其实起效的区域很固定,我们部署好人马,再由一个高等祭司随时探测着巫术的反应,只要一出现超常的妖力被激发,立刻缩小包围圈。而且赫拉塞姆队长也会将他的秘密队伍全部调过来,其中有一些是巫师——都经过很多战斗被认为是可靠的人。这样我们就会有更多的把握了……"

克里欧沉默了一会儿,最后笑了笑:"你是一个统帅,甘伯特,你自己选择了战场。"

"我会去赢取胜利,先生,这是我的责任。"

"那么我最后提醒你的是:你的阵法设计一定要有针对性,因为在主神殿里还囚禁着两个危险的犯人,如果在激发妖力的时候也催动他们的力量,那么你将会无法掌握局势。"

"您说得很对,伊士拉先生,所以我希望您能再指点我改进一下这个阵法,希望您能帮我。"

"当然,"克里欧看着他的眼睛,回答道,"这也是我的责任。"

他站起身来,在床边放着的衣物里掏了很久,找到了一个被布包裹起来的很小的东西。他打开它,递给了甘伯特。

"这什么?"祭司奇怪地问道。

"夏弥尔·菲斯特唯一留下的东西,生长出肉傀儡的那截指骨。或许对你有用。"

持续不断的狂风将西边的沙土带到绿风城,它们落下来,覆盖了整个城镇。所有的房屋上都积满了黄沙,街道上也同样,树木、花草、雕塑、长凳、圆桌,还有人的残骸……所有的东西都被盖上了一层裹尸布,陷入死寂。

菲弥洛斯降落在这样的黄沙地上,变回了人的模样。有四只赛克希尔跟随在他身边,低着头不敢看他,翅膀却指向一幢最高的房子。

菲弥洛斯朝着它们指的方向走去。那是一幢有着坡形尖顶的房子,在黄沙下隐约露出了残破的光轮,仿佛是属于教会的建筑。但原本该随时亮着灯的窗户黑洞洞的,敞开的大门里也看不清任何东西,似乎光线已经完全被隔绝在了外面,根本无法进入。菲弥洛斯越走近它,越感觉到一种黑暗的力量正慢慢地散发出来,那力量有些熟悉,只是难以分辨。

就在他走到门边的时候,两个黑影突然从天而降,落在他面前。那是两只体形硕大的老鹰,蛇一般的尾巴上有着金

天幕尽头

属般的利钩。它们是他的母族,高等妖魔费德格斯。

这两只费德格斯对于弥帝玛尔贵族并没有敬畏的样子,它们黑色的眼睛盯着菲弥洛斯,没有动一下,也没有出声。

菲弥洛斯抬起头,看到更多的费德格斯在建筑上空盘旋。

"行了,"妖魔贵族向他的母族抬了抬下巴,"能让你们当护卫,我能猜到房子里是谁。现在让开,她要见我。"

费德格斯慢慢地移开了身体,暴露出一片黑暗。而赛克希尔也停下了脚步,默默地站在了远处。

菲弥洛斯轻轻地笑了一声,跨进门中。

一股无形的黑暗很快包围了他,冰冷而湿滑,如同蛇的皮肤一般。

菲弥洛斯试着变幻出一个火球,但指尖的金色火光只是轻轻地闪烁了一下,立刻就熄灭了。他停下了脚步,随即又向着里面走去。

在黑暗中,空间和时间仿佛都已经不存在了。菲弥洛斯无法判断自己到底走了多远,走了多久。他终于厌倦地站住了,高声说道:"行了,我已经来了,你要出来见面就快点儿,别躲躲闪闪的。"

黑暗中有些气流慢慢地滑动,绕着他的身体旋转了一会儿,又退开了。

"你想要我到这里来。"菲弥洛斯继续说道,"其实从萨西斯来找我,你就准备好了让我主动到这里来。你招募了萨西斯那样一批蠢东西,然后又教其他的小喽啰制作'新武器'。你在准备着,对吗?你在等待那些禁区中所制造的武器齐全、成熟，就可以开始全面进攻。"

他顿了一下："到底是什么时候？快了？你还在等待？"

有人在黑暗中笑起来，是女人的声音，略有些沙哑，但是听得出很年轻。

菲弥洛斯也笑起来："终于愿意出来了吗？其实我能猜到是你，除了你们，谁能有创造新的妖魔的力量？不过你还好吧？我记得我那次把你弄得很疼——"

他的话还没有说完，一只冰凉的手突然伸过来抓住了他的脖子。那只手的力气是如此之大，即便是菲弥洛斯也无法挣脱。

"你说对了，我的弥帝玛尔贵族，"那个女人大笑道，"我的确是想要让你过来，我的伤口一直没有痊愈，我一直都想着你。"

菲弥洛斯费力地笑了笑："不胜荣幸……"

"多可惜，你能够成为将军，却宁愿当人类的一条狗。不过我仍然愿意给你一个机会，所以我要你到这里来。"

那只手缓缓地收回去，接着黑暗就开始慢慢地退去，缩进了角落中。

这建筑里的一切变得清晰了，燃烧的蜡烛、空旷的白石地板、朽烂的木桌和椅子，还有倒坍的光轮雕塑。这原本是一间简朴的神殿。

此刻坐在圣坛之上的是一个面容清秀的年轻女人，穿着黑色的长袍，身材窈窕。但却没有一根头发，在头顶上残留着骇人的伤口——一个血肉模糊的洞。

天幕尽头

菲弥洛斯哼了一声："昆基拉，果然是你。"

代表着"遗忘"的妖魔王，在第十层圣殿之中曾经和克里欧等人交过手，在被爆炸的肉傀儡冲击之后，菲弥洛斯趁机困住了她，并且挖出她头顶的眼睛，施展魔法打开了逃生的通道。

原来在菲弥洛斯和克里欧被深埋在地下的十年里，有两位妖魔王已经来到了地面。一个是寄生于科纳特大公体内的图鲁斯坎米亚，另一个就是带着伤口、法力被削弱的昆基拉。前者在斯塔公国制造了"敲钟人"，而后者则建立了更多的禁区，并且在其中秘密制造新的妖魔，建立一支可怕的军队。

他们即将拉开一场浩劫的序幕。

极西之地

窗户外能听到狂风呼啸而过的声音,还有极细的沙粒打在玻璃上轻微的响声,但没有一粒沙土被吹进大门,就好像那里有一幢无形的墙壁。房间里的蜡烛火苗动也不动,仿佛静止的雕塑。

菲弥洛斯转了一圈,笑道:"真不错,你把这里变成了一个静止空间,没有你的允许什么都进不来。"

"也出不去。"有着年轻女性外表的妖魔王从圣坛上站起身,走下来。她头顶上的伤口随着身体的晃动而流下一条细细的血痕,转眼间又消失在皮肤上。

"喔,"菲弥洛斯皱着眉头,充满同情地说,"那一定很疼。"

昆基拉的眼睛有一瞬间变成了红色,但立刻又恢复了原样。她绕着菲弥洛斯的身体缓缓地走了一圈,最后在他面前

天幕尽头

停下来。

"我们一直是这个世界的一部分。"妖魔王轻柔地说道,"你应该知道,弥帝玛尔贵族,你的寿命跟我们比起来很年轻,但你已经经历很多岁月,我们的存在原本是很寻常的事情。但是凯亚神违背了自己设定的平衡。他偏爱他制造的小宠物,那些阴险又怯懦的人类,他们毫无生存能力,只能依靠凯亚神的庇佑活下去。为了那些爬虫,他驱赶我们。菲弥洛斯,你要知道被禁锢在地下是什么滋味。说起来是让我们沉睡,但谁能真正睡得着呢?我是说,那里可没有舒服的床。但是现在,我们可以改变一切……凯亚神已经尝到了打破平衡的滋味,他在神圣天里沉睡,真正的沉睡,不知道什么时候能醒来,也不知道如何唤醒他。这也许是平衡法则的调节,它让我们有了回来的机会。"

菲弥洛斯面无表情地看着她。昆基拉轻轻地点了点他的嘴唇,眼睛变成了红色,"你知道我最想对你做什么吗?"她压低了声音,"我一直在想着把你的手脚都钉在地上,然后把你的皮慢慢剥下来。但是我不会让你死,我要让那些爱吃肉的梦魇虫爬满你全身……当它们吃饱了,我会给你一点恢复的时间,然后再换一批……我可以把你重新关进没有光的第十层圣殿里,让你一个人待到世界末日。你能想象那样的滋味吗?"

妖魔贵族笑了笑:"别说梦话了,昆基拉,你现在的力量也就只能跟那些小杂碎一起玩玩了。说实在的,你早就想见我了,是吗?萨西斯那笨蛋一直在暗示我过来找你,你布了这么久的线，又是比达，又是梦魇虫，不就是让我来找你吗？你们需要我，对不对？"

昆基拉的手狠狠地在他脸颊上留下一道伤口。

但菲弥洛斯却猛地捧住了昆基拉的头，几乎快要贴到她脸上去："你想跟我做交易吧，贱货？"

昆基拉冷笑起来："我们能给你最想要的东西——自由。"

"哦？它长什么样？像你似的残破不全？"

"你只需要到极西之地去，找到骸卵，带给我们，你就将会从这可悲的奴役状态中被解放出来。"

"把我发配到沙漠里去，然后那个杜纳西尔姆族的白痴就会被你们吞掉，变成黑暗之神。"

"但你仍然活着，菲弥洛斯，自由地活着。"

"有意思，我猜你们大概不知道血盟是灵魂之约，他只剩下肉体对我来说意义可不大。"

"我们把他的灵魂交给你……"

菲弥洛斯愣了一下，慢慢地放开她。昆基拉的嘴角渐渐地浮现出一丝微笑，她转身向着圣坛走去，脚步轻盈。妖魔贵族在原地看着她，紧紧绷着脸。

昆基拉用手摸了一下头顶的伤口，指尖沾着黑红色的血液。"你有一次选择的机会，"她用这根手指在圣坛上画了一个圆，血液腐蚀得青石台冒出了白烟，接着一个黑色的球形从那圆圈中浮出来，越变越大。它是一种沉淀下来的黑色，仿佛能把光线都吸收进去，蜡烛在上面也没有任何倒影。

"从这里能越过法玛西斯帝国东边的领土和麦罗斯帝国，

天幕尽头

直接到达沙漠，去往'极西之地'，"昆基拉站在那个黑球旁边，"去找骸卵，把它给我，然后那个人类就归你——确切地说，他的灵魂归你。"

妖魔贵族没有动："很诱人，但是我并不相信你，咱们都知道对方的底细，你以为随便说几句然后就能让我去跑腿？"

"这个交易对你很有利，菲弥洛斯，我们只要骸卵，而你……将得到最想要的两个东西。"昆基拉发出嘲弄的笑声，"不要再装模作样了，你以为你真的会对一个人类忠心耿耿，得了吧！弥帝玛尔贵族不会当一条狗，你只是没找到机会，不然早就一口一口地把他撕碎了！可惜呀，两百年了你还是做不到，你得依靠我们，十年前你愚笨得如同瞎子，而现在你如果还看不清未来，那简直比梦魇虫都低级——"

她话音未落，一道蓝色的弧光突然向着她迎面劈来。昆基拉微微侧过头，脸颊上便多了一道伤口。接着妖魔贵族猛地来到她面前，眼神比光刃还锐利。

菲弥洛斯扼住昆基拉的脖子，慢悠悠地说："你在激怒我，婊子，当你要求人办事儿的时候最好礼貌些！"

"到底是谁需要谁呢？"妖魔王抬起下巴，"当狗的滋味不好受，你其实毫无办法，对吗？已经够了，你、我，还有所有的妖魔……一切该换个方式，你应该懂我的意思。"

"我想宰了你。"

"那是因为我说的完全正确。"昆基拉用手背抚摸着菲弥洛斯的脸，"正确到你不敢多想一下。"

菲弥洛斯厌恶地推开她，擦了擦被她抚摸过的地方。

妖魔贵族长久地看着那个黑球，沉默了很久，他绷紧的身体重新放松下来，好像之前的剑拔弩张陡然消失，从来没有发生过。

"你并不在意我将在极西之地滞留多久才会找到骸卵，对吗？"菲弥洛斯用手指捧了一下那黑球的边缘。

昆基拉转过脸："你总会把它带来给我们……不过也许这时间的长短对这个世界会有些影响。"

菲弥洛斯耸耸肩："那就不关我的事了。"

他向那黑球伸出手，那东西越变越大，最后将他整个人都包在了里面。接着它慢慢地缩回原来的大小，静静地悬浮在圣坛之上。而菲弥洛斯已经不见了。

克里欧坐在一个常青藤环绕的茶亭里，远处是正在和王后以及公主吃午餐的罗捷克斯二世。他的面前站着一个身形挺拔的高等祭司，额头上的光轮刺青在日光中清晰可见。

目前获得觐见资格的只有甘伯特，而他必须等在外面。大概是因为王后和公主都在，外臣被限制了进入。

从这个方向能看到王后和小公主隐约的模样——她们好像是一个模子印出来的，都有乳白色的长发，身材纤细苗条，面孔精致而美丽，猫眼石一般的绿眼睛闪烁着光彩。克里欧好半天才回忆起公主的名字叫做艾尔维娜，他上一次看见她时，她还在父亲的怀里，像一个小玩偶。但现在她和她母亲一样迷人，就好像是王后年轻十几岁的模样。

天幕尽头

她认真地倾听着甘伯特的呈报,但似乎又不明白到底在说些什么。严格的教养让她不会急躁,但少女的天性又让她忍不住偷偷发笑。

克里欧凝视着她的面孔,一时间忘记了很多事情,忘记了遥远记忆中漫天的大火,忘记了即将到来的危机,他只是觉得她很美,而只有活着才会那么美。哪怕只是为了她这样的姑娘傻乎乎的一笑,他也愿意帮助甘伯特试一试那危险的搜捕方法。

高等祭司还在跟国王陈述,也许他说到了关键地方,罗捷克斯二世抬起手打断他,然后对王后说了什么,她便带着艾尔维娜公主起身离开。

她们袅袅婷婷地走过游吟诗人身边,克里欧连忙起身,那两张几乎一模一样的脸向他微笑,很快就错身而过。

接着一个男仆从那边过来,向他微微欠身:"伊士拉先生,陛下有些问题,希望您能当面回答他。"

克里欧穿过玫瑰花丛间的小径,来到了罗捷克斯二世的面前。这个已经度过了青年时代的国王仍然有如阳光一般英俊的相貌,即便是眼角有了皱纹,但还像年轻人那么充满活力。当他询问克里欧关于甘伯特提出的计划时,并不完全是担忧害怕。

"我想知道您的意见,伊士拉先生。"国王对他说,"的确,现在卡亚特大陆上妖魔横行,作为最大的帝国,法玛西斯的情况最严重。我想你们所做的是正确的,但是这是解决帝都目前危机的唯一方法吗?"

游吟诗人摇摇头:"我不能这样回答您,陛下。所有的问题都会有很多种解决方法,甚至什么都不做,也是一种方法。可我们得寻找最适合的,最好的,最有效的……也许它同时也是最危险的。"

罗捷克斯二世交握双手:"甘伯特阁下已经告诉了我他想要做的,以及所有可以预防的情况,但我想知道您刚才说的几个方面的结果。"

"是,陛下。"克里欧站直了身体,"甘伯特阁下已经设想了最为完整的方案,如果一切按我们所计划的那样,阵法顺利实施,义军、暗探、僧兵以及您的军队都配合得好,我们就可以一举拿下帝都里隐藏的变异巫师,这就是最好的结果……还有另外的结果……"

国王抬起下巴,示意他继续说下去。

游吟诗人点点头:"我们可能出错,一个小的咒语失误,一个方位的士兵没有及时到岗,一个僧兵做错了手势,甚至是突然有人穿过阵法的一角……这些无法预料的事情会导致连锁反应,让整个计划失败。那种结果我们没有办法准确预计,有可能会让一两个巫师逃走,也有可能激怒他们,我们进行反攻;或者是触发他们最后的防线,让他们彻底妖魔化,在萨克城里横冲直撞……陛下,这些都可能发生。"

罗捷克斯二世脸色严肃:"既然有这么大的危险性,我为什么要同意并且帮助你们实施这个计划呢?"

"不,陛下。"克里欧摇摇头,"您并不是在帮我和甘伯特。您是在帮助您自己,还有法玛西斯帝国和整个卡亚特大

天幕尽头

陆的人类。我之前向您陈述过的一切，正在慢慢地验证……而且这灾难的影子一天比一天清晰，您愿意就这样等着它最终走到您的面前吗？"

国王的表情变得更加不自然了，他忽然皱起眉头："我听说您派遣您的那位'奴仆'——那个妖魔——去了禁区？"

"是的，陛下。"

"他给你传回了确切的坏消息吗？"

克里欧沉默了片刻："没有，陛下，没有消息传回来。"

罗捷克斯二世有些失望："看来您说的的确是事实，很多时候我们以为能掌握的事情其实充满了变数，甚至连可以相信的也会变得不可靠。"

克里欧喉咙里哽了一下，深深地低下头："菲弥洛斯会回来的，陛下，他需要时间……"

"当然了，这是目前最宝贵的东西。"罗捷克斯二世的语气轻飘飘的，望向别处。

克里欧和甘伯特沉默着，等待他做出决定……

罗捷克斯二世摩挲着双手，很久没有说话，他看着茶亭上缠绕的常春藤，看着那些开放的月季，同时还看着翻出水花儿的喷泉，以及王后和公主走过的林荫小道。最后国王深深地吸了一口气："王宫护卫队总共可以借调出一千五百人，另外帝都守军可以借调三千人，而僧兵和祭司所能调动的极限我可以授予您全权负责，甘伯特阁下。"

高等祭司的脸上显露出一丝惊喜，他慎重地点了点头，向国王深深地鞠躬。

"而您，伊士拉先生，"罗捷克斯二世明朗的面孔第一次出现苦恼的样子，"从十年前您来到帝都，就给我带来了坏消息，糟糕的是从此以后每次您告诉我的事情都让我觉得不妙，或许下一次您再来的时候，可以说点让我开心的事。"

克里欧忍不住苦笑："我也这么希望，陛下。"

如果黑夜能尽早地过去，那么总会有机会提醒他黎明的太阳很美……

此刻阳光很刺眼，哪怕只看一下，瞳孔里也仿佛被扎进了一根钢针；而更加让人难以忍受的是随之而来的炽热，仿佛每一块皮肤都被点着了，烧得裂开口子。

菲弥洛斯展开双翅，在这样的阳光下飞过，忍耐着炙烤，双眼紧紧地盯着地面——连绵不断的沙丘仿佛没有尽头，风吹着黄色的沙粒滚动起来，然后整座沙丘仿佛都在移动。那些浓重的阴影像蛇一样在沙漠中蜿蜒，甚至让菲弥洛斯产生了它们有生命，并且真的在扭动的错觉。

原来这就是极西之地，让人绝望的地方。

这里是沙漠，然而又不是普通的沙漠：这里不像别的沙漠那样偶尔还有风化的岩石和倒枯的胡杨树残骸，或者看得见蜥蜴和沙蛇的影子飞快地在丘陵上掠过。这里唯一拥有的就是黄沙，如果非要找点别的陪衬，那就是不间断的大风和死寂。

这里看不到尽头，也找不到方向和来处。菲弥洛斯一直

天幕尽头

不停地飞，那白花花的太阳就一直悬挂在他头上，他无法分辨自己到底飞了多久……如果太阳都没有消失，那么就是连一天都没有过去吗？但他已经感觉到了疲惫，这对于弥帝玛尔贵族来说，是很久都没有过的现象。

菲弥洛斯不知道该怎么去寻找骸卵，在这无边无际的沙漠中，要去寻找一个拳头大小的石卵跟海底捞针没什么区别。

但菲弥洛斯知道他必须得继续找下去。

他逐渐地开始相信骸卵的确在这里——极西之地仿佛是一个禁闭空间，跟昆基拉所制造的暗室一样，但它更巨大，更纯粹，没有时间的界限，也没有了空间的限制，所以才有人进入以后，再也没有出来。这样的空间用来隐藏骸卵，是最恰当不过的。

那婊子还真给他指派了一个好差事！

菲弥洛斯在心底冷笑，忽然收起双翅落到地上，重新化为人形。他猜自己就是这么飞到筋疲力尽也不会看见骸卵的影子。

为什么找到一个制伏妖魔的东西却需要跟弥帝玛尔贵族扯上关系呢？菲弥洛斯回忆着关于骸卵的那些传说——

神之骑士卡西斯的尸体所化成的卵，凝结着忠诚、圣洁和勇敢，蕴含着凯亚神所直接赐予的毁灭妖魔的力量。它上一次出现是因为弥帝玛尔贵族去惊动至高天的封印而被杜纳西尔姆族的巫师所召唤，而那个巫师也因此丢了性命。

在斯塔公国的王城中，被图鲁斯坎米亚附身的科纳特大公说出了骸卵出现的关键：关于欲念。

因为骸卵所蕴含的力量是圣洁的,而激发它所需要的就是最强烈的黑暗欲念。

菲弥洛斯一步一步地走上沙丘,细小的沙砾被风刮到他的脸上,他忽然有点明白昆基拉为什么会找上自己:弥帝玛尔贵族已经不多了,对自己所要之物以外的一切都毫不在意,甚至世界毁灭都无所谓的弥帝玛尔贵族,就只有他一个了。他不像妖魔王,那些家伙想要的是重新掌握这世界,他却可以像割掉多余的头发一样,轻易地放弃这个世界。

他自私到极致,只是对某些东西渴望得发狂。

菲弥洛斯想起了克里欧,游吟诗人知道他的渴望,但是却一直在压制它。克里欧所要的跟他恰好相反——那个人一直想要复仇,可其实他更想拯救,仿佛从妖魔王的手中救了这个世界就弥补了他在杜纳西尔姆人被屠杀时的无能为力。

那种念头让菲弥洛斯忍不住想笑。

他慢慢地在沙丘上行走,脚印渐渐延伸出很远。忽然,他停下来回头看了看最初站立的位置,一个小小的旋风正在跟随他,并且越来越近,越来越大。旋风的中心闪烁着蓝光,沙粒被它强大的力量裹进去,形成了一片黄蒙蒙的沙雾。当旋风来到菲弥洛斯跟前时,他的双手做了一个分开的动作,于是旋风开始不断地分裂,并且向着四面八方奔去。很快,极西之地就仿佛安静的水面中被滴入了墨汁,飞快地浸染开一片不祥的颜色。

"快点出来吧!"菲弥洛斯轻轻地哼着调子,"我可管不了昆基拉和她那群鬼头鬼脑的朋友。我需要你,但不会把你交

天幕尽头

给他们，妖魔王无法毁灭凯亚神的魔力，却可以把你掌握在手里，不让敌人得到；我也不会把你交给那个死心眼儿的杜纳西尔姆人，虽然他想得到你已经两百年了……你其实从来就不该存在，在这个快要崩溃的世界上，你就好像是他绝境中的希望，太不切实际了。"

弥帝玛尔贵族忽然又笑起来："把一个希望攥在我的手里，这滋味儿太美妙了。"

魔 焰

今天晚上是新月,银白色的弯钩如刀刃一般明亮,在黑色的天幕中切出了一道破口。

克里欧·伊士拉站在主神殿的广场上,正殿和偏殿环绕着他,月亮仿佛就在他的头顶。他仰起头,出神地看着那一弯新月,还有正北方的守夜人之星。他想象着那道破口从新月一直延续到守夜人之星,分开浓重的云层,叩开神圣天的大门,然后他可以进入传说中的禁地,匍匐在神座面前,唤醒凯亚神。

他不明白为什么创世神会这么轻易地放弃他创造的世界,在妖魔们开始重新侵入世界的时候,为什么凯亚神依然在沉睡。

你放弃了你的孩子吗,伟大的凯亚神?你宁愿看着黑暗重新降临,夺走您所赐予我们的美好吗?或者说您的忽视其

天幕尽头

实是一种惩罚,对于目前的一切您其实全部都知道,您只是让我们吃点苦头,懂得敬畏?但这场灾难已经超越了人类所能承受的……

克里欧觉得自己几乎像走火入魔的祭司,跪在燃烧的光轮面前拼命去猜测主神的意图。

有人在他背后叫他的名字,克里欧转过头,看见比特尼尔正急匆匆地跑过来。"伊士拉先生,伊士拉先生。"年轻人急促地说,"我哥哥……唔,甘伯特阁下正在主神殿那边等着您,他和赫拉塞姆队长都在,还有王宫护卫队的副司令官森克洛大人,请您赶快过去吧。"

克里欧点点头,跟着比特尼尔向正方形的主神殿走去。

离觐见罗捷克斯二世已经五天了,在这五天里,甘伯特和赫拉塞姆开始马不停蹄地筹备着萨克城甚至法玛西斯帝国最大最复杂的一个魔法阵。他们把拉赫区作为阵法的中心,具体的地点就在一个贩卖腌制食品的店里,叫做"红口袋"。从那里延伸出的魔法界线可以将萨克城均分成五份,然后五百名僧兵按一百名一个编组的方式驻守在"红口袋"不远处的五个方位,一共四千五百名士兵也换成便装散布在五个区域内,这样每个区域至少有一千人待命。甘伯特将留在"红口袋",还有三百名祭司和僧兵守卫,而赫拉塞姆队长和森克洛将军在外围守着。当阵法启动以后,一旦妖魔之力被探测到,平均分布在五个区域内的僧兵和士兵就会就近集结,向着目标移动。

这五天里,每个士兵都来到主神殿里接受过最高等级的祝福礼，他们所有的长剑都在圣水中浸润过，祭司们用自己的血滴在剑锋上。所有的僧兵都在沐浴、斋戒，复习着自己所有学过的魔法，而没有成为僧兵的祭司除了做这些，还着手配制一些应急的武器和药水。

整个主神殿里弥漫着一股从未有过的紧张和凝重，甚至每天日出时祭司们匍匐在广场上吟唱的祈祷之歌都变得异常低沉。

克里欧走进了主神殿内的房间，参会者正坐在圆桌前商量，地图和各种文件铺满桌面，还有堆叠着蜡烛头的烛台。一个十来岁的见习祭司正端着空盘子和空杯子走出去，见到克里欧的时候低下头行了个礼。

"伊士拉先生。"甘伯特从桌旁站起来，"请到这边坐吧。"

克里欧向他道谢，然后在他们对面坐下了。

甘伯特把一张写满字，画了无数个圈的地图放到他面前。"我们目前已经划分了具体的分布区域，在最开始的时候尽量保证把力量较强的祭司均匀地安排到固定位置，而且其中有五个植入了精灵之眼的巫师……他们能够及时向我们报告妖魔之力的变化。"

克里欧想起了在阿卡罗亚的布鲁哈林大公，他为了挚爱的妻子，也在手上植入浑黄色的眼球。

"这是很有效的办法。"克里欧赞赏道，"但是你们的移动速度必须很快，我是说，一旦窥测到妖魔力量的爆发，最关键的不是你在每个区域配备了多少人，而是这些人能用多快的速度赶到你指定的区域……并且他们必须找准地方。"

天幕尽头

"我派出了一百名暗哨,"赫拉塞姆队长连忙补充,"他们都是飞毛腿,当我们在全国各地狙杀妖魔的时候,他们发挥过很重要的作用。他们有各自传递消息的办法,口哨、焰火,还有那些古怪的叫声,而且其中最伶俐的十个会待在甘伯特大人身边,时刻听从他的差遣。"

"还有普通百姓的疏散。"克里欧继续说道,"不能让那几个巫师感觉到异样,但是在魔法阵真的起作用时,又能够保证伤亡被降低到最小的程度。"

"是的,伊士拉先生。"甘伯特对游吟诗人说,"关于这个我们和森克洛大人商量过……"

"我把本地士兵都挑选了派来,他们会穿着便服在规定的地方隐蔽,同时也负责拦截普通的老百姓。如果巫师的行踪暴露,他们会立刻赶走周围的人。关于这个程序我们做过很多次演练,当然也许会有很多突发的情况,但士兵们都有充分的应对准备。"满脸络腮胡子的森克洛将军有些得意地解释,"其实您完全不用担心这个,伊士拉先生,按照陛下的命令,我们这次所调配的都是最适合的人,他们聪明、敏捷、强壮,而且非常勇敢。"

克里欧看着这个有灰熊般体格的军人,真心实意地希望自己能有他那样的信心:"我相信您的士兵一定是最好的,阁下,但我们目前最需要的还有运气。祈祷吧,先生们,我对你们的安排已经没有任何建议了,唯一能做的就是祈祷。"

甘伯特有些勉强地笑了笑:"是的,伊士拉先生,我们必须向凯亚神祈求成功。他不会舍弃他的孩子,他的造物。还有……伊士拉先生，这个计划实施那天，请您留在主神殿，好吗？我已经安排了祭司和僧兵在这里驻守，主神殿的力量会将阵法的力量抵消，您待在这里最安全。"

也最保险。

克里欧完全理解甘伯特的安排，他也清楚在那么大的一个阵法布局之下，被妖魔王寄生自己的身体如果失控将造成多么可怕的后果。

"好的，我留在这里。"

甘伯特感激地对他说："谢谢，伊士拉先生，我会安排好的。我已经告诉了掌库祭司，他将会打开风神斯科尔罗那座偏殿下的古书库，那是主神殿中最安静的地方，而且有祭坛，掌库祭司能在那里帮您的忙……"

赫拉塞姆队长也附和道："这可真棒，伊士拉先生，现在该找一找您那位奴仆了，他总共已经离开了十来天了吧，但是我们还对禁区的情况一无所知。我觉得这可太离谱了，他别把这次任务当做休假了吧？"

赫拉塞姆队长轻松的语气并没有让伊士拉的忧虑有所减轻，他也很想吼着菲弥洛斯的名字，问清楚他到底在哪里，到底出了什么事。可这不会立刻有答案，只能表现出他原本笃定的事情正在起变化，并且脱离了掌握。

克里欧的心中被一股烈火灼烧着，疼得他几乎要蜷缩起来，但他挺在那儿，低声说："他会回来的，先生们，菲弥洛斯只是需要时间……更多的时间……"

天幕尽头

旋风越来越多,已经数不清有多少个了,它们在无边的沙漠上扩散,就像开出了一簇簇巨大而可怕的风信子。

菲弥洛斯在这些死亡之花的缝隙里漫步,享受着翻天覆地的感觉。他并不知道那不断衍生的旋风是否能够真的将这无边的沙漠激荡起来,翻出隐藏的东西,他只是痛恨那种平静……极西之地的辽阔和沉寂的沙子让他几乎以为时间凝滞了,但另一方面,时间又在他的心中走得飞快——克里欧正在萨克城中等着他,或许时间在他那边跑得更快。

游吟诗人在想什么呢?会不会怀疑他已经背叛了他?或者在后悔自己最终给一只鹰松了绑?如果他拿着骸卵出现在游吟诗人的面前呢?又或是拿着他寻找了近两百年的东西,再当面交给昆基拉?

菲弥洛斯漫无目的地走着,脑子里的想法与他的步子一样没有章法。他并不焦灼,尽管他知道许多人祈盼他赶紧回去,可在这个与世隔绝的地方,他真正是一个人,这滋味太久没有尝过了,久得让他怀念。

也不知道到底延续了多长的时间,天空仍然挂着明晃晃的太阳,但是延伸到远处的无数旋风却开始慢慢地消失。菲弥洛斯感觉到了一阵不寻常的气息,那是一种无形的波动,从很远的地方刺破了层层屏障,一直传到他身边。

有什么声音渐渐从细微变得清晰,甚至盖过了风的呼啸。

菲弥洛斯忽然有一种让他很不舒服的压迫感,仿佛有无形的手扼住了他的呼吸，疼痛从胸口一直延伸到大脑。他抬起头，敏锐地看到了一个黑色影子正穿过那些旋风，对直向他冲来。凶猛的旋风对那个影子仿佛没有任何效果，它就恍若无物般地在沙漠上奔跑，越来越大，越来越清楚，而菲弥洛斯的压迫感也越来越强烈。

最终，它站在了菲弥洛斯面前，俯视着他。

它是一具骸骨——或者是两具，一具是人，一具是马。

这两具骸骨非常完整，白生生的，甚至还穿着整齐。人的颅骨上戴着一个尖刺密布的光环头箍，身上穿着金色的护甲，上面雕刻了无数的向阳花图案，它的腰上配着长剑，脚上是锃亮的铁靴；而马骨上配着鞍，棕色的皮面油光闪亮，上边描绘着金色光轮的辔头，缰绳是鲜红的皮带编织而成，在前方还有一些丝制的流苏。

无论是人骨还是马骨，都干净得没有沾上一粒沙子，就好像它们并没有身处于这样的沙漠。

人的颅骨微微向下，原本该是眼睛的位置只剩下两个幽深的黑洞。但菲弥洛斯却知道它是在看他，它是活的。

"你好，卡西斯。"妖魔贵族向骷髅笑了笑，"怎么，被我吵醒了吗？"

骷髅没有说话，只是抬起手，菲弥洛斯感到胸口的压迫感陡然增强了许多，连四肢都不能动了。

"一个弥帝玛尔贵族……"低沉的声音在菲弥洛斯脑子里响起来，并没有通过他的耳朵，"我上一次杀死的，就是一个弥帝玛尔贵族。"

天幕尽头

菲弥洛斯勉强笑了笑："是啊……干得不错……据说还收了点费用……"

骷髅的手放下来，菲弥洛斯的压迫感立刻减轻了一些。"你的身体里有白魔法的痕迹……杜纳西尔姆人的魔法，光明之神拉加提的后代，你是人类的奴仆……"

"谢谢，不用提醒我。"妖魔贵族不耐烦地盯着它，"你知道我来这里是为了什么。"

"召唤神之骑士是人类所需之异能，妖魔永远不可能。"

"哦，得了吧，我现在是'人类的奴仆'，我的主人可是想你想了两百年了，他做梦都念着你呢。去见见他，帮帮他的忙，怎么样？"

骷髅没有动，也没有说话，就这么静止着。

菲弥洛斯猛地发现，它制造的旋风都渐渐地消失了，那些被卷上半天的沙纷纷落下来，像是下了一场不干净的雪。

"这是你的地盘，"妖魔贵族耸耸肩，"反正已经把你叫出来了。"

骷髅突然放下缰绳，伸出右手，菲弥洛斯就仿佛被无形的绳索绑住了一样，一下子动弹不得。他愤愤地挣扎了几下，但完全是白费力气。他甚至连嘴都不能张开，喉咙里也发不出声音。这是一种他从未体会过的强大力量，与妖魔王们的黑色魔力相比要纯净得多，能够清醒地感觉到，但是又无法反抗。

骷髅抬高手，菲弥洛斯的身体就离开了地面，骷髅转动着颅骨打量他："你毫无敬意……对万能的凯亚神，对这个世界，但是你仍然代表着你主人的意志……你想要的的确是他想要的吗？"

菲弥洛斯感觉到颈部的扼制力量仿佛消失了，但他并没有点头。

"你可能是一个背叛者，一个黑暗的影子，一个末日的送葬人……"骷髅摇晃着他的颅骨，"我没有听见你主人的祈祷……也许你该留在此处……"

菲弥洛斯一瞬间感觉到困住他的力量都消失了，他从半空中掉了下去。但他并没有落在柔软的沙地上，所有的阳光都消失了，他在黑暗中下落。风从他的耳边呼呼地刮过，带着沙漠所没有的清凉，还有树叶和青草的芳香。

他下意识地想变成鹰的模样，可身体却不听使唤。

终于，他重重地摔在了地上。那是一层坚实的土地，岩石上覆盖着泥土。

菲弥洛斯的眼睛看见晨曦的微光，耳边听到了清脆的黄鹂的鸣叫，他闻到了一阵极淡的香味，好像是成熟的蜜瓜，又像是初开的玫瑰。这是红棘花的味道。那种长满刺的矮小的花朵，一般都是五朵结成一串，在春末的时候盛开。它们会召来一种叫做黑拇指的小虫子，然后将花蕊中的蜜带出去，滋养另外一些寄生的小东西。

菲弥洛斯喜欢它们的味道，也爱看黑拇指们笨拙地搓着花蜜球的样子。他喜欢洛克纳山里的一切，包括这些极细小的生命。以前他从来没有想过自己要离开——就像他现在也从来没想过自己会回来。

天幕尽头

他从地上站起身，环视周围，冷笑道："真是个愚蠢的玩笑。"

的确，他站在一个无比熟悉的地方，他最自由同时又是失去自由的地方，两百年前他住在这里——洛克纳山。

菲弥洛斯向着天空大声吼道："别跟我玩这个，这些都是幻觉，我可以给你弄得更逼真一点。"

回声从山谷里传来，一些被惊吓的鸟儿从巢里扑棱着翅膀逃向远处。

朝阳已经从对面的山峰后升起来了，霎时间将这片山崖照亮，菲弥洛斯抬起手挡住了眼睛。他微微侧身，看到一个人影从后面走出来。山风把那个人的黑发吹起来，露出俊美的面孔，银灰色的眼睛隐约反射着金色的阳光，他的右手抱着七弦琴，左手垂落在身旁。

菲弥洛斯的身体僵硬了一下，随即阴冷地笑起来："原来是这样啊，一个心灵游戏吗？"

✦

天黑了，鸟儿们正飞回它们在常青树和屋檐下的巢，开始亲昵地蹭来蹭去，准备夜里在彼此身上获得温暖。

而街上的人也慢慢地减少了，他们劳动了一整天，回到自己的屋子里，享用晚餐，准备休息。很多人并没有注意到身边某些店铺比平时更早地关了门，也没有注意到一些陌生的面孔或明或暗地来到了事先指定的地方。

克里欧站在主神殿的广场上，看着血红的晚霞，不由得开始猜想甘伯特和赫拉塞姆队长他们正在做什么。他只能靠之前看过的地图和印象中那些街道的模样来想象祭司们的布防和士兵们的潜伏。等到天完全黑了以后，甘伯特便会开始在"红口袋"里发动魔法阵，萨克城便会开始经历有史以来最大的危机，而这一切还不能让居住其中的普通百姓知道……

克里欧转过头，向着风神斯科尔罗的偏殿走过去，比特尼尔正站在那里等他——这个年轻祭司在今晚全程服侍他，或者说监视，因为身体中沉睡着三个妖魔王这种事情，实在不能掉以轻心。

"伊士拉先生，晚饭已经送到古书库了，"比特尼尔笑吟吟地对他说，"有鱼羹和海胆汤，您一定会喜欢的。"

克里欧不由得露出了最得体的微笑："谢谢，不过在书库里吃，真的没关系吗？"

"斯多里阁下不会介意的。"

他们从偏殿地板上打开的入口进入了古书库，走了几步就到了。那里面照例燃着灯火，但都被透明的水晶罩子装了起来，既安全又显得很富丽堂皇。书库是圆形的，几乎环绕了整个偏殿，墙上层层叠叠地安装着木架子，上头全是各种羊皮卷和木刻板、石雕板，书库中间有三根巨大的圆柱支撑，在最中央的地面上有一个椭圆的石台。

一个老祭司从书架旁走过来，他看起来如此苍老，让克里欧怀疑他是不是已经超过了一百岁。他穿着高等祭司的黑色绣金长袍，胸前挂着念珠——念珠长得让他不得不在脖子

天幕尽头

上绕了两圈。他长满了老年斑的额头上皱皱巴巴的,连光轮上的刺青都皱起来,变得奇形怪状的。

"这位就是斯多里阁下,主神殿年纪最大的前辈……"比特尼尔为他们介绍了彼此,然后又去布置好桌子,让克里欧和这位老祭司一起吃晚餐。

他们聊了一些无关紧要的东西,然后斯多里便领着克里欧看那些陈旧的古卷,包括关于诸神的历史,卡亚特大陆的传说,法玛西斯帝国的历代国王等等。所有的古卷都经药水泡过,不会被虫蛀和腐蚀,但也弥漫着一股刺鼻的味道,克里欧走在这些书架中间,鼻腔有些发痒。一想到必须在这样的地方焦急地等待黎明,他就觉得难受。

"这是米多尔夫大帝留下的古卷,里面有他手抄的白魔法契约……关于尊神和戒律。您能想象吗,伊士拉先生,在法玛西斯帝国建国之初,白魔法和黑魔法并没有严格的区分,而主神殿的权力之大,也到了危险的地步。这情形是罗捷克斯一世陛下改变的,也就是前任国王陛下,但他大概没有想到儿子对于魔法的兴趣也和咱们的开国君主一样浓厚……"

老祭司絮絮叨叨地介绍着他所看守的古卷,但很快就发现客人似乎对此没有太大的兴趣。他宽容地笑了笑:"甘伯特阁下跟我说过您,伊士拉先生,他说过要让您安心留在这里的确不太容易……不过我想他并没有告诉您为什么会让我陪伴您。"

"我相信他一定有理由,阁下,您是一位知识渊博的长者。"克里欧保持着礼貌对老祭司说。

然而斯多里却笑了笑，颤巍巍地指着三根圆柱中间的石台："请跟我来，先生，这会让您的担忧稍微减轻一些……"

克里欧满心疑惑，但还是跟着老祭司来到了石台前——这是可以躺上去一个成年人的大石头，上面细细地雕刻着萨克城的全貌，无论是皇宫还是主神殿，无论是卡顿先生的酒馆还是杜克苏阿亲王在这里的公馆，都标注清楚了。

斯多里用干枯的手指从长袍内取出了一小袋粉末，把它们均匀地撒在了整片地图上。然后老祭司顽皮地眨了眨眼睛："您是通晓白魔法的专家，但这个法术一定很少看见……"

他在石台前用低哑的声音吟唱起古怪的调子，那石台便开始发光，忽然，一簇金色的火苗从石台中的某一处燃起来——那正是标记着"红口袋"的点。紧接着，更多的金色火苗星星点点地在这上面显现。

"魔焰……"克里欧喃喃地说道。

这是一种很古老的追踪法术，让需要被追踪的人服下粉末，就能在圈定的范围内看到他们的具体动向。但这白魔法需要最安静而沉稳的人来实施，并且需要很多年的经验，斯多里无疑是最好的人选。甘伯特的确想得非常周到，这让克里欧的心情稍微舒缓了一些。

"其实在陛下的宫中也指派了一位能施展魔焰术的祭司，但最好的石台在这里，陛下却不会来。"斯多里像个小孩子一样耸耸肩。

克里欧知道他的意思：因为皇权开始压制教廷以后，国

天幕尽头

王避免敏感的猜测,一般是不会到主神殿来的。

"怎么样?"老祭司有些得意地看着他,"也许这会帮助您度过这个难熬的晚上,伊士拉先生,再来杯甜橙酒,怎么样?"

"当然,阁下,谢谢您。"

老祭司慢吞吞地走向桌子,让比特尼尔给他斟满了杯子,而克里欧却聚精会神地看着石台上那些大小不同的金色火苗。他现在能知道甘伯特将会如何行动,即便是无法参与,他也可以了解。

这比他和菲弥洛斯的状态好多了,至少他还看得到他们,他还知道他们活着。

帝都毁灭

（上）

克里欧·伊士拉不知道天已经全黑了，当他在魔焰燃起的石台前坐下来的时候，甘伯特和赫拉塞姆队长已经完全部署好了他们的人，正等着最后的一道命令传来。

在"红口袋"食品店的二楼上，八个祭司正在最后检查魔法阵。这个宽敞的房间已经完全清空了，在木地板上铺着一张以红口袋为中心点的地图，上面还有一个白垩画出的巨大的五角星，每个角上都有一串延伸出去的符文，而且里面掺杂了许多爬山虎和松树的粉末，还有少量的牛血，在五角星中间是一个光轮的图案，甘伯特此刻正坐在那里。

跟周围穿着正装长袍、戴着念珠的祭司们相比，他只穿着最简单的白色单衣，连念珠也没有挂。这将是一场极为耗费体力的法术，甘伯特不想再给自己增加任何负担，而光是

天幕尽头

想象那些可能出现的情况,他已经觉得呼吸有些短促了。

　　有一个穿着渔夫短衫的青年从楼梯走上来,他向甘伯特微微点头致意,说:"阁下,赫拉塞姆队长和森克洛将军向您报告所有人已经部署完毕,各就各位。"

　　甘伯特点点头,于是那人立刻隐没在楼下。

　　还不够,还有些该来的!

　　仿佛是为了呼应他的渴望,只过了短短一刻,又一个人跑上楼梯。但这是一个穿着黑斗篷的人,当他掀开兜帽的时候,露出了王宫护卫队佩戴的扁帽。"甘伯特阁下,"他也向他鞠躬,"斯图尔科勒阁下在陛下书房中设置的魔焰已经准备好了,陛下要我通知您,随时可以开始您的行动。"

　　甘伯特仍旧是沉默地点点头,于是国王的传令官也戴好兜帽,回去复命。

　　高等祭司最后做了一次深呼吸,慢慢抬起双手,环绕在他身边的五个祭司站好了各自的方位,还有两个矗立在房间门口。他们向他深深地鞠躬,抬起手肘,在胸前做出光轮的手势。

　　甘伯特也同样,他口中慢慢地吟唱出低沉的曲调,伸展开双臂,于是白垩画出的五角星和符文开始发出微弱的红光,有一些隐没在地板下,沿着墙壁往泥土里钻,并且向五个星角所指的区域延伸。

　　它们在地面下变成了黑色,并且不断地扩展,空气中多了一股几乎闻不到的甜香,就像风一样灌进每家每户,像幽灵一样围绕在每个人身边。

甘伯特的每条神经都仿佛跟这些魔法的震动相连，他唱出的每一句咒语都像在拨动琴弦，他如同乐手，在跟随每一丝颤动的同时，还在仔细分辨着其中一些明显或者不明显的跑调……

也不知道过的时间有多久，甘伯特的心脏忽然感觉到一阵尖锐的刺痛，那痛感来得极快，也消失得极快，仿佛是有人用针刺了他一下，然后又立刻缩了回去。甘伯特没有放过这震动带回来的试探。他的意识开始向着那刺痛传来的方向追过去，而随之跟上的还有更多催发妖魔之力的魔法能量。

"找到了一个！"高等祭司突然停下了吟诵，指向地图上的某个方向，"东边，火炉街……"

在门边的祭司立刻下楼，告诉等在门外的一排便衣士兵中的一个。那人飞奔出去，掏出口袋中的一支焰火射向天空。当橙红色的火焰几乎如太阳一般明亮的时候，那个士兵毫不耽搁，骑上马就向着指定的地点跑去。

就在第一个妖魔化巫师被发现的时候，留在风神斯科尔罗偏殿地下古书库的克里欧·伊士拉也发现了异常。

在镂刻着萨克城地图的石台上，显示在甘伯特庞大部署的魔焰正在慢慢地改变形状——它们的均匀分布开始改变，在东边的区域中，许多金色的火苗正向着一个点移动。

"看来找到了一个……"衰老的祭司斯多里笑起来，"伊士拉先生，甘伯特阁下的方法起作用了，他可不愧是您的学生。"

但克里欧并没有因为这番话而感到轻松。

天幕尽头

　　他注视着原本均匀分布在东边片区的火苗不断地聚拢，双手捏起了拳头。他知道魔焰是被施法者生命之火的缩影，一旦熄灭就预示着死亡。他们向着目标聚拢以后，肯定会发生一场战斗，而损失的大小得看他们抢到了多大的先机。

　　与此同时，格拉杰·赫拉塞姆正领着几十个士兵向一间窄巷子深处的裁缝铺围拢，在他身旁的是一名露出左臂的瘦小巫师，他胳膊上的精灵之眼正四处乱动，浑黄色的眼球渐渐变成了红色。

　　赫拉塞姆在裁缝铺外不远处站住了，更多穿着便衣的士兵已经将这个小巷外的百姓驱赶出去，并且将他们拦在外头。在嘈杂的议论声中，赫拉塞姆紧绷着脸，向里头指了一下。普通士兵们四散开，将周围的房屋和制高点都占据了。随后跟着不断前进的焰火赶到的僧兵们一个一个地进入了小巷。

　　他们并没有向赫拉塞姆报告，便按照作战队列破开了裁缝铺的门，就像之前事先演练过的那样，缓慢又小心。

　　仿佛是感应到了危险的气氛，很多人都屏住呼吸，甚至那些探头探脑想要看清楚这边的百姓也忽然安静下来。

　　这不寻常的气流令赫拉塞姆紧张，他有种不祥的预感——

　　忽然，一阵尖锐的叫声混合着人类的惨呼从那裁缝铺里传出来，接着一个僧兵被扔出窗外，他的喉咙上有一个血肉模糊的伤口，脸色惨白，仿佛纸片一样。

　　"吸血兽波克菲！"

有僧兵的叫声从里面传过来，那语气令赫拉塞姆头皮发麻。有些百姓开始转身逃开，而更多的僧兵和士兵正朝着目标赶来。

"第二队！"他不断地招手。

这个区域内百分之八十以上的僧兵已经赶到，他们前仆后继地涌进了狭窄而简陋的裁缝铺，有些在外围组成结界，而更多的都跟那个魔化的巫师展开了近身搏斗。不断有惨叫声传来，僧兵的尸体或者某部分肢体被丢出门窗。不一会儿，一扇窗户突然被撞开了，两个僧兵和一个高大的黑影冲了出来。

魔化的巫师清楚显露在月光下，他的身体瘦长，四肢弯曲，背上的衣服被一双巨大的肉翅撑破了，虽然脸部还是人的模样，但额头上长着一根弯曲的独角，双唇缩起来，露出四枚寸许长的獠牙。

很明显，这个巫师所接受的魔力来自于吸血兽波克菲，那种以血为食的中等妖魔。

他一出现，布阵的僧兵们立刻抛出了凯亚明灯，而占据制高点的则拉开弓弦，箭头密密麻麻地射向他。

巫师发出尖叫，转身向西边逃去。

"跟上，别放跑了他！"

赫拉塞姆一挥手，祭司和僧兵便领着便装的士兵们奋力追赶。密集的脚步声和人们的惊叫打乱了往常该有的宁静。赫拉塞姆回头看着另外一个方向，现在第一个巫师已经负伤，他必须转头准备好对付下一个，希望甘伯特和森克洛都

天幕尽头

能忙得过来。

※

克里欧坐在石台前,看见那些闪烁金色的火苗最东边的正在集中,并且缓慢向着西南方移动。在这个过程中,有些火苗闪烁了两下就熄灭了,虽然只是少数,但仍让克里欧感觉不舒服。

"总会有人死去,在这样的战斗中……"老祭司斯多里用沙哑的嗓子念叨,"但凯亚神会让他们的灵魂进入神圣天。"

这安慰不了克里欧,他知道这只是开始。

按照甘伯特所涉及的阵法,后面催动魔力的力量会越来越强,而越是后头现身的巫师,就会越难对付。

"陛下也看得到这些,他可以随时增派人手。"斯多里看他皱着眉头,再次劝慰道,"伊士拉先生,陛下懂得魔法的力量,他是一位好学的君主,甚至来这里读过这些陈旧的古籍。除了他没有经过祝福,大概跟祭司也没有区别……"

可他毕竟不是在临阵指挥的人!

克里欧不想对一个老人无礼,但他真不认为在王宫里看着魔焰的过往能够给予直接的帮助。如果是菲弥洛斯在就不一样了……克里欧的心中突然充满了一股没有过的怨恨。

※

阳光正像金色的纱巾一样覆盖了整个山峰。

这是洛克纳山里最美的光景,是菲弥洛斯许多年来都难以忘却的一幕。花、草、树叶、灌木和岩石都仿佛醒过来了一样,光的滑动就像灵魂在眨眼。

但是菲弥洛斯没有看它们。"这些都是假的。"他对这眼前的游吟诗人说,"包括你,主人,那个死人骨头跟我玩花样,这都是白费劲。想要弄死我,需要点直接的手段。"

克里欧·伊士拉,或者说,跟克里欧·伊士拉一模一样的人,只是向他笑了笑,然后在一块光滑的大石头上坐下来。

他调了调琴弦,然后用修长的手指拨动琴弦,一下,两下,接着便汇成清泉和溪流,淙淙地倾泻下来,浸润坚硬粗糙的地面,漫到了妖魔贵族的脚下。

"我现在没心情听这个……"菲弥洛斯盯着那个人,"当然了,你是弹得很像,可我早就不想听了,赶紧滚!"

但是游吟诗人就像没有听见一样,七弦琴的旋律依旧悦耳,他轻轻地吟唱起一首杜纳西尔姆语的童谣,比吹过的风更动人。

菲弥洛斯咬着牙,一股怒火从胸腔中燃烧起来,双手都发出了蓝光:"我说够了,你没听见吗?"

他猛地抬起手,两道弧形的光刃向着游吟诗人的方向切过去。

但那光芒并没切开"克里欧"的身体,却在中途化成了一阵光点,消失了。

菲弥洛斯吃惊地看着自己的双手,脸上的怒气越来越重。

但游吟诗人仿佛没有觉察到他的杀意,依旧弹着琴,慢慢地吟唱着自己的歌。

天幕尽头

菲弥洛斯站在原处,他的耳朵里能听到旧日的旋律,曾经让他失去理智而去追逐的东西,甜美又带着毒。

他不得不承认,那死人骨头选了最能激怒他的一个方法。

他想要离开这里,他已经抛弃了对于曾经自由生活的怀念,而待在游吟诗人的身边似乎有一生那么漫长——而对于弥帝玛尔贵族来说,一生就几乎是永恒。他时刻想着要复仇,但是重新回到洛克纳山……这在卡西斯的鬼魂为他建造这幻象之前,他似乎从来没想过。

"你到底要干什么呢?"妖魔贵族冲着半空中叫喊道,"我喜欢明明白白地说话。"

他的回音在山谷中传递,但没有任何人回答。

"红口袋"的房间温度似乎在上升,这从祭司们额头上的汗珠能看出来。地板上的白垩有些发黑,似乎是被什么炙烤了,而牛血也在渐渐干涸。

甘伯特仍然一动不动地坐在原来的位置,他口中的吟唱没有停止,双眼紧闭。而指向东方的魔法阵五角星的一角被灼烧得最为厉害,已经有些焦黑。

忽然,他又按住了胸口,睁开眼睛指了指西边:"查土姆花市……"

在入口方向的祭司立刻下楼将这个消息传递了出去。

于是在魔焰的石台上,西边的火苗开始移动,向着一个方位集结。

"东边的还没有散开。"克里欧盯着魔焰,"力量被分散了,他们不可能相互支援。"

"甘伯特大人之前跟您说过,他们考虑过这样的情况。"斯多里祭司宽慰道,"他们把力量分布得很平均,很合理。"

但愿如此,但愿一切如他们所预想的。克里欧紧紧地交握着双手。

他虽然能注视着魔焰,却不知道魔化的巫师究竟是什么来头。

在查土姆花市的蔓藤植物园里,一个浑身青色的女人发出了尖叫,从树顶上跳下来,她的双腿撑开了裙子,露出毛茸茸的山羊腿,而衣服下面还有什么东西正在冒出来。

森克洛将军穿着群岛商人的服色,挥舞着弯刀,指挥祭司、僧兵和普通士兵们包围上去。"是娜科的变种!"一个年龄稍大的祭司提醒他的同伴,"用火焰术,还有凯亚明灯。"

祭司们立刻将明亮的光射向那妖魔化的女人,她又尖叫了一声,一条粗大的尾巴突然甩出来,打碎了一块假山石。僧兵们同时用白磷引燃了白魔法火焰,向着女巫师喷射过去。

那女人的皮肤被火焰舔舐了一下,立刻变成了黑炭。她开始向后逃窜,跑进了一片茂密的植物中。

"追上去!"森克洛将军命令道,"把这个花棚烧掉也没关系。"

弓箭手们把裹着棕油的箭头点燃,向着那片培植植物射去,不一会儿火光就起来了,红彤彤地照亮了整个街道。

一个燃烧的身影突然冲出了火堆,向南方跑去。

天幕尽头

"看到她了,快!快!"

森克洛将军跳上马,冲过了花市,一阵陶罐碎裂的脆响让原本就乱哄哄的街道更加让人不安,被驱赶回屋里的居民都忍不住在窗户缝里向外看,也有不少人赶紧出来救火。

整个萨克城已经有一半的城区陷入了恐慌,但这远远还没有结束。

斥候们返回了"红口袋",又把刚才那场战斗的情况向高等祭司汇报。每当一个方位的战斗结束,便有一个高等祭司离开他的位置,准备接受新的命令。

甘伯特的体力已经消耗了很多,他身上的衣服完全被汗水打湿,但热气却还在不断地往外冒。他很快又指向了东北方向的一个点,说出了"四月剧院"这个地方——那是第三个被激发现形的巫师。

联络士兵们飞快地传递着消息,而本来在东面大区域待命的格拉杰·赫拉塞姆立刻调转马头,向那个表演滑稽戏和异乡歌舞的场所奔去。

被激发出妖魔之力的是一个平凡无奇的进行水晶球表演的巫师,但他无疑比前两个更加难对付:因为当他的第一根手指变得尖锐的时候,他就已经扔下了正坐在对面占卜的客人,猛地跃出了窗户。他的神志很清醒,只静默了片刻就明白是一股外力在催发他产生变化:双手已经完全变成了尖利的爪子,而颅骨的形状也变得更尖,活像一个钻头。他不管身后尖叫逃窜的客人,只是远望着西南,仿佛已经感觉到了逼近的危险。他看见很多穿着便装的人把另外一些滞留在剧场周边的人赶走,却给另一些人让了路。他咯咯咯地发笑,双手的爪子在月光下变得更尖更长了。

"在那里!"随着一声呼叫,被植入了精灵之眼的男人领着最先赶来的僧兵和祭司闯进了剧场的围墙,三个带十字弓的士兵将箭头射向他。巫师挥动左手,三支箭头断成六截掉下来。

"是地魔苏尔费德!高等地魔!"一个年纪很大的祭司叫道,"射眼睛、眼睛!"

正在魔化的巫师轻蔑地冷笑,毫不恋战,跃下屋顶,向着西南方向逃去。赫拉塞姆还没有赶到,就看见了斥候迎面传来了新消息。"他没有抵抗,大人,"气喘吁吁的士兵报告说,"而且他一发现自己变化了就立刻逃走了!我们的人还没到齐,先赶到的已经追上去了。"

"一个最狡猾的兔崽子。"赫拉塞姆恶狠狠地问,"告诉这片的人全打起精神来,必须在他窜到别的区域前拦住他。"

传令兵立刻将这命令送到了各个小队。

克里欧紧紧地抱着双臂,盯着石台上越来越集中的魔焰:已经出现的三个集中点周围都有火苗熄灭,而且三个集中点都变成了明亮的一团,偏离了原来的位置。

克里欧开始用右手的食指关节轻轻地敲打着牙齿,发现了令他不安的事情:"他们都没有被真正地制伏,这很不妙。"

"只是时间问题,"斯多里祭司尽量宽慰道,"这次是最大

天幕尽头

规模的搜捕，从十六岁成为见习祭司开始，我从未见过主神殿与王室的力量能够这么配合……伊士拉先生，您其实可以放心……"

"谢谢，阁下。"克里欧真的希望一切都如老祭司所说，但他心中有些不祥的预感。因为缩小了很多的缘故，那石台上的魔焰都移动得很慢。但克里欧能够感觉出来，他们似乎在慢慢地集中，并朝着同一个方向移动。

也许我得提醒甘伯特，克里欧这样对自己说，但是又知道现在是阵法实施的时候，他绝对不能冒着魔力被激发的危险走到地面，否则只会让局面变得糟糕。

"再等一等好了……"游吟诗人在心底暗暗地决定，"如果他们真的有碰头的趋势，我再请比特尼尔传达给甘伯特。"

"啊……"斯多里祭司夺拉的眼皮突然睁开了一下。

克里欧的注意力重新回到石台上，在余下的南方，有些火苗开始移动了……

甘伯特没有想到最后两个巫师的踪迹会同时出现，而且出现在同一方位。

白垩阵的最后两个角中只有一个慢慢地灼烧起来，转变成了枯焦的颜色。甘伯特同时感觉到了身体内穿刺般的疼。这种痛苦来得比之前更加剧烈而迅速，仿佛有人突然用两把匕首扎进了他的前胸和后背。

甘伯特的身体猛地扑在地上，这让周围的祭司们都吃了一惊。他们不敢冒险踏入魔法阵里，只能焦急地看着中间那个人。好在甘伯特很快就撑了起来，手指着南方——费力地说道:"海星市场……还有蔷薇花街……"

他所感知的地方是两个兴隆的市场,一个聚集了许多外来的商户,另一个地方聚居着许多卖艺的流浪舞女和歌手,两者紧紧相邻。

指令很快被传了出去,传令兵和斥候们带领着祭司和僧兵向着两个地方挺进。

在海星市场的一个香精店里冲出来的是一个陡然长高了一倍的女人,她的两条腿变成了一根长长的蛇尾,而口中喷出的毒气让站在旁边的两个顾客立刻口吐白沫地倒在地上。最先赶到的士兵向她射出燃烧的箭,但它们被她布满鳞片的皮肤格挡住,掉落在地上。魔化的巫师甩动长长的蛇尾,把近身的僧兵打得飞了出去。僧兵们高叫着水魔法度拉尔的名字,把辣油涂在宝剑和弓弩上。

在蔷薇花街,原本一个为舞女们打扫房间的洗衣妇双手变成了巨大的鳌,先是捏碎了一个少女的脑袋,接着咧开血盆大口跑到了街上。因为夜晚是蔷薇花街最热闹的时间,女人刺耳的尖叫顿时此起彼伏。她们穿着五彩的裙子四处逃窜,让赶来的僧兵和祭司都很难接近巫师。

但他们还是追上了她,向她投掷的"祝福之水"淋在她硬化为壳的皮肤上,立刻腾起了一股青烟,并且发出恶心的气味。

两个巫师都异常强悍、敏捷,并且因为在骚乱的人群之中躲藏,更难捕捉。僧兵们担任了追捕的主力,而普通士兵则不得不分神驱赶被惊吓的老百姓。更糟糕的是,她们同时

天幕尽头

出现在一个区域中，让之前安排好的人手顿时变得很不够用了，邻近的东南方的士兵们要赶过来并不会那么快。

在石台的魔焰中，最后出现的巫师让这两个区域的火苗移动变得很不平衡。而且处于南方的那些率先聚集起来的，已经有一些开始熄灭。

"这可不妙，不妙。"斯多里祭司也忍不住摇头，"这两个怎么就聚在一起了……"

克里欧已经不想分神再去附和老祭司，他知道甘伯特和他的士兵们虽然找到了全部的巫师，但是也陷入了苦战。而且他发现更加糟糕的事情：从那些聚集起来的火苗的移动来看，五个巫师似乎逃命的方向都是朝着西南，那里正是王宫的位置。

（下）

格拉杰·赫拉塞姆向着传令兵所报告的最后一个地点奔去，但是他跑到半路就遇上回报的斥候，告诉他两个被围堵的巫师已经向着西南方逃窜。

"虽然有点困难，但我们还是打伤了她们。"那个穿着蓝色制服的士兵说道，"但是她们太强了，有点难以控制。两个巫师好像都掺杂了水魔的属性。"

赫拉塞姆皱起了眉头："这么说那两个怪物还没有被捉住。"

"是的，长官。"

赫拉塞姆想了想："通知所有人，必须加快速度拦截现身的巫师，现在半个萨克城都被我们给吵得睡不着了。"

他调转马头向西南方前进，但忽然想起了什么，又向身边的斥候问道："森克洛将军那边的情况知道吗？"

"将军阁下正在追捕查土姆花市中的那个巫师，他们现在应该也在朝这个方向行进。"

赫拉塞姆心中一凛，忽然收紧了缰绳，胯下的战马立刻发出一声嘶吼。"不对，"他的额头冒出了冷汗，突然产生了一些可怕的猜测。他冲那个士兵命令道："立刻报告甘伯特阁下，巫师几乎都朝着王宫的方向去了，我们必须阻止他们。"

士兵立刻奔向"红口袋"。

但他还没赶到的时候，原本坐在白垩阵中间的甘伯特已经发现了一些不妙的事情：催动妖魔之力的阵法中有一个方向没有变色，而最后的两个妖魔都出现在同一个方位。但这个时候他不能离开白垩阵一步，否则整个魔法就会失控，这后果难以估量。

传令兵和斥候不断地回来报告前方的情况，包括现身的巫师的动向，还有赫拉塞姆队长和森克洛将军的战况。

甘伯特的后背已经湿透了，这不光是因为承受阵法反馈回来的疼痛，还有一些不祥的预感笼罩在他心头。

"兹拉杰阁下，"他对一名高等祭司说道，"请您通知所有没有参加围捕的祭司和僧兵，立刻赶往西南方，在皇宫外做好防御阵，立刻就去，别的什么也不管！"

"阁下，您这边也需要人守卫——"

"不，只留下五人卫队，其他人都走，去皇宫，要快，马

天幕尽头

上去。"

　　那个高等祭司看到他发白的脸色，也不再质疑，匆匆地跑了出去。而剩下的祭司们相互看了看，有些不知所措。甘伯特急躁地叫道："还看什么，你们也去，陛下现在很危险！"

　　魔化的五个巫师现在已经先后向着一个方向奔袭过去，这件事甘伯特已经通过零散传回的信息发现了，而克里欧则在神殿的地下通过魔焰看得更加清楚。

　　五个火苗所聚集的大片亮光向着西南方向缓慢移动，而且之间的距离不断在缩小，周围有更多的火苗加入了这片亮光，光亮中间会时不时出现一个暗点，那是一簇火苗突然熄灭了。

　　当这些亮光离石台上雕刻的王宫的距离越来越近时，连斯多里祭司都有些不安地开始揉搓双手。

　　"还是不够。"克里欧喃喃地说，"最后两个巫师出现的距离太近，他们布置的人手来不及回防，所以区域里的阵线被很快突破了。现在甘伯特已经派人提前去王宫布防了，希望他们来得及……"

　　的确有一块略小的亮光向着王宫飞快地移动。

　　"陛下也应该看到了，您说他那边也有魔焰？"游吟诗人突然向老祭司问道。

　　"是的，伊士拉先生……这是陛下特别叮嘱过的，所以他一定也清楚现在的情况。"

克里欧知道罗捷克斯二世是一个聪明的君主，他完全能够从魔焰中看到危险，而且应该也不会坐以待毙。

仿佛是为了印证他的猜想，一行细细的火苗突然从王宫的方位慢慢亮起来，并且开始移动到了宫门之外的位置，正面迎向大的光斑。

"这是守卫王宫的僧兵？"克里欧有些疑惑。

斯多里祭司仔细地看了看："哦……在妖魔开始肆虐以后，甘伯特阁下的确是派驻了一些僧兵在王宫保卫陛下的安全，不过数量不会这么多。应该是为了这次的行动，又新增加了一些人。"

克里欧点点头，甘伯特的妥善安排让他稍微感觉好了点，但这并没有消除对目前形势的担忧，而且那股不祥的预感始终笼罩不去——巫师们突然像约好的一样往皇宫的方向奔袭，甘伯特和他的战士们虽然意识到了这其中的危险，但克里欧却觉得这些不是最可怕的。他似乎正和甘伯特一起走在一条危险的路上，虽然有些塌陷的空洞，但克里欧却觉得地下会突然冒出什么巨大的怪物，就仿佛两百年前在索比克草原上出现的沙尔萨那……他强烈地希望这是因为他自己过于惶恐而发生的错误判断。

魔焰之间的距离仍然在不断缩小，而僧兵和士兵们走过的地方，就是萨克城的大街小巷，已经不可避免地陷入了混乱和恐慌。妖魔在城内大规模出现的消息开始在民众中飞速

天幕尽头

传开，由始发地如风一般扩散。有些人惴惴不安地躲在家里，有些人拿着武器瞪着门外，还有些人收拾了贵重物品领着家人向主神殿的方向逃去……

但无论是帝都守备军还是僧兵和祭司，都没有时间来安抚这些惊慌失措的百姓，几乎所有的兵力都被这五个尚未被制伏的巫师牵制住了。当萨克城里的混乱开始越来越严重的时候，五个逃窜的巫师终于在离王宫不远的一条主干道"国王大道"上会合，而王宫护卫队也几乎同时赶到。

赫拉塞姆远远地就听到了人类的惨叫，并且不止一声。他的身边有逃命的普通百姓，也有不断加入战局的士兵和祭司。他看见一个长着肉翅和独角的男人咬住一个人飞在半空中，接着被射中了左肩，掉了下来，那就是他围剿过的巫师，混杂了吸血兽波克菲的魔力。

其他的巫师都被围困在地面上：长着山羊腿的女巫被僧兵们投掷的火焰球点燃了半个身子，但是她强有力的尾巴和爪子给士兵造成了不小的伤亡；尖头尖脑的地魔被射瞎了一只眼睛，可仍然能突然钻进地里；人头蛇身的水魔变种在士兵中间高出了很多，她几乎没怎么受伤，大概是因为被追捕的时间最短，她身上只留下了圣水灼伤的痕迹……

将近三千名士兵和四百多个僧兵，以及才赶到的一千名王宫护卫队员将巫师们围堵在国王大道上，一些保护着逃命的老百姓，还有一些按照命令占据了制高点。

街上很多倒霉的店铺被砸得七零八落，漂亮的衣服、精致的糕点，还有漂亮的陶器，等等，都摔坏在地上，被踩得污秽不堪。有些房间里的油灯被打翻了，还有些被妖魔身上的火焰引燃，渐渐地烧起来，冒出滚滚浓烟，整个街道上弥漫着一股焦臭和鲜血夹杂起来的味道。

赫拉塞姆抽出长剑，并没有立刻加入战团，一个小队长发现他到了，立刻汇报现在的战况。

"我们暂时阻止了他们前进，大人，但现在伤亡在增大，我们已经不能保证可以活捉他们了。"

"活的有一个给主神殿审问就够了！森克洛将军呢？"

"将军阁下让一部分僧兵回防王宫，但是因为王宫护卫队也赶到了这边，所以我们兵力没有减少。"

赫拉塞姆点点头："很好，现在最重要的是不能让那些怪物继续前进，不管用什么办法！"

"是！"小队长转身跑开了。

赫拉塞姆胯下的骏马似乎也被魔化的巫师们影响，恐惧地向后退却，他狠狠地踢它的肚子也没用，最后干脆跳下马来。

赫拉塞姆提着长剑，首先冲进了最近的一个战团，那是"波克菲"掉下来的地方，他裂变的翅膀受了伤，又被士兵戳出了一条大大的口子，几乎无法再飞起来。他扑向最近的士兵，咬开他的脖子，吸了两口，接着转身一顶，额头上的独角立刻刺穿了另一个士兵的肚子。

"今天可是个大日子。"赫拉塞姆盯住了那张獠牙暴突的狰狞面孔，从牙缝里笑道，"好好表现吧，兄弟们，也许再也不会有这样活动骨头的机会了！"

天幕尽头

　　克里欧看到百分之九十以上的魔焰都已经聚集在了国王大道上，除了在王宫前分列出的一排护卫僧兵是星星点点之外，在那一段道路上的亮光几乎是连成了一片。

　　"他们会赢的……"斯多里祭司用肯定的口气说道，"即便是真正的妖魔在这里，这样强大的白魔法和武力也可以降服它们。"

　　克里欧这次相信老祭司的判断，因为魔焰的确还会突然地熄灭，但是比起之前来说这情况变得越来越少。白魔法的优势正在逐渐显现。

　　然而这并没有让克里欧皱起的眉头松开，他的心跳反而加快了……

　　忽然，一股悸动传过他的心脏，他感觉到胸口一阵发闷。他的身体微微摇晃了一下，立刻坐在地上。

　　斯多里祭司被他的反应吓了一跳，连忙扶起他来："您怎么了，伊士拉先生，也许您愿意先到那边去休息休息。"

　　"不，不对……"克里欧按在胸口，一股熟悉的感觉让他不安，他立刻明白了什么，脸色变得很难看。

　　"比特尼尔，比特尼尔！"游吟诗人突然跳起来，大声叫着年轻祭司的名字，冲向门口。

　　原本在外面随侍的祭司吃惊地走进来："我在这里，先生，有什么吩咐？"

　　克里欧抓住他的双臂，脸上是掩饰不住的恐慌，他的情绪似乎在失控的边缘，以至于声音都略微发颤。"快去找甘伯特！"克里欧对比特尼尔说，"去找你的哥哥，孩子，告诉他这是一个圈套！那些巫师……他们是用来吸引兵力的！有更强大的妖魔已经出现了……"

年轻的祭司目瞪口呆："我不明白您的意思，先生——"

"快去找甘伯特，快！"

然而比特尼尔却使劲摇头："不行，先生，我、我被命令一定要跟随在您身边……"

克里欧已经没功夫为这孩子的回答而愤怒了，他唯一能想到就是那强大黑魔法所引起的悸动，这才是他一直担心的事情——怪物终于从地下冒出来了。

事实上与此同时，远在"红口袋"里的甘伯特也发现了阵法中出现了不寻常的信号。他没有离开白垩阵，也不再催动妖魔之力，但突然反馈回来的巨大疼痛直击他的心脏，令他近乎昏厥。

他趴在地上好半天难以起身，而守护的僧兵也不敢进入阵法。

这时一个斥候突然从楼下跑来，紧张地汇报："大人，王宫的方向有奇怪的光，请您务必看一下。"

甘伯特抬了抬下巴，一个祭司立刻去推开了所有的窗户，在这个地势较高的楼上隐约能看见西南方有银色的光柱升起。

天幕尽头

甘伯特的脸色变得更加难看。祭司们扭头看着他,等待他的命令。

"回你们的方位站好!"甘伯特低声命令,"我们现在就结束这个阵法,赶往皇宫。"

白垩阵在祭司们低沉的吟诵中开始燃烧,细细的火线将每一个符号都烧灼成了地板上的焦痕。接着弥漫在室内的甜香也消散了,连带着甘伯特身体内的抽痛也不见了。他匆忙披上外套,只留下了一个祭司做最后检查,便上马向西南方赶去。

甘伯特在传令兵的引导下避开了正处于激战中的国王大道,通过那些隐蔽的小巷奔向皇宫。他越是接近那里,越是能清楚地看到银色光柱——

它们是两道,一大一小,笔直地从地面升向天空,隐没在厚厚的云层中。那种银色的光芒并不刺眼,似乎还混杂着一点点黑灰色,但却让人感觉到一种难以描述的寒冷。

甘伯特带着他的祭司们直接进入了王宫,那里已经乱成了一团。

王宫护卫队们封锁了整个宫殿,几乎没有人能了解到底发生了什么。宫廷内侍长严令所有的仆人都待在自己的区域,而士兵更是五步一岗,手持着长矛和剑,表情严肃。

当内侍长和王宫护卫队长看到甘伯特的时候,焦虑万分的脸上露出了求救的表情。"您终于来了,阁下!"内侍长对甘伯特说,"这事儿太怪了,我们束手无策……"

"到底怎么了,陛下呢?"

"我们见不到陛下,他……他被困住了……就在寝宫。"

甘伯特脸色阴沉:"什么时候的事?从头说清楚。"

"请这边走,我马上告诉您。"

他们一边赶往寝宫,内侍长一边说着不久前突然发生的事情:从傍晚以后,罗捷克斯二世便在寝宫中注视着石台上的魔焰,甘伯特和僧兵们的每一次行动他都能了解。当巫师们开始向皇宫聚集并被堵在国王大道的时候,他将身边的僧兵派出去驻防。这个时候就在寝宫外突然升起了银色的雾气,开始他们并没有注意,但是雾气越来越浓,并且开始发光。整个寝宫都被银光笼罩了,没有人出来,也听不到声响。仆人和卫兵想要进去,但却仿佛被无形的墙阻隔了。接着那雾气变成了光柱,直通上天,他们都不知道该怎么办,又不敢冒险撤回王宫外的最后一道防线,只能等着甘伯特赶来。

高等祭司听完内侍长的报告时,终于来到了寝宫的门外,那两道银色的光柱完全罩住了整个院落,士兵们将这里团团围住,却完全无法接近。

护卫队长指着那层银色的雾气:"看上去没什么东西,但是摸着像不透明的冰,连刀剑和长矛也刺不破!我们试了很多办法,都进不去!"

甘伯特来到散发着银光的雾气前,慢慢地伸出手,很快就感觉到一片冰凉的硬物,但却什么也看不到。

他向护卫队长要来一把匕首,然后刺破手指,将血涂在上头,一边念着祝福咒,一边刺向那冰雾。

天幕尽头

仿佛有喀嚓的一声轻响，匕首突破了坚硬的界限。

甘伯特立刻抽出匕首，在手掌中造出一个极小的凯亚明灯。他将这小小的光亮植入冰雾的裂缝，不一会儿就变得越来越大，硬生生地将冰雾撑出了一个裂口。

"僧兵跟我进去，其余的人都留在外面。"

甘伯特和在场的十来个僧兵钻进冰雾的裂缝，进入寝宫。

罗捷克斯二世的寝宫甘伯特曾经来过，那是个温馨而又小巧精致的地方，但此刻这里寒冷彻骨，呼一口气都能冻结。

他和僧兵们在手上捧着凯亚明灯，一点一点地往里探。冰雾在他们身边很快退却，露出室内的大片空地，除了倒在地上的仆人一动不动地不知死活以外，似乎一切都没有什么变化。甘伯特在起居室的地板上看到两件被撕得粉碎的长裙，上面精致的刺绣和华贵的金线让他一下子就想起它们原来的主人，心脏顿时像被揪住了一般。

但当他们一行人走进了寝宫的庭院时，立刻发现了更加可怕的景象——

在年轻国王所钟爱的玫瑰花圃旁边，站立着两只大鸟，它们足有一个成年人那么高，长着尖锐的利爪，羽毛是仿佛钢铁一般的银色，但头部却像昆虫一样，长着突出的复眼和口器，而且长满绒毛的口器还不断吐出银色的丝线，将面前的罗捷克斯二世紧紧地缠绕起来。

"银羽鸟！"

甘伯特咬着牙哼了一声，然后默默念起咒语，手中的凯亚明灯登时放射出更加璀璨的光芒，那两只大鸟立刻发出嘶嘶的叫声，扑扇着翅膀腾空而起，并且拽住了它们的猎物——闭着眼睛仿佛陷入了昏迷的国王。

"快，陛下！"甘伯特向那两只大鸟投掷出匕首，但刀刃连它们的羽毛都没有削落一片。

银羽鸟大声地嘲笑着他，继续向上飞起来，随着它们翅膀带起的风，又一层冰雾凝结在了玫瑰花圃周围。

"它们要带走陛下！"一个僧兵大叫道，更多的凯亚明灯升空，但来不及撞碎冰雾，就看到银羽鸟顺着银色的光柱越飞越高，最后消失在了厚厚的云层中。

甘伯特脸色铁青，死死盯着罗捷克斯二世消失的方向。

"怎么办，阁下？"他旁边的僧兵焦急地问道。

甘伯特深深地吸了一口气："立刻回主神殿，想办法追查陛下的踪迹。你搜查一下寝宫，看看银羽鸟是怎么混进来的，它们……能够化形……"

僧兵们散开各行其是，甘伯特狠狠地捶了一下自己——

那扯碎的长裙是属于王后和公主的，难道那两只银羽鸟一直以这种形态留在陛下的身边，这是从什么时候开始的，他竟然完全不知道。

克里欧已经不想再去看石台上的魔焰，他按着胸口，感觉心跳在不断加快，而那种熟悉的饥饿感也越来越明显。他想要出去了解一下到底发生了什么事，但菲弥洛斯不在身边，祭司们没办法阻止他，他必须自己了解情况。

天幕尽头

"伊士拉先生！"刚才出去打听消息的比特尼尔从门外跑进来，额头上全是冷汗。

"怎么了？"游吟诗人知道他的预感正在变为现实。

青年祭司喘着粗气，声音发颤："主神殿外来了很多逃难的平民，他们不能进来，在大门外匍匐祈祷，很多人都在哭，乱糟糟的。我看见王宫那边有奇怪的光柱……而且有什么东西正在朝主神殿飞过来……"

"甘伯特呢？"

"有僧兵回报说他正从王宫赶回来，但是还需要一段时间……"

克里欧深深地吸了一口气："我得看看那个飞过来的东西究竟是什么，判断你们是否能对付。"

"可是，伊士拉先生……"

"我不会离开主神殿，甚至不会离开这个偏殿。"

比特尼尔犹豫了一下："好的，请您不要走出斯科尔罗偏殿……我再请几位祭司过来。"

克里欧最终走出了古书库，在风神斯科尔罗的偏殿大门内站住。他一眼就看到了王宫方向那暗淡又显眼的光柱，而那光柱似乎正在变得越来越淡。在漆黑的天幕下，三个闪着银光的点正在向主神殿的方向移动，并且越来越大。

克里欧的喉咙变得更加干渴，他拼命地压抑着身体内涌动的饥饿感，盯着那三个亮点。

它们越来越近了，已经能看到其中平行飞翔的是两只金属般的大鸟，而它们的爪子提着一个被丝线包裹的人。

"银羽鸟,"克里欧喃喃地说,"不对,它们只是中等妖魔,不会有这么强的魔力……它们带来的那个人是谁?"他愣了一下,忽然对比特尼尔说:"现在主神殿还有多少祭司能够组成防御阵?"

比特尼尔慌乱地回答道:"镇守地牢的巫师不能动,现在我们只有三十个高等祭司可以组成最初级防御阵……"

克里欧绷着脸:"那就这么干吧,至少支撑到甘伯特他们回来。"

不一会儿,能施行白魔法的留守祭司和僧兵们就在主神殿的广场上组成了圆形的防御阵,当银羽鸟飞临主神殿附近的时候,在大门外伏地祈祷的人群发出了尖叫。而银羽鸟却没有攻击人类,它们忽然向上拔高,把银丝所包裹的人抛向了主神殿。

"那是什么?"比特尼尔指着不断下落的人,满脸惊恐。

克里欧看不清,但是他从身体内部越来越强烈的饥渴感几乎能断定,也许这才是隐藏在萨克城中最强大的巫师——他已经正式亮相了,就选在主神殿力量最薄弱的时候。克里欧的心跳突然加快了,他意识到有些答案即将揭晓,但他原本以为还有更多的时间来让自己寻找的。幕布应该一点点拉开,而绳索突然断掉,整个后台一览无余,这不是他和甘伯特等人准备好的接受方式。

除非,有什么他所不知道的因素导致了预料到的事情发生了改变……

下落的人影并没有像石块一般砸在地上,他身上的银丝

天幕尽头

在半空中不断散开,就仿佛拖着冰冷的火焰,又仿佛是为了减慢速度,让他显得从容不迫。银羽鸟们也没有离开,它们无法飞到主神殿的上空,便不断地绕着这个地方盘旋。

地面上的祭司和僧兵们吟唱着防御咒,一层金色的外壳开始在主神殿上空凝结,但这似乎完全没有对那个人产生作用,他踩碎那层保护罩就像碾碎鸡蛋壳一样轻松。当他完全站立在主神殿的广场上时,所有人都吃惊地瞪大了眼睛,甚至连有些祭司也张着嘴……他的模样被铸造在金币和银币上,法玛西斯帝国的每一个人都认得。

"陛下……"比特尼尔傻乎乎地看着那个人慢慢走近,"那个……是国王陛下吗?"

克里欧觉得自己好像在经历一场噩梦,一切都变得非常不真实,不论是主神殿外平民的吵闹惊叫,还是祭司们的窃窃私语,或者是远处正逐渐消失的银白色光柱,还有隐约映红了小块夜空的火光,都拼凑出一个最离奇的梦境。而梦境中间最失真的部分,就是罗捷克斯二世俊美的脸和闪亮的金发。

国王直直地看向他,面带微笑,就像十年前一样亲切。

"晚上好,伊士拉先生。"他用悦耳的声音向他打招呼,"我给你带来了礼物……在这个难得的夜晚。"

接着他站住了,展开双手,一股旋风从他身后出现,一直升到半空中。伴随着那股旋风,一阵奇怪的声音忽然响起来——它似乎很远,又很近,仿佛是在整个萨克城上方回响,但又很难分辨最初的方向;它沉闷而又缓慢,但每个人都听得很清楚,好像没有通过耳朵直接在脑海中响起;它就像一种不透风的裹尸布,牢牢地把每个人都缠绕起来,胸口发闷,无法呼吸……

克里欧猛地向前踏出一步,大脑中仿佛被点燃了,他感觉到整个身体都裂开了一个空洞,疯狂地想要吸入什么,但是口中却无意识地重复着:"敲钟人……敲钟人……他们要毁灭这里……"

末日之战

（一）

菲弥洛斯僵直地站在原地，双手仍然闪烁着蓝光，但是渐渐地就消失在了皮肤下。

他对面的那个"克里欧·伊士拉"仍然在弹奏七弦琴，唱着杜纳西尔姆人的童谣。菲弥洛斯有点记不起这首童谣的名字了，但旋律却好像刻在心底，稍微一起头，就能顺着接下去，一直唱到结束。

原来最美的享受此刻变成了一种折磨，菲弥洛斯忽然冷冷地笑了一下，不再试图改变这一切。

他来到游吟诗人身边，在他对面的一块石头上坐下来。

最后一根弦的颤动终止，最后一个音符消失在空气里，克里欧慢慢地放下手，沉默地看着菲弥洛斯。

妖魔贵族无声地拍了拍手，然后对面前的人说："完全没有差别，无论你是那骷髅变出来的假人，还是我脑子的幻想，都跟那该死的家伙一模一样。"

游吟诗人微微一笑，就像他第一次对菲弥洛斯露出的那种表情。

妖魔贵族胸口凝滞了片刻，随即大笑起来："太像了，这真糟糕……其实我真喜欢他，漂亮又精致的人类，而且有我喜欢的声音，比很多声音都好听。我想过给他永久的生命，这可是弥帝玛尔贵族一生最重要的承诺，但是他更需要的是我的力量……好吧，他得到了，我活该。不过他犯了一个很大的错，你知道吗？他原本用不着对我用那什么'血盟'，他如果向我请求，作为一个朋友帮帮忙也好，如果他那么决定了，一切都会不一样，我可以替他做任何事，我们原本不必变成现在这样的……"

对面的人轻轻地抚摸着七弦琴，仍然没有说话。

菲弥洛斯着迷地看着他修长的手指："两百年都没变，时间禁咒的力量真强大……我竟然花了两百年时间陪着一个恶心的背叛者，真是不可饶恕。"

他转过头，似乎看着眼前的人都让他难受。

游吟诗人缓缓地移动着身体，向妖魔贵族伸出手。菲弥洛斯仿佛没有觉察，仍然喃喃自语："真不可饶恕，我竟然纵容自己成为背叛者的仆人……我应该把爪子插进他的胸膛，挖出他的心脏吃下去……或者我割下他的头，锁在铁盒里，让身体永远无法再复活……我应该忍受血盟咒语的强迫之力也不遵从他的命令……"

天幕尽头

他忽然转过身，一把掐住了游吟诗人的脖子。

"这里的幻觉非常真实啊，"菲弥洛斯冷笑道，手指下贴着的皮肤温热而细腻，"那个死人骨头到底能模仿到什么程度呢？他认为有这样相同的面孔就会让我心软吗？"

他用力捏着"克里欧"脆弱的脖子，提到自己面前，看着那张面孔涨得通红，鼻翼翕动着，拼命张大了嘴。

"我早就应该这样做，要么杀死自己……要么'杀死'他。"

游吟诗人的脸变成了青白色，双眼圆睁，舌头伸了出来。

菲弥洛斯微微一用力，就听见咔嚓的一声轻响，那个人的脖子以一种诡异的角度歪在一边。他松开手，那具身体便倒在地上一动不动了。

菲弥洛斯愣了一下，看着自己的手——他搓动手指头，好像它们不属于自己。他静静地坐在原处，等待那具尸体复活。山风继续吹拂，鸟雀的声音依旧清脆，而阳光也照常洒在他们身上。时间慢慢过去，但游吟诗人却仍然躺在原地，没有呼吸。

菲弥洛斯有些意外。他看着尸体，发现它的皮肤正在变灰，接着颜色加深，丰腴的面颊开始塌陷、干枯，最后化为了朽木一样的骨架，第一块骨头塌陷下去，连带着所有的骨架都粉碎了，很快化为齑粉，被风吹走了……

白色的长袍和七弦琴留在原地，好像从来没有过主人。

菲弥洛斯凝视着那空荡荡的地方，忽然明白了卡西斯要给他的是什么——

·306· 末日之战

真正的死亡。

萨克城正在燃烧。

国王大道上的战局已经有了明显的偏向，化形为波克菲的巫师已经被杀死，而剩下的四个也身负重伤。但是火势开始蔓延，已经有十几幢房屋被引燃，而且城中还出现了其他的起火点。而地下似乎回荡着钟声，这让百姓们心生畏惧，更多地涌向主神殿。

可他们没有想到的是，此刻主神殿中发生了更加可怕的事情。

克里欧·伊士拉看着罗捷克斯二世在主神殿的广场上站着，他被银羽鸟带来，从天而降，轻易地踏碎了祭司们构筑的防御罩。

克里欧曾经设想过他所寻找的最强大的巫师究竟是什么模样：他或许苍老、阴郁，躲藏在地下幽深的洞穴中；他可能平凡无奇，像最普通的人一样在干着平凡的工作，没有人会多看他一眼；他可能游走在卡亚特大陆的任何一个地方，然后回到萨克城，在这里继续他的谋划；甚至他是一个"女性"，有出众的容貌，可以诱惑任何一个靠近她的人……克里欧设想过许许多多关于那个神秘巫师的真相，但是从来没有想过他是端坐在王座上的人。

"陛下……"克里欧的身躯微微发抖，也许是恐惧，也许是因为那几乎夺走理智的饥渴感，但是无论是哪一种他都不

天幕尽头

想让国王看出来，努力让声音保持着平常的样子："陛下，您选了一个好时候来主神殿。"

罗捷克斯二世微笑着，向四周望了望："我早就想来这里了，你知道，按照规矩，国王不会出现在教廷的势力范围。哪怕是为上头沉睡的老头子献祭祭品，也是在皇宫里进行的。"

"现在您可以好好地看一看这里了……"

"没错！"罗捷克斯二世揉搓双手，摇晃身体大笑道，"在我毁了它之前，我还有一点点时间！"

他猛地拉开双手，一个黑球从掌心出现，一下子窜进旁边某个祭司的身体。那个还在发愣的祭司立刻爆发出惨叫，像从内部融化了一样，变成了地上的一摊墨汁。所有人都脸上变色，惊叫着向后退。

"防御！"克里欧大叫，"凯亚明灯、铁壁咒……"

有些反应快的祭司立刻在手中制造出了明亮的光球。但那黑球从残骸中跳出来，分裂成了两个，又击中了相邻的两人。这次受害者融化的速度更快，黑球开始不断地分裂，它们会自觉地撞击祭司手中的光球，把凯亚明灯撞成飞散的碎片。

国王的力量比他想象的还要强大！

克里欧大叫着让祭司和僧兵们撤退，回到神殿中去——在神殿的阶梯之上，白魔法蕴含在这些建筑之中，可以当做一个天然屏障。但即便如此，一大半的祭司和僧兵也已经融化了。整个主神殿中弥漫着一股焦味和腐臭。

黑球的攻击果然在神殿的石阶下停住了，它们开始飘回

极西之地

罗捷克斯二世,隐没在了他的身体里。

"伊士拉先生……现在怎么办?"比特尼尔脸上全是汗,嘴唇发抖。

"让剩余的人去凯亚神殿的地牢……"克里欧感觉到胃部一阵一阵地抽搐,"他的目标不是杀光祭司,他要的是妖魔王……还有我……"

比特尼尔尽职地将命令传达了下去,残余的祭司和僧兵们立刻进入了神殿,他们聚集在凯亚神的圣光轮周围,从地宫的最深处将传说中供奉的那支凯亚神之箭请出来,放在正中,开始不断地祝祷……地上雕刻的光轮图案开始发出白光,这光线顺着地面延伸,把其他的八个偏殿都串联起来。

克里欧跟跟跄跄地退回了古书库,饥饿感稍微减轻了一些,但他知道这只是时间很短的一个缓冲,主神殿残余的人不足以对抗罗捷克斯二世的进攻。

他来到石台前,看着国王大道的魔焰,还有那几个朝着主神殿飞快移动的火苗。斯多里祭司颤抖的双手在胸前做出光轮的形状,不断地祈祷:"伟大的凯亚神啊,请让甘伯特阁下再快一点,快一点……"

克里欧看见白光蔓延过来,树根一般爬满了墙壁,又裹上了书架……

他突然抓住老祭司:"国王世系的记录在哪儿?这地方有吗?"

斯多里祭司开始还愣了一下,随即点头:"是的,先生……这里原本没有单独的皇室材料……但是因为之前的有

·309·

天幕尽头

一位国王进行了皇权和教权的分离,所以从此以后古书库中就将国王世系作为单独的分类记录下来了。"

"快找出来!所有的……"

斯多里祭司哆哆嗦嗦却又准确地来到一个书架旁,从最底下的一层抽出一个厚厚的羊皮卷轴。他把卷轴打开,那上面绘制着一个线形的世系表,而最开始的地方画着一个头像,端正的面孔,浓密的金发,穿戴着铠甲。

"这就是萨克雷恩大帝。"斯多里祭司指着那个人,"260年前平定五个公国叛乱,宣布将教廷的权力从皇权中剥离,不再插手世俗的政务,为后来罗捷克斯一世陛下的进一步规范奠定了基础……"

"他提出过纯化魔法……"

"是的。"斯多里祭司用皱巴巴的手指指着世系线下的说明,里面有一行红色的小字,"他了解皇权,还有魔法,因为他自己学习过,他在祭司们中间也有着极高的威信。'他如果不是国王,也会是一名最伟大的祭司'。"

或者是最可怕的巫师……

克里欧盯着那幅头像,几乎看到罗捷克斯二世从羊皮卷上跳了出来。

他觉得"萨克雷恩大帝就是罗捷克斯二世"这个想法太过于疯狂,但是他知道这位著名的君主背后一定有些事情跨越了时间,导致了今天的浩劫。

突然一阵巨响从外面传来,整个古书库都在摇晃,书架呼啦啦地掉落了一片。

克里欧知道他没有时间再在这个地方寻找更多的线索，因为即便是神殿本身，也经不起外面那个人连续不断的进攻了。

他飞快地卷好羊皮卷，然后搀扶起斯多里祭司。

"我希望您和比特尼尔赶紧离开主神殿。"克里欧对老祭司说，"甘伯特即便赶回来也来不及了，所有人都应该立刻逃走。"

"哦，伟大的凯亚神啊！"老祭司流出了眼泪，"我们不能离开，这是神圣之地，是我们的安息之地……"

震动还在不断地传来，墙壁已经出现了裂痕，有石块从天花板上掉落。克里欧没有办法花时间劝他，他拽着老祭司的手来到了神殿入口。

罗捷克斯二世还在原来的位置，但此刻整个主神殿已经面目全非：

从他站立的地方开始，地面裂开了大洞，许多巨大的黑色腕足从下面冒出来，正分别缠绕在几个偏殿上，它们不断收紧，那些古老的石柱、屋檐和墙壁就像面包一样被掰断了。河流之神伊萨克的偏殿已经完全塌陷了，卡西斯和海洋之神努尔多的偏殿也好不到哪儿去……八个偏殿仅仅还剩下三个。克里欧所在的风神斯科尔罗的偏殿正被两只细小的腕足抓住，它们已经扯断了外面的廊柱，正试着深入里面。而受到攻击最多的是凯亚神的正殿，尽管白色的光线围绕着整个神殿，碰一下就闪出火光，但黑色的腕足仍然拼命敲打着台阶，一步一步地侵入。

天幕尽头

克里欧眼前一阵发黑,两百年前索比克草原上的噩梦再次出现了,他没有想到沙尔萨那竟然可以出现在这样圣洁的地方。它们再次成为了毁灭之神,轻易地就瓦解了一切——或者应该说,操纵它们的人已经强大到超乎他的预料,比两百年前更难以抵挡。

克里欧的胸口一阵恶心,身体内部不断抽动,他从腰带上抽出匕首,狠狠地扎了最近的腕足一刀,沙尔萨那扭动着,却没有退缩。它反过来一抽,克里欧和斯多里祭司都被扫落到台阶下,老祭司满头鲜血,没有了呼吸。

"怎么样,伊士拉先生?"国王伸开双手,"这件事我早就想做了。"

其中一根腕足折回来,勒住克里欧的脖子,把他拖到了国王面前。

克里欧这时看清楚了罗捷克斯二世的脸,他好像从来没有这么认真地看过他的脸:英俊的面孔,湛蓝的眼睛,浓密的金发,跟他怀中羊皮卷上的画像几乎一模一样。不,或许有一点点不同,这张脸上有更加高傲的神色,就好像俯视一切。

克里欧痛苦地抓着颈部的腕足:"你不该……不该这样做……"

"做什么?毁掉主神殿?"国王用手轻轻地拍了拍他的脸,"你是杜纳西尔姆人,克里欧先生,你知道主神殿的真正意义。它是凯亚神给这片大陆加的封印,它让他的力量还可以覆盖在这个世界上。从本质上来说,它和你们这个部族的作用是一样的。"

"是你……"

"是我,亲爱的伊士拉先生,拔除第一个钉子。"

克里欧头痛欲裂,说不清是因为身体中的饥饿,还是因为愤怒,但无论他怎么挣扎,腕足都没有松开。

国王笑起来:"现在可以拔除第二个了。"

他轻轻地挥动右手,更多的腕足集中到了凯亚神主殿,白色的光网渐渐地开始断裂,接着是廊柱和墙,最后整个大殿轰然倒塌。

菲弥洛斯忽然觉得脖子上的扼制力量又出现了,并且提着他往上飞起来。天空像是坠落一样飞快地砸向他,随即又变得异常刺目,菲弥洛斯闭上眼,再睁开的时候便重重地掉在了沙地上。

他又回到了现实之中,站在极西之地。

骷髅骑士仍然站在他面前,就像之前的一切都没有发生过一样。

妖魔贵族站起来,拍了拍身上的沙土。"谢谢你让我做了个梦。"他轻描淡写地说,"可惜我没有睡着。"

骷髅骑士静静地看了他一会儿,调转马头离去。

菲弥洛斯叫了一声,又跑到他前面,张开手:"慢点儿,卡西斯,停下!"

"回你的来处,妖魔,你逗留得再久也是徒劳无功。"

天幕尽头

"为什么?"菲弥洛斯眯起眼睛,"你窥探到了我的想法?你知道我对那个杜纳西尔姆人极端痛恨?所以你不相信我会把骸卵给他?"

"不止一个人想得到骸卵,妖魔,向你要求的也不止一个。"

"你就那么笃定我会把骸卵拿给那个头顶开了窟窿的贱人?"

骷髅的头颅微微颤动了一下,菲弥洛斯几乎以为那是他在笑。

"这并不是你真正能决定的,妖魔……你知道召唤骸卵的代价吗?"

"我以为那些传说已经说得很清楚了。"

"妖魔,你看惯了他的死亡,你并没有任何感觉。但是你把骸卵给他,你就会实现你的愿望……如果那是你真正的愿望。"

菲弥洛斯的手抖了一下。

骷髅绕过他,走入沙漠,风沙又刮起来,霎时间就掩盖了他的背影。

菲弥洛斯最后一次在脑子里听到卡西斯的声音:"这依然是一个献祭的交易,妖魔,你和你们的王,你和我,以及你和他。"

(二)

甘伯特听到主神殿的方向传来了嘈杂的声音,包括沉闷的巨响和人群的尖叫。他心中不祥的预感已经达到了顶峰。他已经没有心思再去顾及王宫中消散的银色光柱,也没有再去关心国王大道方向冲天的火光,甚至是那来历不明的钟声,他也没空去猜测。他已经感觉到现在最大的危机在主神殿,当看到那些迎面跑来的百姓时,这感觉更加强烈了。

他弯腰抓住一个惊慌失措的女人,大声问道:"怎么了?你们为什么往回跑?那边发生了什么事?"

那个女人满脸恐惧,指着主神殿的方向:"倒了,全倒了……陛下,陛下……凯亚神救救我们……"

她挣脱甘伯特的手,头也不回地逃走了。

甘伯特用力一夹马腹,向着主神殿奔去。很快,入口处那高大的方框和地面上的金色横线就看得见了,但甘伯特紧接着就看到广场上的一片狼藉,八个偏殿几乎只剩下了残垣断壁,而雄伟的正殿也已经倒塌了,只露出半个墙壁,巨大的黑色妖魔的腕足在半空中挥舞,有些把碎石块打得到处都是,有的探入废墟下,拼命地钻动。

甘伯特被这可怕的景象震惊了,他勒住缰绳,骏马高高地立起来,发出嘶鸣。他身后的祭司和僧兵们也被眼前的一切吓呆了,他们跳下马,僵立在大门外不敢进去。

甘伯特隐约看见在废墟之上站立着一个人,虽然是背对着自己,身形却特别熟悉。天空中传来嘶哑的叫声,甘伯特抬起头来,看见两只银羽鸟正不断绕着主神殿盘旋。

他顿时猜到了造成这一切的人,额头冒出了冷汗。

"阁下,阁下……"一个年长的高等祭司颤抖着问,"我

天幕尽头

们该怎么办？现在……怎么办？"

甘伯特急促地呼吸，尽量压低声音："全部使用隐身咒！你立刻去联系赫拉塞姆队长，千万阻止他到主神殿来，他和没有魔法的士兵全部都不能过来，城里已经乱了，让他立刻去各个大臣们的府邸通知他们离开萨克城。主神殿交给我……"

那个祭司又看了一眼巨大的妖魔腕足，双眼通红，他半跪着吻了吻甘伯特的衣角，立刻扭头往国王大道的方向跑去。

甘伯特看了看身后的几名祭司和僧兵，现在每个人都在自己额头的刺青上点了一下，念完隐身咒，这能让他们仿佛消失在空气中，不被看见。

现在算上从"红口袋"跟过来的以及半路上撞见的，也只有八个人了。而即便是这些身经百战的魔法战士，也从未见过如此可怖的情形，他们脸上的畏惧显而易见。

甘伯特拔出长剑，对他们说："我一个人进去，请你们待在这里，凯亚明灯至少可以驱散银羽鸟，确保它们不会下来攻击我。"

"我们不害怕，阁下……"最年轻的僧兵涨红了脸。

"当然，"甘伯特严肃地说，"但我在地下迷宫中见过沙尔萨那，我知道怎么避开它。"

他最后拍了拍那个僧兵的肩膀，跨进了主神殿的门。

罗捷克斯二世仍然在操纵着黑色的腕足妖魔，他指挥它们顶开塌陷的石头，推开碎片中的尸体，把正殿下地牢中的一团东西抓了出来。腕足的顶端分裂出细小的触须，灵巧地将那东西送到了国王的面前。

"啧啧，真可怜。"罗捷克斯二世接过了腕足呈上来的东西，黑色的身体，却有一对血红的眼睛，"强大的图鲁斯坎米亚，如今却被封印在蝙蝠的身体里，太可悲了。"

蝙蝠在他的手中发出细细的嘶叫，饱含着狂怒。

国王大笑起来："我知道你要什么，对不起，让你等得太久了。"

他勾起左手手指，沙尔萨那又多分出几条腕足，将束缚在一旁的克里欧四肢都缠住，平举到他面前。

游吟诗人全身仿佛都要炸裂了，身体中仿佛已经没有水分，而腹中也空空如也。在沙尔萨那和妖魔王图鲁斯坎米亚出现以后，他已经没有办法再保持理智，整个身体中只有对黑魔法力量的渴望。这渴望逼得他发疯，他知道应该想办法阻止罗捷克斯二世，应该弄清楚他和萨克雷恩大帝究竟有什么关系，应该问他那些阴谋诡计的最终目的是什么……可是他一个字都说不出来，他只想拥有这强大的魔法，抓住它，从嘴里把它一块块地吃下去。

"好吧，我知道你现在的感受，"国王在克里欧耳边轻轻地说，握住了他的右手，"别着急，你很快就能得到了。"

他用指甲在克里欧的掌心轻易地划开了一道伤口，然后把蝙蝠放在了上面。"现在是你们的时间了，两位。图鲁斯坎米亚陛下，这是您的祭品，非常美味。"

蝙蝠的身体剧烈地扭动着，开始膨胀，一股黑色的黏稠的液体从它嘴里涌出来。那液体仿佛有生命一般，很快汇集

天幕尽头

成了一条细流，这细流准确找到了克里欧的伤口，迅速地灌进去了。

克里欧发出一阵压低的叫声，而蝙蝠不断抽搐，当最后一滴黑色的液体流出它的身体时，它缩成了干枯的一团，掉在地上。

克里欧感觉到右手仿佛被浸在冰水中，那水像是有意识般地顺着他的手往上爬，最后聚集在心脏的位置。他的心脏绞痛起来，但却觉得并不难受，那种折磨他的饥渴被这冰水填满了一些，反而使得身体的火热略有舒缓。他的脑子似乎清醒了点，抬起右手，看着那道血口子慢慢地合拢、消失，就像从未存在过一样。

罗捷克斯二世冲他微笑着说："看，第四个。图鲁斯坎米亚是一个非常随和的君主，他跟你的融合一点也没让你不适。"

克里欧没有回应他，却突然用那只右手抓住最近处的一只腕足，狠狠地咬下去。腥臭的血液从腕足上喷出来，克里欧大口大口地吞咽着，就像饿鬼扑在食物上。一股黑色的气体从妖魔的伤口泄漏出来，更多地被他吸入了身体。束缚他的腕足松开，让他掉落在地上，但他依然趴在伤口上吸吮着。所有的腕足都开始剧烈颤抖，纷纷从废墟退了出来，它们的力量仿佛一下子被掏空了，只能在地上翻滚、挣扎。

罗捷克斯二世没有阻止克里欧的疯狂，他只是冷冷地看着，看着腕足渐渐停止了挣扎，最后瘫软在地上。

克里欧终于抬起头来，黑红色的血沾满了嘴巴和脸颊。

极西之地

"培育一只沙尔萨那需要不少时间呢……不过被你吃掉也不算浪费。"国王一边耸耸肩,一边掏出手巾擦干净了游吟诗人的脸。"不要着急,"他温柔地安慰道,"最后一位妖魔王很快就会赶来了。你应该还记得她,昆基拉,她代表着遗忘。等她到了,你和五位妖魔王就会彻底融合。你将忘记一切,那些痛苦的事情,那些不甘心和无奈的事情,你会全部遗忘。你将重生为黑暗之神,这个世界将是你的。那将多么美妙啊,光明之神的子孙成为黑暗之神重生的躯体……"

克里欧的神志已经逐渐恢复,大概是妖魔王和沙尔萨那的力量让他身体内部的饥饿得到了大大的缓解,但是他却更加绝望……

罗捷克斯二世笑了笑:"你的表情应该开心点,伊士拉先生,这是一个伟大的时刻。所有人都应该为自己能见证而欣喜若狂,也包括你……甘伯特阁下!"

他猛地转过身来,一道黑色的光线突然缠住了远处的甘伯特,隐身的帷幕被打破了,年轻祭司被困住了双手和脖子,然后被拖到台阶下。

甘伯特用尽力气也无法挣脱看似无形的黑光,但他脖子上的那一道却松开了,转而缠住他的脚踝。

年轻的祭司一边咳嗽,一边盯着面前的人,脸上的震惊已经消退了,更多的是戒备。"陛下……"他冷笑道,"或者您真的是国王陛下……"

"我当然是。"那个外表仍然完美无缺的人看了一眼废墟中的羊皮卷,忽然对克里欧笑道,"您查到了什么,伊士拉先

·319·

天幕尽头

生？也许您已经猜到了些东西。"

克里欧把身子挪到甘伯特旁边,略微挡住他。"也许有一些,陛下……"他反问道,"萨克雷恩大帝是谁？您的前身？"

国王鼓掌:"真聪明,伊士拉先生,您一猜就中。"

但甘伯特瞪大了眼睛:"萨克雷恩大帝？他是二百六十年前的国王……"

"一个对于魔法有着卓越研究的国王,原本是一个人,现在是一个魔鬼。"克里欧接住了他的话,"现在我想您希望有人能欣赏您的故事……"

罗捷克斯二世环抱着双手,彬彬有礼地向他们颔首:"先生们,我是萨克雷恩,也是罗捷克斯,我只是穿越了时光,活了两回。你们应该听说过我的丰功伟绩,我是法玛西斯帝国第十三位国王,是最伟大的一位。我征服过克拉克斯群岛,让他们向我们纳贡；我统一了北部和东部的野人部落,现在他们已经是我们的公国和行省了,除了我无法越过的极西之地,我将法玛西斯帝国的疆域扩大到几乎整个卡亚特大陆。我是整个世界上曾经有过的最伟大的君主！"

"这些都是史书中记载的,但是关于魔法的部分……"

"只有传说,对吗？"国王摇摇头,"只是我不愿意这部分流传下去而已。我的确学习了魔法,开始是白魔法,我发现它们很有趣,所以我让祭司尝试着给我灌注了一些。但是凯亚神太吝啬,对于不是侍奉他的人,他并不愿意赐予太多的力量。可惜这个世界并不是他能完全掌控的,在光的对立面自然有阴影,光有多亮,影子就有多黑。所以我找到了黑魔法……我是一个了不起的学生，教我的无论是祭司，还是杜纳西尔姆族的猎人——是的，有您的同胞，伊士拉先生，我衷心感谢——或者是那些躲藏在暗处的巫师，他们都承认我有学习魔法的天赋。他们所教授的我能全部学会，并且我可以创造出新的魔法……伊士拉先生，您明白吗？我有创造的能力……"

克里欧捏紧了拳头："所以你制造了沙尔萨那？是你制造了第一只沙尔萨那？"

国王的神色又恢复到冷静自持的模样："严格地说，我只是提供了想法。当我越深入地研究魔法，就发现巫师的力量仍然是有限的，因为他们只能从黑暗中提取皮毛，而真正生于黑暗的是妖魔。可惜它们都被凯亚神封印了，为此我只能走入地下去寻找……第十层圣殿，你以为你是第一个到达那里的人类吗？"

"你……唤醒了妖魔王？"

"确切地说他们需要我，而我也需要他们，一件互利互惠的好事。"

克里欧明白了，萨克雷恩作为顶尖的巫师，首先唤醒了妖魔王，而为了最终的解放，妖魔王又把力量给了他，所以妖魔王们虽然被削弱了，但他逐渐变得强大。

"我花了很多时间来研究魔法的创造性，而改造妖魔是一件很花心力的事情，可我能找到方法，大概唯一能想到的也只有我了，不过提供材料的还是那些妖魔，他们啊，真的很想回到地面来。沙尔萨那是一个成功的作品，当然了，就两

天幕尽头

百年前那一只来说，稍微还有些缺陷，原本我是想让它给我多带回一些健康的杜纳西尔姆人，可它把什么都毁了，好在留下了你……更妙的是，你的父母为你下了时间禁咒……完美的躯体，永远不会老，也不会受损。"

克里欧全身都在发抖，面对着这个寻找了两百年的真正凶手，他却不知道怎么样才算报仇——杀了他吗？撕碎他？这一切似乎都软弱无力，更不可实现。

"为什么两百年前你没有把我直接送到第十层圣殿中？"

"嗯，这个……"国王耸耸肩，"魔法中有许多不怎么好掌握的，特别是创造性的。我那个时候也太年轻，缺少经验，所以出了一点岔子……"

"于是你隐藏了两百年？"

"总不能让人看着我活两百年，我需要休息。而且……白魔法毕竟还存在，在我睡觉的时候，他们如果发现了我，那可真的就不妙了。我叮嘱过妖魔王们也最好少安毋躁，反正他们被关得够久了，不在乎多等这一点时间。"

克里欧点点头，立刻明白了："用吸血蔷薇在王宫中抽取人类血液的巫师是你！你一直在这么干！"

"两百年的时间很长，而且积少成多。"国王笑了笑，"我损失的魔力都是这么一点一滴补回来的，或者说，其实比以前更多了……人就跟老鼠一样，要多少有多少。"

克里欧点点头，的确，巫师的踪迹他见得很少，但十年前他走入帝都，就开始越来越多地接触到巫师的黑魔法，然而他那时候无论如何也不会去怀疑国王。那些调查中中断的线索，突然起来的火灾，他从来没有想过……

"你当时为什么会让吸血蔷薇来找我？你不怕暴露自己吗？"

"那是个意外，伊士拉先生，请原谅，它们有时候会出点小岔子，种子会散落在计划外的地方。可这不是也歪打正着吗，我正好了解一下您这些年来的情况，比如你是不是真的已经完全没有办法实施白魔法了。费莫拉德祭司的话我可不能全听全信，杜纳西尔姆人的确太厉害，我得小心点——好在看起来是跟我想的一样的，你不是连拟巫咒都得靠一个小子来帮忙吗？"

他看了一眼甘伯特："恭喜你有一个很好的学生，伊士拉先生，聪明勇敢，而且无私。"

年轻的祭司恨恨地挣扎着，仍然没有办法逃脱束缚。

"你到底是怎么替代你的子孙重新进入王宫的，陛下，这和那两只银羽鸟有关系吗？"

"我是个学习能力很强的人，伊士拉先生，你已经看到了，那些妖魔化的巫师不过是在学我的皮毛。我从地下迷宫中带出银羽鸟可不是为了让她在我的王宫里只变成个美女，它们会化形，这很重要，我用得上。"

克里欧摇头："妖魔们给了你很多帮助，陛下，可你没有想过它们为什么愿意跟你合作，妖魔王的目的是让黑暗之神复活，统治这个世界。这会毁灭你的帝国，陛下，黑暗之神不会允许人类存在，他只会带来死亡、灾难和灭亡。"

国王沉默了片刻，然后在他面前坐下来："你知道凯亚神

天幕尽头

"沉睡了多久了,伊士拉先生?"

克里欧没有回答。

"传说从创世以后。"国王摊开手,"他放弃了这个世界,放弃了他的造物,伊士拉先生,他已经不在了……凯亚神不是沉睡,他已经死了。"

甘伯特双眼通红,几乎要挣扎起来,但是克里欧按住了他。

"别对我发火,甘伯特阁下,这就是事实。他创造了这个世界,给了我们秩序,然后他撒手了,以为这世界会持续千万年……可是,他忘记了这个世界是不能没有神的,旧神远去,新神就会降临。"

"黑暗之神不会带来新的秩序,他是凯亚神所封印的邪神。"

国王有些好笑地看着克里欧:"不,伊士拉先生,我不是在说黑暗之神,你不明白吗?我说的是我自己。我能创造一个从未有过的帝国,也能创造一个新的世界,我能够成为……神。"

克里欧觉得萨克雷恩,或者说罗捷克斯,疯狂得超乎他的想象。

(三)

格拉杰·赫拉塞姆看着僧兵们将异化为地魔苏菲尔德的男巫压倒在地上,用圣水淋在他头上,巫师发出惨叫,变形的颅骨和尖爪逐渐变回了人类的模样。僧兵们用索套将他扼住，然后紧紧捆起来。

"长官，全部抓住了！"一个士兵气喘吁吁地向他报告，"除了死掉的那两个。"

"娜科和波克菲。"赫拉塞姆点点头，"是的，把尸体处理好，活着的也必须看牢。"

"我们立刻把它们运回主神殿关押。"

赫拉塞姆摇摇头："不，你们先派人拘押他们，在这里的空地上，不要忙着回主神殿。"

士兵们诧异地看着他。

"如果他们出现异动，立刻全部杀掉。"

他的口气让士兵们赶紧行了个礼，去执行命令。

现在志愿兵团长浑身是汗，脸上和手上溅满鲜血，但并没有因为解决了巫师的问题而感到轻松。他看到了王宫方向的光柱，也看到有闪着银光的东西向着主神殿飞去。他和所有人一样听到了类似于钟声的怪响，但战斗中却无法分心。

而现在整个国王大道有一半都陷入火海，居住的百姓基本上都逃走了。负伤的士兵们坐在路边，有的帮着搬运同伴的尸体。没受重伤的在长官的带领下集结起来，等待命令。远处的街区传来了火光，隐约有人们混乱的叫声，一种无形的惊恐已经弥漫了整个城市。

赫拉塞姆深深地吸了一口气，拽住身边的一匹马："好吧，但愿这古怪的钟声和现在城里的混乱没有关系。"

他来到集合起来的队伍旁，现在甘伯特和森克洛将军都不在，于是他将僧兵、祭司和普通士兵，王宫护卫队，以及

天幕尽头

他自己的志愿兵分离出来，让祭司和一部分僧兵回主神殿，王宫护卫队带领另一些僧兵去守卫国王，剩下的则立刻分成十队分散到城中去。

"如果甘伯特大人已经回到主神殿，或者在王宫里，请见到他的人一定要请他再派祭司和僧兵到城里去帮忙，我估计那儿的麻烦可多了。"赫拉塞姆说完这句话，挥了挥手，"行动吧，兄弟们，今天晚上想睡觉可不行了！"

士兵们纷纷上马，分成了小队，沿着国王大道的支路重新进入了萨克城的腹地。

赫拉塞姆向着他最担心的那个方向去了，那里有卡顿先生的酒馆和索普，还有腿伤尚待痊愈的莉娅·巴奇顿夫人。

他一路奔驰，渐渐地看清楚了城市中的异象：几乎所有人都醒了，有些是因为之前的追捕行动，而更多是被那古怪的钟声叫醒的，他们穿着睡衣逃出家门，身后出现了很多怪物在追赶：

有浑身是鳞片的地魔从泥土里钻出来，扑倒了人就开始撕咬；有些身形细小的东西三个两个地吐出长舌头，活生生把人的血液吸干；还有些长着强壮的利爪，轻易就撕开了人的身体……虽然它们的数量还算不上多，但每一个都足以吓得百姓们心惊胆战，四散奔逃。凌乱的街道、被引燃的房屋和失魂落魄的人，特别是狰狞恐怖的妖魔，这些都让往日繁华的城市变得像个地狱。

"妖魔！"赫拉塞姆脸孔煞白，"为什么会出现这么多妖魔？"

他的脑子陡然想到克里欧曾经谈到过的在斯塔公国所经历的一切。他狠狠地一咬牙:"敲钟人,这里有敲钟人。"

越接近酒馆所在的地方,逃走的百姓就越多,他们胡乱冲撞着赫拉塞姆的马头,哭叫声掩盖了他的声音。他干脆跳下马来,对身边的士兵吼道:"不要跟妖魔正面冲突,你们对付不了它们!赶紧给我找敲钟人,那些穿黑袍子的,会在地上或者墙上画圈念咒的,他们正在不停地召唤妖魔。"

士兵们面面相觑,既恐慌,又有些不知所措。

赫拉塞姆大骂道:"找那些穿黑衣服念咒的人,找到就立刻杀掉!"

士兵们得到了明确的命令,立刻下马散开。

赫拉塞姆提着长剑,躲避着百姓,他在胡乱中四处寻找,不断地回忆克里欧曾经描述过的敲钟人的模样:"黑衣服,皮肤惨白……还有什么,这些狗娘养的……"

"赫拉塞姆队长!"有人在大叫着他名字,志愿兵团长转过头,看到他担心的四个人正走过来。

"凯亚神保佑!"赫拉塞姆迎上去,急切地问道,"怎么样?你们碰上妖魔了吗?"

卡顿先生的胡子抖个不停:"哦,哦,万能的凯亚神啊,幸亏还没有!但是我们看到有人被妖魔吃了,整个头都被咬掉了!现在怎么办啊?我们只能去主神殿了吗?"

赫拉塞姆:"先去试试吧,现在那边的情况我也不清楚,但好歹是神圣之地。"

索普手里拿着一把匕首,扶着卡顿夫人,惊惶地问:"队

天幕尽头

长，伊士拉先生在哪儿？他知道发生什么事儿了吗？为什么这么多妖魔？"

赫拉塞姆无法回答他，只能叮嘱他一切小心，避开没有光的地方，最好能在主神殿附近支撑到天亮。

而巴奇顿夫人虽然穿着便装，但是是四个人中间最镇定的，她的手上提着一把长剑，还拿着一个酒桶盖当做盾牌。"一定是敲钟人出现了！请允许我跟您在一起，队长。"她也习惯用赫拉塞姆的旧职位称呼他，"我的伤基本上没关系了，我有对付妖魔的经验，而且我见过敲钟人。"

"很好，夫人。"赫拉塞姆对莉娅·巴奇顿的要求立刻表示同意。

他们俩和索普一家人分手，一路小跑穿过倒塌的围栏，顺手抓起了一截燃烧的木头当做火炬。一些街角的阴暗角落被这光线照到，巴奇顿夫人忽然指着一个地方："那边，队长，就是那个人！"

赫拉塞姆举着火炬跑向她指的方向，果然看见一个穿着黑色长袍的男人站在阴影里，他戴着兜帽，皮肤惨白，没有眉毛和胡须，连嘴都没有，手上提着一把长剑，那剑柄仿佛是从他的掌心中长出来的。他的另一只手不断敲击着墙壁，随着他的敲击，一只吸血兽波克菲的头正从墙根处挣出来。

"逮到你们了，小怪物！"赫拉塞姆冷笑了一声，一剑刺向那个敲钟人。

克里欧·伊士拉急促地呼吸着,而罗捷克斯二世则轻松地站在他面前,就像站在他的花园之中,尽管他的周围是一片废墟,死去的妖魔和人类都散发着浓重的血腥味。

游吟诗人看着罗捷克斯二世,一时间无法相信他的狂妄:"你在说什么?新神?你……你聚集黑魔法?"

国王微笑着面对他。

"原来如此,你在利用妖魔王……"克里欧苦笑道,"十年前的肉傀儡,我一直想不明白为什么它会帮我们?原来是你在阻止妖魔王融合,那不符合你的安排?"

"是的,虽然我把你送进地下迷宫,算得上是给盟友们的一点定金,但它们并不安分,它们太急躁,很难控制。如果太早让它们合体,这一切都会不同:它们会迫不及待地将那些妖魔都释放出来,然后吞噬一切。但主神殿还在,更重要的是,骸卵还在……只要有人愿意用生命和白魔法的力量去召唤,那么即便是我们能战胜凯亚神最后的力量,可黑暗之神也必然会残缺不全。我可不愿看到两百年的功夫都毁在一帮笨蛋手里。"

克里欧颤抖起来:"你复活黑暗之神的目的……难道是为了吞噬他的力量?"

国王轻轻地摇头:"其实没那么快了,他得先帮我把这个世界清理干净。"

游吟诗人的背上已经被冷汗浸湿了,他坐在地上,撑住

天幕尽头

身体的双手不住地颤抖。在两百年的岁月中,他以为自己已经麻木到不会再恐惧,不会再害怕任何恶魔,但是现在他从心底里畏惧这个看起来英俊而亲切的男人。他怕得发抖,几乎不敢正视他的脸。他只想赶紧离开这里,离开他的身边。但即便是这个愿望,他也不敢表露,因为他知道自己是这个人最后一把开锁的钥匙,他不会放过自己。

国王似乎对他的反应很满意:"不光是黑暗之神,伊士拉先生,你的那个奴仆去找的东西我也有兴趣。作为人类,我的身体不会对这样的光明力量有所排斥,也许你会看到第一个黑暗之力和光明之力融合的新神!"

"不,"克里欧叹息道,"你太狂妄了,陛下,人不能成为神,这与你创造了什么无关。人之幸福与伟大就在于遵循这世上的律法,让所有的一切都平静地从起点走向终点……"

"一切律法的基点在于力量,伊士拉先生,起点也许相同,但终点可以被力量所改变,这才是世界的迷人之处,你不能否认这一点。凯亚神的力量已经消失了,这说明神也会死去,所以这世界需要再次制定新的律法。我有这样的力量……"

"你是在窃取不属于你的力量。"克里欧低声说,"这是会遭到报应的……"

甘伯特已经停止了挣扎,或许是太过震惊,或许被他们的对话吓住了。

国王对一时的冷场似乎有些失望,但他很快又变得兴致勃勃。"我们浪费了太多的时间。"他兴奋地摩擦双手,"听,萨克城里的末日之钟越来越响了,敲钟人都慢慢地出来了。也许这个新世界的诞生还需要更多的努力。"

他高高地举起了一只手,一道黑色的气流冲上天空,在最高处突然分裂成千万道丝线,向着四面八方扩散出去,消失在远方。与此同时,一声轰隆的巨响穿过天际,接着那些原本隐晦的钟声忽然变得洪亮刺耳,并且毫不间断。

罗捷克斯二世举起双手:"庆祝吧,诸位,这是旧世界的丧钟,新世界的庆典。"

接着又低头看着克里欧:"您最后一位客人即将赶来,您会获得新生,伊士拉先生,您将不再是一个凡人了。"

克里欧都明白了:国王已经将末日之钟在整片大陆敲响,这是一个进攻的号角,妖魔们会倾巢而出,而最后一个妖魔王——象征遗忘的昆基拉,也正在向他走来。

阿卡罗亚的黎明来得比萨克城晚很多,黑夜的时间也更长。

米亚尔亲王躺在丈夫的身边,憔悴的脸上带着疲惫。这是她两天来第一次熟睡,也是在抵御了一波地魔攻击后的短暂休整。作为一个女人,她的体力已经达到了极限。

布鲁哈林大公却没有睡着。因为不能冲锋陷阵,他反而有些休息的时间,所以此刻他能够将妻子搂在怀里,同时阅读着送来的战报。

忽然,一阵巨大的钟声响起来,一下子让沉睡的米亚尔

天幕尽头

亲王睁开了眼睛。

"怎么了?"她敏捷地坐起来,按住腰间的匕首。

布鲁哈林大公也吃了一惊,仔细地辨认着这声音:似乎是钟声,但又不太像,更重要的是,在他们扎营的周围没有任何钟楼,这声音找不到来处,似乎直接回响在他们头脑中。

"不对!"亲王跳下床,快速地穿戴起铠甲,"这声音太古怪了!卫兵,卫兵!"

但冲进帐篷的不是卫兵,而是随军的僧兵队长:"殿下,有妖魔!"

布鲁哈林大公痛苦地呻吟了一声,按住了手臂上的精灵之眼。米亚尔亲王焦急地卷起他的衣袖,看到原本浑黄色的眼球不仅变为了红色,还有一丝细细的血从眼角流下来。

米亚尔亲王脸色煞白,她冲出大帐,看见所有的士兵都从帐篷里钻出来,惊疑不定地四处张望。远方是黑沉沉的天幕,但在月光的照耀下,一些密密麻麻的影子正一点一点地朝这边飞来。那种神秘的钟声响个不停,这些影子也变得越来越多,而地下同时有轻微的、不祥的震动,是什么东西正要破土而出。

"殿下!这次的妖魔好像来得不少……"

米亚尔亲王的手有些发抖,好一会儿没有系上肩甲的皮带。她感觉到从未有过的担忧,无论多少次地跟妖魔作战,她都没有过这样强烈的畏惧,似乎有些她一直明白的应该承受的事情终于来到了跟前。

"弗拉……"她听到布鲁哈林大公在身后温柔地叫她的名

字。米亚尔亲王回过头，看到丈夫对她笑了笑："没事儿的……一切都会顺利的……"

米亚尔亲王平静下来，过去留给布鲁哈林大公一个吻："是的，阿斯那。我很快就回来……"

她拿起佩剑，大步走出王帐，厉声命令道："通知所有将士，全部起来列队，布好防御阵！请僧兵们按战斗序列编入每个分队，立刻！"

随侍的副官立刻开始传令，米亚尔亲王拔出长剑，注视着天空中移动的黑点，忽然看到有些巨大的黑影从地面崛起，高高地矗立在不远处，那令人心悸的震动让亲王都退后了两步，士兵们惊慌地叫起来。

"安静！"米亚尔亲王大声喊道，"不过又是一场袭击，或许是妖魔多了点，或许是有新的魔物，但是我们胜利了许多次，这一次也同样不会输……拿起你们的武器，阿卡罗亚的勇士们，家园就在身后！"

士兵们传来了高亢的回应，和着那沉闷无形的钟声，仿佛黎明前的战鼓。

沃夫·阿尔特被米拉尼摇醒了，他暗红色的头发睡得乱糟糟的，但手上还捏着匕首。

"怎么了？该我和皮斯卡换班？"沃夫嘟嘟囔囔地说，接着就发现眼前的少女一脸惊惶。

"听，"米拉尼竖起食指，屏住呼吸，"你还没听见？"

天幕尽头

他们所带领的义军团已经离开了阿卡罗亚，越过了特贡卡拉山脉，向西南直下，帮助安特里尔行省抗击妖魔。在这个驻地周围，他们和娜科及魔狼进行了许多场大战，守住了一个两千人的城镇，但是妖魔仍然会偶尔出现，几乎每个夜晚都要分出四分之一的人来防守。

此刻，原本安静的夜空中响起了一种奇怪的声音，仿佛是敲响了被罩起来的铜钟，但是又分辨不出发声的方向，这声音朦朦胧胧，更像是直接回响在人的脑袋里。

沃夫的睡意一扫而光，他把刻着符文的匕首塞给米拉尼："留在地堡里别出去，皮斯卡呢？"

"还在巡防……"

沃夫跑出了地堡，直接奔上了外面的防御工事。皮斯卡和值夜的义军都站在门岗上，面朝着外头。

"嗨，嗨，皮斯卡！"沃夫大声叫着朋友的名字，"你听到怪声了吗？"

但那个拿着长矛的矮个子男人没有理会，甚至连旁边的义军士兵也没有回头看他一眼。

沃夫有些恼怒地嚷嚷："皮斯卡你这个聋子，还没听见吗……"

红头发的暴躁小子终于爬上门岗，一把抓住朋友的肩膀："当心我揍你——"

"安静！"皮斯卡一把捂住沃夫的嘴，指着工事外的树林，"快看，看！"

在昏黄的月光下，树木顶端正在不停地乱晃，它们就如同喝醉酒的人，把头摆得好像要断了一样。

"那里面有东西，而且很多。"皮斯卡的冷汗顺着额头往下流，"整个树林里都有，从来没见过这么多，今天晚上所有的妖魔都不睡觉吗？"

沃夫睁大了眼睛盯着树林，虽然看不清究竟是什么在黑暗中活动，但是他的确从来没有见过树林的异动像波浪似的一层接着一层。

他抓开了皮斯卡的手，对士兵们吼道："去准备焦油，把每个箭头都蘸满，我可不担心烧光这片林子，只要它们别接近咱们的地盘。"

守夜的士兵立刻去准备武器，不一会儿，数十支火箭从工事上射出去，火苗渐渐地引燃了灌木，接着火光越来越大，照亮整片树林。在熊熊的火光中，无数长着坚硬鳞片的地魔变种正慢慢走出来，它们庞大的身躯压倒了细小的树木，踏着烈火一个接一个地朝着工事走来。而在它们身后，更多高矮不同的黑影正陆续跟上……

沃夫眼神发直地看着这一切，低声骂道："他妈的兔崽子……"

斯塔公国的王城正在崩塌：所有的一切，曾经洁白的大理石宫殿，金色的光轮，被焚毁的寝宫，还有杜克苏阿亲王数以万计的藏书，都在一阵阵无形的钟声里坍塌。仆人们尖叫着四散奔逃，连卫兵也争先恐后地离开。

天幕尽头

西尔迪·恰克队长站在王宫外,看着一切发生。他捏着长剑的手不断颤抖,却不知道究竟该跟什么东西战斗。他只能看着恰克家族从父亲、祖父,甚至曾祖父就开始服侍的亲王的宫殿变成碎片。自从最后一代杜克苏阿亲王的残骸在寝宫中被发现开始,恰克队长就知道亲王的血脉断绝了,也许国王陛下会分封新的王室成员过来,但再也不会有长着蜂蜜色头发和浅黑色眼睛的主人住进这座宫殿。

而现在,这最后的遗迹也不复存在。

"队长!"一个卫兵来到他身边报告,"王城里出现了妖魔,有些是从地下出来的,还有些会飞。它们到处都是……居民们都在往外逃……"

西尔迪·恰克抹了把脸:"都离开王宫,把弓箭队调过来,五人一组在第一层塔楼上射击;召集祭司和僧兵,让他们带领士兵进城,尽可能保护居民们聚集到神殿那边……"

"队长,现在城里太乱了……恐怕很难控制……"

"去做,能救多少人就救多少人!"恰克队长怒吼道,"无论如何要支撑到天亮!"

卫兵握紧了长矛,点点头:"是!"

胡子已经有些花白的卫队长转过身,不再去看那几乎要成为废墟的王宫,而山坡下是被惊醒的王城,不断传来的尖叫和不祥的钟声混合在一起,让身经百战的恰克队长也忍不住胆寒。

"这真像世界末日,"他喃喃自语,"万能的凯亚神啊,请让太阳快一点升起来吧。"

归 来

（上）

克里欧·伊士拉头痛欲裂。

当罗捷克斯二世敲响了末日之钟以后，他仿佛被置于无形的巨钟中心，脑子里的声音似乎能震聋他的耳朵。甘伯特用担忧的眼神看着他发青的脸色和惨白的嘴唇，眼睛快要滴出血来。

罗捷克斯二世在碎石瓦砾中慢慢地走了几步，像在倾听。"来了，"他轻轻地说，"伊士拉先生，萨克城里的人估计还不知道主神殿已经不存在了吧，他们正朝这边跑呢。不过，昆基拉也在路上了，要是撞上可怎么办呢？"

克里欧按着前额，慢慢地摇头，尽管他的嘴唇在发抖，可也没有吐出一个祈求的字眼儿，因为明白国王只想让他难受……

天幕尽头

罗捷克斯二世对他笑了笑:"五个禁区,其中斯塔公国稍微出了点岔子,但其他四个还是不错。昆基拉在里面培养了很多你没有见过的妖魔。就算是杜纳西尔姆人也不会想到,将各种妖魔混种,能够产生奇妙的效果。你见过那加达兽和娜科的结合吗?地魔和各种绿色妖魔都不能融合,但是和娜科却可以像泥巴一样捏出各种新东西。它们可以变得很大很大,具有地魔一样尖锐的爪子和硬邦邦的鳞片,同时也具有娜科灵巧粗大的尾巴,你可以想象当几百只这样的新生妖魔从禁区里出来的时候,胃口有多好……哦,对了,还有水魔比达,它们是令人憎恶的小怪物,但是它们有些神奇的技能,比如让梦魔虫的胃口变得与众不同——我是说它们可以让那些小虫子不再去吃人虚无的梦,而是实在的血肉。水魔们将自己的爱好运用得很好,这些平凡无奇的虫子很快就越来越多了……还有强大的赛克希尔,它们在另外一个地方。哦,伊士拉先生,您让自己的仆人去禁区实在是太可惜了,其实有机会你该自己去看看,那是一支支庞大的军队。现在钟声已经敲响了,它们肯定走出了禁区,可惜我不能真的像银羽鸟一样飞起来,否则我真愿意去看看它们这个时候是怎么开拓新世界的,那一定非常精彩。"

克里欧不知道自己是因为他提到的残酷景象,还是因为菲弥洛斯而感到难以忍受,他蜷缩着身子,双目通红。

国王又看了看他,伸手抚摸着他凌乱的黑发,最后在他的额头中间点了一下,克里欧感到一阵刺痛,直钻入大脑。

国王充满同情地对他说:"仁慈,伊士拉先生,这是你的可悲之处：你老是想去拯救，好像要修正一个两百年前的错误，但你救不了杜纳西尔姆人，自然也救不了整个大陆上的人。你应该明白愿望和实力是两回事。"

克里欧觉得脑子里更疼了，他听到了隐隐约约的叫喊，那是人群嘈杂的声音，萨克城中被妖魔追赶的百姓都逃到了主神殿的方向。

甘伯特同样听到了这声音，他从喉咙里发出呜呜的呻吟，急得不停翻滚，只希望原本逗留在外围的少量僧兵能阻止那些百姓进入主神殿。

但国王却只是漠然地看了他们一眼，耸耸肩："太晚了……"

几乎在他说完这句话的时候，一道耀眼的红光从天际直射过来，接着砸在了主神殿之外，红光引起了巨大的爆炸，那一连串的火球发出巨响，腾起了红云，主神殿的废墟不断震动，碎石块窸窸窣窣地满地乱滚。

甘伯特感觉到撕心裂肺的疼痛，他连一声惨叫都没有听到，但他明白那些逃到这里来的人和留守的僧兵已经死了。

克里欧却已经来不及多感受一次痛苦和绝望了——身体的饥渴感再一次凶猛地席卷了全身，他看到从大门外熊熊燃烧的火焰中，慢慢地走出来一个纤细的人影。

"欢迎！"国王向着那个人张开双手，"昆基拉陛下，欢迎您来到主神殿，我想您乐意看到他这副模样的，否则您不会屈尊驾到了。"

妖魔王缓缓地走近，她的光头和头顶伤口上流下的血都

天幕尽头

清晰可见。

克里欧的胃部开始痉挛，甚至扩散到了全身。他想要往后退，但却似乎已经没有了任何力气，只是徒劳地蹬着地面。

罗捷克斯二世微微地侧过身子，展示着身后的游吟诗人。

"已经全都准备好了，"他用一种难见的客气腔调说道，"也许您愿意在做您想做的事情之前告诉我一下那些禁区的情况。"

昆基拉毫无表情的面孔转向他，干巴巴地说："所有的妖魔都已经释放，它们正在向这边推进，五个禁区连成了一条线，你知道它们经过的城镇不会留下人类。哦，不，也不一定，或许有一些会储备点食物。"

"跟我预想的一样，我对陛下您所支配的一切不能有更多的赞美之词了。"

昆基拉没有再理会他，她的眼睛落在克里欧身上，露出了饿狼一样的神情，再也无法看到任何别的人或事。"我看见他……"昆基拉伸出一根指头，"他已经快要成形了……"

"他在等着您，"国王的双手发出黑光，像丝带一样缠上了克里欧的四肢，再次把他举到半空中，"一个伟大的时刻，陛下。"

克里欧的喉咙里发出呻吟，身体饥渴得仿佛要裂开口子，但最后的理智却仍然在抗拒，他甚至开始痛恨父母所赐予的时间禁咒，这让他连自杀也做不到。

昆基拉走上来，握住了他的手，开始用古老的语言唱起了咒语。

妖魔王的手冰凉刺骨，好像能一点点吸走克里欧身体中的热量。并且这只手在接收这热量之后慢慢地融化，像冰水一样顺着指尖、掌心游走到了前臂，并且慢慢地爬上了肩膀。

克里欧的意识正在渐渐地模糊，仿佛极端的渴望在瞬间被填满，而其余的任何东西都不再重要了。他好像又意识到这是最危险的时刻，也是仅剩的一次抵抗的机会，但他无能为力，就好像看到夕阳天幕正在落下，将他和一切都盖在黑暗之中。

"菲弥洛斯……"克里欧在心底念着妖魔贵族的名字，不知道是因为痛恨还是因为仍然抱有希望，而他所剩下的时间也仅仅只能复述这个名字。

被捆住的甘伯特亲眼看见那个曾经在地下迷宫中的妖魔王再次出现，握着游吟诗人的手，像她十年前想做的那样，换成了透明的液体，一点一滴地渗入了克里欧的身体。游吟诗人的身体正在一阵一阵地抽搐，并且越来越剧烈。当昆基拉完全渗入了克里欧的身体里时，他变得平静了，仿佛昏迷，但更像是死亡，因为连胸口也再无起伏。

他被放了下来，国王蹲下来轻轻抚摸他的头，叹了一口气，起身站到一旁。

甘伯特的眼睛里流出了泪水，一滴一滴地落在地上。

一切都结束了，当游吟诗人再次醒过来之时，便是他即将死去之际。

在甘伯特止不住的眼泪中，克里欧的手指轻微地动了一下，就是这一下，空气中便多了一丝颤动——温度仿佛下降

天幕尽头

了，甘伯特打了个寒战。

游吟诗人的身体正在发生变化，他黑色的长发正在褪色，一点点变浅，最后变成了纯白，他的皮肤正褪去血色，变得异常苍白，而无数黑色的细细的丝线正凭空浮现出来，交织、凝结，轻轻地覆盖在他的身上，变成了一件衣裳。最后，他坐起来，睁开了眼睛——原本漂亮的银灰色眸子已经没有了，整个眼眶只剩下连一个黑点都没有的白色。

克里欧·伊士拉消失了，重生的是黑暗之神，光明之神拉加提的双生兄弟——帕斯提。

那个有着白色躯体的黑暗之神慢慢站起来，他的动作似乎和人类没有区别。罗捷克斯二世向他半跪下来，深深地低头。

黑暗之神长长地呼出一口气，周围立刻变得更冷了。

"哦，这里真的很臭……"帕斯提用克里欧的声音说话，但那个人从来没有这么冰冷的语气，仿佛他呼出的气息，都让周围的一切逐渐冻结。

"这个世界满是臭味，我的主人。"国王在黑暗之神的脚边说道，"但您的回归将改变一切，所有的混乱都会终结。凯亚神已死，光轮已经不再闪耀，这是您的王国，这是您的世界。"

帕斯提没有瞳孔的眼睛看了看他，又转向了甘伯特。

罗捷克斯二世立刻说道："他是主神殿剩下的最后一个祭司，主人。"

帕斯提向甘伯特走过去，每迈出一步，地上便出现了冰冻的痕迹，而挡在路上的大小石块儿都化为了灰尘。黑暗之神来到祭司的跟前，伸出手……

甘伯特无法挣脱的黑光立刻消失了，但他被无形的力量提起来，浮在帕斯提眼前。

甘伯特近距离看着黑暗之神的脸——苍白、纯粹，没有一点杂色，也没有任何生气。他的五官没有任何变化，只有额头上残留下了红色的指印，仿佛象征着一个结束和开始的记号。甘伯特知道这张面孔曾经多么温和、俊美、和善、亲切……当他还是那个杜纳西尔姆人的时候。

"伊士拉先生……"高等祭司徒劳地呼唤游吟诗人的名字，但并没有得到任何回应。

"一个凯亚神的奴仆，"帕斯提用手指慢慢地划过甘伯特的脸，"你应该被纯化……"

从他石膏一样的指尖上渗出了黑色的液体，轻轻地点在甘伯特的脸颊上。黑色的裂纹迅速布满了甘伯特的脸，并扩散到全身，祭司只觉得自己的皮肤上传来了火焰灼烧般的痛苦。很快，他的皮肤就裂开了，血液变成了尘埃，从身体里飘散出来。他仿佛从内部燃烧，直接变成了灰烬，最终一点儿也没有剩下。

国王看着整个过程，直到最后一片灰尘被风吹到空中，才更深地埋下头。

帕斯提一步一步踏上了正神殿的废墟，站在一截雕刻着光轮的门柱上，他抬起头，举起双手："从现在开始，太阳将不会升起了。"

天幕尽头

赫拉塞姆看着脚下的敲钟人，那怪物的长剑被砍断，倒在地上，接着吐出几口黑色的血，立刻不动了。被召唤到一半的那加达兽立刻变成黑烟，消失得无影无踪。

敲钟人身上黑色长袍瞬间化为烟雾，露出本来的穿着。

"他是一个裁缝，"赫拉塞姆看着尸体腰带上的针线包，还有那缝着各种布条的衣襟，"把他留在这里吧，也许这一切过去后会有人寻找他……"

莉娅·巴奇顿夫人看着这个重新变回人类模样的敲钟人，心中一阵惊惶和恐惧。"米克……"她在心底默念丈夫的名字，只祈祷别遇见最坏的情况。

此刻萨克城已经是一个混乱而灼热的地狱了，火势蔓延到全城，无数的敲钟人召唤出更多的妖魔，它们和僧兵、军队对抗，肆无忌惮地屠杀人类。它们在狭窄的街道中蹿来蹿去，跳上屋顶，闯进所有的门窗，它们的数量在不断增加，而与此同时抵抗者的伤亡也在不断增大。

原本向着主神殿逃亡的人们，已经被那个方向传来的巨大爆炸声和腾起的火光、红云吓傻了，他们不敢再往那里走，只能想尽办法出城，甚至有许多人逃向港口。

但不知道有多少人离开了萨克城，有多少人能找到安全的船。在黑漆漆的郊外和海面上，许多人只来得及叫一声，就不见了。

赫拉塞姆和巴奇顿夫人已经很疲惫了，他们浑身都是血,有妖魔的,也有敲钟人的,两把长剑都因为过度使用而出现了缺口。汗水打湿了他们的衣服,有些细小的伤口传来一阵阵的疼痛,但他们都感觉不到了……

"这他妈的没完没了啊,"当又一剑削掉一个小型那加达兽的头时,赫拉塞姆喘着气说,"这些敲钟人应该是被钟声带来的,那声音不停,他们就越来越多;他们来得多,妖魔也就不停地出现。我们应该找当头儿的那个。"

"到哪儿去找?"巴奇顿夫人用手背抹了把额头的汗,"我们很难再接近皇宫和主神殿了。今天晚上那边的情形不对劲,我很担心……"

赫拉塞姆也非常担心,他听得到那夺命的钟声一直不停,还有妖魔们越来越多、越来越近的号叫。开始他还能看到一些士兵带领老百姓向主神殿的方向跑,但随着他们的战斗变得艰难,就越来越少,而妖魔吃人的场面却越来越多。他忽然有一种感觉,那是经过了十年的战斗而产生的感觉——或许这是他最后一场战斗,当他无数次带着志愿兵团的人保卫村落或者城镇的时候,他就明白自己会迎来这一天。

赫拉塞姆看到这条巷子口出现了匍匐在地上的魔狼,而走在前面的人穿着黑袍,拿着长剑……

赫拉塞姆皱紧了眉头,很快又释然了:至少他的最后时光还有一位美丽坚毅的女性陪伴。

他转向巴奇顿夫人,却发现那位女猎人紧紧盯着巷口走来的黑衣人,双唇微微张开,拿着火把的手不断颤抖。

"您怎么了,夫人?"赫拉塞姆扶住她,顺着她的目光看

天幕尽头

过去,注视着刚刚出现的敲钟人。他的胸口顿时感到窒息般的难受——

尽管没有了眉毛和胡子,尽管皮肤苍白,赫拉塞姆还是辨认出了米克·巴奇顿先生的脸。

黑暗之神白色的双手在夜空中伸展开,原本明亮的月光开始暗淡。黑云一层一层地叠加,整个天空都被遮盖住了,天幕沉沉地压下来,缓慢而不可抗拒。地面上的火光仿佛映上了这坠落的天幕,给它隐隐约约染上鲜红的血色。

罗捷克斯二世着迷地看着这一切,脸上泛着红光,鼻孔张开,急促地呼吸着。

帕斯提放下了手,从主神殿的废墟上走下来。他不再对这个地方有兴趣,径直向大门外走去,火焰在他面前熄灭,所有挡路的石块儿变成齑粉。那些因为爆炸和烈火而伤得奄奄一息的人在他走过以后,都断了气。他什么也不做,他只是走过,但没有生命在他身后幸存,只留下一片死寂和黑暗。

罗捷克斯二世不明白帕斯提想要做什么,只是谦卑地跟在他身后,看着他的动作。

黑暗之神忽然慢慢地浮起来,伸出手在空中画出一个圆。一个光洁的黑色球体出现了,接着它慢慢地旋转,变形,成了一个扁平的椭圆。

接着那黑色的像镜面一样的椭圆忽然颤动起来,波纹越来越剧烈,忽然,一个东西猛地从镜面中飞出来,很快冲进云层。不一会儿,那东西盘旋了一周,慢慢降下来,落在了地上。

那是一只黑鹰,高高地昂着头,烟雾笼罩它的全身,不一会儿,走出来的是一个身材高大的男人,淡金色的头发,黑色的眼睛,右眼的位置焦黑变形,镶嵌着绿幽幽的眸子。

"妖魔……"帕斯提对他说,"你的身上有沙漠的味道,也许你带回来了让我憎恶的东西。"

(下)

菲弥洛斯知道自己会回来,当他在灼热的阳光下感觉到一丝渗入骨头缝里的寒气,就知道回程的通道已经打开。他看见了黑色的圆球,很明白自己无论如何也要穿过它。极西之地并不是他能够逗留的地方,特别是连卡西斯都不再出现以后,他究竟是回去面对昆基拉那阴沉的脸,还是再次见到克里欧,其实都无所谓——反正他没有拿到那两个人都想要的东西。

但是他并没有想到自己会来到萨克城,确切地说,是一个已经完全毁灭的萨克城。

他冲出黑暗,在空中翱翔了一圈,看到了血红的火光,所有人都在奔逃,妖魔和敲钟人遍布全城,残余的士兵还在和它们战斗……死亡到处都是,哭号和惨叫是唯一的声音。王宫那边已经被妖魔包围,而整个主神殿更是不复存在。

但他最没有想到的是克里欧的样子——

游吟诗人的身体似乎整个都变成了雪花石雕琢而成的塑

天幕尽头

像,只是在外面裹了一层黑色的布,甚至连他的双眼都已经没有生命的痕迹,只有一片空白。他叫了菲弥洛斯一声,悦耳的声音却有说不出的冰冷,好像他一张开嘴,寒意就弥漫在空气中。

克里欧只剩下了一个躯壳,用白色的硬皮包裹着可怖的噩梦。

菲弥洛斯落在地上,看着浮在空中的人形,又看了看站在旁边的罗捷克斯二世,已经明白了一切。

"你没有能等到我回来。"妖魔贵族低声笑起来,"或许是的,我耽搁了太多的时间。"

但黑暗之神毫无表情,只是上上下下地打量了他一番:"弥帝玛尔贵族,你原本是我的属民,昆基拉让你去拿回的东西……你身上没有。"

菲弥洛斯仰望着他:"现在还需要吗?"

帕斯提落到地面上,向他走过去:"你没有完成任务,这并不太好。"

他的话音刚落,菲弥洛斯胸口忽然一痛,一下子半跪在地上,仿佛所有的力量瞬间消失了,手脚都被按住,不能动一下。

帕斯提来到他面前,抓住他的头发。"我本该让你死,妖魔,"黑暗之神这样说道,"可你和我的身体是血盟联系起来的,现在我要做一件事,你为此应该跪下来吻我的脚跟。"

帕斯提的手指轻轻摩挲着菲弥洛斯额头上的十字伤疤,凑近他的脸:"我可以解开你的血盟,妖魔,我能够解放你。

你渴求了两百年的自由,我很快就可以还给你。"

菲弥洛斯冷笑道:"你不是一个乐于做善事的人,先生,你需要的条件应该先说出来。"

"发誓效忠于我。"黑暗之神的另外一只手伸开,"就像他们一样。"

更多的黑色镜面出现在空气中,数十个,不,甚至更多,或许有上百个。女妖萨西斯从其中一个走出来,向着黑暗之神俯下了身体,接着,其他的镜面中走出了水魔比达、赛克希尔,还有更多的高级妖魔。

"主人……"密密麻麻的妖魔们伏在地上,向它们的君主致意。

帕斯提没有动手,那些镜面自己慢慢地在空中摆出了一列圆圈,每个都面向不同的方位。

"去做你们的事,"黑暗之神挥了挥手,"从这里走向大陆的各个地方,尽情享用你们在地下从未享用过的东西,鲜花、欢乐、血肉,还有生命,去吧,你们要把整个世界献给我……"

妖魔们欣喜若狂地欢呼,纷纷站起来,重新迈进了黑色镜面,陆陆续续地消失。它们将散布到卡亚特大陆更广阔的地方,带去更多的死亡。

菲弥洛斯站在原地,看着眼前的一切。

帕斯提最后又转向他:"你是特别的,弥帝玛尔贵族,你的身体与我共享生命,发誓效忠我,你将得到从未有过的力量。"

天幕尽头

"我记得你刚才才说过你可以给我自由,"菲弥洛斯笑了笑,"这跟血盟有什么区别?"

"你的灵魂将不再有刻印,我让它回到两百年前一样完整。"

妖魔贵族动了动嘴唇,却没有回答。

帕斯提没有瞳孔的眼睛似乎并不是在看他:"我赐给你考虑的时间,弥帝玛尔贵族,你不愿意的话,我的圣殿下需要一块最合适的奠基石,你永远不会死,也不会活着。"

黑暗之神重新回过头,好像想起了身后的罗捷克斯二世。"人类……"他似乎想了想,"从来没有你这样的人类,我能感觉到你的力量,很强大,但并不纯正。"

"所以我臣服于您,主人,"国王摊开双手,"人类不应该灭亡,您的臣民将来需要食物,还有一些该有的乐趣……因此我愿意为您做些卑微的工作。"

帕提斯没有血色的嘴唇弯了一下,极短的时间,仿佛是在笑,但也可能只是他开口前肌肉的活动。"你要什么,人类?"黑暗之神问道,"你们都是贪婪的生物,你的欲望尤其强烈,我能感受到,你和妖魔们相比也毫不逊色……"

"永生,我的主人。"国王抬头看着黑暗之神,"我希望不再靠吸取魔力延续生命,我想获得与新世界同样长的岁月。如果我之前为您的重生做了一些微不足道的事,那么赐予我永生将是我至高无上的荣誉。"

帕斯提点点头:"你会得到的,人类,在我的圣殿建立起来之后,你就会得到你想要的。"

"是的，主人。"罗捷克斯二世低下头，"光明的圣殿已经摧毁，世界要重新塑造力量之源，废墟上最适合新生。"

"看着这一切发生，人类，这才是你至高无上的荣誉。"帕斯提又看了一眼菲弥洛斯，慢慢地走到了主神殿的大门正中。

他仰起头，打开双手，一股黑色的火焰从掌心开始燃烧，很快就爬上了手臂，接着引燃了他黑色的外套。没有噼噼啪啪的响声，也没有烟雾，甚至没有温度，但那火焰却燃烧得越来越旺，它们已经包裹了帕斯提全身，并且顺着他的腿落到了地面。火焰如同种子一般钻进了裂开的石板，并且更深地钻进了泥土。

不久之后，大地深处传来了震动，伴随着轰隆隆的巨响。这震动越来越剧烈，也越来越清晰。主神殿的残垣断壁在这震动中垮塌，而地面的裂缝也变得越来越大，土地开始高高地隆起。

终于，一个石笋猛地冲出来，越长越高，尖锐的顶端似乎要刺破天空。它通体黑色，但是中心又隐隐发光，看起来仿佛是透明的。接着，更多的石笋接二连三地从地面冒出来，它们看起来长得差不多，但是细一些，小一些，而且颜色更加深沉。它们环绕着中间的巨笋，仿佛臣民一样向它倾斜。这些石笋完全占领了主神殿的位置，将剩下的废墟彻底撕成了碎片，它们气势汹汹地挺立着，就好像构成了一片无法侵犯的圣域。

菲弥洛斯和罗捷克斯二世向中间的石笋走去，看着中间

天幕尽头

那块发光的透明区域：在那中间能看到帕斯提正冻结在里面，他全身赤裸，像婴儿一样安详，双眼紧闭。一缕缕黑色正从他的身体渗出来，仿佛黑血滴入清水一样缓缓下沉。

"啊，真奇妙。"罗捷克斯二世忍不住伸手去触摸那石笋，但他还没有碰到，刺骨的寒气就让他缩了一下。"黑暗之神正在将他的力量注入大地。"国王轻声说，"用不了多久，这片大陆上的一切都会按照他的想法改变，那些花草树木，那些动物，甚至是人，这些都会得到新生。"

菲弥洛斯盯着帕斯提好一阵才转过头把注意力放在罗捷克斯二世身上。

"那个顶级的巫师原来是你，一个无形的操纵者，曾经让我们费尽了脑子。"妖魔贵族冷笑道，"真不错，陛下，你骗过了所有人。"

国王耸耸肩："我没有欺骗，我只是隐藏自己。要知道作为一个人类，接受那么多的巫术力量也不轻松，但没有结束就没有开始，这个世界需要新秩序。"

菲弥洛斯用奇怪的眼神打量着他，渐渐地就明白了："你想要黑暗之神的力量。"

国王没有回答，随意摊开双手。

"人类的确是贪婪的动物，你们的胃口大得真让我吃惊……你没有想到过吃不下吗？有些东西可以把你撑爆。"

"其实你对此根本不在乎，对吗？"罗捷克斯二世叹了口气，"我也知道有些弥帝玛尔贵族的……应该说是特点吧。其实这一切对你来说都没有意义。"

菲弥洛斯环抱起双手："也许是，可这不代表我乐意让你顺顺利利地干你想干的事儿。"

罗捷克斯二世把手放在石笋上，寒气迅速地爬上他的前臂，他露出痛苦又陶醉的表情："你当然可以……妖魔，你在意什么，我很清楚。你现在能够好端端地站在这里，难道还不明白吗？"

菲弥洛斯冷笑道："你的力量很强大，也足够聪明，你想要暗示我什么？"

罗捷克斯二世用另外一只手摸了摸自己的额头："你的伤口还在，妖魔，它太显眼了……"

菲弥洛斯的脸色变了，完好的那只眼睛渐渐地变红，他忽然抓住国王的衣领，一把将他拽到跟前："克里欧的灵魂还在，对不对？"

国王笑起来："'血盟'是灵魂刻印，如果他的灵魂已经被黑暗之神吞噬，你要么也消失，要么就获得自由。"

菲弥洛斯将国王推撞在石笋上："你有办法复苏他。"

妖魔贵族用的是陈述的语气，但仍无法掩饰声音中的一丝颤抖。

国王似乎被石笋的寒气给冻着了，嘴唇褪去了血色，但却笑得更开心了。"你知道我是一个很谨慎的人，"他故意压低嗓子，"我一般喜欢给自己留一把暗门的钥匙。"

"我怎么知道你这把钥匙开的是我想的那扇门？"

国王轻轻拍了拍妖魔的手，示意他放开："你身上的'血盟'没有任何异变，这说明伊士拉先生的灵魂完好无缺。黑

天幕尽头

　　暗之神虽然的确需要一个长生不老的躯壳,但是他们对灵魂这种东西是没有兴趣的,而且杜纳西尔姆人是光明之神拉加提的后代,吞噬他的灵魂对于黑暗之神来说就像吞下一颗钉子,即便能消化掉,仍然会很痛苦。在帕斯提开始建立自己的王国时,不会腾出手来处理这个小差错。而我,给伊士拉先生的身体和灵魂建立了一个很小很小的通道,真的非常小,而且它能保持的时间也不长,但是足够让你和他联系一下。"

　　菲弥洛斯急促地呼吸:"你想要我做什么,我不可能帮你铺好餐巾,把黑暗之神割碎了喂给你。"

　　"哦,那可怎么好意思?"国王腼腆地摇摇头,"我只需要你进入这个地方……"他拍了拍石笋:"这是黑暗力量所构筑的结界,我没法进入,但是本身就是黑暗生物的你则完全可以。在帕斯提将他的力量释放出来改造世界的时候,他的防备很弱,一旦他释放完毕,这个世界就将和他融为一体,再也无法撼动。你现在有机会把克里欧的灵魂从那具身体里救出来。"

　　"然后让你进去?"菲弥洛斯问道,"你想要我打开结界,方便你去吃掉黑暗之神。"

　　"差不多就是这个意思吧,我想这个活儿还算轻松。"

　　"杜纳西尔姆人就只剩下一个无形的灵魂。"

　　"这是最好的。"国王从衣服里取出一个很小的珍珠一样的珠子,"它装得下,我把它送给你。这不是一件很美妙的事情吗?从某种意义上来说,你终于获得了自由。从此他就不再束缚你,而成为你的附属物。他再也不会操纵你了,你可以带着他,也可以把他扔进大海。这是一个完美的法器,永远不会破裂,所以灵魂永远也不会逃离。拿着,现在你可以把他关起来了……"

菲弥洛斯看着国王手指间的圆球,它光洁美丽,泛着银白色的光泽,这让他想到游吟诗人,他不得不承认,这是一个非常美丽的囚笼。

"你怎么会笃定我会按你说的去做?"菲弥洛斯盯着国王的眼睛。

"我说了,我了解弥帝玛尔贵族,你们只在乎自己关心的东西。再说了,我也是个大胆的赌徒。"

菲弥洛斯拿过他手里的珠子:"你赌赢了。"

妖魔贵族推开国王,将手掌贴在黑色的石笋上。开始的时候他触摸到仿佛冰一样寒冷和坚硬的东西,但当他开始向里面推进的时候,这一层阻隔就慢慢地消失了,他好像挤进了一片柔软的气泡当中,寒意包裹着他,但是却没有那么难受,只是呼吸有些凝滞。

当他坚定地朝里面迈进时,那些黏腻的气泡渐渐稀释,他浮了起来,如同在纯净的水里,头发、衣服,一切都舒缓地飘着,而且视线也越来越清晰。他的鼻子什么也闻不到,耳朵什么也听不到,皮肤的感觉也消失了,好像进入了另外一个世界。

就在这一片无声无味的世界里,他看到了浮在更高处的

天幕尽头

黑暗之神,苍白的身体蜷缩着,安详静谧,有一种从来不曾被他感觉到的美丽。

菲弥洛斯蹬了一下腿,向着那熟悉的躯体飘过去。

骸卵现世

帕斯提此刻像一个婴儿，纯白色的，不着寸缕，放松地蜷缩成一团。

菲弥洛斯来到他的面前，看着他的脸。因为闭着双眼，黑暗之神跟克里欧似乎没有什么区别，那柔和的面孔甚至显得更加天真无邪。

但菲弥洛斯很快就在帕斯提光滑的额头上发现了小小的不同：一个粉红色的瘀痕，很淡，也很小，大概只有拇指的三分之一。这就是罗捷克斯二世在游吟诗人完全变为黑暗之神前抚摸过他的额头而留下的印记。

妖魔贵族有些不敢相信国王的巫术能在黑暗之神身上做手脚，但此刻这的确是所能把握的唯一的机会……再次见到克里欧·伊士拉的机会。

菲弥洛斯用左手轻轻地抬起了帕斯提的头，冰凉的皮肤

天幕尽头

让他觉得自己是在触摸一具尸体。然而黑暗之神没有苏醒,甚至没有感觉到任何不适,他仍然在轻轻地呼吸,似乎睡得很香甜。

菲弥洛斯有一种仍然面对着游吟诗人的错觉,这样安静的相处似乎在两百年前就曾经有过。妖魔贵族的动作迟缓了片刻,但这感觉没有让他的理智停顿太久,他用手轻轻地碰触着帕斯提额头上的瘀痕,就仿佛触摸到了一块奶油,一个指节顿时陷了进去。

菲弥洛斯很快就感觉到一股强大的吸力从帕斯提的内部传来,那力量大得让他都难以抗拒。他甚至来不及往后退,就感觉到整个人都被吸入了那个极小的印记之中,白色的光芒闪过,他就看见了站在面前的人——

克里欧·伊士拉还是原来的模样,黑色的长发,银灰色的眼睛,穿着深灰色的长袍,怀里甚至还抱着七弦琴。

菲弥洛斯看着他,忽然忍不住全身发抖,似乎第一次见这个人就在昨天,两百年的岁月,数不清的相互折磨、憎恨,各种危险和战斗,这些都不存在了。他就这样看着他,期待他为他歌唱。

他们站在一片雾气朦胧的草地上,嫩绿的颜色中点缀着盛开的紫星花,这景象就如同没有被烈火焚烧时的春日。

"菲弥洛斯。"游吟诗人叫着他的名字,依然是原来的口气,"你为什么会在这里?"

妖魔贵族向他走过去,一直到了他的跟前。"这是哪里?"他问道,"是帕斯提的结界,还是你的?"

克里欧低下头："这是我最后的领域，灵魂所拘役的地方。很快……当这片草地消失的时候，我也将不复存在。"

他指着一个地方，雾气散开，一片黑色的水面正一点一点淹没绿色的草原。

"你为什么来？"克里欧又一次问道，"这不是你该来的地方。"

"是外面那个长得像国王的东西送我进来的，"妖魔贵族回答，"让我看你怎么死。"

游吟诗人的脸色变了一下，随即苦笑："你终于能看到了，我的灵魂消失，你就自由了……"

"是啊，多美妙的事。"

"可是我不想死，菲弥洛斯。"克里欧轻轻地摇头，"我不想永生，但我不能这个时候死。我已经见过一次毁灭了，不想再看到第二次。"

"这是你的执念，主人。"妖魔贵族轻蔑地笑起来，"你能从这里出去吗？你能斗得过黑暗之神吗？或者你以为你能够保护卡顿先生和索普？还是你能救活甘伯特和那些死去的祭司……你已经什么都做不到了，主人。"

克里欧的眼睛变得通红，泪水顺着脸颊流下来。

"你就是这样，"菲弥洛斯伸手抓住了他的肩膀，似乎用尽力气，"你寻找了两百年，执着了两百年，你带着我像幽灵一样游荡了这么久，到底是为什么？难道不是在等待这个机会吗？你一直希望再有一次机会来拯救那些人，对不对？你以为这样你就可以获得宽恕？还是你觉得这样你可以安心

天幕尽头

去死？"

克里欧闭上眼睛，承受肩头的剧痛。

"结果你还是什么都不能改变……哪怕你束缚了我，你也只能带着我一起看着世界毁灭。"

克里欧的七弦琴掉在草地上，碎成了几片。他忽然拉住菲弥洛斯的衣襟："你能出现在这里，那么证明你能突破黑暗之神的结界，你可以带我出去，对不对？"

妖魔贵族笑了笑，掏出那粒珠子："我可以……你进入它，我就能将你引出这具躯体，但你将只会剩下飘渺的灵魂，什么都不能做。"

"不，不，我可以……骸卵，你知道吗？我用永生不灭的灵魂祈祷，我愿意以此来召唤它……"

菲弥洛斯冷笑："你一直没有找到过它，主人，它从来没有回应过你的祈祷，为什么这个时候它会出现呢？也许它根本就不存在……"

"你在撒谎！"克里欧几乎要撞上妖魔的鼻尖，他死死地盯着菲弥洛斯变异的眼睛，"我知道你，菲弥洛斯，我们之间有血盟，我能感觉到你的心跳……你无法对我说谎。"

菲弥洛斯的脸上出现了奇怪的表情，仿佛是悲哀，又像是在苦笑，但他面对克里欧的时候，从没有露出过这样示弱的神色。

他缓缓地握住了克里欧的一只手，紧紧攥着掌心。"我是您的奴仆，主人。"他这样说道，"您的愿望就是给我的命令，我将全力以赴。"

游吟诗人的双眼闪动着水光,却露出了笑容。"不,菲弥洛斯。"他也握住了妖魔贵族的手,"你不是奴仆,你是我现在唯一可以相信和倚靠的人。我一直想给你说声对不起,还有……谢谢你。"

菲弥洛斯的脑子空白了一下,手中忽然一松,克里欧迅速变成了一道白色的光,整个儿收进了那颗珠子。

菲弥洛斯看着手中的珠子,那上面珍珠一般的光泽变得更加耀眼了,似乎能看到光彩在里面缓缓流动。他握住珠子,右手掌中散发出一阵蓝光。那光线直射上天空,他的身体随即被另外一股力量往外顶,似乎竭力将他赶出了这个世界。

妖魔贵族又回到了黑色的石笋中,面前是依然沉睡的帕斯提,但他额头上的那个瘀痕已经变成了黑色的洞,没有血液流出来,如同石像上有一个被凿开的小孔。

菲弥洛斯使劲地握着珠子,用指甲划开手腕,红色的血液一点点地渗出来,在这个空间里漂浮起来,像一条画好的绳索。妖魔贵族把"红绳子"的一端点在帕斯提额头的黑洞边缘,然后向着他进来的地方漂浮,把"红绳子"一直牵到了石笋外面。

罗捷克斯二世站在原地,当他看到菲弥洛斯从石笋中出来的时候,一直保持着镇定的脸上也忍不住暴露出激动的表情。

"你可以进去了,"菲弥洛斯一把抓住国王的手臂,将血肉模糊的手腕贴在他脸颊上,"陛下,我为你打开了一条通

天幕尽头

道,喝下我的血,你在通道消失前,会有充分的时间。"

妖魔的血液糊在国王的脸上,他那张英俊的面孔立刻变得狰狞而贪婪。

他抓住菲弥洛斯的手腕,大口大口地喝下弥帝玛尔贵族的鲜血。妖魔的血进入他的体内,他的金发渐渐变深,终于成了黑色;一些尖锐的角从他的背上长出来,头部也在逐渐变形;他的身躯仿佛承受不住一样地弯曲,变得如同一个佝偻的老人……

菲弥洛斯感到皮肤有些发冷,他推开国王,厌恶地说:"够了,别贪得无厌,陛下。"

罗捷克斯二世歪了一下身子,发出长长的叹息,鲜血顺着他嘴里的獠牙滴落。

"太美味了……"他的声音如同地魔在泥土中的号叫,"我可以相信帕斯提的血液有着更浓郁的味道。"

他伸出手,轻易地进入了石笋,在那个虚无的空间里,他顺着菲弥洛斯的鲜血,轻易来到了帕斯提的跟前。国王的手指吸入了最后一滴血,而帕斯提额头上的洞也变得更深邃了。罗捷克斯二世将带着鲜血的吻印在黑暗之神的脸上,仿佛凝视着最痴迷的爱人。

"很快就会结束了,所有的磨难都会是新生的温床!而这个世界将迎来它的新主人……永生之神。"他用变异的躯体将帕斯提牢牢地抱住,吸吮着他的额头。

那些沉降的黑色慢慢减少,整个石笋中间变得不再透明。好像边缘的石质正在渐渐地凝固,并且不断向着黑暗之神和国王侵袭过去。最终，整个巨大的石笋已经完全变成了岩石的模样，里面的一切都看不到了。

菲弥洛斯一直看着这个过程，无动于衷。

但当石笋整个都封闭起来以后，妖魔贵族摊开手，看着那一粒珠子。"这是最好的机会，克里欧……"他对它说，猛地发觉那个音节在他的舌尖上仿佛是涂了蜜的针，忍不住又重复了一次，"克里欧，你已经准备好了，对吗？这是你最后的祈祷……"

妖魔贵族吻了吻那枚珠子，然后高高举起，吟诵出一支杜纳西尔姆语的祷文。这是他牢记在心中的一首曲子，他听到游吟诗人吟唱过，却从没有告诉他自己已经牢牢记在心底。

珠子发出柔和的白色光芒，并不强烈，却无法遮盖，在这一片黑暗之中仿佛坠落的星星。菲弥洛斯仰望着它，眼睛越来越酸涩。

忽然，一只手从半空中出现，将那颗珠子连同菲弥洛斯的手指头一起包裹起来——不，确切地说那不是一只手，只是一只手的骸骨。

但那骸骨正慢慢地长出血肉，它一点点地在空中现形，先是上臂，然后是肩膀、身躯、双腿和头部。它从白森森的骨头变成了完整的人，有着浅色的皮肤和黑色的头发，英俊的面孔仿佛阳光一样夺目，他穿着全副铠甲：额头上带着环形的尖刺头箍，身上是画着向日葵图案的金属护甲，铮亮的长剑悬挂在腰间，当他仿佛落花一样站在地上时，身后出现了一匹白色的骏马，鲜红的缰绳和头上雕刻的金色光轮与铠

天幕尽头

甲一样让人移不开眼睛。

"卡西斯……"菲弥洛斯喃喃叫着凯亚神骑士的名字,微微松开了手。

光之骑士从菲弥洛斯的手上接过了那一粒珠子。"你还是选择了他的愿望……"卡西斯的声音仍然直接传入了菲弥洛斯的脑部,"你知道代价。"

"是的……"妖魔贵族点点头,"他愿意为他的祈祷献出永久的生命。"

"很好。"卡西斯看着珠子,将它按在胸口,慢慢地压进去。

"等等!"菲弥洛斯突然抓住卡西斯的手,一股灼烧般的疼痛立刻传到他的身体里,但他更加用力,"我和他享有同一个生命……我想你并不能拿走两个人的永生……"

卡西斯没有表情的脸正对着他,忽然露出几乎难以觉察的微笑。"这依然是一个献祭的交易,妖魔,但是现在只剩你和我。"

接着,卡西斯跳上马,勒紧缰绳,白马发出嘶鸣,高高立起来。他们跃上黑色的石笋,仿佛在平地上奔驰一般直冲向高高的顶部。光之骑士抽出长剑,刺向石笋的顶端。

一股白光闪过,几道裂缝从石笋顶部延伸下来。

菲弥洛斯变成鹰,一下子冲上天空,顿时看到那些裂缝变得更大了,它们绽裂开来,变成了大大小小的碎块。而卡西斯的骏马长出了白色的双翅,逗留在原来的位置,他仍然握着长剑,全神贯注。

但石笋完全崩塌之后,一团黑色的雾气缓缓上升,一直来到卡西斯的对面,接着它们完全散开,露出里面包裹的东西。

现在菲弥洛斯已经分辨不出那究竟是黑暗之神,还是罗捷克斯二世了,因为那个躯体完全变了样——面孔仍然是克里欧·伊士拉的样子,但只限于脸部,从额头开始,白色的长发已经没有了,取而代之的是黑色的硬角,中间的最粗大,旁边则密布着许多小的;脖子以下也覆盖着厚厚的角质,一直延伸到四肢;他的手和脚都变成了巨大而尖锐的爪子,指甲如同一支支钢刺;整个脊梁上长满了长短不同的黑色弯角,并且在尾椎部分延伸成为一条蝎子般的尾巴。

这就是罗捷克斯二世和黑暗之神相融合的产物,一个不是人也不是妖魔的东西。从他的身上不断渗出黑色的雾气,似乎连空气都因此而冻结了。

菲弥洛斯扇动着翅膀,感觉到一股强大的魔力驱逐着他向更外围的地方飞去。

"哦……是光之骑士,"那个怪物看着面前的卡西斯,灵活地活动着手指,"真难得,你竟然真的出现了。有人用生命为代价召唤了你,是为了消灭我吗?你要知道,现在的我不是帕斯提,也不是萨克雷恩大帝,甚至不是罗捷克斯二世……我是新神,是永生之神,这个世界的主宰。"

卡西斯将长剑竖在胸前,坐骑因为亢奋而不断喷着鼻息,踏着四蹄。

"不对,"光之骑士终于张了嘴,用真正的声音说道,"我

天幕尽头

的出现是因为召唤者永远相信光明的存在，所以凯亚神会在此时彰显他的力量。"

黑色的怪物仰头发出大笑，随着笑声，更多的黑雾从云层中降下来，它们围绕在他身边，渐渐变成了有形体的东西——各种长着翅膀的妖魔，它们足有十几个，有的体形庞大，活像丑陋的岩石所雕刻出的鬼魂；有的只有狐狸大小，尾巴是无数长长的触角；有的苍白干瘦，长长的獠牙一直延伸到下巴……它们的呼吸散发着腥臭，头顶的乌云蹿过一条条闪电。

"光明……一个将要被埋葬的词儿。"黑色的怪物展开双手，"光之骑士，让我看看那个死去的神是否依然眷顾你……也许你的尸体，能成为新世界的第一个祭品。"

他向后退了一步，指向卡西斯："去吧，我的魔神们，把旧世界的余孽打扫干净，这是你们的第一场征战。"

魔神们发出震耳欲聋的号叫，向着光之骑士扑过去。

而卡西斯的长剑发出了耀眼的白光，他催动坐骑，无畏地迎了上去。

在萨克城的废墟之上，黑暗君主和光明的最后一道防线冲撞在一起，而盘旋在更高处的菲弥洛斯，成为了这决战的唯一见证者。

最后一日

时间的流逝已经变得无关紧要,因为浓重的黑夜完全笼罩了大地,即便早就过了天亮的时间,也没有人能分辨。一波接一波的浩劫使得这个黑夜长得让人绝望,更让人觉得……白昼大概永远也不会再来了。

这个时候,血红色的火不再是光明的象征,只能让人想到死亡和恐惧。而唯一有着和太阳一样的白金色的光源,只剩下在空中挥舞长剑的骑士。

尽管战斗的卡西斯只是骸卵所蕴藏的一个幻象,但是他的白魔法对于妖魔来说仍然具有强大的杀伤力。诞生于黑暗的魔神是帕斯提的力量和巫术的变种,当卡西斯的长剑刺向它们的时候,伤口便会漏出一些黑气,接着整个躯体变成碎片向地面散落。但它们并不惧怕毁灭,每一个魔神粉碎之后,会有更多的魔神随着闪电降落下来。

天幕尽头

卡西斯和他的飞马在空中如风一样奔跑，拉出一条条彩虹。这些轨迹不断地交叉，仿佛织成了一张棋盘，他是唯一的白棋。

已经完全重生为新神的国王浮在棋盘之外，似乎卡西斯的战斗的力量让他有些意外，但这并没有令他担忧。他刺破掌心，黑色的血珠慢慢飘浮、上升，接着分裂成无数血点儿飞向剩余的魔神，并融入它们的身体。

当卡西斯的长剑再次斩断魔神的躯体时，它们便不再碎裂，那些残躯被黑雾所笼罩，顷刻间就变成一个新魔神，"棋盘"上的魔神越来越多，密密麻麻地将白棋围在了中间。

"当心呀。"新神咯咯笑道，"它们的胃口都不小。"

就在这个时候，卡西斯的飞马停下了脚步，光之骑士双手紧握长剑，竖在胸口。彩虹织就的"光网"忽然将魔神和卡西斯都包裹起来。一个巨大的光球瞬间将这片天空照得亮如白昼，随着光芒迅速暗淡，黑色的粉末仿佛尘埃一样散落，而卡西斯和他的坐骑都消失了，在半空中只剩下一个散发着微弱白光的东西。

菲弥洛斯的鹰眼看得到它：像是一颗卵，只有拳头大小，表面是突出的骨头和一条条的筋，看起来像是一个人融化以后所凝结的。但它没有丝毫狰狞的样子，也没有让人感觉到恶心和恐惧，它仿佛是一个纪念，又仿佛是在孕育。

这就是骸卵的真正形状吗……

卡西斯的幻象是不是已经释放了他的全部力量来对抗魔神，所以退回本体的形态。

新神又发出咯咯的笑声,来到骸卵的身旁,他慢慢伸出手,谨慎而又毫无困难地抓住了这婴儿拳头大小的东西。

他的笑声渐渐地变大了,越来越响亮,越来越高亢,应和云层中的闪电,仿佛是怪异的雷声。这一片天地之间都好像在回荡他的声音,成为了他的喉舌。

"尽管没什么嚼头又难以消化,可我还是愿意尝尝凯亚神的味道。"新神伸出舌头舔舐着骸卵,"这是光明之力,而我将会是第一个和唯一一个将黑暗与光明合二为一的神,我才是创始之神,至高神……"

他张开嘴吞下了骸卵。

菲弥洛斯盘旋在乌云之下,发出长长的哀鸣。

新神伸出手,一道无形的绳索立刻缠住了黑鹰的翅膀,接着他往下拉动,立刻把菲弥洛斯拽到了面前。

妖魔贵族变回了人的形状,仿佛提线木偶一样吊在新神的面前。

"很失望吗?"新神面带笑容,"你以为卡西斯能战胜我,然后让你那可悲的主人的愿望能够顺利实现?"

菲弥洛斯闭着眼睛,没有回答。

"我说过他是光明的最后一点剩余,是凯亚神遗留的残迹,唯一的结局就是被新世界吞噬……"新神动了动手指,菲弥洛斯的四肢立刻被拉开,他发出了呻吟。

"向我效忠,"新神命令道,"现在你的主人已经死去了,你必须遵从我……弥帝玛尔贵族,这个世界将属于自黑暗而生的一切。跪下!"

天幕尽头

菲弥洛斯感觉到手脚像要被撕裂一样疼痛，他睁开眼睛，看着那张能让他产生错觉的脸——仍然是克里欧·伊士拉的模样，但是带着冷漠而倨傲的样子，胸有成竹。

"他没死。"妖魔贵族笑了笑，"你难道真的不了解'血盟'吗？以血为誓言，同享生命，灵魂一体……他的生命没有终结，因为我还活着，而只要我活着，他也不会死；他能够感觉到我，我也能感觉到他，我们的灵魂相互依存，他可以永远支配我；现在他被骸卵所收容，而骸卵在你的体内……"

新神的脸上忽然出现了一丝裂缝，他猛地一抖手，菲弥洛斯的身体立刻从空中掉下去，砸向地面。

"苏醒吧，凯亚神！"妖魔贵族在下落的过程中大吼道，"光之子已经献身，你要抛弃他吗？你要再次见证他的死亡吗？快醒来，你这个混蛋！"

"圈套！"新神的双眼变成了红色，无边的怒火让地面上的石笋开始震动，它们猛地拱起，向着掉落的菲弥洛斯伸出了刀锋一般的尖刺，最长的尖刺穿过妖魔贵族的肩部，如同长矛一样将他挑起来。

而新神扬起手，一道闪电劈下来，击中了妖魔贵族，发出巨大的爆炸声。正当他扬起手再次引导闪电时，身体突然抽动了一下，接着又是第二下……

他弯下腰，按住了腹部，黑色的躯体内有什么东西正发出隐隐的白光。

掉落在石笋碎片中的菲弥洛斯身体有一半都焦黑了，但他看着空中的新神,他发出大笑,鲜血从他的嘴里往外冒。"你用了我血……"妖魔贵族嘲弄道,"你进入了克里欧的身体,你以为这样能吞噬骸卵?"

新神已经来不及听菲弥洛斯说些什么了,他感觉到身体中有滚烫的东西正不断地胀大,并且往喉头的方向用力推挤,他用尽全力想要粉碎它,但是完全无能为力。他狂乱地大叫,坚硬的巨角和铠甲一般的皮肤正在断裂,白光从他的身体里透出来,并且越来越强烈。他仰起头,因为痛苦而发出山崩地裂般的哀嚎。

这声音如此洪亮,震得石笋纷纷断裂,大大小小的石屑统统砸在了菲弥洛斯身上,连大地都在颤抖,所有的活物都趴在地上,捂着耳朵不断颤抖。

就在这时,厚厚的乌云忽然如漩涡一般地被搅动起来,接着它们被一双大手撕开。那双手如此巨大,就仿佛是两座山峰,乌云被它们赶走了,金色的日光投射下来,霎时间将这一片地域照亮。

菲弥洛斯透过被血糊住的眼睛,看见那光亮之上晃动着一张面孔,但是却无法看清,它很快就隐入了更高的天际。

接着,那双大手慢慢地合拢,将挣扎不停的新神包裹在其中。当它们再次分开的时候,新神已经消失了,黑色的碎屑正如烟灰一样向四面八方飘去,而空中仅仅留下一个发光的骸卵。

"都结束了吗……"菲弥洛斯吐出一口带血的唾沫,看到那双手收回到云层后面,而同时金色的光柱不断加粗,被照

天幕尽头

亮的地方越来越多，乌云渐渐地散开，太阳和天空露了出来。黑夜过去，白昼重新降临。

"看来是真的结束了……"妖魔贵族叹息道，两只眼睛都流出了泪水。

天边黑沉沉的乌云似乎裂开了一道小小的口子，接着越变越大，透出亮光。那光线像一匹流光的缎面，一直铺到米亚尔亲王的脚下。

弗拉·梅特维斯，阿卡罗亚的君主，带着满身的鲜血和伤口，紧紧抱住她的丈夫。布鲁哈林大公那只植入了精灵之眼的手臂被生生地扯断了，肩部扎着湿透的止血带，脸色苍白，呼吸轻微得几乎感觉不到。

他们坐在一块突出的岩石上，周围布满了僧兵、义军和护卫队员的残骸，还有许许多多妖魔的尸体，其中甚至有一些巨大的，甚至最年长的祭司也未曾听说过的妖魔。空气中弥漫着血腥味，以及浓重的臭气。这一片两千多人的营地在之前的夜晚中仿佛地狱，到处都是妖魔的怒吼和人类的惨叫，巨大的怪兽从地下破土而出，数量难以估计，轻易就消灭了骑兵队。

米亚尔亲王带领着所有的战士倾尽全力抵挡，他们的刀刃卷曲了，斧头裂开了，弓箭也用尽了……活人越来越少，而妖魔越来越多。那末日的丧钟一直未曾停下，似乎在催着他们走向死亡。

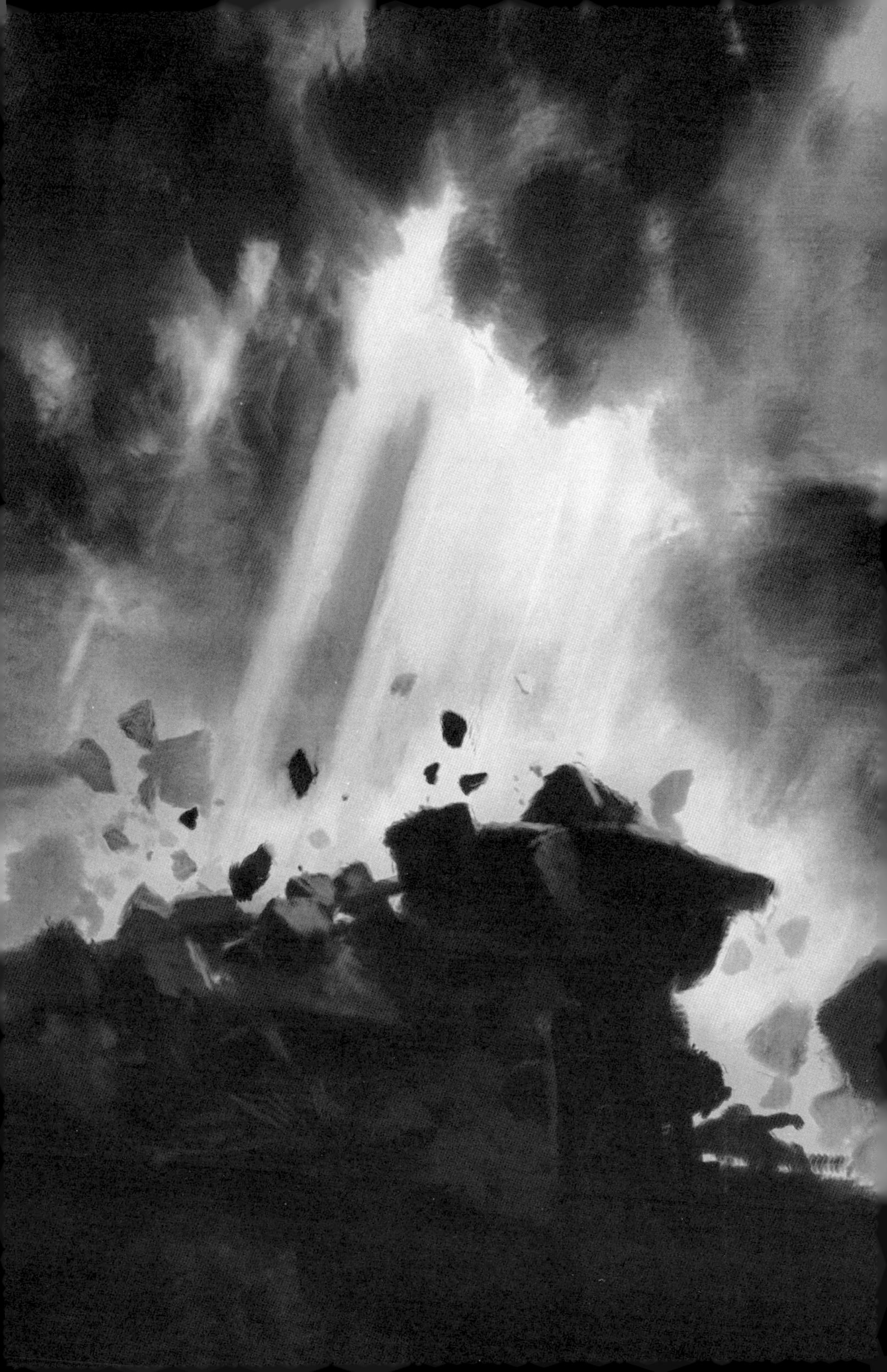

天幕尽头

FALLING SKY

卷三 极西之地（珍藏版）

米亚尔亲王率领着最后的残部往丘陵上集结,她已经来不及包扎伤口,唯一能做的就是护住轮椅上的丈夫,但反而是布鲁哈林大公用最后的力气为她挡住了一只那加达兽……

当她和几十个士兵们被妖魔围困在这块岩石之上时,她抱着丈夫,将长剑架在了他的脖子上。"原谅我……"她亲吻他的脸,血和眼泪沾在他身上。但是布鲁哈林大公向她微笑,用剩下的那只手紧紧抱住她的腰。

就在这时候,那回响在脑中的钟声忽然停下了,而包围着岩石的妖魔们也停止了前进,它们忽然都直立起身体,开始不安地急促呼吸,尾巴和爪子在地上不断拍打。

光很快就从云层后射下来,妖魔们发出惨叫,那声音如同成千上万的钢叉刮过玻璃,它们像被推倒的城墙,不顾一切地开始逃窜,地魔们迫不及待地潜入地下,而其他的只能拼命往阴影中躲藏。然而阳光散开的范围越来越广了,它们像无形的骑士,用光明做武器,追逐着妖魔。一旦碰到它们的边缘,那些黑暗中诞生的怪物便化成灰烬,被风吹散。

米亚尔亲王和幸存的士兵们目瞪口呆地看着眼前的景象,都僵立在原地,直到妖魔都被阳光驱散,才互相看了看,脸上慢慢露出了狂喜。他们发出惊喜的大叫,那声音带着哭腔,拥抱身边的每个人。

"凯亚神万岁!万岁!"

"赞美凯亚神……"米亚尔亲王边哭边笑,把布鲁哈林大公扶起来,"看到了吗,阿斯那,快看,快看,太阳出来了……天亮了……"

天幕尽头

阳光迅速地在整个法玛西斯帝国驱赶黑暗,它们劈开了一层层乌云,扩散到四面八方。

沃夫提着长剑站在森林里,另一只手扶着皮斯卡。阳光洒在他的脸上,温暖着他的皮肤。他下颌上一道深可见骨的伤口还在流血,但他仿佛没有感到痛,只是着迷地微微闭上眼睛,贪婪地感受着这道穿过了树林而射下的光。

"它们……消失了?"皮斯卡低头看着地上,问道——一具水魔比达的尸体在他面前,被阳光照射后慢慢分解、化为粉末。那些吃掉许多士兵的变异梦魇虫也掉落在地上,变成了灰。

沃夫没有回答朋友的话,他咧了咧嘴,忽然笑起来,然后又因为牵动伤口而扭曲了五官。"我们活着,"他笑起来,声音越来越大,"哎呀,他妈的我居然活着!哈哈,我们都活着!"

他笑得如此开心,以至于更加用力地拽着朋友的胳膊。

"赞美凯亚神,"皮斯卡哼哼道,"也许米拉尼的祈祷应验了……我的腿要断了……"

"它已经断了,"沃夫没心没肺地说,"但它会长好的,给它上夹板。用绳子捆结实,再敷好草药,睡上十天半个月,它就会和以前一样了……来吧……给点劲儿……我们回去,回地堡里去,米拉尼还在里面呢。"

他们两个人相互搀扶着,在斑驳的阳光下穿过密林,穿过灌木丛,走向他们保卫的地堡。

路上倒伏着被啃噬光了血肉的白骨,散布着被撕裂的四肢,还有被吸干血的尸体……每一步他们都能看到曾经认识的义军战士,而每一具尸体周围,都有些被砍断的爪子、头颅和妖魔的尾巴。

说不清是谁开始哭的,但啜泣声非常轻微地开始在这布满尸骸的道路上响起,一声接着一声,渐渐地越来越大。

沃夫和皮斯卡最后几乎哭得走不动路,他们跌跌撞撞地走着,长剑变成了拐杖。

沃夫用手背抹了把眼泪,哽咽着说:"我们活着,伙计,我们活着……去找到米拉尼,我要向她求婚。我们回桦树村,一回去就结婚……我们要生一大堆孩子……"

"好的,沃夫,好的……我要当伴郎……"

他们两个人一路向前,阳光已经照到了密林的边缘,而地堡焦黑、洞开的大门就在眼前……

西尔迪·恰克队长在晨光中咽下了最后一口气。

他的腹部被娜科的爪子掏出一个大洞,士兵们拖着他逃离了疯长的食人藤,在石板广场上看到了第一缕阳光。

恰克队长用手捂着伤口,靠在一个士兵身上,那幸运地活到最后的孩子欣喜若狂,语无伦次地叫喊着:"太阳,队长!天亮了,天亮了啊……凯亚神啊,拉加提啊!凯亚神万岁!队长,快看呐……"

天幕尽头

重伤的西尔迪·恰克奋力睁开眼睛,看见越来越明亮的阳光从天空中洒下来,从斯塔公国王城的废墟一直到广场和每条街道,地面冒出的食人植物在阳光下迅速萎缩、干枯,而娜科和更多的妖魔则哀嚎着向森林中跑去。它们的步伐比阳光更慢,很快就被笼罩在金色的晨光中,变成了灰烬。

幸存者开始从倒塌的房屋和墙角背后摸索着出来,他们心惊胆战地看着外面,渐渐地变得惊惧、诧异,最后过渡到了狂喜。他们泪流满面地跑到阳光下,举着双手跳跃、欢呼,有人甚至跪在地上号啕大哭。

恰克队长费力地仰起头,看了看远处王宫的废墟,又看着劫后余生的人们,忽然觉得即便是杜克苏阿亲王的血脉再也无法接续也不算太糟糕,他吃力地笑起来:"还有人活着……太好了……还有那么多人……"

扶着他的那个士兵在激动中并没有注意他的话,只是微微低下头,问道:"您在说什么,队长?您在说什么……"

西尔迪·恰克队长摇摇头,带着笑容闭上眼睛,在温暖而明亮的日光中沉入了静谧的黑暗。

当乌云完全散开的时候,天已经大亮了,整个卡亚特大陆上再也没有一个角落笼罩着黑暗。人们来不及去收殓亲人和同伴的尸体,没有时间去管妖魔们被日光烧化的残骸,甚至没有时间去包扎自己的伤口,几乎所有的人都在欢庆自己在这可怕的灾难中幸存下来,尽管他们不知道这灾难为何而起，又因为什么终结。

但是格拉杰·赫拉塞姆是唯一的例外，当一切结束的时候，他正拖着长剑一步一步地向主神殿的方向前进。

在他的身后，莉娅·巴奇顿夫人和她的丈夫躺在一起，她的匕首插进他的胸膛，而他的手则扼住了她的脖子。

赫拉塞姆队长在抵抗魔狼围攻的时候，没有办法阻止这一切的发生，但是他相信在米克·巴奇顿最后的时刻，他认出了自己的妻子。阳光及时地在巴奇顿夫妇临终前洒在他们身上，莉娅夫人满是泪水的眼中看到丈夫渐渐地变回了原来的模样，而巴奇顿先生的眼神从震惊变为痛苦，最后又变得安详。赫拉塞姆最后为他们合上眼睛，将自己满是创口的残缺的外套盖在他们身上。

然后，他就仿佛成为这个废墟里唯一完好的活人。

即便是阳光也无法驱散空气中的焦味和恶臭，还有那浓重的血腥味。残余的烈火还在燃烧，偶尔有垂死者的呻吟传来，但这些似乎并没有被赫拉塞姆队长注意到。

他心中有一股强烈的驱动力，必须去主神殿看一看。他走过残垣断壁，走过血红的街道，走过人类和妖魔的尸体层层叠叠的台阶，一直向主神殿的方向走去。

也不知道自己走了多久，赫拉塞姆队长筋疲力尽，他怀疑自己已经到了目的地，可那里并不是他要找的地方。

那里没有古老而威严的神殿，也没有平坦光滑的石板地面。只有密密麻麻的石笋从地面冒出来，但那些古怪而阴森的东西也只剩下了残迹，许多东倒西歪，或者断裂成碎片

天幕尽头

围绕着这一片石笋的，是大块大块的焦土，仿佛被烈焰焚烧过，其中有些黑糊糊的东西很像是人的残躯。

赫拉塞姆在经历过这一个漫长的夜晚之后，对这样的景象已经毫无惊恐，他慢慢地走进了那片石笋林中，他更加强烈地感觉到，他要寻找的东西在那边。

终于，他发现了菲弥洛斯——

妖魔贵族躺在一个地面的凹陷中，但身边的却不是游吟诗人，只是一个模糊的、散发着微光的影子。

终点与起点

菲弥洛斯的伤口正在痊愈，那些被闪电击中的部分，焦黑的表皮之下，鲜红的血肉正在重新愈合。他断裂的手和脚重新变得光滑，肌肉结实。

但他仍然觉得自己从未这么虚弱过，就好像原本天赋的奇迹正在从他身上流逝。

他知道这是自己的错觉，因为永生的力量依然如故，这让他绝望——卡西斯没有接受他自愿献出的东西，他拒绝了这样的祭品，光之骑士将不会实现他的愿望。

菲弥洛斯躺在冰凉的地上，全身都没有温度，直到他感觉到右眼的位置传来了一丝温暖。他睁开眼睛，看到面前有一团柔和的光。

他伸手摸了一下右眼，那些图鲁斯坎米亚所造成黑色的焦痕已经完全消失了，似乎连眼球的变异也恢复了正常。他

天幕尽头

立刻去摸额头,发现那十字伤已经消失了。菲弥洛斯愣了一下,忽然用力地在皮肤上划去,似乎想要重新制造同样的伤痕,可惜那里只留下微微渗血的划痕,立刻就恢复了原样。

妖魔贵族愣了很久才慢慢地坐起来,仔细看着面前的光,它仿佛是星尘和雾气所凝结,朦胧而又无法看透。但它依稀是一个人的形状,有着明显的头、身体和四肢。

菲弥洛斯向它伸出手,指尖穿过了那团光,他感觉到光明的力量所带给他的刺痛。

"妖魔……我治好了你……"熟悉的声音在菲弥洛斯的头脑中响起来,是卡西斯。接着那团光似乎有了轮廓,尽管模糊,却依稀能看出青年男子的模样。

菲弥洛斯笑了一声:"真可惜,我宁愿躺在这里烂掉。"

卡西斯没有理会,低头望着地面:"黑暗之神虽然暂时地消失了,但他不会灭亡,会慢慢地重新聚集。他的力量仍然存在于这片土地之下,需要很长的时间才能净化和封印。妖魔也还残存着,说不定什么时候重返地面,人类得保持警惕……"

菲弥洛斯没有说话,他提不起任何兴趣关注卡西斯在讲什么。

光之骑士用"手"按住了"胸口":"我想你大概不明白为什么我没有接受你的献祭,妖魔……你要知道,其实关于召唤我的代价严格地说并不是肉体的生命……我所需要的是灵魂。"

妖魔贵族抬起头,有些不解地盯着他。

"你并没有消亡,难道还不明白吗?"

菲弥洛斯意识到卡西斯在说什么。

"……我的躯体已经死亡,而凯亚神则赐予我另外一种生命。我依然为他战斗,成为了光明的最后一道防线。然而我的力量并不是永不衰竭的,我所需要祈祷者所付出的,乃是他们蕴含着强大光明愿望的灵魂。拿走灵魂则肉体腐朽……所以人们都会以为召唤卡西斯会付出生命的代价……"

菲弥洛斯动了一下,他又伸手出去,想要触摸那团光,然而他除了疼痛依旧什么也没有抓住。

"他在你的身体里?"妖魔贵族追问道,"那些向你祈祷的灵魂,他们全都在你的身体里?在那个……骸卵之中……"

"或者说他们组成了我。每一个灵魂都会成为我。"卡西斯的"手"动了一下,从身体内部拿出一粒莹白的珠子,"也包括他……"

妖魔贵族的声音有些颤抖:"把他还给我,我可以给你别的任何东西……"

"妖魔的灵魂是黑暗的产物,不会成为光明的力量。"

菲弥洛斯痛恨他无动于衷的语气:"你要什么,你只要说你要的东西,快告诉我!快说啊!"

但卡西斯还是将那颗珠子收回体内,它就好像融化在光团中:"我将回到极西之地……带着杜纳西尔姆人的灵魂。他的虔诚、坚韧、善良和牺牲的勇气将成为我的力量……在下一次浩劫来临的时候,我会等待着有人带着同样光明的力量向我和凯亚神祈祷……"

天幕尽头

"等等，等等！"

菲弥洛斯试图动手阻拦，但他无法捉住光，也无法遮挡光，他的表情渐渐地变得狰狞："黑暗力量不会永远沉睡，它们终将回来，但守卫世界的防线已经崩溃……你如果认为这次过后便可以躲在极西之地安稳睡觉那就错了！很快会有人希望你再次现世，他们会痛哭流涕向你祈祷，会有人巴不得你赶紧拿走他们的灵魂，会有很多很多……我可以让无数人来填满你的胃口……我发誓……"

"你在威胁我，妖魔。"

"我可以做得更多。"菲弥洛斯的双手触摸着石笋的残骸，那黑色的石头发出喀拉的响声，忽然慢慢地隆起，似乎又开始生长。地面上那些沉降的黑色又如雾气一般浮起来。

几乎同时，白色的人形光团中猛地有一块似乎向外散开，如同被撕裂了一般。但很快，那散开的光又重新被吸入了光团中，就好像浪花落进大海。

卡西斯轻轻地摇头，也许是光团的流动让人以为他这样动了。"你的执念太强烈了，妖魔。"光之骑士说道，"即便是我将杜纳西尔姆人的灵魂还给你又怎样呢？他没有了躯体，不再是一个完整的人，只是一个你无法再理解和沟通的意识。"

"这不是你担心的事情。"菲弥洛斯冷冷地说，"把他给我，或者你现在杀了我……哦，对了，你刚才对付了那个疯子，现在办不到……"

卡西斯安静下来，但光团却陡然变得更加明亮了，妖魔贵族不得不用手遮挡着强光,却没有后退。过了很久,光线渐渐暗淡下来,变回了原来的模样。卡西斯伸出"手",一小团柔和的白光飘浮在上面,接着凝结成一颗珠子。

"你有一百年的时间再为他塑造一个新的身体,"光之骑士说道,"杜纳西尔姆人是拉加提的后代,凡人的血肉不能成为他们的载体,没有灵性的动物不能承载这样的灵魂,而黑暗力量更会对他们造成伤害……妖魔,你也许会失败……因为灵魂并非永存的,你要明白:如果不成为我的一部分,一百年后他将彻底消失。"

菲弥洛斯用颤抖的双手接过那颗珠子,紧紧地将它攥在掌心中。"我会找到的,"他轻轻地说,"我会让他重生……"

卡西斯发出一声叹息:"我并非不能杀你,妖魔,只是我能感觉到他的悲哀,他想要挣脱我,这事情从来没有过……大概你们之间的血盟是最牢不可破的锁链。"

菲弥洛斯大笑起来:"是的,他和我定下的'血盟',永远不可解开,直到世界毁灭。"

他在笑声中变为了黑鹰的形状,衔着那颗光洁的珠子飞上天空,在刺目的阳光下变成了天幕上遥不可及的点。

而白色的光团也不断缩小,最后成为了骸卵的模样,腾空而起,像流星一样落向西边最遥远的地方……

格拉杰·赫拉塞姆成为了离这场浩劫的真相最近的人,但他也永远不知道最后是谁拯救了卡亚特大陆和法玛西斯

天幕尽头

帝国。

他看到了妖魔的离去,看到了骸卵飞越的轨迹,从此以后再没有见过克里欧·伊士拉,也没有找到甘伯特和比特尼尔两兄弟,还有逃难中奔向主神殿的卡顿先生夫妇以及索普,甚至是罗捷克斯二世陛下,似乎这些他熟悉的人已经统统消失了……

在赫拉塞姆队长的后半生中,他一边参与着法玛西斯帝国的重建,一边尽可能地写下自己所知道的一切,从他第一次接受了国王的派遣前往法比海尔村,和科纳特亲王等人一起深入地下迷宫,在这片王国的各个地方与妖魔战斗,一直到最后的浩劫降临,萨克城毁灭,奇迹在最绝望时发生……

他把一切想得到的都记下来,生怕遗漏一点。他似乎想要通过这样的办法,将那些找不回来的人深深地记住,并且不光是让自己记住。

当然他并不知道,他写下的整整三卷《赫拉塞姆回忆录》在后世流传之广,成为了卡亚特大陆历史上最重要的典籍,无数人根据他所记录的内容去寻找大陆上隐秘的传说。

法玛西斯帝国王位的直系血脉断绝了,在各个公国和行省统计了伤亡,重新开始建设城市、乡村和家园的时候,米亚尔亲王被公推为新的国王,她也是这个帝国和这片大陆的第一位女亲王。她没有离开阿卡罗亚,而是将那里设为新的帝都。她的第一个儿子被命名为斯特道尔奇,是杜纳西尔姆语中诗人的意思。

虽然主神殿被摧毁了,但对凯亚神的信仰却因为那些驱

极西之地

散妖魔和黑暗的阳光而愈发坚固起来。幸存的僧兵和祭司们很快组织起来,朝拜新王,赞美凯亚神,并且在第二年春天到来的第一缕晨光中,选择了西北边的一块平原开始建设新的主神殿。

扫荡剩余妖魔的战斗零星进行了很多年,一直延续到斯特道尔奇一世即位;而对于被黑暗之力污染的土地的净化则持续得更久,从被称为"末日之战"的浩劫结束第二日起,经历了三万多天,那些变异的动物、植物和人,才渐渐地看不到了……

再后来,所有的当事人都去世了,无论是英勇的女亲王,坚强的志愿军团长,无畏的义军战士,还是在浩劫中出生的第一个婴儿,他们都带着关于那场妖魔之乱的记忆长眠于地下。

所有的一切都成为了传说,甚至关于那个带着妖魔奴仆游历大陆的杜纳西尔姆人是否真的存在,也会在茶馆中引发一场小小的争论。

但是也会有人根据《赫拉塞姆回忆录》中的记录去探访那些传说发生的地方,甚至会有人远赴王国之外的索比克草原,就为了看一眼繁盛如海的紫星花。

有些旅人会带回他们的见闻,甚至有些诗人会谱写新的歌谣传唱。有一个不知名的游吟诗人就根据他在索比克草原上看到的景象而创作过,歌词大约是这样的:

轻风吹过,

绿草如波。

天幕尽头

这紫色的绮梦,
随着我的歌延伸到日落。
我遥想那美丽的光之遗族,
最后消失于黑暗的灾祸,
这寂静的草原上,
走出了多少伤痛不可言说。
捧住紫色的星辰,
我向光之神祈祷——
愿每一株草叶上的露珠都被爱所铭刻,
愿每一朵花蕊中的蜜都滋养希望之果。
心声回荡,
我看到黑鹰在我头顶划过,
衔取我祝愿的星辰飞往它高高的巢窠。
来来往往的人中,
它独选受到祝福的这一个我。
我想它在接天之处,
必然有着最神圣的宝藏,
当愿望的花儿铺满它的翅膀,
就能听到光之子再度唱响古老的歌。

(全文完)

番外：点灯人

（一）

满月如少女的脸，升起在云海的那一边；
繁星悄悄被点起，供奉于凯亚神身前；
每一颗星啊，都睡着一个灵魂；
每一颗星啊，都藏着一份思念；
点灯人……
请在满月背后燃起它们，
照亮黑暗的至高天。
点灯人……
请在黎明时熄灭它们，
合上虚空中窥探的眼。
……

天幕尽头

奎特·艾迪拉从六岁起便学会了那首名叫《点灯人》的歌谣，作为杜纳西尔姆族的孩子，他从小就学会了各种各样的歌谣，这只是极为平常的一首。旋律算不上优美，而且意思也不是那么有趣，奎特并不爱唱。相比之下，他更乐意听点灯人的传说。

那是爸爸告诉他的，当然故事是爸爸的爸爸的爸爸传下来的。在每个紫星花节，也就是开春节的时候，爸爸会游猎归来，抱着奎特讲述杜纳西尔姆人的种种传说。

"我们的祖先是光明之神拉加提的儿子，只有杜纳西尔姆人的身体天生就蕴含着白魔法，能够在卡亚特大陆上狩猎妖魔，而点灯人是凯亚神赐给我们的一项荣誉，是给我们与妖魔作战的奖赏。"奎特的爸爸每次都会以类似的话作为开头，然后慢悠悠地讲故事。

所以奎特知道了每个杜纳西尔姆人天生的使命就是狩猎妖魔，而其中最强大的妖魔猎手，或者是做出了伟大贡献的英雄，在死后连身体带灵魂都会来到至高天的天门前，在每天傍晚来临时点燃凯亚神亲手锻造的启明灯，在黎明到来前又熄灭它们。

"每个点灯人都有一百年的服役期，然后就能进入至高天，陪伴在凯亚神的身边。"奎特的爸爸每次都在感叹中结束这个故事，"那是多么了不起的荣誉啊！"

然而奎特却并没有跟父亲一样对此羡慕万分，他总会在故事讲完以后问东问西。他想知道在启明灯附近有没有会自动生长的糖果树，比草原上的紫星花还多。父亲说没有，那

极西之地

里只有白茫茫的云海，还有就是由人类的美德和恶德所锻造的启明灯。奎特又想，既然是最了不起的英雄才能干的差事，那么应该有软绵绵的床可以睡，有小马驹可以骑，还应该有结实的秋千，可以荡得很高很高。可父亲还是说没有：那些东西也许会给听话的孩子准备，在至高天里什么都会有，可点灯人不需要这些。后来奎特问，如果没有好吃的，也没有好玩的，那么点灯人只有和同伴解闷了。

"没有同伴啊，傻孩子。"父亲笑话奎特，"每个点灯人服役完后就会升入至高天，所以新的点灯人没有人陪着工作。"

奎特觉得这样的"荣誉"没劲透了："那么每天就点灯熄灯，看着云海发呆吗？"

父亲笑着摸摸他的头："云海也是看不见的，点灯人的身体在被送走之前，会刺破眼球。否则至高天天门外伴生的月亮的光，会把眼窟窿都烧化的。"

没有吃没有玩，还要刺瞎眼睛，这样怎么看也不是英雄该得到的荣誉。

但是父亲对于奎特的说法只是微笑。"你还小，"他这么对儿子说，"你将来会明白，在神的门前，没有眼睛会看到更多。"

奎特的回答是翻个身，缩在父亲的怀里闭上眼睛，他绝对不愿意成为"光荣"的点灯人。

但是父亲抚摸着他的头，再次哼起《点灯人》的歌谣。那低沉的声音在静静的草原上显得无比清晰、悦耳。因为狩猎妖魔所需要的白魔法必须用美妙的声音吟唱，所以几乎每

天幕尽头

一个杜纳西尔姆人都有副好嗓子,在没有猎魔的时候,他们个个都是受人欢迎的游吟诗人。奎特就在这样的歌声中昏昏欲睡,做了一个没有英雄的梦……

紫星花开了一季又一季,它们从绿色的芽头慢慢长成半人高的强壮植株,结出淡紫色的花苞,开出深紫色的花朵,密密地在索比克草原连成一片,然后又渐渐枯萎,落入泥土中孕育下一代的花儿。

就在紫星花的开败之中,杜纳西尔姆人度过了一年又一年狩猎妖魔的日子。奎特的父亲在某个紫星花节后因为一次没有成功的狩猎而永远地离去了。按照杜纳西尔姆人的传统,他的遗体被烧化成灰送回来,由唯一的儿子抛洒在索比克草原。

当奎特接过父亲留下的七弦琴时,心中打定了主意,一生都会做个不猎魔的游吟诗人。

(二)

"一杯果酒,不,两杯,小姐!"奎特·艾迪拉在"雪狼"酒吧拍着桌子对红头发的女侍者叫道,他刚刚喝了一些大麦酒,并不喜欢那股味道,所以需要点儿别的来漱漱口。不过在他对面的男人却挺喜欢,毫不客气地将他杯子里剩下的都倒给了自己。

"我说,奎特老朋友,"留着一把络腮胡子的大汉一边咂嘴，一边问道，"这活儿你到底接还是不接啊？"

奎特张望着自己的酒，心不在焉地回答："才十个金币，要我唱五首长诗，开什么玩笑。"

络腮胡嘿嘿地贼笑了两声，黑黝黝的脸上隐约有些泛红，但仍然竭力游说："那个，虽然只十个金币，但是麦比特管家答应提供饭菜和住宿。要知道，那可是索隆多城最好的院子，有各种各样的鲜花，整个卡亚特大陆上最珍贵的品种差不多都在那儿了。哦，对了，他们那里还养了十个舞娘，据说里面有一个红头发的克拉克斯人，你没见过吧？去长长见识不好吗？我说，还有……"

"行了行了，"奎特终于拿到自己的酒，美美地喝了一口，才打断了络腮胡子的话，"贝尼，你别像个临街叫卖的草药贩子一样，我知道你想去费德老爷家可不是为了那些花儿和舞娘，你想看看兰琪·费德小姐，对吗？那可是整个大陆都有名的美人儿。"

即使留了满脸的大胡子，贝尼脸上的红色也赤裸裸地袒露在了奎特面前。他巨大的手掌搓着杯子，像个小姑娘一样忸怩了半天，才粗声粗气地反驳道："你这个家伙又胡说！难道我没见过女人吗？你看看这周围，哪个女人和我'猎犬'贝尼不熟？兰琪·费德小姐又怎么样？她能有多漂亮，我又不是没见过女人……虽然她是挺美的……"

奎特饶有兴趣地听他言不由衷，眼睛却看着热闹的酒馆中央，那里有一个高高的舞台，穿着短小上衣，裸露着柔软腰部的舞娘正像蛇一样扭动着身体。

天幕尽头

这里是法玛西斯帝国靠西的一处，是进入极西之地的最后一个大城镇。这里的气候炎热，只有雨季来临的时候才会让人感觉舒服。黄沙和泥土混杂在这个城市中，鲜花和绿地都是奢侈品，于是人们更愿意从女人们的容颜与身段上去感受相似的美。这里的女人都像当地明晃晃的太阳一般艳光照人。即便不是传统意义上的美女，也特别善于用面纱、长裙和首饰来打扮自己。所以出现在城市各个角落中的颜色鲜艳的薄纱长裙就像盛开在大街小巷的花儿。

奎特留在这里已经三年了，他是二十年来第一个到此的杜纳西尔姆人，尽管索隆多没有被妖魔祸害的烦恼，但奎特的嗓子仍然让他受到了欢迎。他常常因为一首歌谣而被人请喝整晚的酒，或者是弹着七弦琴令女人们围绕自己翩翩起舞。

贝尼是一名自由佣兵，有时候也干一些中介的活儿。他来自遥远的阿卡罗亚，一年里有六个月都被冰雪覆盖。

他们俩因为喝酒而认识对方，于是两个异乡人因为奇怪的缘分变成了朋友。

奎特可以理解傻乎乎的贝尼留恋索隆多城的原因，自从他为费德家干了一次保镖的活儿以后就迷上了雇主的女儿——艳光四射的兰琪·费德小姐。传说她是一位难得一见的美人，拥有比玫瑰花还娇艳的容貌和比黄莺更美妙的声音，并且她还是一位女诗人，大陆上许多游吟诗人都以能够得到她亲口传授的新诗歌而倍感荣耀。而关于她的传说中最神奇的就是她有预言的能力，对于一些不吉的灾祸往往说得很准。不过在禁止巫术的卡亚特大陆上，这并不会成为公开谈论的优点，却又反而为她增添了一丝神秘的魅力。

奎特觉得这样一颗天上的星星再怎么光芒四射也没办法照到贝尼那种在角落里黑咕隆咚的大石头的。对于没有希望的希望，还是早点放弃比较好。

"喂，喂，奎特。"看见他始终没有回话，大胡子贝尼有些性急而又带着讨好口气追问道："怎么样，去吧，价钱还可以谈嘛。反正提供食宿，就当到一个花园里好好休息了。"

奎特看着贝尼热切的双眼，把已经爬上了舌尖的拒绝的话用火辣的酒冲回肚子里。"好吧，老朋友，如果你真的想见那位费德小姐……"

"我不是为了她——"大胡子佣兵的话最后消失在了奎特严厉的目光中。

杜纳西尔姆人喝光了酒，把杯子拍在桌上："记住，起码应该给我十五个金币，还有，咱们什么时候去？"

贝尼满脸赔笑："没问题，没问题。麦比特管家说，费德小姐的生日舞会就在三天后，所以我们最好明天就过去。"

奎特点点头，算是定下了这件事。

费德老爷的院子在索隆多城靠北的地方，占据了很大一片土地。他经营着一个储量丰富的铁矿，所以非常富有，他的金钱足以支撑奢侈的生活，包括拥有无数奇花异草、珍禽异兽，美轮美奂的庭院，还有漂亮的舞姬。当然有一个美丽而且有才华的女儿更是锦上添花，没有人能随便将他们家族

天幕尽头

简单当做庸俗的商人看待了。

奎特住进这座院子的时候，并没有多少期待，但很快他就发现贝尼的确给他介绍了一个不错的工作，因为他基本不会在别的地方找到这样美妙的工作环境了——

在干燥而到处都是黄沙的索隆多城，费德家的院子里却引来了珍贵的地下水，并且汇集成了小小的绿洲。绿色的植物种满了庭院，室内插着鲜花，池塘中甚至还有水生花和漂亮的金鱼。奎特住在僻静的客房中，门外就是被葡萄藤缠绕的回廊，偶尔还能听到找食吃的沙漠鹂啾啾地唱两曲。而贝尼同时作为被雇用的临时护卫，也住在附近，当奎特准备演出的时候，他就和其他的护卫一起巡视整个院子。

贝尼当然会期待每天巡视的时间，因为无论怎样他都会有机会经过兰琪小姐的窗前。奎特却恰好相反，他对于纱幔之后模糊的脸没有兴趣，他更爱那些露着纤腰的舞姬。为了后天的生日宴会，她们都来找他演练。一共有十三个女孩子，都是十七八岁的年纪，有着如花朵般的脸蛋儿和阳光一般灿烂的笑容，个个儿都有银铃般的嗓子。奎特尤其喜欢那个叫做米露的，她就是贝尼提到过的克拉克斯人，来自遥远的南方岛屿，有一头火焰般的红色头发。

别的女孩子都是披散着长发，鬓边戴着红色的蔷薇，但是米露的却插着淡黄色的蔷薇。"我的头发可比花儿还要红呢！"她这样对奎特解释，并且得意地皱了皱鼻子。

那时候奎特就觉得，其实贝尼说得没错，这的确是一份美差。

最美妙的时刻比他想象的还来得早，在又一次排练过后，也就是他住进院子里的第二天早上，矮胖的管家麦比特来告诉他，费德老爷和小姐要见一见参加表演的人——包括演唱长诗的奎特，跳舞的女孩子，还有另外一些杂耍艺人。

于是奎特跟着老管家走过弯弯曲曲的庭院水道，去了最中心的大厅：

那里足以容纳一百人，最前面是一个挖开的小池塘，活水从外面流进来，汇集在这里，又从另外几条水道出去。几朵粉红色的荷花在这个小池塘里安静地开放着，仿佛细颈的少女微微低下头。

在池塘后头是大理石板铺成的宴会厅，彩色的苇席铺在地上，还有不少刺绣精美的靠枕，因为还没有开始迎接宾客，所以并没有摆放桌子。只是在主位那头放下了两个略微高一些的矮长凳。一个干瘦的老头坐在上面，直勾勾地看着他们。

奎特一点也不喜欢他的长相——

如果说把一只猴子活活做成干尸，大概就是这位的模样了。费德老爷有着与他的富裕完全不搭调的佝偻身材，传说他才五十出头，但是他脸上的皱纹比一百岁的人都多，眼皮几乎要耷拉得遮住眼球了，眉毛也掉了个精光。他的嘴角向下撇，显出一副乞丐才有的苦恼表情，似乎还在为下一顿饭发愁。

奎特只把目光放在他身上一秒钟，便立刻被坐在他脚下的少女吸引住了。

天幕尽头

兰琪·费德小姐，她穿着淡绿色的丝绸长裙，披着棕色的头发，静静地靠着父亲的膝盖。所谓奇迹就是这样体现在他们的血缘上，尽管费德老爷干枯丑陋，但是他的女儿却像一颗珍珠。她的脸庞圆润而娇嫩，眼睛如同池塘中的荷叶一样碧绿，她的头发只是轻易地拂到一边，却露出柔滑而优美的脖子，就好像打磨光滑的白玉石。可能兰琪小姐的容貌并不算十全十美，但是她就那么随意地坐着，就让人无法不凝视她，并且愿意一直这样看着她。

在她的面前，那群叽叽喳喳的女孩子都规规矩矩地低着头，乖得像兔子，而她的眼睛向着其他人转了一转，很多男人便忍不住深深地吸气。

奎特认为贝尼迷上她果然是可以理解的。

"请随便坐吧，各位。"兰琪小姐站起来，摊开双手，"我只是想向大家说一说后天宴会的表演安排。那是我十八岁的生日，我希望所有的客人都能像我一样开心地度过那一天，这需要各位的力量。我相信各位有这样的才华。为了让一切都尽善尽美，我想再叮嘱一下那些稍稍会被忽略的事情，可以吗？"

没有人能对这样一位少女说不，于是二十来个表演者便在精致的苇席上坐下，听着兰琪小姐的盼咐。

表演的安排的确不复杂。在宾客们都落座以后，就是舞姬们上场，她们需要绕着每一位宾客跳舞，并且向着客人抛撒花瓣。然后就是宴会时间，美酒佳肴会陆陆续续地呈上来，而这个时候表演的就是杂耍艺人。最后也是最重要的环节，大约会在临近下午的时候，奎特便开始演唱长诗，一直唱到傍晚。为了避免客人们倦怠，他得选择不同的五首，另外还有一首短诗是兰琪小姐自己的新作，他必须在一天之内学会、练熟。

兰琪小姐的说明很清楚，表演者很快就领会了她的意思。对此她非常满意，很快就结束了这次安排，只是希望每一个人能多加练习。

她干瘪的父亲从头到尾没有说一句话，对于女儿的安排也毫无异议。当兰琪小姐宣布结束以后，费德老爷便哆哆嗦嗦地掏出他硕大的钱袋子，将一半的酬劳挨个儿发给了每个人。

有美人看，又有钱拿，这的确是一份不错的工作。奎特将七个金币放进口袋里的时候，心情非常愉快。他打算今晚对老贝尼说些好话，比如兰琪小姐的确是非常漂亮的绝代佳人之类的。

就在他站起来打算离开的时候，兰琪小姐突然叫住了他。

"奎特·艾迪拉先生吗？"那位女雇主微笑着对他说，"我恳请您多留一会儿，您的节目太特殊了，我们需要单独谈一谈。"

奎特向她微微欠身："我乐意听从您的吩咐，小姐。"

费德先生似乎对女儿接下来的安排没有任何意见，他慢吞吞地起身走出了大厅，只是在经过她身旁时拍了拍她的手背，而兰琪小姐则是温柔地在他皱巴巴的脸上印下一个吻。

奎特看着费德先生慢吞吞地走出去，然后跟着他的女儿

天幕尽头

在大厅里坐下。

"您是杜纳西尔姆人吗，艾迪拉先生？"兰琪小姐笑着问道，"我看您头发和眼睛的颜色跟别人不一样，而且听说您的歌喉特别美妙。"

奎特向她躬身说道："您果然如传说一般聪明，您猜得很准确。我是杜纳西尔姆人，吟唱是我们与生俱来的天赋。"

"还有白魔法……"她打量着奎特，"杜纳西尔姆人更重要的工作应该是狩猎妖魔，对吗？您在索隆多抓住了多少妖魔呢？"

奎特谨慎地低下头："很惭愧，小姐，或许我是杜纳西尔姆人中最不争气的一个，我并没有学会什么魔法，所以不能以狩猎妖魔作为职业。"

兰琪并没因此而露出任何轻视的表情："但您的血统仍然足以使您的存在就让我们感到安全了，而且我相信您也因此成为杜纳西尔姆人中最好的游吟诗人。"

奎特再次躬身表示感谢。

"好了，希望最好的游吟诗人能喜欢我这次的新作，它是我为生日宴会专门创作的，以您的能力可以很快学会，剩下的就是充分发挥技巧了。"兰琪从腰上的荷包里取出一张纸，递给了奎特，那上面写着一首短诗和对应的乐谱。

"蔷薇只盛开一次，
在明月之下，
在晨风之中。
露水只滴落一次，

为了昨天的怀念，

为了今天的相思。

我只亲吻你一次，

告别哀伤的夜晚，

迎接欢悦的白日。

请记住啊，

一定要记住，

蔷薇只开一次。"

奎特低声地念了一遍歌词，又轻轻地哼了哼谱子，由衷地称赞道："美极了，小姐，我相信它一定会很快在大陆上流传开的。"

"如果这样那也一定是因为您的表演动人心魄。"兰琪说的话总是让人感觉很舒服。奎特开始明白为什么连贝尼那样的大老粗都无药可救地迷上了这个女人。

奎特把那张纸叠起来收好，发现兰琪用绿色的眼睛温和地注视着他的动作，他的心头忽然冒出一些好奇。"对了，兰琪小姐，"他问道，"我可以问您一个问题吗？"

"如果我能回答，艾迪拉先生。"

奎特看着眼前这个美丽的少女，尽量用轻松的口气说道："我听到您的名声已经很久了，关于您的美丽和您的才华，当然还有更离奇的……他们说您能够预知未来，或许您可以告诉我这是胡说。"

这小小的不恭敬没有让大度的少女恼怒，她随意地拂了一下滑下肩头的长发，忽然用手遮住眼睛。

天幕尽头

"当我看不到这个世界的时候,的确可以看到未来。"她低声说道,"您想知道什么呢,艾迪拉先生。"

奎特对于她毫无避讳地承认自己的异能有些吃惊,但转念一想,如果不能验证,预言也可以当做一种玩笑。

"我吗,"于是他耸耸肩,"我并没有任何想知道的事。"

"也许您不久就有了。"兰琪低声说,"在我可以看到的将来,杜纳西尔姆族将会遇到可怕的灾难……您会想知道的。"

奎特的心颤抖了一下,但他并没有再继续问下去。在使用白魔法的族群中长大,奎特当然会分辨出兰琪身上没有妖魔气息这个事实,所以并不会真的相信她所谓的"预言"。然而他却相信如果问清楚了,怀疑就会变成有形的灾难在他心中扎下根来。

这时兰琪放下了手,重新睁开碧绿的双眼。"好了,艾迪拉先生。"她仿佛没有意识到自己说了多么可怕的话一般,依旧用甜美温和的声音说道,"现在我还有别的事情要忙,这首诗歌就有劳您了。"

奎特深深地向她鞠躬,离开了飘着淡淡花香味儿的大厅。

(三)

奎特在房间里弹着七弦琴,练习兰琪小姐的那首诗歌的旋律。

午饭过后,贝尼终于轮空休息,便来找他。奎特刚要出门,被那个熊一样的大个子猛地撞倒在地。

"为什么你不留在阿卡罗亚?"在贝尼充满歉意地把他拉

起来时,奎特对他说,"在捕猎雄鹿的时候,你连弓箭都不用,扑过去就能把它们撞昏。"

贝尼已经习惯了奎特转弯抹角的抱怨,他一如既往不打算反击,只是用兴奋的口气问道:"怎么样,怎么样?你见到她了,对吗?"

"谁?"奎特检查自己的七弦琴,确认它完好无损,"那个红头发的克拉克斯姑娘?她的确美极了。"

"得了,奎特老朋友,别逗我。你知道我说的是谁!"

奎特狡黠地笑了笑:"是的,兰琪小姐,我见到了。她的确如传说的一样是个绝色美人儿。"

贝尼咧开嘴,比听见别人夸奖他的拳头更开心。

奎特拍了拍身上的灰:"行了,满意了吧?我得去米露那里,我们还有一点节目需要合练。"

贝尼意外地跟着他出了门,似乎并不满足:"喂,伙计,就这么一点点评价吗?那可是兰琪小姐,难道你没有觉得她美得与众不同。"

奎特知道贝尼已经忘了在酒馆里的嘴硬,但他突然没有了调笑的心思。"她的确很特别。"奎特对大胡子佣兵说,"但我觉得那不是来自于美貌,或者说她的文采、气质什么的……贝尼,她有些我看不透的东西。"

"奎特,你说这话让我想起了你的同胞,那些狩猎妖魔。我在阿卡罗亚的时候碰到过他们。"

杜纳西尔姆人耸耸肩:"好吧,他们大概不喜欢我,我选择了最没用的谋生方式。"

天幕尽头

"没什么不好。"贝尼难得地严肃起来,"如果我能不靠着打打杀杀过日子,说不定还会是个普通的猎人,或者农夫。"

奎特感激地看着他的朋友——其实他很明白自己躲避的是什么。

舞姬们居住的地方是一个宽敞的大房子,因为要让她们练舞,所以还有一个用光滑石板搭起来的小舞台。

当奎特走进这里的时候,女孩子们正在练习着明天晚上的舞蹈。她们穿着五颜六色的纱裙,一个接一个地舒展着肢体,米露和另外一个年长的女孩子站在旁边打着手鼓,观察她们的动作,不时地提出意见。当奎特突然在门外为她们弹起同一个节奏的旋律,米露和她的同伴纷纷回过头来,惊喜地叫着杜纳西尔姆人的名字。

"快进来,快进来。"

米露抓住奎特的手腕,而其他的姑娘则簇拥着贝尼一起来到舞台边。

"我们正需要合格的观众。"米露大声说,"还有您,艾迪拉先生,快奏响您那支美妙的琴。手鼓太干巴巴的了,我们的手都打疼了。"

奎特当然从善如流,那些女孩子发出一阵欢呼,又开始跳舞了。连米露都加入了她们。她们像鸽子一样张开翅膀,但是比鸽子的飞翔更优美,她们的裙子比翠鸟的羽毛还要鲜艳。尽管她们的舞蹈是为了讨好那些她们不认识的客人,为了庆祝另外一个同龄却更加幸运的女孩的生日,但她们还是笑得很开心,这场舞蹈对于她们来说就仿佛一场游戏。

当奎特的琴声结束以后，她们又爆发出一阵欢呼，接着便是一阵笑声，相互挑剔着有些失误的动作。

奎特面带微笑地看着这些女孩子，用手肘碰了碰贝尼："也许你会生气，老朋友，但是我真觉得她们比起兰琪小姐来说，也并不逊色。或者我更喜欢这样的。"

贝尼用不以为然的目光看着他，并没有说话，奎特知道他心里只有那个绿眼睛的女人。能这样喜欢一个人，奎特认为是一种幸运。

"艾迪拉先生，艾迪拉先生，"米露喘着气来到他身前，"您的琴弹得太好了，真棒！明天晚上一定会让兰琪小姐和大家都满意的。"

"我也希望如此。"奎特注视着这个舞姬的脸，克拉克斯人的肤色比大陆上的其他民族要深一些，呈现出健康的浅棕色。米露也是如此，但此刻却微微地有些发白，额头和鼻尖上渗出了大颗大颗的汗珠。

"你应该休息一会儿，"奎特对米露说，"练习很重要，保存体力也很重要。"

"大概是天气太热了，"红发少女用手背抹了一下额头，"今天大家都有点力不从心。"

她说的奎特也注意到了，这时女孩子们都席地而坐，用手扇着风，露出疲惫的模样。

"把头发扎起来怎么样？大概会凉快点儿。"奎特拨弄了一下米露的红发。

"啊！"少女叫了一声，"你勾着我的蔷薇了，好痛。"

天幕尽头

奎特连忙缩回手，赔笑道："对不起，我忘记了女孩子的头发不能随便碰。"

他看到米露得意地笑了笑，重新整理好鬓发边的蔷薇——昨天那朵淡黄色的已经换成了淡粉色，依旧衬托得她非常美丽。

女孩子们在地上休息了一会儿，又开始了她们的舞蹈，奎特和贝尼陪着她们一直跳到晚饭开始，才走出了这座院子。米露和她的伙伴们轮流亲吻两个人的面颊，感谢他们的演奏和捧场。

"你到我那边去吃饭吗？"奎特问贝尼，护卫们都是集中在另外一处用餐，而表演者们则是由男仆送到房间里。

大个子佣兵摇摇头："他们可不会像对待贵宾一样给我们方便，我还是回住处吧。"

奎特欣赏贝尼的态度，于是跟他告别以后，慢慢地回到了自己的住处。

还没有进入房间，奎特就看到了在高大的阔叶盆栽后站着的人影——

淡绿色的丝绸长裙，白色的头纱遮挡着面容，但是那双绿色的眼睛却明确无误地让奎特认出了她。

"兰琪小姐，"奎特向她行了个礼，发现她没有带侍女，"什么事需要您亲自过来呢？我很乐意到您的跟前听从吩咐。"

兰琪·费德慢慢地从阴影中走出来，她的容貌在这灰暗的天色中显出与白日完全不同的美感来，大约是因为水色的反光，使得那双碧绿的眼睛浮动着暗色的波纹。

"我想您会喜欢费德家自己做的酱菜，那是一种用特别的材料腌制而成的。"兰琪小姐抬起右手，她提着一个小巧的木盒子，看起来是今天的晚餐——她竟然亲自送来了。

奎特赶紧打开房门，做了一个恭敬的"请进"的手势。

兰琪小姐在陈设简单的客房中坐下，将酱菜和面饼放在桌上。"看上去就很美味。"奎特真心实意地赞美道，"而您亲自送来使得它们更加地有滋味。我能做什么让自己可以配得上这样的款待吗？"

兰琪小姐的嘴角露出微笑："您真像个生意人，时刻都注意着交换的公平。我以为杜纳西尔姆人更多的像艺术家或者战士。"

"我没有这两种特质，我是杜纳西尔姆人中不合群的一个。"

"可是仍然有着杜纳西尔姆人的血统，仍然天生就能使用魔法。"兰琪·费德看着他，"您的声音适合吟诵任何咒语，这多么神奇。"

奎特品尝着那一小盒暗红色的酱菜，把它们放进面饼里裹着吃，有一种酸甜混合的味道，再配上小块的烤鹿肉和清冽的麦酒，这顿晚餐的确比头一天还要好。

"您想让我吟唱咒语吗？"奎特说，"很遗憾我可能会让您失望了。"

"不，不。"美丽的小姐摇头说，"我不是好奇或者想要您施展一下特殊的才能，我只是想要知道，杜纳西尔姆人的声音是否真的如传说一般，只要吟唱就会带有法力呢？"

天幕尽头

奎特其实不愿意谈论这样的话题,他已经很久都没有去动用白魔法了,他一直回避着做这件事——尽管偶尔还是会动手消灭一些梦魇虫之类的小妖魔。但是兰琪的提问让他仍然保持着彬彬有礼的态度回答:"您知道我们的特质,小姐,我们也并不是万能的,要产生白魔法的效力,必须是来自于咒语。而相对于咒语来说,又必须是蕴含白魔法的体质所吟诵的声音才行。杜纳西尔姆人是天生带有白魔法,和神殿的祭司们后天得到的祝福不同,但是如果是吟唱普通的歌谣,和大家并没有任何区别。"

"嗯……原来如此。"兰琪的脸上露出和她这个年龄差不多的天真的微笑,"请原谅我的刨根问底,您知道对于很少去外面世界的女孩子来说,您这样来自传说中的部族的人,总会让我感觉很新鲜。"

"这让我觉得很荣幸,小姐。"

"快吃吧。"绿眼睛的少女又像殷勤的主人一般劝客。

奎特继续享用晚餐,他看着兰琪光洁圆润的手臂搁在桌子上,心中想到了上午他们的对话。"如果允许的话,小姐。"他问道,"我也想问问你关于预言的事。这是否和我族一样,是天生而来的呢?"

兰琪咯咯地笑起来:"您真不愿意吃亏,是吗,艾迪拉先生?"

杜纳西尔姆人只是笑笑。

兰琪收起笑容:"我想这很难说,小的时候我并没有太多的预知能力。但是当我渐渐长大,便开始在梦中梦到一些遥远的事，这些事会被来来往往的行商带到索隆多，最后传到我的耳朵里印证。于是便有人开始谈论我的预知……而现在，我只要闭上眼睛，进入冥想的状态，就能够看到一些相关的事……"

"那么，您之前对我说的，关于杜纳西尔姆族的灾难，究竟是怎么一回事呢？"

兰琪沉默了一会儿，才说道："那是发生在你们的故乡索比克草原上的事情，很严重，很可怕……也许关系到整个部族的存亡。"

"请再详细一些，小姐。"

兰琪却露出了狡黠的笑容："别担心，艾迪拉先生，我会告诉您的，但那是在表演结束以后。请相信我，这样对您和我的生日宴会都会是件好事。"

奎特知道兰琪会担心那些不吉的预言影响自己的心情，对于少女这点小小的自私，他完全可以接受。于是他默然无声地吃完了晚饭，将兰琪小姐送出门。

(四)

奎特·艾迪拉沉沉地睡在苇席床上，夜间的微风吹动着窗户上的灰色纱帘，带进了一点点荷花的芳香。

但是奎特却在沉闷的梦境中挣扎着——

他站在索比克草原一望无际的绿色中，渐渐地，无数紫星花从天边一朵一朵飞快地开放起来，很快，整片草原变成了紫色。他抬起手，感觉到花朵在微风的吹拂下抚弄着掌

天幕尽头

心。他清楚地知道自己正在做梦,却也忍不住感到一阵激动,即便是再不想按着杜纳西尔姆人的传统生活,他依然想念自己长大的地方。

风渐渐地大了,紫星花被吹得弯下腰去,有一些花朵被吹离了茎秆,高高地飘扬起来,就好像无数的紫色精灵忽然从地面上飞起,扑向天空。这是一幅很美的画面,即便在索比克草原居住了十八年的奎特,也忍不住沉醉。

然而风越来越大,似乎没有停止,它们从温和变得暴戾,无数的紫星花被吹落,很快又被狂风卷得不见踪影。

奎特的眼睛被断裂的草叶和花朵扑得睁不开,心中充满了焦急和恐惧,他张开嘴叫起来,但声音也被风卷走。他抓住身边的草,只听到了断裂的轻响。奎特摇摇晃晃,似乎整个人都即将被风刮走……

他很快从这噩梦中醒来,感觉到自己的身体仍然晃个不停,只不过那是因为有人正努力地摇他。

"艾迪拉先生,艾迪拉先生,快醒醒。"米露的声音在他耳边焦急地呼唤着。

奎特爬起来,吓了一跳:"怎么了,米露,你跑到我这儿来做什么?"

"对不起,艾迪拉先生。"克拉克斯少女眼圈发红,"我知道这么做很糟糕,如果被麦比特管家发现会挨鞭子!可是,可是我们真的不敢找别人了……"

"好了好了。"奎特抚摸着她的肩膀,安抚道,"告诉我怎么了,慢慢说。"

米露咽了口唾沫:"莉娜昏过去了,怎么都叫不醒,我们担心她出事,只能找您帮忙。"

"是生病了吗?为什么不报告管家?"

米露脸上露出犹豫的神色:"不,也许不是……我们不知道……"

奎特严肃地盯着她:"说实话,姑娘,不然我也只能请管家过来。"

米露迟疑地抿了抿嘴唇:"莉娜和我睡一个床,今天半夜的时候,我醒来没看见她,就以为她去喝酒了……她喜欢喝酒,但是管家是不允许的,于是就偷偷地藏在舞台下面的小格子里。平时她睡不着就会自己去喝一两口,但是今天我一直到快要睡着的时候都没见她回来。我觉得不对劲,就起来去找她。结果……结果她昏倒在藏酒的地方了,怎么叫都不醒。"

"她喝了很多酒?"

"不,没有,虽然她嘴巴里有酒味,可瓶子里没少太多。我和姐妹们把她抱回床上,她的胸口和脑门都是冰凉的,我们担心是急症,艾迪拉先生,求您去帮我们看看她吧。快要天亮了,我们得开始化妆准备,如果莉娜不出现,我们所有人都会被罚的。"

奎特无奈地跟着米露像做贼一样又一次来到舞姬们的院子里,他抬头看了看天:现在月亮已经开始西沉,离日出不远了,难怪这些女孩子惊慌失措。

他走进她们的卧室,舞姬们立刻露出求救的神色,这让

·411·

天幕尽头

奎特只好硬着头皮走了过去。米露机灵地叫两个女孩子守在门口，以预防意外情况。

奎特来到那个叫莉娜的女孩子身边，看见她躺在白色的床上，皮肤苍白，额头和鼻尖上有不少虚汗，眉头皱得紧紧的，仿佛很痛苦。奎特探了探她的鼻息，微弱得难以察觉。

"莉娜怎么了，艾迪拉先生？"一个大眼睛的舞姬揪着胸口的衣服对奎特说，"她虽然喜欢喝点酒，但是从来不过量，而且平时身体挺好的。"

"现在还说不清，小姐。"奎特回答她，"也许是急症。"

他又看了看莉娜露在外面的四肢和脖子，并没有发现什么伤口——虽然在沙漠中蝎子一类的毒虫并不少，但是在费德家干干净净的院子里，却几乎找不到，看来这女孩儿也并没有被蜇到。

"我想还是请管家叫医生来比较好。"奎特有些不确定地说，"莉娜看起来很虚弱，如果是严重的病就糟糕了。我虽然能辨认一些外伤或者常见病，但是现在真帮不上忙。"

女孩子们的眼神里充满了惊惶，有些胆小的又哭起来，米露和几个年纪大一些的相互看了看，忽然大声说道："好吧，报告麦比特管家，大不了咱们一人挨几鞭子，总比莉娜这样病着好。"

女孩子们待了一会儿，似乎被米露的话镇住了，过了几分钟，便开始陆陆续续地点头。

"嗯……也就是几鞭子……""以前也不是没挨过。""那就这样决定吧……"

奎特带着微笑看着她们——虽然头发乱糟糟的，又哭过鼻子，可这群女孩儿依然很漂亮。

米露猛地站起来："艾迪拉先生，您先回去吧，我立刻去找管家大人——"

她的话还没有说完，身体突然摇晃了几下，软倒在地。

女孩儿们发出一阵尖叫，争着扶起她。

"安静！安静！"奎特也吃了一惊，一面招呼那些女孩儿让开，一边抱起米露放在床上。"给我点光！"他吩咐道，于是一个女孩儿赶紧将蜡烛移到这边来。

在明亮的灯光下，米露原本浅棕色的皮肤也和莉娜一样显得很苍白，浑身虚汗，看上去特别脆弱。

"她们得了一样的病吗？会传染吗？"一个女孩儿害怕地问，另一个圆脸的少女立刻拍了一下她的手，让她住口。

奎特皱起眉毛，仔细地打量着米露：这位克拉克斯女孩儿也已经陷入了昏迷，她的头发因为汗水而沾在脸上，像一条条红色的丝线。

忽然，奎特发现米露鬓边的蔷薇换成了红色，就跟别的女孩子一样，那颜色鲜艳无比，却因为她的红发几乎不容易被看出来。

"你们睡觉也戴着蔷薇花？"

奎特奇怪地问道。

女孩子们不自觉地用手摸了摸花朵。"戴呀！"那个圆脸少女说，"这花儿是前天就发下来的，用药水浸透了，然后用细线拴在发根上的，这几天管家说小姐需要我们戴着花儿，

天幕尽头

穿着舞裙,这样随时都能表演,因为小姐说不定什么时候就要看呢。"

"这两天花儿都没有换吗?"

"没有呢……"

奎特忽然有种不祥的预感。

他拿起烛台,凑近了米娜的头,然后小心地撩开鬓发,不由得倒吸了口凉气——

在头发的下面,就是那朵蔷薇花插进去的地方,绿色的茎已经没入了皮肤下面,延展出扭曲的红线,就好像埋入了血管的蜘蛛网,鲜血源源不断地从那片网里吸入蔷薇花中。

原来这朵花原本就是淡黄色的,是米娜的血将它染成了红色。

离得近的一个女孩子被这景象吓得跌倒在地,伸手就去拽自己鬓边的蔷薇,但立刻发出痛苦的叫声。

"别碰它!"奎特连忙制止道,"它连着肉呢!"

他知道这东西叫做吸血蔷薇,能够无声无息地寄生在人体内,吸吮血液,把人的生命力都凝聚在花朵中,如果强行拔出,只能在身体上留下一个血肉模糊的洞。

奎特来不及多想,连忙一手按住米露鬓边的吸血蔷薇,一边低声吟诵起治愈魔法。随着他低沉的声音,那朵蔷薇花渐渐地褪去了红色,然后从米露的鬓边脱落。在落地的瞬间迅速枯萎,缩成了暗红色的一团。

米露头上的伤口渐渐地在吟诵声中止了血,留下一个结痂的伤疤。

奎特又来到莉娜的身边查看她头上的花，果然也是吸血蔷薇。他不敢耽搁，立刻用同样的方法把这玩意儿取了下来。然后对其他的女孩子说："快排好，一个一个地来，得把你们头上的蔷薇也弄掉。"

女孩子们虽然害怕，但仍然乖乖地让奎特在耳边念诵白魔法咒语，取下了那些可怕的东西。

当最后一朵吸血蔷薇被取下来以后，米露迷迷糊糊地睁开眼睛，看着奎特："艾迪拉先生，发生了什么事？我昏过去了？"

奎特安慰她："没关系，小姐，已经没事了。你们沾了些不干净的东西，所以才会生病，不过现在我已经帮你们弄下来了……现在先要保守秘密，你们得帮我一个忙。"

米露和她的姐妹们连连点头："我们感谢您，艾迪拉先生，你尽管说。"

奎特要米露她们在院子里采来红色的蔷薇，照原样插在鬓发中，然后对刚才的事情守口如瓶。女孩子们答应了，然后米露把奎特送出了门。

"生日宴会上你们的舞蹈会绕着宾客们跳，对吗？"在离开前奎特问米露，"会不会向客人们抛撒花瓣儿？"

"会的。"米露说，"我们最后会从大篮子里抓那些准备好的花瓣儿，然后抛给在座的每一个人。"

"你们是第一个节目，对吗。"

"没错。"

奎特点点头，又叮嘱她小心谨慎，这才离开。

天幕尽头

出了舞姬的院子,他飞快地跑向贝尼所住的护卫们的房间,然后揪着朋友的大胡子,捂着他的嘴把他拖到走廊上。

"你干什么?"佣兵的眼珠子都快要瞪出来了。

奎特来不及安抚暴躁的朋友,气喘吁吁地问道:"你有刀吗?我是说,很锋利的那种。"

"当然有!"贝尼一边说,一边在小腿处摸了一下,立刻抽出一把狭窄、短小的匕首,刀锋上反射着寒光。

"行了!"奎特惊喜地拍了拍他的肩膀,"今天生日宴会开始以后你会在哪儿?"

"麦比特管家安排我们在前院守着,你知道,兰琪小姐有些崇拜者是很疯狂的。"

奎特的眼神暗淡了一下:"你其实比较想到大厅那边去,对吗?"

贝尼的脸有些泛红:"那当然,嗯……肯定能看到不少节目的,对吧。"他有些不好意思地笑了。

"那逮着机会就溜进来吧,最好是我开始表演最后一个节目的时候。"

贝尼若有所思地看了看他:"发生了什么事,你需要我帮忙?"

"是的,老伙计。"奎特也不隐瞒,"但是现在我还不能跟你说清楚,但是你能来的话,能帮上大忙。"

贝尼很干脆地答应了,奎特点点头,也没有跟他多解释。对于贝尼,他知道很多话可以不说。而现在他还有更重要的事情得去做——

好好地练熟兰琪小姐最重要的新诗歌。

（五）

日光透过淡黄色的纱幕落在庭院中，绿油油的阔叶植物们发出了亮光，而所有的五颜六色的花朵也仿佛被多镀了一层金色。这是太阳升起来以后索隆多最美的时候，既亮堂，又没有烤得人难受的炽热。所以兰琪·费德所邀请的客人都在这个时候来到。他们足有五十多个，似乎来自各个地方、各个阶层，有些是走南闯北的商人，有些是衣着贫寒的游吟诗人，还有些是穿戴奢华的贵族。大概对于美人的邀请，没人能够硬起心肠拒绝。

奎特待在大厅外的一个台子上，从那里能看到整个大厅，却又被一些高大的植物半遮半掩，等到表演的时候，就能够直接走过去。他看着宾客们陆陆续续地坐进了大厅里，仆人将新鲜的瓜果和美酒捧上来，一一放好。

不一会儿，兰琪小姐便扶着父亲走了出来。

今天她穿着一袭白色的长裙，裸露着肩膀和脖子，耳朵和手臂上都戴着镶绿宝石的金首饰，衬托着她的眼睛，非常合适。她把头发盘在脑后，越发显得高雅美丽，就好像一株兰花，散发出迷人的味道，让人移不开眼睛。

客人们都向她举起酒杯，感谢她的邀请，赞美她的容貌，而兰琪小姐对于这些只是微笑着点头致意，平静地接受。她客气地说了几句话以后，便拍拍手，接着一阵音乐响起，米露和其他舞姬像小鸟一样飞跑进来，开始了她们的

天幕尽头

舞蹈。

那些女孩子身上已经看不到昨晚的苍白肤色，她们听从了奎特的吩咐，装作什么都没有发生的样子。而当她们跳起舞来的时候，飞扬的裙角和鬓边的红蔷薇都显得异常迷人。奎特看着她们穿梭在客人中间，不断地旋转着，米露拿着手鼓，舞动在最前面。

当舞蹈临近尾声的时候，一个壮实的男仆捧来了一大篮鲜花，舞姬们一人抓了一把，纷纷扬扬地撒向人群。客人们大声欢呼，用力鼓掌，毫不吝惜对她们的赞赏。米露和姑娘们向兰琪小姐和其他人深深地弯腰鞠躬，然后退了出去。

不一会儿，米露就和其他的女孩子一起从后面绕了过来，在台上休息，同时又轻轻地碰了碰奎特。"怎么样，艾迪拉先生？"她喘着气，"刚才我们跳得如何？"

"好极了，小姐，"奎特真心实意地夸奖道，"现在身体感觉好些了吗？"

"自从您把那东西给我们拔下了就好了！"米露说到吸血蔷薇的时候，似乎还有些畏惧，"幸亏我找了您，先生。"

奎特笑了笑："你们等下没有节目的话，别乱跑，知道了吗？"

米露点点头："管家大人也不允许我们打搅客人，所以我们会在这里待到演出结束，如果需要帮忙伺候还得出去呢。"

奎特又和她闲聊了几句，便专心地看着宴会那边。米露她们撒出去的花瓣已经落满了整个大厅，这个时候酒和正餐不断被送上来，兰琪小姐端着银制的酒杯走到客人们中间，一个个地向他们敬酒。

奎特知道当酒敬完以后,杂耍艺人就走上来分头表演,然后就是他自己演唱长诗。

时间一点一点地过去,太阳慢慢地越过了最高的天空,开始往西偏斜。宴会上的喧闹渐渐地小了。在正餐结束以后,兰琪小姐站起身来挥了挥手,杂耍艺人们便退了出去。

"尊敬的客人,"她用不轻不重的声音说道,"现在是一天中最热的时候,我们刚刚享用了清凉的酒,那么应该用音乐和诗歌来安抚燥热的心。我想各位一定都听说过杜纳西尔姆人的威名,却很少听见他们美妙的歌声。今天奎特·艾迪拉先生赏光来为我的生日助兴,这是我的幸运,能听见真正的杜纳西尔姆人的声音,我想诸位一定会和我有一样的期待吧。"

客人们举起杯子,发出一阵欢呼,轻轻地用指关节敲打桌面。这是对于一位表演者发出热烈的邀请信号。

奎特站起身来,拿起七弦琴准备走出去。

米露拉了拉他的衣袖,做出一个祝福的手势,奎特冲这个漂亮的姑娘一笑,走进了大厅。

兰琪小姐注视着他,等他在大厅中央站定以后,微微地低头表示致意,再回到了自己的位置。

奎特拨动琴弦,仿佛流水一般滑出一串音符,接着便开口歌唱——

他唱的是杜纳西尔姆人的长诗《紫星花史诗》的片段,那是歌唱这个草原部族狩猎妖魔的长诗,奎特只选取了其中

天幕尽头

的一个片段。接下来他还会唱《光之骑士》和《凯亚神创世之歌》等之前说好的长诗片段,最后才是兰琪小姐的新诗。

这是一段很长的时间,囊括了整个下午。

杜纳西尔姆人的天赋让奎特的嗓子能够承受这样强度的使用,但是中间仍有休息。奎特留心看着周围的人,一些客人们专注地听着他的演唱,而有一些则不断地走到主位上去,向宴会的主角献上美酒和祝福的话语,同时也渴望更接近那位美得艳光四射的主人。而那位干枯得如同猴子一般的费德老爷则一直专注地坐在女儿旁边,默默地吃着东西。

奎特留心看着那些客人,随着时间一点点过去,他们从早上来时的容光焕发慢慢透露出了疲惫。有些人因为出汗而脱下了外套,露出苍白的皮肤。

大概在第四首长诗片段结束后,奎特看到贝尼慢慢地来到了门边,远远地望着主位上的兰琪小姐。

奎特心中暗暗地高兴,随即又变得有些担心。但是他此刻没有别的选择,只有按照计划唱下去。

第五首长诗片段结束以后,兰琪小姐让簇拥在身边的人都退开,走到了大厅中间。她只是微微地抬起手,周围原本嘈杂的声音便消失了,所有人都屏住了呼吸,等着她说话。

"很美,对吗?"她向着奎特微微地低头,又继续说,"这就是杜纳西尔姆人的魅力。之前各位听到的声音难道不是整个卡亚特大陆最美的吗?我之前说过今天是我的生日,也是我最幸运的日子,因为我即将请艾迪拉先生用这样的声音演唱我自己所作的一首短诗。我谱了庸俗的调子,但是相信艾迪拉先生的声音能让它的所有缺点都不再被诸位发觉……"

她向着奎特伸出双手，做出邀请的模样，于是奎特又一次拨动琴弦，放出了声音。

兰琪小姐就在离他不远的地方坐下来，脸上带着微笑，仿佛心满意足。

奎特的声音低沉，而这首诗歌的调子也很低，就好像情人的耳语。即便是在炎热的下午，它也带来了夏夜一般的凉意。随着缓慢的歌声，大厅中的客人似乎都委顿下来了，有些甚至趴在桌上，将头枕在手臂上。当第一节唱完的时候，整个大厅中还保持着坐姿的只剩下了兰琪小姐和她的父亲。

她脸上的神色已经不再如方才一般平静了，碧绿的眼睛有些急切地看着昏昏欲睡的客人们，手指抓住自己的裙子，似乎无比渴望这演唱快点结束，从而好让一种闷在身体中的劲头喷涌而出。

奎特的手指继续在七弦琴上拂动，当第二节开始的时候，兰琪小姐脸上的神色突然凝固了，那急迫的渴望像退潮的海水一样不见踪影，她猛地回过头，用绿眼睛盯着奎特。

杜纳西尔姆人仍然在演唱，似乎调子提高了一些，语言也变了，但原本悦耳的声音对于那些客人仿佛变成了噪音，他们从昏睡中醒来，有些痛苦地捂住耳朵。一些人已经发出了呻吟，另一些人则想要站起来，但腿脚都软了，反而跌倒在地上。

兰琪小姐猛地站起来，大叫道："住口！"

奎特仿佛没有听见她的吩咐，反而把调子提高了继续

天幕尽头

唱着。

　　这时那些人变得更加焦躁,有些甚至难受地用手在身上抓着,兰琪小姐的脸色更加难看,她摔下手中的杯子,向着主位奔去。此刻奎特已经唱到了最后一个音符。他突然收尾,就看到那些客人都大叫起来,他们的手臂、脚踝,还有别的裸露的皮肤上突然展开了一朵朵红色的蔷薇,接着那些蔷薇又飞快地褪色、脱落、枯萎。

　　奎特环视着周围的人,白魔法这么急速地在他们身上发生作用,让他们的身体有些无法承受,很多人昏了过去,还有些则发出了尖叫。

　　贝尼抽出了匕首冲进大厅,来到奎特身边,问道:"发生了什么事?为什么会这样?"

　　"这些人身上被种下了吸血蔷薇,我用白魔法将它们的种子全部逼了出来。"

　　佣兵瞪大了眼睛:"吸血蔷薇?那是巫术……"

　　"是的。"奎特把目光放在兰琪小姐身上:"是巫术,小姐,说吧——您为什么要这样做?您办这个所谓的生日宴会,其实是为了将吸血蔷薇种在他们身上吧?我昨天仔细看了您给我的诗歌曲谱,其实里面的调子是一种咒语,能够让这些吸血蔷薇的种子在人体内复制,然后传播给更多的人吧……这些客人进来的时候我就明白了,他们来自四面八方,而他们一旦走出索隆多,就会把吸血蔷薇传播到卡亚特大陆的各个地方。"

　　兰琪·费德直勾勾地盯着他,没有说话。

"这是一种邪恶的巫术,小姐。"奎特继续说道,"黑魔法造出这样的东西能吸收人血,然后把血变成制造者魔力的来源,一旦这些蔷薇长成果实,被寄生的宿主就会死去。您怎么会学到这样的方法?"

贝尼很快从奎特的话中听出了端倪,但是他还不能相信这些可怕的种子来自于那个拥有高雅的美貌,并且自己一直倾心的少女。"你说,吸血蔷薇是兰琪……兰琪小姐制造的?"佣兵结结巴巴地问道,"会不会搞错了,奎特……"

杜纳西尔姆人看了他一眼,又转向对面的那个少女:"您知道您的失误是什么吗,小姐,您不该先在米露她们那些孩子的身上先种下一批吸血蔷薇,也不应该低估我的能力。您想借助杜纳西尔姆人的声音将黑魔法伪装成白魔法吟唱出来,这是挺聪明的。但是我从米露身上找到吸血蔷薇以后,就立刻去研究了一下您交给我的诗歌,也就明白了您的企图。小姐,您知道动用这样的黑魔法意味着什么吗?"

兰琪·费德哼了一声,冷冷地笑道:"你想说什么呢?告诉我会被查禁,会被拖到主神殿被祭司们用石头砸死?我不是妖魔,你们杜纳西尔姆人也无法惩治我,何况是那些傻乎乎的光头。"

她忽然扬起手臂,口中念诵出一串尖锐的咒语,奎特脸色一变,拉住贝尼想要退出大厅,但是已经迟了,那长着荷花的水塘中突然射出一串青色的蔓藤,它们足有百十根,像蛇一样灵巧地缠绕上所有的人。

奎特和贝尼的手脚都被蔓藤缠住了,它们用力,就将两

天幕尽头

个壮实的男人拉倒在地。蔓藤开始不断地收缩,越来越紧,奎特感觉到一阵刺痛。他的七弦琴掉在了地上,手腕处被蔓藤上的吸盘弄出了血。

贝尼比他稍微好些,还能用那把匕首割断蔓藤,但他的反抗让更多的蔓藤缠上来,渐渐地也变得束手束脚。

蔓藤开始拖着他们向兰琪那边走,不光是他们,那些发出了呻吟的宾客也如此,甚至还伴随着女人尖叫——奎特看见大厅旁边的台子上,米露和别的女孩儿也被水下蹿出来的蔓藤紧紧地拴住了,她们被拽着也向兰琪靠拢。

"你想做什么?"奎特冲着兰琪叫起来,"不要一错再错了,黑魔法是会反噬的!"

兰琪冷冰冰地看着他,双手一抬,那些蔓藤顿时勒得奎特喉咙生疼。她一步步地走近了奎特,脸上带着超越她年龄的笑容,虽然她仍旧是一个少女,可似乎陡然间老了几十岁:"艾迪拉先生,黑魔法其实没有那么让人恐惧,至少我知道它可以给我想要的东西——青春。"

兰琪转头望了一眼主位上的费德先生,他依旧呆滞地坐在那里,对于眼前发生的事情似乎毫无反应。兰琪的嘴角露出厌恶的嘲笑,接着对奎特说:"那个人不是我的父亲,其实他是我的丈夫,我们同龄。看看他成了什么样子,而黑魔法又让我成了什么样子。如果我想要一直保持这副模样,或者有更多的事情做,当然需要更多的魔力。"

奎特震惊又悲哀地看着她,但脖子上的蔓藤让他说话非常艰难:"你……已经比妖魔还可怕了……"

兰琪用一只手按住了奎特的额头,闭上双眼:"我有你想不到的力量,艾迪拉先生,我说能够看到杜纳西尔姆人的未来不是说谎,还有你的一切……难道你不觉得自己跟我很像?"

奎特看着她,没有说话。

"你很不愿意使用白魔法,不愿意去猎魔,宁愿以游吟诗人为职业。"兰琪凑近他的脸,用手指刮过他的眼睛,"艾迪拉先生,其实你在抗拒你的命运,你不愿意接受杜纳西尔姆人天生的职责。如果从这个立场来说,你到底有什么资格来指责我呢?"

兰琪又笑起来:"其实你没有必要认真,艾迪拉先生,反正你本来也不喜欢做这些事情。"她背过身,慢慢地走向她的丈夫,同时开始唱另外一种调子的咒语,那些蔓藤又再次收紧。

大厅里的呻吟因为她的举动变得更加痛苦,也渐渐地低了下去,而米露她们的尖叫也仿佛被压在了喉咙里。

奎特费力地抓着喉咙处的蔓藤,抬头望着不远处的贝尼。佣兵此刻也被缠住了双脚,正用那把短刀奋力与手上的蔓藤搏斗。他很快就看到了奎特的眼神——杜纳西尔姆人正紧紧地盯着他的刀,眼睛里仿佛要喷出火来。

贝尼看懂了奎特的示意,他没有丝毫犹豫,拼命挪动着身体,向着奎特靠过去。

奎特扬起了脖子,露出缠在上面的蔓藤。

贝尼开始切割那些蔓藤,他的额头上冒出了汗珠,手上

天幕尽头

的劲头不敢太大,也不敢不大。好几次刀锋都在奎特的脖子上拉出了一道道血痕,但是最终,那几条蔓藤都被割开了。

奎特的嘴里立刻吟诵出一串高亢的咒语,这声音仿佛一支利箭,刺得兰琪的胸口生疼。她忽然捂着耳朵退了几步。那些蔓藤立刻松了,有些甚至缩回了水下。

贝尼逮到机会,用力挣脱了蔓藤的束缚,又拿起刀来帮助奎特。

杜纳西尔姆人没有停下吟诵,随着他的声音越来越大,兰琪的表情也愈加痛苦。渐渐地,她的皮肤开始发皱,个子开始缩小,头发开始变白,黑魔法的效力正在从她体内流失。她发出恐惧的嘶吼,不顾一切地咬破了手指,在空气中画出倒三角。

奎特脸色发白,对贝尼说:"我去拖住她,你赶紧带所有人离开这里,离开这个院子。"

佣兵知道这不是发问的好时机,只点了点头,就挨个去叫那些已经有活动能力的人,把他们连拖带拽地往外拉。

本来已经软下去的蔓藤渐渐地又有了生命,它们这一次只集中在奎特的周围,但是又不敢接触他,只是不断地收拢,压迫着他往兰琪的方向靠过去,接着一层层地编织起来,仿佛要结成一个茧将他们包裹在里面。

奎特已经无暇顾及外面的一切,他只能看着兰琪狰狞而衰老的面孔,他一直在唱着杜纳西尔姆人的咒语——那是针对即将妖魔化的巫师所用的最厉害的死亡之咒,奎特以为自己永远也不会用,甚至在用的时候也不会想起完成的词。然而他知道自己错了,他永远是杜纳西尔姆人。

当蔓藤彻底包裹住他和兰琪的时候,他知道自己可能出不去了,但是兰琪也同样如此。他们相互消耗着对方的力量,不能再打破白魔法和黑魔法同时构筑的结界。

兰琪的声音已经完全像一个老人,而她的身躯也干枯得如同她的丈夫。"我说过……你这样完全没有意义……"她试图阻止他,"艾迪拉先生,让我走……我可以告诉你杜纳西尔姆人将会遇到的事……那是你们部族的未来……"

奎特的脑袋里很痛,就像有什么东西即将爆炸——这是死亡之咒的副作用,他这样从不去狩猎的人几乎没有抵抗性。他知道兰琪所说的是什么,但是这个时候他却想到了米露的红头发,还有那一片被狂风吹起来的紫星花。

于是奎特无比坚定地吟唱着咒语,摇了摇头。

兰琪终于绝望地叫着,用最后的力气扑向奎特,她的手指在黑暗中深深地插入奎特的眼眶里,而奎特也在这个时候扼住了她的脖子。

(六)

奎特·艾迪拉坐在云海中,回忆着自己的葬礼。

他原来以为幽灵是归于永无之国,什么都不知道的,死了才明白还有一段时间可以在世间流连。

他看到自己的遗体被贝尼和其他人从蔓藤茧里剖出来,他们用最好的防腐材料处理过后,送回了索比克草原。护送的除了那个悲痛的佣兵,还有米露和她的姐妹们。焚烧费德

天幕尽头

家而产生的浓烟就像是在给他们送行。

他的事由贝尼和米露讲述给了杜纳西尔姆族的长老,他们为他举行了隆重的火化仪式。当他裹着白布的尸体在高高的石台上点燃以后,忽然升起了蓝色的火焰和红色的烟。

"万能的凯亚神!"最年长的长老在石台下举起手欢呼,"您又选到了一位点灯人。"

奎特觉得,自己的人生到此为止大概像一个幽默的笑话……

他还是坐在那里,眼睛就像活着的时候一样看得清楚。看来父亲给他说的故事还是不完全准确的。

"这些是属于你的了,"旁边的一个人正把一册书,一支尖锐的法杖交给他,"我的工作到此为止,要去至高天服侍凯亚神了。"

奎特看着面前的灯柱,柱子上满是人的躯体所凝结的图案,最上方是小小的喇叭形灯盏。"我该做什么?"他问他的前任。

那人指着云海中的灯柱——它们被锁链连接着。"当月亮升起的时候,用法杖点亮每一根灯柱,"那人对他说,"每点亮一根,书上就会记录一次,而世界上就会有一份祈祷被应验。无论是好的愿望,还是坏的心思,都会应验,也都会被记录。而将来那些祈祷者也会有自己的命运,这是凯亚神的法则。"

命运吗?

奎特掂量着那柄矛一样的法杖。"为什么会选我做点灯人呢?"他问他的前任,"我没有做什么伟大的事,我算不上英雄,我甚至没有问明白那女巫所说的灾难是什么。"

即将离去的点灯人脱下自己的衣服给奎特穿上,对他笑了笑:"你问不问出来,女巫说的都会实现,预言的实质就是它必然会发生,所以其实你知道了也没有用。但是你在抗拒自己的命运的时候仍然做了自己应该做的事,在虚无的预言和现实的生命中选择了后者,这就已经很了不起了。老弟,你被选中是你自己做出的选择。"

点灯人最后为他戴上了帽子——那是一顶将头顶和眼睛完全遮挡住的帽子,表面上满是暗红色的花纹。

"相信我,你不会无聊的,即使你是一个人。"点灯人大笑着拍了拍他的肩膀,"看,月亮升起来了。"

真的,奎特发现他从帽子里依然能够看到世界,却不再是他过去看到的世界——

满月仿佛巨大的圆球从云海中升起,而且不止一个。星星从几个月亮身边掠过,有些带着长长的尾巴。奎特一低头,就能看到云海下的苍茫大地,而只要他愿意,甚至可以看到一个个生动的人。所有的距离对于他来说已经失去了意义,他的眼睛能跨越天空和海洋,他能够看到他从前从未看到的东西。

奎特的心突然安静下来,就好像突然空了,又似乎被填得很满。他拿起那支法杖,找到离自己最近的一支灯柱,攀上去,轻轻地在灯盏上点了一下。一簇小小的、金色的火苗亮起来,将灰色的云海照亮。

天幕尽头

……

奎特开始了自己的工作,也开始习惯于打量云海下的一切,他有一种依旧在生活着的感觉。他日复一日地点亮灯柱,又熄灭它们,从容地等待着下一个点灯人。

在奎特记不清点灯与熄灯多少次后的某天,卡亚特大陆上猎魔的杜纳西尔姆人在一夜之间被一种可怕的妖魔屠杀殆尽,只有一个人活下来,开始了漫长的复仇征程。当奎特在云海中看到了这一切时,他知道自己将会成为最后的,也是唯一的一个点灯人。

(完)

番外：混沌书

封条：本书由最伟大的一等祭司阿克拉·利特维所撰写，他生于法玛西斯帝国米力特王朝第三年到第三十五年间。伟大的凯亚神赐予他收集所有传说、典籍以及重新润色誊写于羊皮卷的能力。本书乃卡亚特大陆上迄今为止最为详尽的记录神迹的圣典，然而万物除凯亚神外不可能完美，本书亦有散佚。特此封印。

（残本一）

第一　关于若欧"始祖"和混沌传说

世界原来本无一物。

这是所有人共知的，然而"知道"这一件事，最开始也没有的。

天幕尽头

当混沌某时开始转动，就有了"核"，核的内心是什么，也并没有人知道，世界都并非"世界"，变化也就找不到根源。

有了核，便有了吸引。在混沌之中，一枚核聚集了"光"，于是混沌苏醒，看见光之核的对面有了暗之核。

光之核与暗之核并非割裂的。

原本是混沌之中的一体，聚集拉扯，不能分离。核心有一棵蔓藤叫做若欧，生长于光之核的一端洁白、透明、光滑；生长于暗之核的一端黑沉、干枯、粗糙。然而，若欧的茎不断地吸吮光与暗的核内物质，光与暗之核便在混沌之中旋转，混沌彻底苏醒，再无蒙昧。"未来"之世界渐渐成形，因为所有物质都在旋转中各归光暗。

第二 若欧的断裂

光之核与暗之核的旋转不断加快，撕扯、分离，终于有一天，若欧上出现了裂痕，蔓藤断裂开来。

若欧断裂之处，光与暗之物质飞溅开来，汁液混合之中，有各种异形怪象变化闪现。光与暗交替，每一次闪烁都有新事物诞生。如此千百万年之后，于若欧之裂口，有怪形聚合，枝端五分，谓之"手"与"足"，又有出气出声之"口"与"鼻"，又有折射内光之"眼"，如此组合，形状最终完成，再无多一处需要更改。此形伸展站立，开口呼气，发声为"凯亚"，成为天地第一个真神！

而若欧断裂之后，被尊称为"若欧始祖"，并消失于虚空，不再有任何踪迹。

第三　凯亚神创世

凯亚神之聚形，是若欧断裂而生，起初便着意挣脱残余的若欧。他将光之核与暗之核皆吞入体内，最终成为天地间唯一的尊者。

凯亚神将天地分开，将光球变幻为太阳与月亮，将黑暗沉淀为大地，他将神力赋予若欧始祖的残迹，于是残迹吞噬碎裂之光与暗，变为飞禽走兽和花草树木。

黑暗之力无所依从，变为实物，也化为动物与花草，山川及河流。

凯亚神见世界已经成形，便需要休息，另派人出来分担自己的工作。于是他从左手化出光明之神，名为拉加提；从右手化出黑暗之神，名为鲁珀多。两人奔向世界，各自工作。

第四　光明之神拉加提与黑暗之神鲁珀多

光明之神拉加提

凯亚神左手化出的神灵，也就是凯亚神创世之后的第一位神灵。掌握一切光明之力，外表如凯亚神一般是青年男子，胸口有"光明之星"，名为伊利亚。拉加提看守凯亚神之火炬，其被称为拉加利斯。

拉加提忠诚于凯亚神，奉其为父亲，并守卫日月运行，安排四季交替。拉加提令拉加利斯之神力遍布于人间，便有了雷电、烈火与一切光明，又有火山、温泉与一切发光发热

天幕尽头

之物。

拉加提可驯服野兽、飞鸟与鱼虫，令万物听其号令，又可呼唤风雨，放出雷电，动摇山川。一切自然之力，皆为拉加提所用。因凯亚神所爱，拉加提行走于世上，创立大陆，起名为卡亚特里克斯。①

黑暗之神鲁珀多

鲁珀多化身于凯亚神的右手，凝结黑暗之力，外表为半身人半身蛇，尾部有刺。鲁珀多手握权杖，名为特依拉，尾部有三条蔓藤，可以自主卷曲，头部有犄角尖刺，可以杀死任何生物，唯独不能伤害凯亚神庇佑之人或物。

鲁珀多掌握一切黑暗之力，使得世间有黑夜，令四季中冬天为万物之终点。凡有生命之物，皆有死亡之日，而死亡之力同样归于鲁珀多。鲁珀多喜爱冷凉的动物，于是在黑暗中创造蛇、蝙蝠、猫头鹰等动物，并命令其不得侵入白日光照的范围。

鲁珀多与拉加提互为双生兄弟，却不见面。鲁珀多喜爱黑夜、地下、洞穴和海洋深处等无光之地，并在命定时刻取走生命，也成为死亡之主。

第五　凯亚神创造人类与诸神

当光暗之力所属归位，凯亚神遂愿世间丰富。他见牛

---

①后来更多土地皆为此时所创，然而并未命名，因为所有土地面积都小于卡亚特里克斯，也并未记录在史书里。

羊、虎狼、猫狗等都可爱，便想集各种动物之长而创造新事物。然而虽然几次尝试将动物的各处揉捏在一起，却始终不能满意。拉加提见父神不快，便欲讨父神欢心。他向凯亚神说道：将种种长处集于一身，不过是尖牙利爪，漂亮皮毛，若是有智慧心灵，才是至高的造物。

凯亚神想了很久，最终依神明之面目造出了新物，命名为人。人的外貌如神明，却没有神力，皮肤柔软，不能抗寒，又没有爪牙，不能与野兽对抗。凯亚神降下祭台，显出神迹，令智慧进入人的灵魂。于是从此以后，人便是仅次于神的物种，并在世间繁衍开来。

因最初之男女由凯亚神所造，便开始供奉神。凯亚神第一次由造物奉承感恩，十分高兴，于是将人类作为最心爱之造物。

凯亚神见人已经在世上繁衍开来，便令拉加提将生存之技能教给他们。

拉加提思考再三，将用火之术教授给人类。

凯亚神又再创造诸神，将人类世界归于诸神守护之下。

(残本二)

新神神系
第一　海洋之神努尔多

由凯亚神自一滴海水中幻化而来，原形是一条巨大的金色鱼，化为人形时多为女性的模样，有时也幻化为男性，然而一旦因为怒气而掀起波涛，就会化为半人半鱼的男性。

天幕尽头

但海洋上很难见到努尔多的身影，他的神殿在大海最深处，传说中的海洋精灵服侍着他。

每当潮汐升起，人类将祭品投入海中，努尔多便会保佑行船在海中不遭遇风暴和暗礁，并能获得丰富的海产。

海洋中的飞鱼为努尔多的信使，它们不被人类捕捉，因为它们也是努尔多向主神凯亚传递信息的神使。其中飞鱼之主名为德克莱，体形如人一般大，当努尔多巡视他的疆域时，德克莱会在海天之间飞跃，发出响亮的声音，预告努尔多出行。

努尔多对主神忠诚，对拉加提和鲁珀多如兄弟般敬爱。因此在其领域之内，既有光明之地，也有深海下的黑暗领域。

奉凯亚神之令，努尔多将食物与其他可用之物存于海中，并不禁止人类索取，然而若人类对海洋不敬，他便会发怒，甚至侵入陆地，将人类卷入大海之中。

努尔多有时会变为人形，行走于陆地，并与凡人交往。蒙受他恩惠的人类便可以如同鱼类一样在深海中潜行。努尔多会将最喜爱的人类带往外海，并令珊瑚迅速生长，成为海岛，又令泥土和动物植物出现，将人类放入海岛内居住。

于是在大陆之外，各种海岛上也有了人类生活。

第二　河流之神伊萨克

某一日努尔多以人形行走于陆地，见一少女十分美丽，便向她求爱。少女名为伊兰，不久便怀孕，生下一条银色小鱼，三个月后，小鱼化为男婴。于是努尔多将婴儿命名为伊萨克,并将他与伊兰带往海岛,命名为科贝特。岛上布满椰树与棕榈,又升起海雾的影子,隐藏行踪。后来无人再见过伊兰,据说她被努尔多赋予永生,但不能再踏出科贝特一步。

伊萨克在科贝特岛上长大,逐渐成人,仍具有人与鱼的两种形态。他身形俊美,尤其擅长歌唱。当他开口时,海鸟与鱼都会围拢过来,当他在海上唱歌,努尔多的愤怒便可以平息,风暴就会停止,鲸鱼浮上海面喷出浪花。

然而随着伊萨克长大,他身为人的那一部分便开始渴望陆地。努尔多十分疼爱这唯一的孩子,便对他说:我准许你寄身于陆地,却要掌管陆地上的每一寸水域,你的力量来自于我,也必侍奉我。

于是伊萨克便前往大陆,成为天下河流之主。凡是陆地上的水域,无论冰川、河流、池塘、湖泊、小溪,还是地下的暗流,都在他的管辖之下。

然而努尔多也思念爱子,于是冬季时节,伊萨克便令水域结冰,他分出时间回去科贝特,海上的圣域,去朝拜父母。有时候努尔多也带爱子共同去侍奉至高神凯亚,伊萨克的歌唱令主神十分喜欢,便用银铃打出节拍,并降福于他。从此伊萨克也成为音乐之神。

人类从河流水声中吸取音乐之魂,也从此开始吟唱,颂扬神明之伟大。后来冰层融化,流水发出叮咚之声,便是伊萨克向主神赞礼,人类也由此开始举行春之祭礼,颂扬主神之功绩。

每年秋天,伊萨克便化身为鱼,从流水中奔向大海,当

天幕尽头

他在陆上水域走完,便是冬天来到,为此伊萨克又有了一个尊称"临冬之尾"。

第三　神女:乌姆、科姆、特丽丝和艾里姆

有一日,努尔多化身为鱼,在他的疆域中游弋,在海底见到一条青斑鱼被三株水草缠住。那鱼向他求救,努尔多说:"你本要吃水草,而它们缠住你有何不对?"青斑鱼则回答:"我主令自由活动之物吃不可动之物为生,仍是法则,如今我依照法则行事,怎么能算错?"努尔多认为它讲得有道理,却也怜悯水草,便令它们化为神,成为海洋神女。

三株水草分别叫做:乌姆、科姆和艾里姆,那一条青斑鱼则名为特丽丝。

特丽丝可以变化为海中的一切生物,同时也是海中的执行者,若有任何惩罚降临,特丽丝就会出现。

而乌姆则掌管潮汐,每日将海水送到岸上,又缓缓收回,人们感激潮汐送来的物产,也会在每月行船时往海中投入祭品。

科姆和艾里姆被努尔多派往陆地与大海的交接之处,当陆地和海洋碰撞时,就翻出白色的泡沫,在泡沫中引导陆地精灵游向深海。

(残本三)

光明之神拉加提和杜纳西尔姆人的由来

光明之神拉加提受到人类崇拜,便有了属于自己的神殿与祭司。他偶尔来到人间,那一季便分外温暖,阳光充足。

拉加提与人类女祭司生有一子,名叫莫尔,天生便具有光明之力。拉加提将其带在身边一年后,送回人间,后来莫尔与母亲回到卡亚特里克斯生活。

莫尔性格温和,喜爱阳光,因此选择了一片平原居住,并将一座祭坛设在那处。他诚心祀奉父神拉加提,并同时获得凯亚神赐福。

因他放弃了神灵之永生,主神及父神便赐予他神力,并荫庇他的子孙后代。从此以后,莫尔的后代便繁衍开来,被称为"杜纳西尔姆",意思是"光明种子"。

莫尔长寿超过一般人,共活了275年,为人类之中最年长者。他一共生育后代96人,其中男子56人,女子40人,全部存活,一代代繁衍,最终令杜纳西尔姆人成为极兴旺的部族,并成为人人皆有光明之力的特殊种族[①]。

莫尔将所建之祭坛作为中心,层层扩散,并口诵祝福,使得祭坛周围开满鲜花。

因神之力伟大,莫尔为了表示谦恭,将鲜花中最平凡的一朵摘下,佩戴于衣襟上,作为本族象征。

这朵花为紫色五星状,于是被命名为"紫星花"。

① 补注:这种光明之力,即是后世称为白魔法的力量。

天幕尽头

在莫尔统治时期，光明之神与黑暗之神尚未交恶，人类的数量不多，妖魔也并没有出现，因此世间和平。

莫尔辞世以后，身体被放上祭坛，顷刻间化为灰烬，而灵魂则变为一颗明星，缓缓升上天空，那星光耀眼，大地亮如白昼。

拉加提亲手接住儿子的灵魂，将他悬挂于至高天，就在凯亚神的神座前，镶嵌为钻石一般的存在。

杜纳西尔姆人成为卡亚特里克斯大陆上最尊贵的光明神祭司，他们群居于索比克草原，那里紫星花繁荣生长，物产丰富，从没有天灾，乃是受祝福之地。

在许多年过后，杜纳西尔姆族中诞生了一位族长，也是莫尔的直系血脉，被称作卡西斯。就在他30岁时，光明之神拉加提与黑暗之神鲁珀多爆发了一场激战，这次战斗中，杜纳西尔姆人作为光明之神的部族贡献了上千条性命，击败黑暗之神的军队，卡西斯被凯亚神赐名为"光之骑士"，并献出了性命。

凯亚神怜悯他的献身，令其尸身化为一枚特异之卵，将所有战死者的灵魂之力锁入其中，成为光明之力的凝结。

从创世之后从未有过的这一场大战令凯亚神疲惫，陷入了沉睡，而伤心欲绝的拉加提也不再出现于人间，进入至高天陪伴主神。

黑暗之神因这场战争而崩裂开来，力量被分散，化为五个妖魔之王，隐遁于地下。

极西之地

这一场战斗,被称为"裂变之战",大部分由杜纳西尔姆人所记录,卷宗名为《曙光战争颂歌》①。

① 补注:这一卷宗也收入本书之中,另记。

《天幕尽头（卷三）极西之地（珍藏版）》
画师：deoR

《天幕尽头(卷三)极西之地(珍藏版)》

画师:deoR

《天幕尽头（卷三）极西之地（珍藏版）》
画师：deoR

《天幕尽头（卷三）极西之地（珍藏版）》
画师：deoR